沈从文

沈从文的湘西故事

学历史的地方

沈从文 著　卓　雅 摄影

古吴轩出版社

图书在版编目（CIP）数据

学历史的地方 / 沈从文著；卓雅摄影. -- 苏州：古吴轩出版社，2021.9
（沈从文的湘西故事）
ISBN 978-7-5546-1768-7

Ⅰ.①学… Ⅱ.①沈… ②卓… Ⅲ.①散文集—中国—现代②小说集—中国—现代 Ⅳ.①I216.2

中国版本图书馆CIP数据核字（2021）第121582号

责 任 编 辑：	鲁林林
见 习 编 辑：	陈思沅
特 约 编 辑：	唐　棣
装 帧 设 计：	鹏飞艺术　周　丹
责 任 校 对：	戴玉婷

书　　　名：	学历史的地方
著　　　者：	沈从文
摄　　　影：	卓　雅
出 版 发 行：	古吴轩出版社
	地址：苏州市八达街118号苏州新闻大厦30F　邮编：215123
	电话：0512-65233679　传真：0512-65220750
出 版 人：	尹剑峰
印　　　刷：	天津丰富彩艺印刷有限公司
开　　　本：	640×960　1/16
印　　　张：	29.5
字　　　数：	407千字
版　　　次：	2021年9月第1版　第1次印刷
书　　　号：	ISBN 978-7-5546-1768-7
定　　　价：	89.80元

如有印装质量问题，请与印刷厂联系。022-29908595

我的写作与水的关系

沈从文

在我一个自传里,我曾经提到过水给我的种种印象。檐溜,小小的河流,汪洋万顷的大海,莫不对于我有过极大的帮助,我学会用小小脑子去思索一切,全亏得是水,我对于宇宙认识得深一点,也亏得是水。

"孤独一点,在你缺少一切的时节,你就会发现原来还有个你自己。"这是一句真话。我有我自己的生活与思想,可以说是皆从孤独得来的。我的教育,也是从孤独中得来的。然而这点孤独,与水不能分开。

年纪六岁七岁时节,私塾在我看来实在是个最无意思的地方。我不能忍受那个逼窄的天地,无论如何总得想出方法到学校以外的日光下去生活。大六月里与一些同街比邻的坏小子,把书篮用草标各做下了一个记号,搁在本街土地堂的木偶身背后,就洒着手与他们到城外去,攒入高可及身的禾林里,捕捉禾穗上的蚱蜢,虽肩背为烈日所烤炙,也毫不在意。耳朵中只听到各处蚱蜢振翅的声音,全个心思只顾去追逐那种绿色黄色跳跃伶便的小生物,到后看看所得来的东西已尽够一顿午餐了,方到河滩边去洗濯,拾些干草枯枝,用野火来烧烤蚱蜢,把这些东西当饭吃。直到这些小生物完全吃尽后,大家于是脱光了身子,用大石压着衣裤,各自从悬崖高处向河水中跃

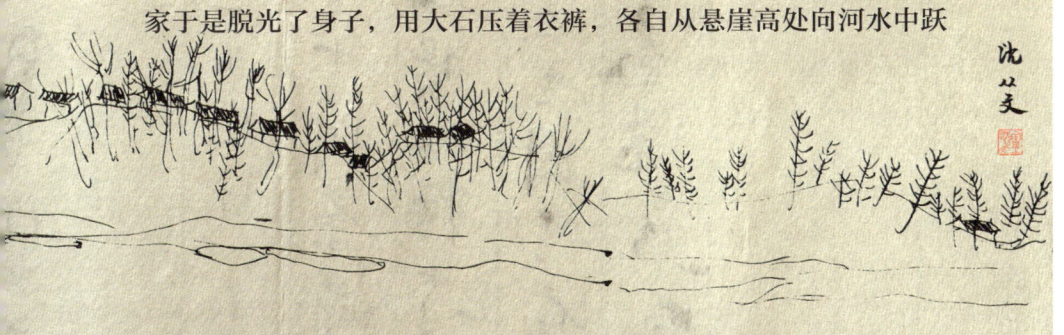

去。就这样泡在河水里，一直到晚方回家去，挨一顿不可避免的痛打。有时正在绿油油禾田中活动，有时正泡在水里，六月里照例的行雨来了，大的雨点夹着吓人的霹雳同时来到，各人匆匆忙忙逃到路坎旁废碾坊下或大树下去躲避，雨落得久一点，一时不能停止，我必一面望着河面的水泡，或树枝上反光的叶片，想起许多事情……所捉的鱼逃了，所有的衣湿了，河面溜走的水蛇，钉固在大腿上的蚂蟥，碾坊里的母黄狗，挂在转动不已大水车上的起花人肠子，因为雨，制止了我身体的活动，心中便把一切看见的经过的皆记忆温习起来了。

也是同样的逃学，有时阴雨天气，不能向河边走去，我便上山或到庙里去，在庙前庙后树林或竹林里，爬上了这一株，到上面玩玩后，又溜下来爬另外一株。若所爬的是竹子，必在上面摇荡一会，爬的是树木，便看看上面有无鸟巢或啄木鸟孵卵的孔穴。雨落大了，再不能做这种游戏时，就坐在楠木树下或庙门前石阶上看雨。既还不是回家的时候，一面看雨一面自然就需要温习那些过去的经验，这个日子方能发遣开去。雨落得越长，人也就越寂寞。在这时节想到一切好处也必想到一切坏处。那么大的雨，回家去说不定还得全身弄湿，不由得有点害怕起来，不敢再想了。我于是走到庙廊下去，为做丝线的人牵丝，为制棕绳的人摇绳车。这些地方每天照例有这种工人做工，而且这种工人照例又还是我很熟习的人。也就因为这种雨，无从掩饰我的劣行，回到家中时，我便更容易被罚跪在仓屋中。在那间空洞寂寞的仓屋里，听着外面檐溜滴沥声，我的想象力却更有了一种很好训练的机会。我得用回想与幻想补充我所缺少的饮食，安慰我所得到的痛苦。我因恐怖得去想一些不使我再恐怖的生活，我因孤寂又得去想一些热闹事情方不至于过分孤寂。

到十五岁以后,我的生活同一条辰河无从离开,我在那条河流边住下的日子约五年。这一大堆日子中我差不多无日不与河水发生关系。走长路皆得住宿到桥边与渡头,值得回忆的哀乐人事常是湿的。至少我还有十分之一的时间,是在那条河水正流与支流各样船只上消磨的。从汤汤流水上,我明白了多少人事,学会了多少知识,见过了多少世界!我的想象是在这条河水上扩大的。我把过去生活加以温习,或对未来生活有何安排时,必依赖这一条河水。这条河水有多少次差一点儿把我攫去,又幸亏它的流动,帮助我做着那种横海扬帆的远梦,方使我能够依然好好地在人世中过着日子!

再过五年,我手中的一支笔,居然已能够尽我自由运用了,我虽离开了那条河流,我所写的故事,却多数是水边的故事。故事中我最满意的文章,常用船上水上作为背景,我故事中人物的性格,全为我在水边船上所见到的人物性格。我文字中一点忧郁气氛,便因为被过去十五年前南方的阴雨天气影响而来。我文字风格,假若还有些值得注意处,那只因为我记得水上人的言语太多了。

再过五年后,我的住处已由干燥的北京移到一个明朗华丽的海边。海既那么宽泛无涯无际,我对人生远景凝眸的机会便较多了些。海边既那么寂寞,它培养了我的孤独心情。海放大了我的感情与希望,且放大了我的人格。

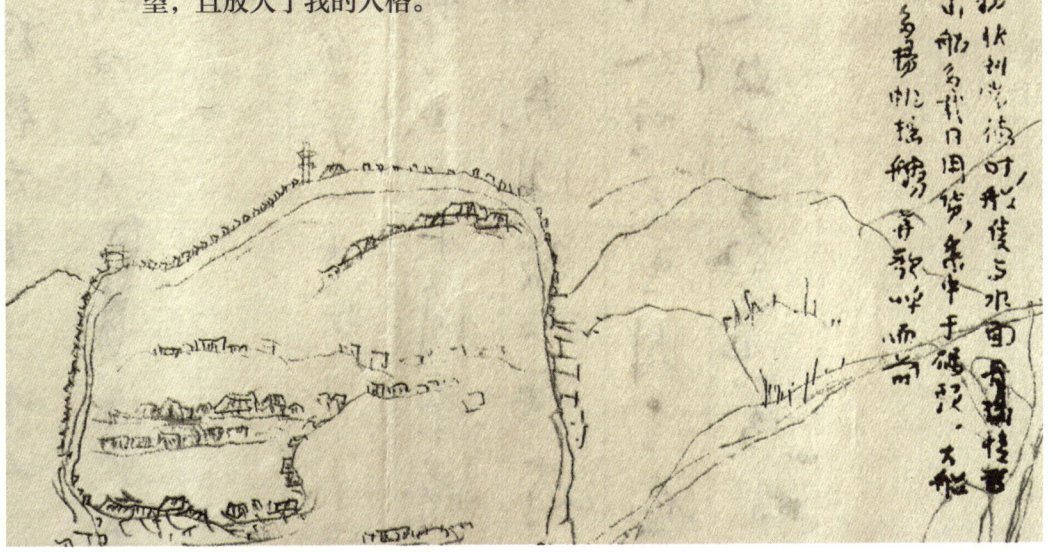

永恒的湘西和沈从文

黄永玉

八十年代表叔住崇文门期间，有一天他病了，我去看他，坐在他的床边，他握着我的手说："多谢你邀我们回湘西，你看，这下就回不去了！"我说："病好了，选一个时候，我们要认真回一次湘西，从洞庭湖或是常德、沅陵找两只木船，按你文章写过的老路子，一个码头一个码头再走一遍，写几十年来新旧的变化，我一路给你写生插图，弄它三两个月。"

他眼睛闪着光："那么哪个弄菜弄饭呢？"我说可以找个厨子大师傅随行。

"把曾祺叫在一起，这方面他是个里手，不要再叫别人了。"

之后，表叔的病情加重，直到逝世；随之曾祺也去世了。

这点想法一直紧缠着我。我告诉过刘一友，也跟卓雅谈过，后来又跟吉首大学的游校长交流更具体的方案和计划，也都是说说而已，"自是人生长恨水长东"矣！

想想看，如果表叔的身体得到复元，三人舟行计划能够实现，可真算得上是最后一个别开生面的"沈从文行为艺术"了。真是可惜！

卓雅重掀波澜的意义就在这里，我希望有心人顺着这个有趣的命题多为永恒的湘西做点文章。

2009年9月9日于万荷堂

之后，表叔的病情加重，直到逝世；随之曾祺也去世了。

这点想法一直紧缠着我。我告诉过刘一友，也跟卓雅谈过，後来又跟吉首大学的游校长和朋长杜崇烟交换过更具體的方案和計劃，也都是说说而已，自是人生長恨水長東、矣。

想想看，如果表叔的身體如到後來，三人舟行計劃能夠實現，可真真正是一個别開生面的沈從文行為藝術了，真是可惜！

卓雅重掀皮鬧的意義就在這裡，我希望有心人順着這个有趣的命題為為永恒的湘西做點文章。

二〇〇九年九月九日於第荷堂

永恆的湘西和沈從文　黄永玉

八十年代表叔住崇文門期間，有一天他病了，我去看他，坐在他的床邊。他望着我的手說："多謝你邀我們回湘西你看，這下就回不去了。"我說："病好了，選一個時候，我們再認真回一次湘西，沅洞庭湖或是常德。沅陵我兩隻木船，按你文章寫過的老路子，一個碼頭一個碼頭再走一遍，寫幾十年來新舊的變化，我一路給你寫生插圖，弄完三兩個月。"他眼睛閃着光："那麼哪個弄菜弄飯呢？"我說可以找個廚子大師傅隨行。

"把曾祺叫上一起，這方面他是千里美，不要再叫別人了。"

目录

我的写作与水的关系
永恒的湘西和沈从文

从文自传　　　　　　001

船上岸上　　　　　　152

卒伍　　　　　　　　155
阙名故事　　　　　　187
我的教育　　　　　　207
入伍后　　　　　　　251
船上岸上　　　　　　273
黎明　　　　　　　　287
记陆弢　　　　　　　299
还乡　　　　　　　　309

炉边 326

往事 329
炉边 335
玫瑰与九妹 343
我的小学教育 349
在私塾 363
福生 393
爹爹 401
芸庐纪事（节选） 423

后记 453

孤独一点，在你缺少一切的时节，你就会发现原来还有个你自己。

从文自传

编者按：

本册《学历史的地方》包含《从文自传》《船上岸上》《炉边》三部分，记录了作者少年时代的成长，既有天真烂漫的乡野趣闻，也有胸怀抱负与经历坎坷的青年生涯。湘西作为这些经历的背景，实为作者从小就开始"学历史的地方"，在这里，你能体验一般文人笔下所没有的丰富人生。

从文自传

我所生长的地方

拿起我这支笔来，写点我在这地面上二十年所过的日子、所见的人物、所听的声音、所嗅的气味，也就是说我真真实实所受的人生教育，首先提到一个我从那儿生长的边疆僻地小城时，实在不知道怎样来着手就较方便些。我应当照城市中人的口吻来说，这真是一个古怪地方！只由于两百年前清朝治理中国土地时，为镇抚与虐杀残余苗族，派遣了一队戍卒屯丁驻扎，方有了城堡与居民。这古怪

沈从文的湘西故事

　　首先提到一个我从那儿生长的边疆僻地小城时，实在不知道怎样来着手就较方便些。我应当照城市中人的口吻来说，这真是一个古怪地方！

地方的成立与一切过去，有一部《苗防备览》①记载了些官方文件，但那只是一部枯燥无味的官书。我想把我一篇作品②里所简单描绘过的那个小城，介绍到这里来。这虽然只是一个轮廓，但那地方一切情景，却浮凸起来，仿佛可用手去摸触。

一个好事人，若从一百年前某种较旧一点的地图上去寻找，当可在黔北、川东、湘西一处极偏僻的角隅上，发现了一个名为"镇筸"③的小点。那里同别的小点一样，事实上应当有一个城市，在那城市中，安顿下三五千人口。不过一切城市的存在，大部分皆在交通、物产、经济活动情形下面，成为那个城市枯荣的因缘，这一个地方，却以另外一种意义无所依附而独立存在。试将那个用粗糙而坚实巨大石头砌成的圆城作为中心，向四方展开，围绕了这边疆僻地的孤城，约有七千多座碉堡，二百以上的营汛。碉堡各用大石块堆成，位置在山顶头，随了山岭脉络蜿蜒各处走去；营汛各位置在驿路上，布置得极有秩序。这些东西在一百八十年前，是按照一种精密的计划，各保持相当距离，在周围数百里内，平均分配下来，解决了退守一隅常作蠢动的边苗叛变的。两世纪来清朝的暴政，以及因这暴政而引起的反抗，血染红了每一条官路同每一个碉堡。到如今，一切完事了，碉堡多数业已毁掉了，营汛多数成为民房了，人民已大半同化了。落日黄昏时节，站到那个巍然独立在万山环绕的孤城高处，眺望那些远近残毁碉堡，还可依稀想见当时角鼓火炬传警告急的光景。这地方到今日，已因为变成另外一种军事重心，

---

① 清严如熤撰，共22卷。是记载湘西及贵州铜仁、松桃，四川秀山一带的小山、险要、道路、民俗、兵谋、营制和当地少数民族等的有关文献。

② 指作者的小说《凤子》之五，"一个被地图所遗忘的地方，被历史所遗忘的一天"。

③ 即今湘西凤凰县县城。

落日黄昏时节，站到那个巍然独立在万山环绕的孤城高处，眺望那些远近残毁碉堡，还可依稀想见当时角鼓火炬传警告急的光景。

一切皆用一种迅速的姿势在改变，在进步，同时这种进步也就正消灭到过去一切。

凡有机会追随了屈原溯江而行那条常年澄清的沅水，向上游去的旅客和商人，若打算由陆路入黔入川，不经古夜郎国，不经永顺、龙山，都应当明白"镇筸"是个可以安顿他的行李最可靠也最舒服的地方。那里土匪的名称不习惯于一般人的耳朵。兵卒纯善如平民，与人无侮无扰。农民勇敢而安分，且莫不敬神守法。商人各负担了花纱同货物，洒脱单独向深山中村庄走去，与平民做有无交易，谋取什一之利。地方统治者分数种：最上为天神，其次为官，又其次

岁暮年末，居民便装饰红衣傩神于家中正屋，捶大鼓如雷鸣。苗巫穿鲜红如血衣服，吹镂银牛角，拿铜刀，踊跃歌舞娱神。

才为村长同执行巫术的神的侍奉者。人人洁身信神、守法爱官。每家俱有兵役，可按月各自到营上领取一点银子、一份米粮，且可从官家领取二百年前被政府所没收的公田耕耨播种。城中人每年各按照家中有无，到天王庙去杀猪、宰羊、磔狗、献鸡、献鱼，求神保佑五谷的繁殖、六畜的兴旺、儿女的长成以及做疾病婚丧的禳解。人人皆依本分担负官府所分派的捐款，又自动地捐钱与庙祝或单独执行巫术者。一切事保持一种淳朴习惯，遵从古礼；春秋二季农事起始与结束时，照例有年老人向各处人家敛钱，给社稷神唱木傀儡戏。

旱暵祈雨，便有小孩子共同抬了活狗，带上柳条，或扎成草龙，各处走去。春天常有春官，穿黄衣各处念农事歌词。岁暮年末，居民便装饰红衣傩神于家中正屋，捶大鼓如雷鸣。苗巫穿鲜红如血衣服，吹镂银牛角，拿铜刀，踊跃歌舞娱神。城中的住民，多当时派遣移来的戍卒屯丁，此外则有江西人在此卖布，福建人在此卖烟，广东人在此卖药。地方由少数读书人与多数军官，在政治上与婚姻上两面地结合，产生一个上层阶级。这阶级一方面用一种保守稳健的政策，长时期管理政治；一方面支配了大部分属于私有的土地。而这阶级的来源，却又仍然出于当年的戍卒屯丁。地方城外山坡上产桐树杉树，矿

现在还有许多人生活在那个城市里，我却常常生活在那个小城过去给我的印象里。

坑中有朱砂水银，松林里生菌子，山洞中多硝。城乡全不缺少勇敢忠诚适于理想的兵士与温柔耐劳适于家庭的妇人。在军校阶级厨房中，出异常可口的菜饭；在伐树砍柴人口中，出热情优美的歌声。

地方东南四十里接近大河，一道河流肥沃了平衍的两岸，多米，多橘柚。西北二十里后，即已渐入高原，近抵苗乡，万山重叠。大小重叠的山中，大杉树以长年深绿逼人的颜色，蔓延各处。一道小河从高山绝涧中流出，汇集了万山细流，沿了两岸有杉树林的河沟奔驶而过，农民各就河边编缚竹子做成水车，引河中流水，灌溉高处的山田。河水常年清澈，其中多鳜鱼、鲫鱼、鲤鱼，大的比人脚板还大。河岸上那些人家里，常常可以见到白脸长身见人善作媚笑的女子。小河水流环绕"镇筸"北城下驶，到一百七十里后方汇入辰河，直抵洞庭。

这地方又名凤凰厅，到民国后便改成了县治，名凤凰县。辛亥革命后，湘西镇守使与辰沅道皆驻节在此地。地方居民不过五六千，驻防各处的正规兵士却有七千。由于环境的不同，直到现在，其地绿营兵役制度尚保存不废，为中国绿营军制唯一残留之物。

我就生长在这样一个小城里，将近十五岁时方离开。出门两年半回过那小城一次以后，直到现在为止，那城门我不曾再进去过。但那地方我是熟悉的。现在还有许多人生活在那个城市里，我却常常生活在那个小城过去给我的印象里。

我的家庭

咸同之季，中国近代史极可注意之一页，曾左胡彭①所领带的湘军部队中，筸军有个相当的位置。统率湘军转战各处的是一群青年将校，原多卖马草为生，最著名的为田兴恕。当时同伴数人，年在二十左右，同时得到清朝提督衔的仿佛有四位，其中有一沈洪

---

① 指曾国藩、左宗棠、胡林翼、彭玉麟。下文"筸军"，指湘军中以镇筸人为主体组成的军队。

这青年军官死去时,所留下的一份光荣与一份产业,使他后嗣在本地方占了一个较优越的地位。

富①,便是我的祖父。这青年军官二十二岁左右时,便曾做过一度云南昭通镇守使。同治二年,二十六岁又做过贵州总督,到后因创伤回到家中,终于便在家中死掉了。这青年军官死去时,所留下的一份光荣与一份产业,使他后嗣在本地方占了一个较优越的地位。祖父本无子息,祖母为住乡下的叔祖父沈洪芳娶了个苗族姑娘,生了两个儿子,把老二过房做儿子。照当地习惯,和苗人所生儿女无社

---

① 即沈宏富,时为贵州提督。

会地位，不能参与文武科举，因此这个苗女人被远远嫁去，乡下虽埋了个坟，却是假的。我照血统说，有一部分应属于苗族。我四五岁时，还曾回到黄罗寨乡下去那个坟前磕过头，到一九二二年离开湘西时，在沅陵才从父亲口中明白这件事情。

就由于存在本地军人口中那一份光荣，引起了后人对军人家世的骄傲，我的父亲生下两岁以后过房进到城里时，祖母所期望的事是家中再来一个将军。家中所期望的并不曾失望，自体魄与气度两方面说来，我爸爸生来就不缺少一个将军的风仪。硕大、结实、豪放、爽直，一个将军所必需的种种本色，爸爸无不兼备。爸爸十岁左右时，家中就为他请了个武术教师同老塾师，学习做将军所不可少的技术与学识。但爸爸还不曾成名以前，我的祖母却死去了。那时正是庚子联军入京的第三年。当庚子年大沽失守，镇守大沽的罗提督[①]自尽殉职时，我的爸爸便正在那里做他身边一员裨将。那次战争据说毁去了我家中产业的一大半。由于爸爸的爱好，家中一点较值钱的宝货常放在他身边，这一来，便完全失掉了。战事既已不可收拾，北京失陷后，爸爸回到了家乡。第三年祖母死去。祖母死时我刚活到这世界上四个月。那时我头上已经有两个姐姐、一个哥哥。没有庚子的义和团反帝战争，我爸爸不会回来，我也不会存在。关于祖母的死，我仿佛还依稀记得我被谁抱着在一个白色人堆里转动，随后还被搁到一个桌子上去。我家中自从祖母死后十余年内不曾死去一人，若不是我在两岁以后做梦，这点影子便应当是那时唯一的记忆。

我的兄弟姊妹共九个，我排行第四，除去幼年殇去的姊妹，现在生存的还有五个，计兄弟姊妹各一，我应当在第三。

[①] 即当时的天津总兵罗荣光。沈从文之父沈宗嗣曾跟随他驻守大沽炮台。

我等兄弟姊妹的初步教育,便全是这个瘦小、机警、富于胆气与常识的母亲担负的。

那人既是我的亲戚,我年龄又那么小,过那边去念书,坐在书桌边读书的时节较少,坐在她膝上玩的时间或者较多。

我的母亲姓黄①,年纪极小时就随同我一个舅父在军营中生活,所见事情很多,所读的书也似乎较爸爸读的稍多。外祖黄河清是本地最早的贡生,守文庙做书院山长,也可说是当地唯一读书人。所以我母亲极小就认字读书,懂医方、会照相。舅父是个有新头脑的

---

① 沈从文之母姓黄名英。

人物，本县第一个照相馆是那舅父办的，第一个邮政局也是舅父办的。我等兄弟姊妹的初步教育，便全是这个瘦小、机警、富于胆气与常识的母亲担负的。我的教育得于母亲的不少，她告我认字，告我认识药名，告我思考和决断——做男子极不可少的思考以后的决断。我的气度得于父亲影响的较少，得于妈妈的似较多。

我读一本小书同时又读一本大书

我能正确记忆到我小时候的一切，大约在两岁左右。我从小到四岁左右，始终健全肥壮如一只小豚。四岁时母亲一面告给我认方字，外祖母一面便给我糖吃。到认完六百生字时，腹中生了蛔虫，弄得黄瘦异常，只得经常用草药蒸鸡肝当饭。那时节我就已跟随了两个姐姐，到一个女先生处上学。那人既是我的亲戚，我年龄又那么小，过那边去念书，坐在书桌边读书的时节较少，坐在她膝上玩的时间或者较多。

到六岁时，我的弟弟方两岁，两人同时出了疹子。时正六月，日夜总在吓人高热中受苦。又不能躺下睡觉，一躺下就咳嗽发喘。又不要人抱，抱时全身难受。我还记得我同我那弟弟两人当时皆用竹箪卷好，同春卷一样，竖立在屋中阴凉处。家中人当时业已为我们预备了两具小小棺木，搁在廊下。但十分幸运，两人到后居然全好了。我的弟弟病后，家中特别为他请了一个壮实高大的苗妇人照料，照料得法，他便壮大异常。我因此一病，却完全改了样子，从此不再与肥胖为缘，成了个小猴儿精了。

六岁时我已单独上了私塾。如一般风气，凡是老塾师在私塾中给予小孩子的虐待，我照样也得到了一份。但初上学时，我因为在家中业已认字不少，记忆力从小又似乎特别好，故比较其余小孩，可谓十分幸福。第二年后换了一个私塾，在这私塾中我跟从了几个较大的学生学会了顽劣孩子抵抗顽固塾师的方法，逃避那些书本枯燥文句去同一切自然相亲近。这一年的生活，形成了我一生性格与感情的基础。我间或逃学，且一再说谎，掩饰我逃学应受的处罚。我的爸爸因这件事十分愤怒，有一次竟说若再逃学说谎，便当砍去我一个手指。我仍然不为这一严厉警诫所恐吓，机会一来时总不把逃学的机会轻轻放过。当我学会了用自己眼睛看世界一切，到不同社会中去生活

时,学校对于我便已毫无兴味可言了。

　　我爸爸平时本极爱我,我曾经有一时还做过我那一家的中心人物。稍稍害点病时,一家人便光着眼睛不睡眠,在床边服侍我,当我要谁抱时谁就伸出手来。家中那时经济情形还好,我在物质方面所享受到的,比起一般亲戚小孩似乎皆好得多。我的爸爸既一面只做将军的好梦,一面对于我却怀了更大的希望。他仿佛早就看出我不是个军人,不希望我做将军,却告给我祖父的许多勇敢光荣的故事,以及他庚子年间所得的一份经验。他因为欢喜京戏,只想我学戏,做谭鑫培。他以为我不拘做什么事,总之应比做个将军高些。第一个赞美我

当我学会了用自己眼睛看世界一切,到不同社会中去生活时,学校对于我便已毫无兴味可言了。

我感情流动而不凝固,一派清波给予我的影响实在不小。我幼小时较美丽的生活,大部分都与水不能分离。

明慧的就是我的爸爸。可是当他发现了我成天从塾中逃出到太阳底下同一群小流氓游荡,任何方法都不能拘束这颗小小的心,且不能禁止我狡猾地说谎时,我的行为实在伤了这个军人的心。同时那小我四岁的弟弟,因为看护他的苗妇人照料十分得法,身体养育得强壮异常。年龄虽小,便显得气派宏大,凝静结实,且极自重自爱,故家中人对我感到失望时,对他便异常关切起来。这小孩子到后来也并不辜负家中人的期望,二十二岁时便做了步兵上校。至于我那个爸爸,却在蒙古、东北、西藏各处军队中混过，民国二十年时还只是一个上校，在本地土著军队里做军医（后改中医院长），把将军希望留在弟弟身上，在家乡从一种极轻微的疾病中便瞑目了。

我有了外面的自由，对于家中的爱护反觉处处受了牵制，因此家中人疏忽了我的生活时，反而似乎使我方便了好些。领导我逃出学塾，尽我到日光下去认识这大千世界微妙的光、稀奇的色以及万汇百物的动静，这人是我一个张姓表哥。他开始带我到他家中橘柚园中去玩，到城外山上去玩，到各种野孩子堆里去玩，到水边去玩。他教我说谎，用一种谎话对付家中，又用另一种谎话对付学塾，引诱我跟他各处跑去。即或不逃学，学塾为了担心学童下河洗澡，每到中午散学时，照例必在每人左手心中用朱笔写一大字。我们还依然能够一手高举，把身体泡到河水中玩个半天，这方法也亏那表哥想得出来。我感情流动而不凝固，一派清波给予我的影响实在不小。我幼小时较美丽的生活，大部分都与水不能分离。我的学校可以说是在水边的。我认识美，学会思索，水对我有极大的关系。我最初与水接近，便是那荒唐表哥领带的。

现在说来，我在做孩子的时代，原本也不是个全不知自重的小孩子。我并不愚蠢。当时在一班表兄弟中和弟兄中，似乎只有我那个哥哥比我聪明，我却比其他一切孩子懂事。但自从那表哥教会我逃学后，我便成为毫不自重的人了。在各样教训各样方法管束下，我不欢喜读书的性情，从塾师方面，从家庭方面，从亲戚方面，莫不对于我感觉得无多希望。我的长处到那时只是种种的说谎。我非从学塾逃到外面空气下不可，逃学过后又得逃避处罚。我最先所学，同时拿来致用的，也就是根据各种经验来制作各种谎话。我的心总得为一种新鲜声音、新鲜颜色、新鲜气味而跳。我得认识本人生活以外的生活。我的智慧应当从直接生活上吸收消化，却不须从一本好书一句好话上学来。似乎就只这样一个原因，我在学塾中，逃学记录点数在当时

便比任何一人都高。

离开私塾转入新式小学时,我学的总是学校以外的。到我出外自食其力时,又不曾在职务上学好过什么。二十岁后我"不安于当前事务,却倾心于现世光色,对于一切成例与观念皆十分怀疑,却常常为人生远景而凝眸",这份性格的形成,便应当溯源于小时在私塾中的逃学习惯。

自从逃学成习惯后,我除了想方设法逃学,什么也不再关心。

有时天气坏一点,不便出城上山里去玩,逃了学没有什么去处,我就一个人走到城外庙里去。本地大建筑在城外计三十来处,除了庙宇就是会馆和祠堂。空地广阔,因此均为小手工业工人所利用。那些庙里总常常有人在殿前廊下绞绳子、织竹簟、做香,我就看他

左图：
那些庙里总常常有人在殿前廊下绞绳子、织竹簟、做香，我就看他们做事。

右图：
小孩子对于土地神全不缺少必需的敬畏，都信托这木偶，把书篮好好地藏到神座龛子里去……

们做事。有人下棋，我看下棋；有人打拳，我看打拳；甚至于相骂，我也看着，看他们如何骂来骂去，如何结果。因为自己既逃学，走到的地方必不能有熟人，所到的必是较远的庙里。到了那里，既无一个熟人，因此什么事皆只好用耳朵去听，眼睛去看，直到看无可看听无可听时，我便应当设计打算我怎么回家去的方法了。

来去学校我得拿一个书篮。内中有十多本破书，由《包句杂志》《幼学琼林》到《论语》《诗经》《尚书》，通常得背诵，分量相当沉重。逃学时还把书篮挂到手肘上，这就未免太蠢了一点。凡这么办的可以说是不聪明的孩子。许多这种小孩子，因为逃学到各处去，人家一见就认得出，上年纪一点的人见到时就会说：逃学的，赶快跑回家挨打去，不要在这里玩。若无书篮可不必受这种教训。因此我们就想出了一个方法，把书篮寄存到一个土地庙里去，那地方无一个人看管，但谁也用不着担心他的书篮。小孩子对于土地神全不缺少必需的敬畏，都信托这木偶，把书篮好好地藏到神座龛子里去，常常同时有五个或八个，到时却各人把各人的拿走，谁也不会乱动旁人的东西。我把书篮放到那地方去，次数是不能记忆了的，照我想来，搁得最多的必定是我。

逃学失败被家中学校任何一方面发觉

时，两方面总得各挨一顿打。在学校得自己把板凳搬到孔夫子牌位前，伏在上面受笞。处罚过后还要对孔夫子牌位作一揖，表示忏悔。有时又常常罚跪至一根香时间。我一面被处罚跪在房中的一隅，一面便记着各种事情，想象恰如生了一对翅膀，凭经验飞到各样动人事物上去。按照天气寒暖，想到河中的鳜鱼被钓起离水以后拨剌的情形，想到天上飞满风筝的情形，想到空山中歌呼的黄鹂，想到树木上累累的果实。由于最容易神往到种种屋外东西上去，反而常把处罚的痛苦忘掉，处罚的时间忘掉，直到被唤起以后为止，我就从不曾在被处罚中感觉过小小冤屈。那不是冤屈。我应感谢那种处罚，使我无法同自然接近时，给我一个练习想象的机会。

家中对这件事自然照例不大明白情形，以为只是教师方面太宽的过失，因此又为我换一个教师。我当然不能在这些变动上有什么异议。这事对我说来，倒又得感谢我的家中，因为先前那个学校比较近些，虽常常绕道上学，终不是个办法，且因绕道过远，把时间耽误太久时，无可托词。现在的学校可真很远很远了，不必包绕偏街，我便应当经过许多有趣味的地方了。从我家中到那个新的学塾里去时，路上我可看到针铺门前永远必有一个老人戴了极大的眼镜，低下头来在那里磨针。又可看到一个伞铺，大门敞开，做伞时十几个学徒一起工作，尽人欣赏。又有皮靴店，大胖子皮匠天热时总腆出有一个大而黑的肚皮(上面有一撮毛)，用夹板绱鞋。又有个剃头铺，任何时节总有人手托一个小小木盘，呆呆地在那里尽剃头师傅刮脸。又可看到一家染坊，有强壮多力的苗人，蹲在凹形石碾上面，站得高高的，手扶着墙上横木，偏左偏右地摇荡。又有三家苗人打豆腐的作坊，小腰白齿头包花帕的苗妇人，时时刻刻口上都轻声唱歌，一面引逗缚在身背后包单里的小苗人，一面用放光的红铜勺舀取豆浆。我还必须经过一个豆粉作坊，远远地就可听到骡子推磨隆隆的声音，屋顶棚架上晾满白粉条。我还得经过一些屠户肉案桌，可看到那些新鲜猪肉砍碎时尚在跳动不止。我还得经过一家扎冥器出租花轿的铺子，有白面无常鬼、蓝面阎罗王、鱼龙轿子、金童玉女。每天且可以从他那里看出有多少人接亲，有多少冥器，那些定做的作品又成就了多少，换了些什么式样。并且还常常停顿下来，看他们贴金、敷粉、涂色，一站许久。

我就欢喜看那些东西，一面看一面明白了许多事情。

每天上学时，我照例手肘上挂了那个竹书篮，里面放十多本破书。在家中虽不敢不穿鞋，可是一出了大门，即刻就把鞋脱下拿到手

每天且可以从他那里看出有多少人接亲，有多少冥器，那些定做的作品又成就了多少，换了些什么式样。并且还常常停顿下来，看他们贴金、敷粉、涂色，一站许久。

上，赤脚向学校走去。不管如何，时间照例是有多余的，因此我总得绕一节路玩玩。若从西城走去，在那边就可看到牢狱，大清早若干犯人从那方面戴了脚镣从牢中出来，派过衙门去挖土。若从杀人处走过，昨天杀的人还没有收尸，一定已被野狗把尸首咋碎或拖到小溪中去了，就走过去看看那个糜碎了的尸体，或拾起一块小小石头，在那个污秽的头颅上敲打一下，或用一木棍去戳戳，看看会动不动。若还有野狗在那里争夺，就预先拾了许多石头放在书篮里，随手一一向野狗抛掷，不再过去，只远远地看看，就走开了。

　　既然到了溪边，有时候溪中涨了小小的水，就把裤管高卷，书篮顶在头上，一只手扶着，一只手照料裤子，在沿了城根流去的溪水中走去，直到水深齐膝处为止。学校在北门，我出的是西门，又进南门，再绕城里大街一直走去。在南门河滩方面我还可以看一阵杀牛，机会好时恰好正看到那老实可怜畜牲被放倒的情形。因为每天可以看一点点，杀牛的手续同牛内脏的位置不久也就被我完全弄清楚了。再过去一点就是边街，有织簟子的铺子。每天任何时节，皆有几个老人坐在门前小凳子上，用厚背的钢刀破篾，有两个小孩子蹲在地上织簟子。（我对于这一行手艺所明白的种种，现在说来似乎比写字还在行。）又有铁匠铺，制铁炉同风箱皆占据屋中，大门永远敞开着，时间即或再早一些，也可以看到一个小孩子两只手拉风箱横柄，把整个身子的分量前倾后倒，风箱于是就连续发出一种吼声，火炉上便放出一股臭烟同红光。待到把赤红的热铁拉出搁放到铁砧上时，这个小东西，赶忙舞动细柄铁锤，把铁锤从身背后扬起，在身面前落下，火花四溅地一下一下打着。有时打的是一把刀，有时打的是一件农具。有时看到的又是这个小学徒跨在一条大板凳上，用一把凿子在未淬水的刀上起去铁皮，有时又是把一条薄薄的钢片嵌进熟铁里去。日子一多，关于任何一件铁器的制造程序，我也不会弄错了。边街又有小饭铺，门前有个大竹筒，插满了用竹子削成的筷子。

再过去一点就是边街,有织簟子的铺子。每天任何时节,皆有几个老人坐在门前小凳子上,用厚背的钢刀破篾,有两个小孩子蹲在地上织簟子。

有干鱼同酸菜,用钵头装满放在门前柜台上,引诱主顾上门,意思好像是说:"吃我,随便吃我,好吃!"每次我总仔细看看,真所谓"过屠门而大嚼",也过了瘾。

我最欢喜天上落雨,一落了小雨,若脚下穿的是布鞋,即或天气正当十冬腊月,我也可以用恐怕湿却鞋袜为辞,有理由即刻脱下鞋袜赤脚在街上走路。但最使人开心的事,还是落过大雨以后,街上许多地方已被水所浸没,许多地方阴沟中涌出水来。在这些地方照例常常有人不能过身,我却赤着两脚故意向深水中走去。若河中涨了大水，照例上游会漂流得有木头、家具、南瓜同其他东西，就赶快到横跨大河的桥上去看热闹。桥上必已经有人用长绳系了自己的腰身，在桥头上呆着，注目水中，有所等待。看到有一段大木或一件值得下水的东西浮来时，就纵身一跃，骑到那树上，或傍近物边，把绳子缚定，自己便快快地向下游岸边泅去，另外几个在岸边的人把水中人援助上岸后，就把绳子拉着，或缠绕到大石上大树上去，于是第二次又有第二人来在桥头上等候。我欢喜看人在洄水里扳罾，巴掌大的活鲫鱼在网中蹦跳。一涨了水，照例也就可以看这种有趣味的事情。照家中规矩，一落雨就得穿上钉鞋，我可真不愿意穿那种笨重钉鞋。虽然在半夜时有人从街巷里过身，钉鞋声音实在好听，大白天对于钉鞋我依然毫无兴味。

若在四月落了点小雨，山地里田塍上各处全是蟋蟀声音，真使人心花怒放。在这些时节，我便觉得学校真没有意思，简直坐不住，总得想方设法逃学上山去捉蟋蟀。有时没有什么东西安置这小东西，就走到那里去，把第一只捉到手后又捉第二只，两只手各有一只后，就听第三只。本地蟋蟀原分春秋二季，春季的多在田间泥里草里，秋季的多在人家附近石罅里瓦砾中。如今既然这东西只在泥层里，故即或

左图：
桥上必已经有人用长绳系了自己的腰身，在桥头上呆着，注目水中，有所等待。

右图：
如今既然这东西只在泥层里，故即或两只手心各有一只小东西后，我总还可以想方设法把第三只从泥土中赶出……

两只手心各有一只小东西后,我总还可以想方设法把第三只从泥土中赶出,看看若比较手中的大些,即开释了手中所有,捕捉新的,如此轮流换去,一整天仅捉回两只小虫。城头上有白色炊烟,街巷里有摇铃铛卖煤油的声音,约当下午三点左右时,赶忙走到一个刻花板的老木匠那里去,很兴奋地同那木匠说:"师傅师傅,今天可捉了大王来了!"那木匠便故意装成无动于衷的神气,仍然坐在高凳上玩他的车盘,正眼也不看我地说:"不成,不成,要打得赌点输赢!"我说:"输了替你磨刀成不成?""嗨,够了,我不要你磨刀,你哪会磨刀?上次磨凿子还磨坏了我的家伙!"这不是冤枉我,我上次的确磨坏了他一把凿子。不好意思再说磨刀了,我说:"师傅,那这样办法,你借给我一个瓦盆子,让我自己来试试这两只谁能干些好不好?"我说这话时真怪和气,为的是他以逸待劳,若不允许我,还是无办法。

那木匠想了想,好像莫可奈何才让步的样子:"借盆子得把战败的一只给我,算作租钱。"我满口答应:"那成那成。"于是他方离开车盘,很慷慨地借给我一个泥罐子,顷刻之间我就只剩下一只蟋蟀了。这木匠看看我捉来的虫还不坏,必向我提议:"我们来比比。你赢了我借你这泥罐一天;你输了,你把这蟋蟀给我。办法公平不公平?"我正需要那么一个办法,连说公平公平,于是这木匠进去了一

那木匠想了想,好像莫可奈何才让步的样子:"借盆子得把战败的一只给我,算作租钱。"我满口答应:"那成那成。"

会儿，拿出一只蟋蟀来同我的斗，不消说，三五回合我的自然又败了。他的蟋蟀照例却常常是我前一天输给他的。那木匠看看我有点颓丧，明白我认识那只小东西，担心我生气时一摔，一面赶忙收拾盆罐，一面带着鼓励我神气笑笑地说："老弟，老弟，明天再来，明天再来！你应当捉好的来，走远一点。明天来，明天来！"我什么话也不说，微笑着，出了木匠的大门，回家了。

这样一整天在为雨水泡软的田塍上乱跑，回家时常常全身是泥，家中当然一望而知，于是不必多说，沿老例跪一根香，罚关在空房子里，不许哭，不许吃饭。等一会儿我自然可以从姐姐方面得到充饥的东西。悄悄地把东西吃下以后，我也疲倦了，因此空房中即或再冷一点，老鼠来去很多，一会儿就睡着，再也不知道如何上床的事了。

即或在家中那么受折磨，到学校去时又免不了补挨一顿板子，我还是在想逃学时就逃学，决不为处罚所恐吓。

有时逃学又只是到山上去偷人家园地里的李子枇杷，主人拿着长长的竹竿子大骂着追来时，就飞奔而逃，逃到远处一面吃那个赃物，一面还唱山歌气那主人。总而言之，人虽小小的，两只脚跑得很快，什么茨棚里钻去也不在乎，要捉我可捉不到，就认为这种事比学校里游戏还有趣味。

可是只要我不逃学，在学校里我是不至于像其他那些人受处罚的。我从不用心念书，但我从不在应当背诵时节无法对付。许多书总是临时来读十遍八遍，背诵时节却居然朗朗上口，一字不遗。也似乎就由于这份小小聪明，学校把我同一般同学一样待遇，更使我轻视学校。家中不了解我为什么不想上进，不好好地利用自己聪明用功，我不了解家中为什么只要我读书，不让我玩。我自己总以为读书太容易了点，把认得的字记记那不算什么稀奇。最稀奇处，应当是另外那些人，在他那份习惯下所做的一切事情。为什么骡子推磨时得把眼睛遮上？为什么刀得烧红时在盐水里一淬方能坚硬？为什么雕佛像的会把木头雕成人形，所贴的金那么薄又用什么方法做成？为什么小铜匠会在一块铜板上钻那么一个圆眼，刻花时刻得整整齐齐？这些古怪事情实在太多了。

我生活中充满了疑问，都得我自己去找寻解答。我要知道的太多，所知道的又太少，有时便有点发愁。就为的是白日里太野，各处去看，各处去听，还各处去嗅闻，死蛇的气味、腐草的气味、屠户身上的气味、烧碗处土窑被雨以后放出的气味，要我说来虽当时无法用言语去形容，要我辨别却十分容易。蝙蝠的声音，一只黄牛当屠户把刀剚进它喉中时叹息的声音，藏在田塍土穴中大黄喉蛇的鸣声，黑暗中鱼在水面拨剌的微声，全因到耳边时分量不同，我也记得那么清清楚楚。因此回到家里时，夜间我便做出无数稀奇古怪的梦。经常是梦向天上飞去，一直到金光闪烁中，终于大叫而醒。这些梦直到将近二十年后的如今，还常常使我在半夜里无法安眠，既把我带回到那个"过去"的空虚里去，也把我带往空幻的宇宙里去。

在我面前的世界已够宽广了，但我似乎就还得一个更宽广的世界。我得用这方面得到的知识证明那方面的疑问。我得从比较中知道谁好谁坏。我得看许多业已由于好询问别人，以及好自己幻想所感觉到的世界上的新鲜事情、新鲜东西。结果能逃学时我逃学，不能逃学我就只好做梦。

照地方风气说来，一个小孩子野一点的，照例也必须强悍一点，才能各处跑去。因为一出城，随时都会有一样东西突然扑到你身边来，或是一只凶恶的狗，或是一个顽劣的人。无法抵抗这点袭击，就不容易各处自由放荡。一个野一点的孩子，即或身边不必时时刻刻带一把小刀，也总得带一削光的竹块，好好地插到裤带上；遇机会到时，就取出来当作武器。尤其是到一个离家较远的地方看木傀儡戏，不准备厮杀一场简直不成。你能干点，单身往各处去，有人挑

一个野一点的孩子,即或身边不必时时刻刻带一把小刀,也总得带一削光的竹块,好好地插到裤带上;遇机会到时,就取出来当作武器。

战时,还只是一人近你身边来恶斗,若包围到你身边的顽童人数极多,你还可挑选同你精力不大相差的一人。你不妨指定其中一个说:"要打吗?你来。我同你来。"照规矩,到时也只那一个人拢来。被他打倒,你活该,只好伏在地上尽他压着痛打一顿。你打倒了他,他活该。把他揍够后,你可以自由走去,谁也不会追你,只不过说句"下次再来"罢了。

可是你根本上若就十分怯弱，即或结伴同行，到什么地方去时，也会有人特意挑出你来殴斗。应战你得吃亏，不答应你得被仇人与同伴两方奚落，顶不经济。感谢我那爸爸给了我一份勇气，人虽小，到什么地方去我总不害怕。到被人围上必须打架时，我能挑出那些同我不差多少的人来，我的敏捷同机智，总常常占点上风。有时气运不佳，不小心被人摔倒，我还会有方法翻身过来压到别人身上去。在这件事上，我只吃过一次亏，不是一个小孩，却是一只恶狗，把我攻倒后，咬伤了我一只手。我走到任何地方去都不怕谁。同时因换了好些私塾，各处皆有些同学，大家既都逃过学，便有无数朋友，因此也不会同人打架了。可是自从被那只恶狗攻倒过一次以后，到如今，我却依然十分怕狗。

至于我那地方的大人，用单刀扁担在大街上决斗本不算回事。事情发生时，那些有小孩子在街上玩的母亲，只不过说："小杂种，站远一点，不要太近！"嘱咐小孩子稍稍站开点儿罢了。本地军人互相砍杀虽不出奇，但行刺暗算却不作兴。这类善于殴斗的人物，有军营中人，有哥老会中老幺，有好打不平的闲汉，在当地另成一帮，豁达大度，谦卑接物，为友报仇，爱义好施，且多非常孝顺。但这类人物为时代所陶冶，到民国五年以后也就渐渐消灭了。虽有些青年军官还保存那点风格，风格中最重要的一点洒脱处，却为了军纪一类影响，大不如前辈了。

我有三个堂叔叔、两个姑姑都住在城南乡下，离城四十里左右。那地方名黄罗寨，出强悍的人同猛鸷的兽。我爸爸三岁时，在那里差一点被老虎咬去。我四岁左右，到那里第一天，就看见四个乡下人抬了一只死虎进城，给我留下极深刻的印象。

我还有一个表哥，住在城北十里地名长宁哨的乡下，从那里再过去十来里便是苗乡。表哥是一个紫色脸膛的人，一个守碉堡的战兵。我四岁时被他带到乡下去过了三天，二十年后还记得那个小小城

我四岁时被他带到乡下去过了三天,二十年后还记得那个小小城堡黄昏来时鼓角的声音。

堡黄昏来时鼓角的声音。

这战兵在苗乡有点威信,很能喊叫一些苗人。每次来城时,必为我带一只小斗鸡或一点别的东西。一来为我说苗人故事,临走时我总不让他走。我喜欢他,觉得他比乡下叔父能干有趣。

可是我不明白，这次他竟不大理我，不大同我亲热。他只成天出去买白带子，自己买了许多不算，还托我四叔买了许多。

辛亥革命的一课

有一天，我那表哥又从乡下来了，见了他我非常快乐。我问他那些水车，那些碾坊，我又问他许多我在乡下所熟悉的东西。可是我不明白，这次他竟不大理我，不大同我亲热。他只成天出去买白带子，自己买了许多不算，还托我四叔买了许多。家中搁下两担白带子，还说不大够用。他同我爸爸又商量了很多事情，我虽听到却不很懂是什么意思。其中一件便是把三弟同大哥派阿伢①当天送进苗乡去。把我大姐二姐送过表哥乡下那个能容万人避难的齐梁洞去。爸爸即刻就遵照表哥的计划办去，母亲当时似乎也承认这办较安全方便。在一种迅速处置下，四人当天离开家中同表哥上了路。表哥去时挑了一担白带子，同来另一个陌生人也挑了一担。我疑心他想开一个铺子，才用得着这样多带子。

当表哥一行人众动身时，爸爸问表哥明夜来不来，那一个就回答说："不来，怎么成事？我的事还多得很！"我知道表哥的许多事中，一定有一件事是为我带那只花公鸡，那是他早先答应过我的。因此就插口说："你来，可别忘记答应我那个东西！""忘不了，忘了我就带别的更好的东西。"当我两个姐姐、一个哥哥、一个弟弟同那苗妇人躲进苗乡时，我爸爸问我："你怎么样？跟阿伢进苗乡去，还是跟我在城里？""什么地方热闹些？""不要这样问，我明白你的意思，你要在城里看热闹，就留下来莫过苗乡吧。"听说同我爸爸留在城里，我真欢喜。我记得分分明明，第二天晚上，叔父红着脸在灯光下磨刀的情形，真十分有趣。我一时走过仓库边看叔父磨刀，一时又走到书房去看我爸爸擦枪。家中人既走了不少，忽然显得空阔许多。我平时似乎胆量很小，天黑以后不大出房门，到这天也不知道害怕了。我不明白行将发生什么事情，但却知道有一件很重要的新事快要发生。我满屋各处走去，又傍近爸爸听他们说话。他们每个人脸色都不同往常安详，每人说话都结结巴巴。我家中有两支广式猎枪，几个人一面检查枪支，一面又常常互相来一个莫名其妙的微笑，我也就跟着他们微笑。

我看到他们在日光下做事，又看到他们在灯光下商量。那长身叔

---

① 苗语"大姐"的意思。

父一会儿跑出门去,一会儿又跑回来悄悄地说一阵。我装作不注意的神气,算计到他出门的次数,这一天他一共出门九次,到最后一次出门时,我跟他身后走出到屋廊下,我说:"四叔,怎么的,你们是不是预备杀仗?""咄,你这小东西,还不去睡!回头要猫儿吃了你。赶快睡去!"于是我便被一个丫头拖到上边屋里去,把头伏到母亲腿上,一会儿就睡着了。

这一夜中城里城外发生的事我全不清楚。等到我照常醒来时,只见全家早已起身,各个人皆脸儿白白的,在那里悄悄地说些什么。大家问我昨夜听到什么没有,我只是摇头。我家中似乎少了几个人,数了一下,几个叔叔全不见了,男的只我爸爸一个人,坐在正屋他那唯一专用的太师椅上,低下头来一句话不说。我记起了杀仗的事情,我问他:"爸爸,爸爸,你究竟杀过仗了没有?""小东西,莫乱说,夜来我们杀败了!全军人马覆灭,死了上千人!"正说着,高个儿叔父从外面回来了,满头是汗,结结巴巴地说:"衙门从城边已经抬回了四百一十个人头、一大串耳朵、七架云梯、一些刀,一些别的东西。对河还杀得更多,烧了七处房子,现在还不许人上城去看。"爸爸听说有四百个人头,就向叔父说:"你快去看看,躲韩在里边没有。赶快去,赶快去。"躲韩就是我那紫色脸膛的表兄,我明白他昨天晚上也在城外杀仗后,心中十分关切。听说衙门口有那么多人头,还有一大串人耳朵,正与我爸爸平时为我说到的杀长毛故事相合,我又兴奋又害怕,兴奋得简直不知道怎么办。洗过了脸,我方走出房门,看看天气阴阴的,像要落雨的神气,一切皆很黯淡。街口平常这时照例可以听到卖糕人的声音,以及各种别的叫卖声音,今天却异常清静,似乎过年一样。我想得到一个机会出去看看。我最关心的是那些我从不曾摸过的人头。一会儿,我的机会便来了。长身四叔跑回来告我爸爸,人头里没有躲韩的头。且说衙门口人多着,街上铺子都已奉命开了门,张家二老爷也上街看热闹了。对门张家二老爷原是暗中和

街口平常这时照例可以听到卖糕人的声音,以及各种别的叫卖声音,今天却异常清静,似乎过年一样。

革命党有联系的本地绅士之一。因此我爸爸便问我:"小东西,怕不怕人头,不怕就同我出去。""不怕,我想看看!"于是我就在道尹衙门口平地上看到了一大堆肮脏血污人头。还有衙门口鹿角上、辕门上,也无处不是人头。从城边取回的几架云梯,全用新毛竹做成(就是把一些新从山中砍来的竹子,横横地贯了许多木棍),云梯木棍上也悬挂许多人头。看到这些东西我实在稀奇,我不明白为什么要杀那么多人,我不明白这些人因什么事就被把头割下。我随后又发现了那一串耳朵,那么一串东西,一生真再也不容易见到过的古怪东西!叔父问我:"小东西,你怕不怕?"我回答得极好,我说"不怕"。我

为什么他们被砍?砍他们的人又为什么?心中许多疑问,回到家中时问爸爸,爸爸只说这是造反打了败仗,也不能给我一个满意的答复。

原先已听了多少杀仗的故事,总说是"人头如山,血流成河",看戏时也总说是"千军万马分个胜败",却除了从戏台上间或演秦琼哭头时可看到一个木人头放在朱红盘子里托着舞来舞去,此外就不曾看到过一次真的杀仗砍下什么人头。现在却有那么一大堆血淋淋的从人颈脖上砍下的东西。我并不怕,可不明白为什么这些人就让兵士砍他们,有点疑心,以为这一定有了错误。

为什么他们被砍?砍他们的人又为什么?心中许多疑问,回到家中时问爸爸,爸爸只说这是造反打了败仗,也不能给我一个满意的答复。我当时以为爸爸那么伟大的人,天上地下知道不知多少事,居然也不明白这件事,倒真觉得奇怪。到现在我才明白这事永远在世界上不缺少,可是谁也不能够给小孩子一个最得体的回答。

这革命原是城中绅士早已知道,用来对付镇篁镇和辰沅永靖兵备道两个衙门的旗人大官同那些外路商人,攻城以前先就约好了的。但临时却因军队方面谈的条件不妥,误了大事。

革命算已失败了,杀戮还只是刚在开始。城防军把防务布置周密妥当后,就分头派兵下苗乡去捉人,捉来的人只问问一句两句话,就牵出城外去砍掉。平常杀人照例应当在西门外,现在造反的人既从北门来,因此应杀的人也就放在北门河滩上杀戮。当初每天必杀一百左右,每次杀五十个人时,行刑兵士还只是二十一个人,看热闹的也不过三十左右。有时衣也不剥,绳子也不捆缚,就那么跟着赶去的。常常有被杀的站得稍远一点,兵士以为是看热闹的人就忘掉走去。被杀的差不多全从苗乡捉来,糊糊涂涂不知道是些什么事,因此还有一直到了河滩被人吼着跪下时,才明白行将有什么新事,方大声哭喊惊惶乱跑,刽子手随即赶上前去那么一阵乱刀砍翻的。

这愚蠢残酷的杀戮继续了约一个月,才渐渐减少下来。或者因为天气既很严冷,不必担心到它的腐烂,埋不及时就不埋,或者又因为还另外有一种示众意思,河滩的尸首总常常躺下四五百。

到后人太多了,仿佛凡是西北苗乡捉来的人都得杀头,衙门方面把文书禀告到抚台时大致说的就是苗人造反,因此照规矩还得剿平这一片地面上的人民。捉来的人一多,被杀的头脑简单异常,无法自脱,但杀人那一方面知道下面消息多些,却有点寒了心。几个本地有力的绅士,也就是暗地里同城外人沟通却不为官方知道的人,便一同向道台请求有一个限制。经过一番选择,该杀的杀,该放的放。每天捉来的人既有一百两百,差不多全是苗乡的农民,既不能全部开释,也不应全部杀头,因此选择的手续,便委托了本地人民所敬信的天王。把犯人牵到天王庙大殿前院坪里,在神前掷竹筊,一仰一覆的顺筊,……那份颓丧那份对神埋怨的神情,真使我永远忘不了,也影响到我一生对于滥用权力的特别厌恶。

开释；双仰的阳筊，开释；双覆的阴筊，杀头。生死取决于一掷，应死的自己向左走去，该活的自己向右走去。一个人在一分赌博上既占去便宜四分之三，因此应死的谁也不说话，就低下头走去。

我那时已经可以自由出门，一有机会就常常到城头上去看对河杀头。每当人已杀过赶不及看那一砍时，便与其他小孩比赛眼力，一二三四屈指计数那一片死尸的数目。或者又跟随了犯人，到天王庙看他们掷筊。看那些乡下人，如何闭了眼睛把手中一副竹筊用力抛去，有些人到已应当开释时还不敢睁开眼睛。又看着些虽应死去，还想念到家中小孩与小牛猪羊的，那份颓丧那份对神埋怨的神情，真使我永远忘不了，也影响到我一生对于滥用权力的特别厌恶。

我刚好知道"人生"时，我知道的原来就是这些事情。

第二年三月本地革命成功了，各处悬上白旗，写个"汉"字，小城中官兵算是对革命军投了降。革命反正的兵士结队成排在街上巡游。外来镇守使、道尹、知县，已表示愿意走路，地方一切皆由绅士出面来维持，并在大会上进行民主选举，我爸爸便即刻成为当地要人了。

那时节我哥哥弟弟同两个姐姐，全从苗乡接回来了。家中无数乡下军人来来往往，院子中坐满了人。在一群陌生人中，我发现了那个紫黑脸膛的表哥。他并没有死去，背了一把单刀，朱红牛皮的刀鞘上描着金黄色双龙抢宝的花纹。他正在同别人说那一夜扑近城边爬城的情形。我悄悄地告诉他："我过天王庙看犯人掷筊，想知道犯人中有没有你，可见不着。"那表哥说："他们手短了些，捉不着我。现在应当我来打他们了。"当天全城人过天王庙开会时，我爸爸正在台上演说，那表哥当真就爬上台去重重地打了县太爷一个嘴巴，使得台上台下都笑闹不已，演说也无法继续。

革命使我家中也起了变化。不多久，爸爸和一个姓吴的竞选去长沙会议代表失败，心中十分不平，赌气出门往北京去了。和本地阙祝明同去，住杨梅竹斜街酉西会馆，组织了个铁血团，谋刺袁世凯，被侦探发现，阙被捕当时枪决。我父亲因看老谭的戏，有熟人通知，即逃出关，在热河都统姜桂题、米振标处隐匿（因为相熟），后改名换姓，在赤峰、建平等县做科长多年，袁死后才和家里通信。只记到借人手写信来典田还账。到后家中就破产了。父亲的还湘，还是我哥哥出关万里寻亲接回的。哥哥会为人画像，借此谋生，东北各省都跑过，最后才在赤峰找到了父亲。爸爸这一去，直到十二年后当我从湘边下行时，在辰州地方又见过他一面，从此以后便再也见不着了。

我爸爸在竞选失败离开家乡那一年，我最小的一个九妹，刚好出世三个月。

革命后地方不同了一点，绿营制度没有改变多少，屯田制度也没有改变多少。地方有军役的，依然各因等级不同，按月由本人或家中人到营上去领取食粮与碎银。守兵当值的，到时照常上衙门听候差遣。马兵仍照旧把马养在家中。衙门前钟鼓楼每到晚上仍有三五个吹鼓手奏乐。但防军组织分配稍微不同了，军队所用器械不同了，地方官长不同了。县知事换了本地人，镇守使也换了本地人。当兵的每个家中大门边钉了一小牌，载明一切，且各因兵役不同，木牌种类也完全不同。道尹衙门前站在香案旁宣讲圣谕的秀才已不见了。

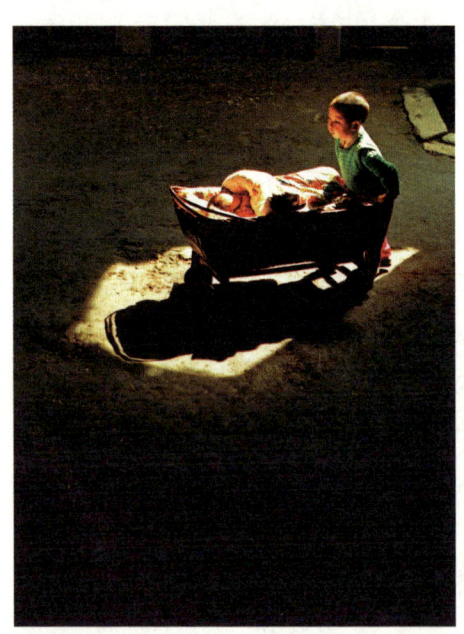

我爸爸在竞选失败离开家乡那一年，我最小的一个九妹，刚好出世三个月。

但革命印象在我记忆中不能忘记的,却只是关于杀戮那几千无辜农民的几幅颜色鲜明的图画。

民国三年左右地方新式小学成立,民国四年我进了新式小学。民国六年夏我便离开了家乡,在沅水流域十三县开始过流荡生活,接受另一种人生教育了。

我上许多课仍然不放下那一本大书

我改进了新式小学后,学校不背诵经书,不随便打人,同时也不必成天坐在桌边。每天不只可以在小院子中玩,互相扭打,先生见及,也不加以约束,七天照例又还有一天放假,因此我不必再逃学了。可是在那学校照例也就什么都不曾学到。每天上课时照例上上,下课时就遵照大的学生指挥,找寻大小相等的人,到操坪中去打架。一出门就是城墙,我们便想法爬上城去,看城外对河的景致。

一出门就是城墙,我们便想法爬上城去,看城外对河的景致。

又有一个制瓷器的大窑，我们便常常过那里去看工人制造一切瓷器，看一块白泥在各样手续下如何就变成为一个饭碗，或一件别种用具的生产过程。

上学散学时，便如同往常一样，常常绕了多远的路，去城外边街上看看那些木工手艺人新雕的佛像贴了多少金。看看那些铸铁犁的人一共出了多少新货。或者什么人家孵了小鸡，也常常不管远近必跑去看看。一到星期日，我在家中写了十六个大字后，就一溜出门，一直到晚方回家中。

半年后家中母亲相信了一个亲戚的建议，以为应从城内第二初级小学换到城外第一小学，这件事实行后更使我方便快乐。新学校临近高山，校屋前后各处是树，同学又多，当然十分有趣。到这学校我仍然什么也不学得，生字也没认识多少，可是我倒学会了爬树。几个人一下课，就在校后山边各自拣选一株合抱大梧桐树，看谁先爬到顶。我从这方面便认识约三十种树木的名称。因为爬树有时跌下或扭伤了脚，刺破了手，就跟同学去采药，又认识了十来种草药。我开始学会了钓鱼，总是上半天学，钓半天鱼。我学会了采笋子，摘蕨菜。后山上到春天各处是野兰花，各处是可以充饥解渴的刺莓，在竹篁里且有无数雀鸟，我便跟他们认识了许多雀鸟，且认识许多野果树。去后山约一里左右，又有一个制瓷器的大窑，我们便常常过那里去看工人制造一切瓷器，看一块白泥在各样手续下如何就变成为一个饭碗，或一件别种用具的生产过程。

学校环境使我们在校外所学的实在比校内课堂上多十倍，但在学校也学会了一件事，便是各人用刀在座位板下镌雕自己的名字。又因为学校有做手工的白泥，我们就用白泥摹塑教员的肖像，且各为取一怪名：绵羊、耗子、老土地菩萨，还有更古怪的称呼。总之随心所欲。在这些事情上我的成绩照例比学校功课好一点，但自然不能得到任何奖励。学校已禁止体罚，可是记过罚站还在执行。

照情形看来，我已不必逃学，但学校既不严格，四个教员恰恰又有我两个表哥在内，想要到什么地方去时，我便请假。看戏请假，钓鱼请假，甚至几个人到三里外田坪中去看人割禾、捉蚱蜢也向老师请假。至于教师本人，一下课就玩麻雀牌，久成习惯。当时麻雀牌是新事物，所以教师会玩并不以为是坏事情。

那时我家中每年还可收取租谷三百石左右，三个叔父两个姑母占两份，我家占一份。到秋收时，我便同叔父或其他年长亲戚，往二十里外的乡下去，督促佃夫和一些临时雇来的工人割禾。等到田中成熟禾穗已空，新谷装满白木浅缘方桶时，便把新谷倾倒到大晒谷簟上来，与佃夫平分。其一半应归佃夫所有的，由他们去处置，我们把我家应得那一半，雇人押运回家。在那里最有趣处是可以辨别各种禾苗，认识各种害虫，学习捕捉蚱蜢、分别蚱蜢。同时学用鸡笼去罩捕水田中的肥大鲤鱼鲫鱼，把鱼捉来即用黄泥包好塞到热灰里去煨熟分吃。又向佃户家讨小小斗鸡，且认识种类，准备带回家来抱到街上去寻找别人同等大小公鸡作战。又从农家小孩处学习抽稻草心织小篓小篮，剥桐木皮做卷筒哨子，用小竹子做唢呐。有时捉得一个刺猬，有时打死一条大蛇，又有时还可跟叔父让佃户带到山中去，把雉媒抛出去，吹唿哨招引野雉，鸟枪里装上一把散碎铁砂和黑色土药，猎取这华丽骄傲的禽鸟。

为了打猎，秋末冬初我们还常常去佃户家，看他们下围，跟着他们乱跑。我最欢喜的是猎取野猪同黄麂。有一次还被他们捆缚在一株大树高枝上，看他们把受惊的黄麂从树下追赶过去。我又看过猎狐，眼看着一对狡猾野兽在一株大树根下转，到后这东西便变成了我叔父的马褂。

学校既然不必按时上课，其余的时间我们还得想出几件事情来消磨，到下午三点才能散学。几个人爬上城去，坐在大铜炮上看城外风光，一面拾些石头奋力向河中掷去，这是一个办法。另外就是到操场一角砂地上去拿顶翻筋斗，每个人轮流来做这件事，不溜刷的便仿照技术班办法，在那人腰身上缚一条带子，两个人各拉一端，翻筋斗时用力一抬，日子一多，便无人不会翻筋斗了。

因为学校有几个乡下来的同学，身体壮大异常，便有人想出好主意，提议要这些乡下孩子装马，让较小的同学跨到马背上去，同另一匹马上另一员勇将来作战，在上面扭成一团，直到跌下地后为止。这些做马匹的同学，总照例非常忠厚可靠，在任何情形下皆不卸责。作战总有受伤的，不拘谁人头面有时流血了，就抓一把黄土，将伤口敷上，全不在乎似的。我常常设计把这些人马调度得十分如法，他们服从我的编排，比一匹真马还驯服规矩。

放学时天气若还早一些，几个人不是上城去坐坐，就常常沿了城墙走去。有时节出城去看看，有谁的柴船无人照料，看明白了这只

有时节出城去看看,有谁的柴船无人照料,看明白了这只船的的确确无人时,几人就匆忙跳上了船,很快地向河中心划去。

船的的确确无人时,几人就匆忙跳上了船,很快地向河中心划去。等一会儿那船主人来时,若在岸上和和气气地说:"兄弟,兄弟,你们快把船划回来,我得回家!"遇到这种和平讲道理人时,我们也总得十分和气把船划回来,各自跳上了岸,让人家上船回家。若那人性格暴躁点,一见自己小船为一群胡闹小将把它送到河中打着圈儿转,心中十分愤怒,大声地喊骂,说出许多恐吓无理的野话,那我们便一面回骂着,一面快快地把船向下游流去,尽他叫骂也不管他。到下游时几个人上了岸,就让这船搁在河滩上不再理会了。有时刚上船坐定,即刻便被船主人赶来,那就得担当一分儿惊险了。船主照

河滩上各处晒满了白布同青菜,每天还有许多妇人背了竹笼来洗衣,用木棒杵在流水中捶打,訇訇地从北城墙脚下应出回声。

例知道我们受不了什么簸荡,抢上船头,把身体故意向左右连续倾侧不已,因此小船就在水面胡乱颠簸,一个无经验的孩子担心会掉到水中去,必惊骇得大哭不已。但有了经验的人呢,你估计一下,先看看是不是逃得上岸,若已无可逃避,那就好好地坐在船中,尽那乡下人的磨练,拼一身衣服给水湿透。你不慌不忙,只稳稳地坐在船中,不必作声告饶,也不必恶声相骂,过一会儿那乡下人看看你胆量不小,知道用这方法吓不了你,他就会让你明白他的行为不过是一种带恶意的玩笑,这玩笑到时应当结束了,必把手叉上腰边,向你微笑,抱歉似的微笑。

"少爷,够了,请你上岸!"于是几个人便上岸了。有时不凑巧,我们也会被人用小桨竹篙一路追赶着打我们,还一路骂我们。只要逃走远一点点,用什么话骂来,我们照例也就用什么话骂回去,追来时我们又很快地跑去。

那河里有鳜鱼,有鲫鱼,有小鲇鱼,钓鱼的人多向上游一点走去。隔河是一片苗人的菜园,不涨水,从跳石上过河,到菜园里去看花、买菜心吃的次数也很多。河滩上各处晒满了白布同青菜,每天还有许多妇人背了竹笼来洗衣,用木棒杵在流水中捶打,訇訇地从北城墙脚下应出回声。

天热时,到下午四点以后,满河中都是赤光光的身体。有些军人好事爱玩,还把小孩子、战马、看家的狗同一群鸭雏,全部都带到河中来。有些人父子数人同来。大家皆在激流清水中游泳。不会游泳的便把裤子泡湿,扎紧了裤管,向水中急急地一兜,捕捉了满满的一裤空气,再用带子捆好,便成了极合用的水马。有了这东西,即或全不会漂浮的人,也能很勇敢地向水深处洇去。到这种人多的地方,照例不会出事故被水淹死的,一出了什么事,大家皆很勇敢地救人。

我们洗澡可常常到上游一点去。那里人既很少,水又极深,对我们才算合适。这件事自然得瞒着家中人。家中照例总为我担忧,唯恐一不小心就会为水淹死。每天下午既无法禁止我出去玩,又知道下午我不会到米厂上去同人赌骰子,那位对于管拘我侦察我十分负责的大哥,照例一到饭后我出门不久,他也总得到城外河边一趟。人多时不能从人丛中发现我,就沿河去找寻我的衣服,在每一堆衣服上来一分注意。一见到了我的衣服,一句话不说,就拿起来走去,远远地坐到大路上,等候我要穿衣时来同他会面。衣裤既然在他手上,我不能不见他了;到后只好走上岸来,从他手上把衣服取到手,两人沉沉默默地回家。回去不必说什么,只准备一顿打。可是经过两次教训后,我即或仍然在河中洗澡,也就不至于再被家中人发现了。我可以搬些石头把衣服压着,只要一看到他从城门洞边大路走来时,必有人告给我,我就快快地洇到河中去,向天仰卧,把全身泡在水中,只露出一张脸一个鼻孔来,尽岸上那一个搜索也不会得到什么结果。有些人常常同我在一处,哥哥认得他们,看到了他们时,就唤他们:"熊澧南,印鉴远,你见我兄弟老二吗?"

那些同学便故意大声答着:"我们不知道,你不看看衣服吗？""你们不正是成天在一堆胡闹吗？""是呀，可是现在谁知道他在哪一片天底下？""他不在河里吗？""你不看看衣服吗？不数数我们的人数吗？"这好人便各处望望，果然不见到我的衣裤，相信我那朋友的答复不是句谎话，于是站在河边欣赏了一阵河中景致，又弯下腰拾起两个放光的贝壳，用他那双常若含泪发愁的艺术家眼睛赏鉴了一下，或坐下来取出速写簿，随意画两张河景的素描，口上嘘嘘打着唿哨，又向原来那条路上走去了。等他走去以后，我们便来模仿我这个可怜的哥哥，互相反复着前后那种答问。"熊澧南，印鉴远，看见我兄弟吗？""不知道，不知道，你自己不看看这里一共有多少衣服吗？""你们成天在一堆！""是呀！成天在一堆，可是谁知道他现在到哪儿去了呢？"于是互相浇起水来，直到另一个逃走方能完事。

有时这好人明知道我在河中，当时虽无法擒捉，回头却常常隐藏在城门边，坐在卖荞粑的苗妇人小茅棚里，很有耐心地等待着，等到我十分高兴地从大路上同几个朋友走近身时，他便风快地同一只公猫一样，从

左图：
"熊澧南，印鉴远，你见我兄弟老二吗？"那些同学便故意大声答着："我们不知道，你不看看衣服吗？"

右图：
如遇星期日，则常常几人先一天就邀好，过河上游一点棺材潭的地方去，泡一个整天……

那小棚中跃出,一把攫住了我衣领。于是同行的朋友就大嚷大笑,伴送我到家门口,才自行散去。不过这种事也只有三两次,我从经验上既知道这一着棋时,进城时便常常故意慢一阵,有时且绕了极远的东门回去。

我人既长大了些,权利自然也多些了,在生活方面我的权利便是即或家中明知我下河洗了澡,只要不是当面被捉,家中可不能用爬搔皮肤方法决定我应否受罚了。同时我的游泳自然也进步多了,我记到我能在河中来去泅过三次,至于那个名叫熊澧南的,却大约能泅过五次。

下河的事若在平常日子,多半是三点晚饭以后才去。如遇星期日,则常常几人先一天就邀好,过河上游一点棺材潭的地方去,泡一个整天，汩一阵水又摸一会儿鱼，把鱼从水中石底捉得，就用枯枝在河滩上烧来当点心。有时那一天正当附近十里长宁哨苗乡场集，就空了两只手跑到那地方去，玩一个半天。到了场上后，过卖牛处看看他们讨论价钱盟神发誓的样子，又过卖猪处看看那些大猪小猪，查看它，把后脚提起时，必锐声呼喊。又到赌场上去看看那些乡下人一只手抖抖地下注，替别人担一阵心。又到卖山货处去，用手摸摸那些豹子老虎的皮毛，且听听他们谈到猎取这野物的种种危险经验。又到卖鸡处去，欣赏欣赏那些大鸡小鸡，我们皆知道什么鸡战斗时厉害，什么鸡生蛋极多。我们且各自把那些斗鸡毛色记下来，因为这些鸡照例当天全将为城中来的兵士和商人买去，五天以后就会在城中斗鸡场出现。我们间或还可在敞坪中看苗人决斗，用扁担或双刀互相拼命。小河边到了场期，照例来了无数小船和竹筏，竹筏上且常常有长眉秀目脸儿极白奶头高肿的青年苗族女人，用绣花大衣袖掩着口笑，使人看来十分舒服。我们来回走二三十里路，各个人两只手既是空空的，因此在场上什么也不能吃。间或谁一个人身上有一两枚铜元，就到卖狗肉摊边割一块狗肉，蘸些盐水，平均分来吃吃。或者无意中谁一个人在人丛中碰着了一位亲长，被问道："吃过点心吗？"大家正饿着，互相望了会儿，羞羞怯怯地一笑。那人知道情形了，便道："这成吗？不喝一杯还算赶场吗？"到后自然就被拉到狗肉摊边去，切一斤两斤肥狗肉，分割成几大块，各人来那么一块，蘸了盐水往嘴上送。

机会不好不曾碰到这么一个慷慨的亲戚，我们也依然不会瘪了肚皮回家。沿路有无数人家的桃树李树，果实全把树枝压得弯弯的，等待我们去为它们减除一分负担。还有多少黄泥田里，红萝卜大得如小猪头，没有我们去吃它赞美它，便始终委屈在那深土里！除此以外路塍上无处不是莓类同野生樱桃，大道旁无处不是甜滋滋的枇杷，无处不可得到充饥果腹的山果野莓。口渴时无处不可以随意低下

即或任何东西没得吃,我们还是十分高兴,就为的是乡场中那一派空气、一阵声音、一份颜色……

头去喝水。至于茶油树上长的茶莓,则常年四季都可以随意采吃,不犯任何忌讳。即或任何东西没得吃,我们还是十分高兴,就为的是乡场中那一派空气、一阵声音、一份颜色,以及在每一处每一项生意人身上发出那一股臭味,就够使我们觉得满意!我们用各样官能吃了那么多东西,即使不再用口来吃喝也很够了。

我们又必须从一些造船的河滩上过身,有万千机会看到那些造船工匠在太阳下安置一只小船的龙骨,或把粗麻头同桐油石灰嵌进缝罅里补治旧船。

到场上去我们还可以看各样水碾水碓,并各种形式的水车。我们必得经过好几个榨油坊,远远地就可以听到油坊中打油人唱歌的声音。一过油坊时便跑进去,看看那些堆积如山的桐子,经过些什么手续才能出油。我们只要稍稍绕一点路,还可以从一个造纸工作场过身,在那里可以看他们利用水力捣碎稻草同竹筱,用细篾帘子舀取纸浆做纸。我们又必须从一些造船的河滩上过身,有万千机会看到那些造船工匠在太阳下安置一只小船的龙骨,或把粗麻头同桐油石灰嵌进缝罅里补治旧船。

总而言之,这样玩一次,就只一次,也似乎比读半年书还有益处。若把一本好书同这种好地方尽我拣选一种,直到如今,我还觉得不必看这本弄虚作伪、千篇一律用文字写成的小书,却应当去读那本色香具备、内容充实、用人事写成的大书。

我不明白我为什么就学会了赌骰子。大约还是因为每早上买菜,总可剩下三五个小钱,让我有机会傍近用骰子赌输赢的糕类摊子。起始当三五个人蹲到那些戏楼下,把三粒骰子或四粒骰子或六粒骰子抓到手中,奋力向大土碗掷去,跟着它的变化喊出种种专门名词时,我真忘了自己也忘了一切。那富于变化的六骰子赌,七十二种"快""臭",一眼间我皆能很得体地喊出它的得失。谁也不能在我面前占去便宜,谁也骗不了我。自从精明这一项玩意儿以后,我家里这一早上若派我出去买菜,我就把买菜的钱去做注,同一群小无赖在一个有天棚的米厂上玩骰子,赢了钱自然全部买东西吃,若不凑巧全输掉时,就跑回来悄悄地进门找寻外祖母,从她手中把买菜的钱得到。

但这是件相当冒险的事,家中知道后可得痛打一顿,因此赌虽然赌,经常总只下一个铜子的注,赢了拿钱走去,输了也不再来,把菜少买一些,总可敷衍下去。

由于赌术精明我不大担心输赢。我倒最希望玩个半天结果无输无赢。我所担心的只是正玩得十分高兴,忽然后领一下子为一只强硬有力的瘦手攫定,一个哑哑的声音在我耳边响着:"这一下捉到你了,这一下捉到你了!"先是一惊,想挣扎可不成。既然捉定了,不必回头,我就明白我被谁捉住,且不必猜想,我就知道我回家去应受些什么款待。于是提了菜篮让这个仿佛生下来给我作对的人把我揪回去。这样过街可真无脸面,因此不是请求他放和平点抓着我一只手,总是趁他不注意的情形下,忽然挣脱先行跑回家去,准备他回来时受罚。

每次在这件事上我受的处罚都似乎略略过分了些,总是被一条绣花的白绸腰带缚定两手,系在空谷仓里,用鞭子打几十下,上半天不许吃饭，或是整天不许吃饭。亲戚中看到觉得十分可怜，多以为哥哥不应当这样虐待弟弟。但这样不顾脸面地去同一些乞丐赌博，给了家中多少气忄区，我是不理解的。

我从那方面学会了不少下流野话和赌博术语，在亲戚中身份似乎也就低了些。只是当十五年后，我能够用我各方面的经验写点故事时，这些粗话野话，却给了我许多帮助，增加了故事中人物的色彩和生命。

革命后本地设了女学校，我两个姐姐一同被送过女学校读书。我那时也欢喜过女学校去玩，就因为那地方有些新奇的东西。学校外边一点，有个做小鞭炮的作坊，从起始用一根细钢条，卷上了纸，送到木机上一搓，"吱"的一声就成了空心的小管子，再如何经过些什么手续，便成了燃放时"吧"的一声的小爆仗，被我看得十分熟悉。我借故去瞧姐姐时，总在那里看他们工作一会儿。我还可看他们烘焙火药、碓舂木炭、筛硫磺、配合火药的原料，因此明白制焰火用的药同制爆仗用的药，硫磺的分配分量如何不同。这些知识远比学校读的课本有用。

一到女学校时，我必跑到长廊下去，欣赏那些平时不易见到的织布机器。那些大小不一的钢齿轮互相衔接，一动它时全部都转动起来，且发出一种异样陌生的声音，听来我总十分欢喜。我平时是个怕鬼的人，但为了欣赏这机器，黄昏中我还敢在那儿逗留，直到她们大声呼喊各处找寻时，我才从廊下跑出。

当我转入高小那年，正是民国五年，我们那地方为了上年受蔡锷讨袁战事的刺激，感觉军队非改革不能自存，因此本地镇守署方面，设了一个军官团。前为道尹后改成苗防屯务处方面，也设了一个将弁学校。另外还有一个教练兵士的学兵营、一个教导队。小小的城里多了四个军事学校，一切都用较新方式训练，地方因此气象一新。由于常常可以见到这类青年学生结队成排在街上走过，本地的小

在我生长那个地方，当兵不是耻辱。……本地的光荣原本是从过去无数男子的勇敢流血搏来的。

孩，以及一些小商人，都觉得学军事较有意思，有出息。有人与军官团一个教官做邻居的，要他在饭后课余教教小孩子，先在大街上操练，到后却借了附近由皇殿改成的军官团操场使用，不上半月便招集了一百人左右。

有同学在里面受过训练来的，精神比起别人来特别强悍，显明不同于一般同学。我们觉得奇怪。这同学就告我们一切，且问我愿不愿意去。并告我到里面后，每两月可以考选一次，配吃一份口粮，做守兵战兵的，就可以补上名额当兵。在我生长那个地方，当兵不是耻辱。多久以来，文人只出了个翰林，即熊希龄，两个进士、四个拔贡。至于武人，随同曾国荃打入南京城的就出了四名提督军门，后来从日本士官学校出来的朱湘溪，还做蔡锷的参谋长，出身保定军官团的，且有一大堆。在湘西十三县似占第一位。本地的光荣原本是从过去无数男子的勇敢流血搏来的。谁都希望当兵，因为这是年轻人一条出路，也正是年轻人唯一的出路。同学说及进技术班时，我就答应试来问问我的母亲，看看母亲的意见，这将军的后人，是不是仍然得从步卒出身。

那时节我哥哥已过热河找寻父亲去了，我因不受拘束，生活既日益放肆，不易教管。母亲正想不出处置我的好方法，因此一来，将军后人就决定去做兵役的候补者了。

预备兵的技术班

家中听说我一到那边去，既有机会考一份口粮，且明白里面规矩极严，以为把我放进去受预备兵的训练，实在比让我在外面撒野较好。即或在技术班免不了从天桥掉下的危险，但有人亲眼看到掉下来，总比无人照料，到那些空山里从高崖上摔下为好些，因此当时便答应了。母亲还为我缝了一套灰布制服。

我把这消息告给学校那个梁班长时，军衣还不曾缝好，他就带我去见了一次姓陈的教官。我第一次见到那个挺着胸脯的人，实在有点害怕，但我却因为听说他的杠杆技术曾经得过全省锦标，能够在天桥上竖蜻蜓用手来回走四五次，又能在杠杆上打大车轮至四十来次，简直是个新式徐良、黄天霸，因此虽畏惧他却也欢喜他。

这教官给我第一次印象不坏，此后的印象也十分好。他对于我似乎也还满意。先看我人那么小，排队总在最后一名，在操场中跑步时便把我剔出，到正步走向后转走时，我的步子较小一点，又想法让我不吃亏。但经过十天后，我的能力和勇敢，就得到他完全的承认，做任何事应当大家去做的，我头上也总派到一份了。

我很感谢那教官，由于他那份无私严厉，逼迫我学会了一种攀杠杆的技术，到后来还用这点技术救过我自己一次生命的危险。我身体到后来在军队中去混了那么久，那一次重重的伤寒病，四十天的高热，居然能够支持下来，未必不靠从技术班训练好的一个结实体格所帮助。我的身体是因从小营养不良显得脆弱，性格方面永远保持到一点坚实军人的风味，不管做什么总去做，不大关心成败得失，似乎也就是那将近一年的训练养成的。

但经过十天后，我的能力和勇敢，就得到他完全的承认，做任何事应当大家去做的，我头上也总派到一份了。

我进到了那军役补习班后，方知道原来在学校做班长的梁凤生，在技术班也还是我们的班长。我在里面得到他的帮助可不少。一进去时的单人教练，他就做了我的教师。当每人到小操场的砂地上学习打筋斗时，用腰带束了我的腰，两个人各用手紧紧地抓着那根带子，好在我正当把两只手垫到地面，想把身体翻过去再一下挺起时，他就赶忙用手一拉，使我不要扭坏腰腿。有时我攀上杠杆，用膀子向后反挂，预备来一次背车，在旁小心照料的也总是他。有时一不小心摔到砂地上，跌哑了喉，想说话无论如何怎样用力再也说不出口，一为他见及，就赶忙搀起我来，扶着我乱跑，必得跑过好一阵，我口方说得出话，不至于出现后遗症。

这人在学校书既读得极好，每次考试总得第一，过技术班来成绩也非常好。母亲是一个寡妇，守着三个儿子，替人缝点衣服过日子。这同学散操以后，便跑回去，把那个早削好了无数甘蔗，业已分配得上好的篮子，提上街到各处去叫卖，把甘蔗卖完便赚回三五十个小钱。这人虽然为了三五十个钱，每个晚上总得大街小巷地走去。可是在任何地方一遇到同学好友时，总一句话不说，走到你身边来，把一节值五文一段的甘蔗，突然一下塞到你的手里，

左图：
我进到了那军役补习班后，方知道原来在学校做班长的梁凤生，在技术班也还是我们的班长。我在里面得到他的帮助可不少。

右图：
每出城到门洞边时，卖牛肉的屠户，正在收拾他的业务，总故意逗我们，喊叫我们作"排长"。

风快地就跑掉了。我这样遇到他两次,心中真感动得厉害。我并不想吃那甘蔗,却因为他那种慷慨大方处,白日见他时简直使我十分害羞。

这朋友虽待我很好,可是在学校方面,我最好的一个同学却是个姓陈名肇林的。在技术班方面,好朋友也姓陈,名继瑛,这个陈继瑛家只隔我家五户。照本地习惯,下午三点即吃晚饭,他每天同我一把晚饭吃过后,就各人穿了灰布军服,在街上气昂昂地并排走出城去。每出城到门洞边时,卖牛肉的屠户,正在收拾他的业务,总故意逗我们,喊叫我们作"排长"。一个守城的老兵,也总故意做一个鬼脸,说两句无害于事的玩笑话。两人心中以为这是小玩笑,我们上学为的是将来做大事,这些小处当然用不着在意。

且想想，我那时还是一个十三岁半的孩子！这次结果守兵名额虽然被一位美术学校的学生田大哥得去了，大家却并不难过。

当时我们所想的实在与这类事不同，他只打算做团长，我就只想进陆军大学。即或我爸爸希望做一将军终生也做不到，但他把祖父那一份过去光荣，用许多甜甜的故事输入到这荒唐顽皮的小脑子里后，却料想不到，发生很大的影响。书本既不是我所关心的东西，国家又革了命，我知道中状元已无可希望，却俨然有一个将军的志气。家中别的什么教育都不给我，所给的也恰恰是我此后无多大用处的。可是爸爸给我的教育，却对于我此后生活的转变，以及在那个不利于我读书的生活中支持，真有很大的益处。体魄不甚健实的我，全得爸爸给我那份启发，使我在任何困难情形中总不气馁，任何得意生活中总不自骄。比给我任何数目的财产，还似乎更贵重难得。

当营上的守兵不久有了几名缺额，我们那一组应当分配一名时，我照例去考过一次。考试的结果当然失败。但我总算把各种技术演习了那么一下。也在小操场杠杆上做挂腿翻上，再来了十个背车。又蹿了一次木马，走了一度天桥，且从平台上拿了一个大顶，再丢手侧身倒掷而下。又在大操场指挥一个十人组成的小队，做正步、跑步、跪下、卧下种种口令，完事时还跑到阅兵官面前用急促的声音完成一种报告。操演时因为有镇守使署中的参谋长和别的许多军官在场,临事虽不免有点慌张,但一切动作做得还不坏:不跌倒,不吃吵,不错误手续。且想想,我那时还是一个十三岁半的孩子!这次结果守兵名额虽然被一位美术学校的学生田大哥得去了,大家却并不难过(这人原先在艺术学校考第一名,在我们班里做了许久大队长,各样皆十分来得。这人若当时机会许可他到任何大学去读书,一定也可做个最出色的大学生。若机会许可他上外国去学艺术,在绘画方面的成就,会成一颗放光的星子。可是到后来机会委屈了他,环境限制了他,自己那点自足骄傲脾气也妨碍了他,十年后跑了半个中国,还是在一个少校闲曹的位置上打发日月)。当时各人虽没有得到当兵的荣耀,全体却十分快乐。我记得那天回转家里时,家中人问及一切,竟对我亲切地笑了许久。且因为我得到过军部的奖语,仿佛便以为我未来必有一天可做将军,为了欢迎这未来将军起见,第二天杀了一只鸡,鸡肝、鸡头全为我独占。

第二回又考试过一次,那守兵的缺额却为一个姓舒的小孩子占去了,这人年龄和我不相上下,各种技术皆不如我,可是却有一份独特的胆量,能很勇敢地在一个两丈余高的天桥上,翻倒筋斗掷下,落地时身子还能站立稳稳的。因此大家仍无话说。这小孩子到后两年却害热病死了。

第三次的兵役给了一个名田棒槌的,能跳高,撑篙跳会考时第一,这人后来当兵出防到外县去,也因事死掉了。

我在那里考过三次,得失之间倒不怎么使家中失望。家中人眼看着我每天能够把军服穿得整整齐齐地过军官团上操,且明白了许多军人礼节,似乎上了正路,待我也好了许多。可是技术班全部组织,差不多全由那教官一人所主持,全部精神也差不多全得那教官一人所提起,就由于那点稀有服务精神被那位镇守使看中了意,当他卫队团的营副出了缺时,我们那教官便被调去了。教官一去,学校自然也无形解体了。

这次训练算来大约是八个月左右，因为起始在吃月饼的八月，退伍是次年开桃花的三月。我记得那天散操回家，我还在一个菜园里摘了一大把桃花回家。

那年我死了一个二姐，她比我大两岁，美丽、骄傲、聪明、大胆，在一行九个兄弟姊妹中，比任何一个都强过一等。她的死也就死在那份要好使强的性格上。我特别伤心，埋葬时，悄悄带了一株山桃插在坟前土坎上。过了快二十年从北京第一次返回家乡上坟时，想不到那株山桃树已成了两丈多高一株大树。

一个老战兵

当时在补充兵的意义下，每日受军事训练的，本城计分三组，我所属的一组为城外军官团陈姓教官办的，那时说来似乎高贵一些。另一组在城里镇守使衙门大操坪上操练的，归镇守使署卫队杜连长主持，名分上便较差些。这两处皆用新式入伍训练。还有一处归我本街一个老战兵滕四叔所主持，用的是旧式教练。新式教练看来虽十分合用，钢铁的纪律把每个人皆造就得自重强毅，但实在说来真无趣味。且想想，在附近中营游击衙门前小坪操练的一群小孩子，最大的不过十七岁，较小的还只十二岁，一下操场总是两点钟，一个跑步总是三十分钟，姿势稍有不合就是当胸一拳，服装稍有疏忽就是一巴掌。盘杠杆，从平台上拿顶，向木马上扑过，一下子掼到地上时，哼也不许哼一声。过天桥时还得双眼向前平视，来回做正步通过。野外演习时，不管是水是泥，喊卧下就得卧下，这些规矩纪律真不大同本地小孩性格相宜！可是旧式的那一组，却太潇洒了。他们学

可是旧式的那一组,却太潇洒了。他们学的是翻筋斗、打藤牌、舞长稍、耍齐眉棍。

的是翻筋斗、打藤牌、舞长稍、耍齐眉棍。我们穿一色到底的灰衣,他们却穿各色各样花衣。他们有描花皮类的方盾牌,藤类编成的圆盾牌,有弓箭,有标枪,有各种华丽悦目的武器。他们或单独学习,或成对厮打,各人可各照自己意见去选择。他们常常是一人手持盾牌单刀,一人使关刀或戈矛,照规矩练"大刀取耳""单戈破牌"或其他有趣的厮杀题目。两人一面厮打一面大声喊"砍""杀""摔""坐",应当归谁翻一个筋斗时,另一个就用敏捷的姿势退后一步,让出个小小地位。应当归谁败了时,战败的跌倒时也有一定的章法,做得又自然又活泼。做教师的在身旁指点,稍有了些错误,自己就占据到那个地位上去示范,为他们纠正错误。

这教师就是个奇人趣人,不拘向任何一方翻筋斗时,毫不用力,只需把头一偏,即刻就可以将身体在空中打一个转折。他又会爬树,极高的桅子,顷刻之间就可上去。他又会拿顶,在城墙雉堞上,在城楼上,在高桅半空旗杆上,无地无处不可以身体倒竖把手当成双脚,来支持很久的时间。他又会泅水,任何深处皆可以一氽子到底,任何深处皆泅去。他又会摸鱼、钓鱼、叉鱼,有鱼的地方他就可以得鱼。他又明医术,谁跌碰伤了手脚时,随手采几样路边草药,捣碎敷上,就可包好。他又善于养鸡养鸭,大门前常有许多高贵种类的斗鸡。他又会种花,会接果树,会用泥土捏塑人像。

这旧式的一组能够存在,且居然能够招收许多子弟,实在说来,就全为的是这个教练的奇才异能。他虽同那么一大堆小孩子成

左图：

　　他又会泅水，任何深处皆可以一汆子到底，任何深处皆可泅去。他又会摸鱼、钓鱼、叉鱼，有鱼的地方他就可以得鱼。

右图：

　　他家里藏了漆朱红花纹的牛皮盾牌，带红缨的标枪，镀银的方天画戟，白檀木的齐眉棍。

　　天在一处过日子，却从不拿谁一个钱，也从不要公家津贴一个钱，他只属于中营的一个老战兵，他做这件事也只因为他欢喜同小孩子在一处。全城人皆喊他为滕师傅，他却的的确确不委屈这一个称呼。他样样来得懂得，并且无一事不精明在行，你要骗他可不成，你要打他你打不过他。最难得处就是他比谁都和气，比谁都公道。但由于他是一个不识字的老战兵，见"额外""守备"这一类小官时，也得谦谦和和地喊一声"总爷"。他不单教小孩子打拳，有时还鼓励小孩子打架；他不只教他们摆阵，甚至于还教他们洗澡赌博，因此家中有规矩点的小孩，却不大到他这里来，到他身边来的，多数是些寒微人家子弟。

　　他家里藏了漆朱红花纹的牛皮盾牌，带红缨的标枪，镀银的方天画戟，白檀木的齐眉棍。家中有无数的武器，同时也有无数的玩具；有锣，有鼓，有笛子胡琴，渔鼓简板，骨牌纸牌，无不齐全。大白天，家中照例常常有人唱戏打牌，如同一个俱乐部。到了应当练习武艺时，弟子儿郎们便各自扛了武器到操坪去。天气炎热不练武，吃过饭后就带领一群小孩，并一笼雏鸭，拿了光致致的小鱼叉，一同出城下河去教练小孩子泅

我们永远是枯燥的,把人弄呆板起来,对生命不流动的;他们却自始至终使人活泼而有趣味,学习本身同游戏就无法分开。

水,且用极优美姿势钻进深水中去摸鱼。

在我们新式操练两组里,谁犯了事,不问年龄大小,不是当胸一拳,就是罚半点钟立正,或一个人独自绕操场跑步一点钟。可是在他们这方面,就不作兴这类苛刻处罚。一提到处罚,他们就嘲笑这是种洋办法,事情由他们看来十分好笑。至于他们的错误,改正错误的,却总是那师傅来一个示范的典雅动作,相伴一个微笑。犯了事,应该处罚,也总不外是罚他泅过河一次,或类似有趣的待遇,在处罚中即包含另一种行为的奖励。我们敬畏老师，一见教官时就严肃了许多，也拘束了许多。他们则爱他的师傅，一近身时就潇洒快乐了许多。我们那两组学到后来得学打靶，白刃战的练习，终点是学科中的艰深道理，射击学、筑城学，以及种种不顺耳与普通生活无关系的名词。他们学到后来却是驰马射箭，再多学些便学摆阵，人穿了五彩衣服，扛了武器和旗帜，各自随方位调动，随金鼓声进退。我们永远是枯燥的，把人弄呆板起来，对生命不流动的；他们却自始至终使人活泼而有趣味，学习本身同游戏就无法分开。

本地武备补充训练既分三处，当时从学的，最合于事实的希望，大都只盼得一个守兵的名额。我们新式操练成绩虽不坏，可是有守兵出缺实行考试时，还依然让那老战兵所教练的旧式一组得去名额最多。即到十六年后的现在，从三处出身的军官，精明、能干、勇敢、负责，也仍然是一个从他那儿受过基础教育的张姓团长，最在行出色。

当时我同那老战兵既同住一条街上，家中间或有了什么小事，还得常常请他帮点忙。譬如要点药，或做点别的事，总少不了他。可是家中却不许我跟这战兵在一处，还是要我扛了一支长长的青竹子，出城过军官团去学习撑篙跳，让班长用拳头打胸脯，大约就为的是担心我跟这样俗气的人把习惯弄坏。但家中却料不到十来年后，在军队中好几次危险，我用来自救救人的知识，便差不多全是从那老战兵处学来的！

在我那地方，学识方面使我敬重的是我一个姨父，是个进士，辛亥后民选县知事。带兵方面使我敬重的是本地一个统领官。做人最美技能最多，使我觉得他富于人性十分可爱的，是这个老战兵。

家中对于我的放荡缺少任何有效方法来纠正。家中正为外出的爸爸卖去了大部分不动产，还了几笔较大的债务，景况一天比一天坏下去。加之二姐死去，因此母亲看开了些，以为与其让我在家中堕入下流，不如打发我到世界上去学习生存。在各样机会上去做人，在各种生活上去得到知识与教训。当我母亲那么打算了一下，决定了要让我走出家庭到广大社会中去竞争生存时，就去向一个杨姓军官谈及，便得到了那方面的许可，应允尽我用补充兵的名义，同过辰州。那天我自己还正好泡在河水里，试验我从那老战兵处学来的沉入水底以后的耐久力，与仰卧水面的上浮力。这天正是七月十五中元节，我记得分明，到河边还为的是拿了些纸钱同水酒白肉奠祭河鬼，照习俗这一天谁也不敢落水，河中清静异常。纸钱烧过后，我却把酒倒到水中去，把一块半斤重熟肉吃尽，脱了衣裤，独自一人在清清的河水中拍浮了约两点钟左右。

七月十六日那天早上，我就背了个小小包袱，离开了本县学校，开始混进一个更广泛的学校了。

七月十六日那天早上，我就背了个小小包袱，离开了本县学校，开始混进一个更广泛的学校了。

辰州

　　离开了家中的亲人,向什么地方去?到那地方去又做些什么?将来有些什么希望?我一点儿也不知道。我还只是一个十四岁稍多点的孩子,这年龄似乎还不许可我注意到与家中人分离的痛苦,我又那么欢喜看一切新奇东西,听一切新奇声响,且那么渴慕自由,所以初初离开本乡时,深觉得无量快乐。

　　可是一上路,却有点忧愁了。同时上路的约三百人,我没有一个熟人。我身体既那么小,背上的包袱却似乎比本身还大。到处是陌生面孔,我不知道日里同谁吃饭,且不知道晚上同谁睡觉。听说当天得走六十里路,才可到有大河通船舶的地方,再坐船向下行。这么一段

我又那么欢喜看一切新奇东西,听一切新奇声响,且那么渴慕自由,所以初初离开本乡时,深觉得无量快乐。

长路照我过去经验说来，还不知道是不是走得到。家中人担心我会受寒，在包袱中放了过多的衣服，想不到我还没享受这些衣服的好处以前，先就被这些衣服累坏了。

尤其使我害怕的，便是那些坐在轿子里的几个女孩子，和骑在白马上的几个长官，这些人我全认得，他们已仿佛不再认识我。由于身份的自觉，当无意中他们轿马同我走近时，我实在又害怕又羞怯。为了逃避这些人的注意，我就同几个差弁模样的年轻人，跟在一伙脚夫后面走去。后来一个脚夫看我背上包袱太大了一点，人可太小了一点，便许可我把包袱搭到他较轻的一头去。我同时又与一个中年差遣谈了话，原来这人是我叔叔的一个同学。既有了熟人，又双手洒脱地走空路，毫不疲倦地，黄昏以前我们便到了一个名叫高村的大江边了。

一排篷船泊定在水边，大约有二十余只，其中一只较大的还悬了一面红绸帅字旗。各个船头上全是兵士，各人皆在寻觅着指定的船。那差遣已同我离开了，我便一个人背了那个大包袱，怯怯地站到岸上，随后向一只船旁冲去，轻轻地问："有地方吗？大爷。"那些人总说："满了，你自己看，全满了！你是第几队的？"我自己就不知道自己应分在第几队，也不知道去问谁。有些没有兵士的船看来仿佛较空的，他们要我过去问问，又总因为船头上站得有穿长衣的秘书参谋，他们的神气我实在害怕，不敢冒险过去问问。

天气看看渐渐夜了下来，有些人已经在船头烧火煮饭，有些人已蹲着吃饭，我却坐在岸边大石上，发呆发愁，想不出什么办法。那时宽阔的江面，已布满了薄雾，有野鹜之类拍翅在水面向对河飞去，天边剩余一抹深紫。见到这些新奇光景，小小心中来了一分无言的哀戚。自己便微笑着，揉着为长途折磨坏了的两只脚。我明白，生命开始进入了一个崭新世界。

一会儿又看见那个差遣，差遣也看到我了。

天气看看渐渐夜了下来,有些人已经在船头烧火煮饭,有些人已蹲着吃饭,我却坐在岸边大石上,发呆发愁,想不出什么办法。

"啊,你这个人,怎么不上船呀?""船上全满了,没有地方可上去的。""船上全满了,你说!你那么拳头大的小孩子,放大方点,什么地方不可以 × 进去?来,来,我的小老弟,这里有的是空地方!"我见了熟人高兴极了,听他一说我就跟了他到那只船上去。原来这还是一只空船!不过这船舱里舱板也没有,上面铺的只是一些稀稀的竹格子,船摇动时就听到舱底积水汤汤地流动,到夜里怎么睡觉?正想同那差遣说我们再去找找看,是不是别的地方当真还可照他用的那个粗俚字眼 × 进去,一群留在后边一点本军担荷篷帐的伕子赶来了。我们担心一走开,回头再找寻这样一个船舱也不容易,因此就同这些伕子挤得紧紧地住下来。到开饭时有人各船上来喊叫，因为取饭，我却碰到了一个军械处的熟人。于是换了一个船，转到军械船上住下，吃过饭，一会儿便异常舒服地睡熟了。

船上所见无一事不使我觉得新奇。二十四只大船有时衔尾下滩，有时疏散散浮到那平潭里。两岸时时刻刻在一种变化中，把小小的村落、广大的竹林、黑色的悬岩，一一收入眼底。预备吃饭时，长潭中各把船只任意溜去，那份从容那份愉快，实在使人感动。摇橹时满江浮荡着歌声。我就看这些，听这些，把家中人暂时完全忘掉了。四天以后，我们的船编成一长排，停泊在辰州城下中南门的河岸专用码头边。

又过了两天，我们已驻扎在总爷巷一个旧参将衙门里，一份新的日子便开始了。

墙壁各处是膏药，地下各处是瓦片同乱草，草中留下成堆黑色的干粪便，这就是我第一次进衙门的印象。于是轮到了我们来着手扫除了。做这件事的共计二十人，我便是其中一个。大家各在一种异常快乐情形下，手脚并用整整工作了一个日子，居然全部弄清爽了。庶务处又送来了草荐同木板，因此在地面垫上了砖头，把木板平铺上去，摊开了新做的草荐，一百个人便一同躺到这两列草荐上，十分高兴把第一个夜晚打发走了。

到地后，各人应当有各人的事，做补充兵的，只需要大清早起来操跑步。操完跑步就单人教练，把手肘向后抱着，独自在一块地面上，把两只脚依口令起落，学慢步走。下午无事可做，便躺在草荐上唱《大将南征》的军歌。每个人皆结实单纯，年纪大的约二十二岁，年纪小的只十三岁，睡硬板子的床，吃粗糙陈久的米饭，却在一种沉默中活了下来。我从本城技术班学来那份军事知识，很有好处，使我为日不多就做了班长。

直到现在我还不明白为什么当时有些兵士不能随便外出，有些

满地皆是有趣味的物件。我每次总去蹲到那里看一个半天,同个绅士守在古董旁边一样恋恋不舍。

人又可自由出入。照我想来则大概是城里人可以外出,乡下人可以外出却不敢外出。

我记得我的出门是不受任何限制的,但每早上操过跑步时,总得听苗人吴姓连长演说:"我们军人,原是卫国保民。初到这来客军极多,一切要顾脸面。外出时节制服应当整齐,扣子扣齐,腰带弄紧,裹腿缠好。胡来乱为的,要打屁股。"说到这里时,于是复大声说:"听到了么?"大家便说:"听到了。"既然答应全已听到,就解散了。当时因犯事被按在石地上打板子的,就只有营中伙夫,兵士却因为从小地方开来,十分怕事,谁也不敢犯罪,不作兴挨打。

这件事碰头最多的还是我,我每天总得在那里吃一回汤圆,或坐下来看看各种各样过往路人。

我很满意那个街上,一上街触目都十分新奇。我最欢喜的是河街,那里使人惊心动魄的是有无数小铺子,卖船缆、硬木琢成的活车、小鱼篓、小刀、火镰、烟嘴,满地皆是有趣味的物件。我每次总去蹲到那里看一个半天,同个绅士守在古董旁边一样恋恋不舍。

城门洞里有一个卖汤圆的,常常有兵士坐在那卖汤圆人的长凳上,把热热的汤圆向嘴上送去。间或有一个本营里官佐过身,得照规矩行礼时,便一面赶忙放下那个土花碗,把手举起,站起身来含含糊糊地喊敬礼。那军官见到这种情形，有时也总忍不住微笑。这件事碰头最多的还是我，我每天总得在那里吃一回汤圆，或坐下来看看各种各样过往路人。

我又常常同那团长管马的张姓马夫，牵马到朝阳门外大坪里去放马，把长长的缰绳另一端那个檀木钉，钉固在草坪上，尽马各处走去，我们就躺到草地上晒太阳，说说各人所见过的大蛇大鱼，又或走近教会中学的城边去，爬上城墙，看看那些中学生打球。又或过有树林处去，各自选定一株光皮梧桐，用草揉软做成一个圈套，挂在脚上，各人爬到高处枝桠上坐坐，故意把树摇荡一阵。

营里有三个小号兵同我十分熟悉，每天他们必到城墙上去吹号。还过城外河坝去吹号，我便跟他们去玩。有时我们还爬到各处墙头上去吹号，我不会吹号却能打鼓。

我们的功课固定不变的，就只是每天早上的跑步。跑步的用处是在追人还是在逃亡，谁也不很分明。照例起床号吹过不久就吹点名号，一点完名跟着下操坪，到操场里就只是跑步。完事后，大家一窝蜂向厨房跑去，那时节豆芽菜一定已在大锅中沸了许久，大甑笼里的糙米饭也快好了。

我们每天吃的总是豆芽菜汤同糙米饭。每到礼拜天那天，就吃一次肉，各人名下有一块肥猪肉，分量四两，是从豆芽汤中煮熟后再捞出的。

到后我们把枪领来了。

除了跑步无事可做，大家就只好在太阳下擦枪，用一根细绳子缚上些涂油布条，从枪膛穿过，绳子两端各缚定在廊柱上，于是把枪一往一来地拖动。那时候的枪名有下列数种：单响、九子、五子。单响分广式、猪槽两种；五响分小口径、双筒、单筒、拉筒、盖板五种，也有说"日本春田""德国盖板"的，但不通俗。兵士只知道这些名称，填写枪械表时也照这样写上。

这一边军队既不向下取攻势,那一边也不敢向上取攻势,各人就只保持原有地盘,等待其他机会。

我们既编入支队司令的卫队,除了司令官有时出门拜客,选派二三十护卫外,无其他服务机会。某一次保护这生有连鬓胡子的司令官过某处祝寿,我得过五毛钱的奖赏。

那时节辰州地方组织了一个湘西联合政府,全名为靖国联军第一军政府。驻扎了三个不同部队。军人首脑其一为军政长凤凰人田应诏,其一为民政长芷江人张学济。另外一个却是黔军旅长后来回黔做了省长的卢焘。与之对抗的是驻兵常德身充旅长的冯玉祥。这一边军队既不向下取攻势,那一边也不敢向上取攻势,各人就只保持原有地盘,等待其他机会。两方面主要经济收入都靠的是鸦片烟税。

单是湘西一隅，除客军一混成旅外，集中约十万人。我们部队是游击第一支队，属于靖国联军第二军，归张学济管辖。全辰州地方约五千家户口，各部分兵士大致就有两万。当时军队虽十分庞杂，各军联合组织得有宪兵稽查处，故还不至于互相战争。不过当时发行钞票过多，每天兑现时必有二三小孩同妇人被践踏死去。每天给领军米，各地方部队为争夺先后，互相殴打伤人，在那时也极平常。

　　一次军事会议的结果，上游各县重新做了一度分配，划定若干防区，军队除必需一部分沿河驻扎防卫下游侵袭外，其余照指定各县城防驻清乡。由于特殊原因，第一支队派定了开过那总司令官的家乡芷江去清乡剿匪。

清乡所见

　　据传说快要清乡去了，大家莫不喜形于色。开差时每人发了一块现洋钱，我便把钱换成铜元，买了三双草鞋、一条面巾、一把名叫黄鳝尾的小尖刀，刀柄还缚了一片绸子，刀鞘是朱红漆就的。我最快乐的就是有了这样一把刀子，似乎一有了刀子可不愁什么了。我于是仿照那苗人连长的办法，把刀插到裹腿上去，得意扬扬地到城门边吃了一碗汤圆，说了一阵闲话，过两天便离开辰州了。

　　我们队伍名分上共约两团。先是坐小船上行，大约走了七天，到我第一次出门无法上船的地方，再从旱路又走三天，便到了沅州所属的东乡榆树湾。这一次我们既然是奉命来到这里清乡，因此沿路每每到达一个寨堡时，就享受那堡中有钱乡绅用蒸鹅肥腊肉的款待。但在山中小路上，却受了当地人无数冷枪的袭击。有一次当我们从两个

我们队伍名分上共约两团。先是坐小船上行,大约走了七天,到我第一次出门无法上船的地方……

长满小竹的山谷狭径中通过时,"啪"的一声枪响,我们便倒下了一个。听到了枪声,见到了死人,再去搜索那些竹林时,却毫无什么结果。于是把枪械从死去的身上卸下,砍了两根大竹子缚好,把他抬着,一行人又上路了。两天路程中我们部队又死去了两个,但到后我们却一共杀了那地方人将近两千。怀化小镇上也杀了近七百人。

到地后我们便与清乡司令部一同驻扎在天后宫楼上。一到第二天，各处团总来拜见司令供办给养时，同时就用绳子缚来四十三个老实乡下人，当夜由军法长过了一次堂，每人照呈案的罪名询问了几句，各人按罪名轻重先来一顿板子、一顿夹棍，有二十七个在刑罚中画了供，用墨涂在手掌上取了手模。第二天，我们就簇拥了这二十七个乡下人到市外田坪里把头砍了。

一次杀了将近三十个人，第二次又杀了五个。从此一来就成天捉人，把人从各处捉来时，认罪时便写上了甘结，承认缴纳清乡子弹若干排，或某种大枪一支，再行取保释放。无力缴纳捐款，或仇家乡绅方面业已花了些钱运动必须杀头的，就随随便便列上一款罪案，一到相当时日，牵出市外砍掉。认罪了的虽名为缴出枪械子弹，其实则无枪无弹，照例作价折钱，枪每支折合一百八十元，子弹每排一元五角，多数是把现钱派人挑来。钱一送到，军需同副官点验数目不错后，当时就可取保放人。这是照习惯办事，看来像是十分近情合理的。

关于杀人的记录日有所增，我们却不必出去捉人，照例一切人犯大多数由各乡区团总地主送来。我们有时也派人把团总捉来，罚他一笔钱又再放他回家。地方人民既非常蛮悍，民国三年左右时一个黄姓的辰沅道尹，在那里杀了约两千人，民国五年黔军司令王晓珊，在那里又杀了三千左右，现时轮到我们的军队做这种事，前后不过杀两千人罢了！

那地方上行去沅州县城约九十里，下行去黔阳县城约六十里。一条河水上溯可至黔省的玉屏，下行经过湘西重要商埠的洪江，可到辰州。在辰河算是个中等水码头。

那地方照例五天一集，到了这一天便有猪牛肉和其他东西可买。我们除了利用乡绅矛盾，变相"吊肥羊"弄钱，又用钱雇来的本地侦探，且常常到市集热闹人丛中去，指定了谁是土匪处派来的奸细，于是捉回营里去一加搜查，搜出了一些暗号，认定他是从土匪

临刑稍前一时，他头脑还清清楚楚，毫不糊涂，也不嚷吃嚷喝，也不乱骂，只沉默地注意到自己一只受伤的脚踝。

方面派来的探事奸细时，即刻就牵出营门，到那些乡下人往来最多的桥头上，把奸细头砍下来，在地面流一摊腥血。人杀过后，大家欣赏一会儿，或用脚踢那死尸两下，踹踹他的肚子，仿佛做完了一件正经工作，有别的事情的，便散开做事去了。

住在这地方共计四个月，有两件事在我记忆中永远不能忘去。其一是当场集时，常常可以看到两个乡下人因仇决斗，用同一分量同一形色的刀互砍，直到一人躺下为止。我看过这种决斗两次，他们方法似乎比我那地方所有的决斗还公平。另外一件是个商会会长年纪极轻的女儿，得病死去埋葬后，当夜便被本街一个卖豆腐的年轻男子从坟墓里挖出，背到山峒中去睡三天，方又送回坟墓去。到后来这事为人发觉时，这打豆腐的男子，便押解过我们衙门来，随即就地正法了。临刑稍前一时，他头脑还清清楚楚，毫不糊涂，也不嚷吃嚷喝，也不乱骂，只沉默地注意到自己一只受伤的脚踝。我问他："脚被谁打伤的？"他把头摇摇，仿佛记起一件极可笑的事情，微笑了一会儿，轻轻地说："那天落雨，我送她回去，我也差点儿滚到棺材里去了。"我又问他："为什么你做这件事？"他依然微笑，向我望了一眼，好像当我是个小孩子，不会明白什么是爱的神气，不理会我，但过了一会儿，又自言自语轻轻地说："美得很，美得很。"另一个兵士就说："疯子，要杀你了，你怕不怕？"他就说：

"这有什么可怕的。你怕死吗？"那兵士被反问后有点害羞了，就大声恐吓他说："癫狗×的，你不怕死吗？等一会儿就要杀你这癫子的头！"那男子于是又柔弱地笑笑，便不作声了。那微笑好像在说："不知道谁是癫子。"我记得这个微笑，十余年来在我印象中还异常明朗。

怀化镇

四个月后我们移防到另一个地名怀化的小乡镇住下。这地方给我的印象，影响我的感情极其深切。这地方一切，在我《沈从文甲集》里一篇题作《我的教育》的记载里，说得还算详细。我到了这个地方，因为勉强可以写几个字，那时填造枪械表正需要一些写字的人，有机会把生活改变了一个方式，因此在那领饷清册上，我便成为上士司书了。

我在那地方约一年零四个月，大致眼看杀过七百人。一些人在什么情形下被拷打，在什么状态下被把头砍下，我皆懂透了。又看到许多所谓人类做出的蠢事，简直无从说起。这一份经验在我心上有了一个分量，使我活下来永远不能同读子曰的城市中人爱憎感觉一致了。从那里以及其他一些地方，我看了些平常人没看过的蠢事，听了些平常人没听过的喊声，且嗅了些平常人没嗅过的气味，使我对于城市中人在狭窄庸懦的生活里产生的做人善恶观念，不能引起多少兴味，一到城市中来生活，弄得忧郁强执不像一个"人"的感情了。

我所到的地方原来不过只是百十户左右一个小镇，地方唯一较大的建筑是一所杨姓祠堂，于是我们一来便驻扎到这个祠堂中。

这里有一个官药铺，门前安置一口破锅子，有半锅黑色膏药。

"副爷,副爷,请里边坐,膏药奉送,五毒八宝膏药奉送。"因为照例做兵士的总有许多理由得在身体不拘某一部分贴上一张膏药……

锅旁贴着干枯了的蛇和壁虎、蜈蚣等等,表示货真价实。常常有那么一个穿上青洋板绫马褂,二马裾蓝青布衫子,红珊瑚球小帽子,人瘦瘦的,留下一小撮仁丹胡子的店老板,站在大门前边,一见到我们过路时,必机械地把两手摊开,腰背微微弯下,和气亲人地向我们打招呼:"副爷,副爷,请里边坐,膏药奉送,五毒八宝膏药奉送。"因为照例做兵士的总有许多理由得在身体不拘某一部分贴上一张膏药,并且各样病症似乎也都可由膏药治好,所以药铺表示欢迎驻军起见,管事的常常那么欢迎我们。并且膏药锅边总还插上一个小小纸招,写着:欢迎清乡部队,新摊五毒八宝膏药,奉送不取分文。

既然有了这种优待,兵士伙夫到那里去贴膏药的自然也不乏其人。我才明白为什么戏楼墙壁上膏药特别多,原来有不要钱买的膏药,无怪乎大家竞贴膏药了。

住处祠堂对门有十来家大小铺子,那个豆腐作坊门前常是一汪黑水,黑水里又涌起些白色泡沫,常常有五六只肮脏大鸭子,把个嫩红的扁嘴插到泡沫里去,且喋呷出一种欢快声音来。

那个南货铺有冰糖红糖,有海带蜇皮,有陈旧的芙蓉酥同核桃酥,有大麻饼与小麻饼。铺子里放了无数放乌金光泽的大陶瓮,上面贴着剪金的福字寿字。有成束的干粉条,又有成束的咸面,皆用皮纸包好,悬挂在半空中,露出一头让人见到。

那个烟馆门前常常坐了一个年纪四十来岁的妇人,扁扁的脸上擦了很厚一层白粉,眉毛扯得细细的,故意把五倍子染绿的家机布裤子,提得高高的,露出水红色洋袜子来。见兵士同伙夫过身时,就把脸掉向里面,看也不看,表示正派贞静。若过身的穿着长衣或是军官,她便很巧妙地做一个眼风,把嘴角略动,且故意娇声娇气喊叫屋中男子,为她做点事情。我同兵士走过身时,只看到她的背影,同营副走过时,就看到她的正面了。这点富于人性的姿态,我当时就很能欣赏它。注意到这些时,始终没有丑恶的感觉,只觉得这是"人"的事情。我一生活下来太熟悉这些"人"的事情了。比城市里做夫人太太的并没有什么高下之分的。

我们部队到那地方除了杀人似乎无事可做。我们兵士除了看杀

我同兵士走过身时,只看到她的背影,同营副走过时,就看到她的正面了。这点富于人性的姿态,我当时就很能欣赏它。

人，似乎也是没有什么可做的。

由于过分寂寞，杀人虽不是一种雅观的游戏，本部队文职幕僚赶到行刑地去鉴赏这种事情的实在很不乏人。有几个副官同一个上校参谋，我每次到场时，他们也就总站在那桥栏上看热闹。

到杀人时，那个学问超人的军法长，常常也马马虎虎地宣布了一下罪状，在预先写好的斩条上，勒一笔朱红，一见人犯被兵士簇拥着出了大门，便匆匆忙忙提了长衫衣角，拿起光亮白铜水烟袋，从后门菜园跑去，赶先走捷径到离桥头不远一个较高点的土墩上，看人犯到桥头大路上跪下时被砍那么一刀。且作为茶余酒后谈笑主题。

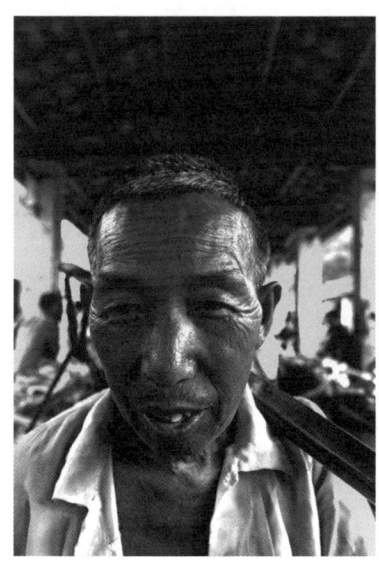

每到一个屠桌前可割三两斤肉。到后把这一箩筐猪肉牛肉各处平分，大家便把肉放到火炉上去炖好，烧酒无限制地喝着。

若这一天正杀了人，那被杀的在死前死后又有一种出众处，或招供时十分快爽，或临刑时颜色不变，或痴痴呆呆不知事故，或死后还不倒地，于是副官处、卫队营、军需处、参谋军法秘书处，总有许久时间谈到这个被杀的人有趣味地方，或又辗转说到关于其他时节种种杀戮故事。杀人那天如正值场期，场中有人卖猪肉牛肉，刽子手照例便提了那把血淋淋的大刀，后面跟着两个伙夫，抬一只竹箩，每到一个屠桌前可割三两斤肉。到后把这一箩筐猪肉牛肉各处平分，大家便把肉放到火炉上去炖好，烧酒无限制地喝着。等到各人都有点酒意时，就常常偏偏倒倒地站起来，那么随随便便地扬起筷子，向另一个正蹲着吃喝的同事后颈上一砍,于是许多人就扭成一团,大笑大闹一阵。醉得厉害一些的,倒在地下谁也不管,只苦了那些小副兵,必得同一只狗一样守着他的主人,到主人醒来时方能睡去。

地方逢一六赶场,到时副官处就派人去摆赌抽头。得钱时,上至参谋、军法、副官等处,下至传达、伙夫,人人有份。

大家有时也谈谈学问。几个高级将校,各样学识皆像个有知识的军人,很有些做过一两任知事,有些还能作作诗,有些又到日本留过学。但大家都似乎因为所在地方不是说学问的地方,加之那姓杨的司令官又不识字,所以每天大家就只好陪司令官打打牌,或说点故事,烧烧鸦片烟,喝一杯烧酒。他们想狗肉吃时,就称赞我上一次做的狗肉如何可口,且总以为再来那么一次试试倒不坏。我便自告奋勇,拿了钱即刻上街。几个上级官佐自然都是有钱的,每一次罚款,他们皆照例有一份,摆赌又有一份,他们的钱得来就全无用处。不说别人,单是我一点点钱,也就常常不知道怎么去花!因此有时只要听到他们赞美了我烹调的手腕后,我还常常不告给他们,就自己跑出去把狗肉买得,一个人拿过修械处打铁炉上去,把那一腿狗肉皮肤烧烧,再同一个小副兵到溪边水里去刮尽皮上的焦处,砍成小块,用钵头装好,上街去购买各样佐料,又回到修械处把有铁丝贯耳的瓦钵,悬在打铁炉上面,自己努力去拉动风箱,直到把狗肉炖得稀烂。晚饭摆上桌子时,我方要小副兵把我的创作搬来,使每个人的脸上皆写上一个惊讶的微笑,各个人的脸嘴皆为这一钵肥狗肉改了样子。于是我得意极了,便异常快乐地说:"来,来,试一试,今天的怎么样!"我那么忙着,赤着双脚跑上街去又到冰冷的溪水里洗刮,又守在风箱边老半天,究竟为的是什么?就为的是临吃饭时惊讶他们那么一下。这些文武幕僚也可真算得是懂幽默,常常从楼上眼看着我手上提了狗肉,知道我忙着这件事时,却装作不知道,对于我应办的公文,那秘书官便自己来动手。见我向他们微笑,他们总故意那么说:"天气这样坏,若有点狗肉大家来喝一杯,可真不错!"说了他们又互相装成抱歉的口吻说:"上一次真对不起小师爷,请我们的客忙了他一天。"他们说到这里时就对我望着,仿佛从我微笑时才引起一点疑心,方带着疑问似的说:"怎么,怎么,小师爷,你难道又要请客了么?这次可莫来了,再来我们就不好意思了!"我笑笑,跑开了。他们明白这件事,他们也没有什么不好意思。我虽然听得出他们的口吻,懂得他们的做作,但我还是欢喜那么做东请客。此后到大都会混了好多年,还依旧常常做这类有趣的傻事。

就因为这点性格,名义上我做的是司书,实际上每五天一场,我总得做一回厨子。大约当时我焖狗肉的本领较之写字的本领实在也高一着,我的生活兴味,对于做厨子办菜,又似乎比写点公函呈文之类更相近。

我间或同这些高等人物走出村口,往山脚下乡绅家里去吃蒸鹅喝家酿烧酒,间或又同修械处小工人上山采药摘花,找寻山果。我们各人都会用筱竹做短箫,在一支青竹上钻四个圆圆的眼儿,另一端安置一个扁扁的竹膜哨子,就可吹出新婚嫁女的唢呐声音。胡笳曲中的《娘送女》《山坡羊》等等,我们无一不可以合拍吹出。我们最得意处也就是四五个人各人口中含了那么一个东西向街上并排走去,呜呜喇喇声音引起许多人注意,且就此吹进营门。住在戏楼上人,先不知道是谁做的事,各人都争着把一个大头从戏楼窗口伸出,到后明白只是我们的玩意儿时,一面大骂我们一面也就笑了许久。大致因为大家太无事可做,所以他们不久也来跟我们学习吹这个东西,有一姓杨的参谋,便常常拿了这种绿竹小管,依傍在楼梯边吹它,一吹便是半天,吹得他自己也十分得意。

我们又常常在晚上拿了火炬镰刀到小溪里去砍鱼,用鸡笼到田中去罩鱼。且上山装套设阱,捕捉野狸同黄鼠狼。把黄鼠狼皮整个剥来,用米糠填满它的空处,晒干时用它装零件东西。

我有一次无意中还在背街发现了一个熔铁工厂，矗立个高过一丈的泥炉在大罩棚下喘气冒烟。

当我发现了那个制铁处以后，就常常一个人跑到那里去，看他们工作。因此明白那个地方制铁分四项手续：第一收买从别处担来的黄褐色原铁矿，七个小钱一斤，按分量算账。其次把买来的原铁矿每一层矿石夹一层炭，再在上面压一大堆矿块，从下面升火让它慢慢地燃。第三等到六七天后矿已烘酥冷却，再把它同木炭放到黄泥做成可以倾侧的炉子里面去。一个人把炉旁风箱拉动，送空气进炉腹，等到铁汁已熔化时，就把炉下一个泥塞子敲去，把黑色矿石渣先扒出来，再把炉倾侧，放光的白色熔液，泻出到划成方形的砂土上。再过一会儿，白汁一凝结，便成生铁板了。末了再把这些铁板敲碎放到煤火炉上去烧红，用锤打成方柱形，便成为运出本地到各县去的熟铁了。我一到这里来就替他们拉风箱，风箱拉动时做出一种动人的吼声，高巍巍的炉口便喷起一股碧焰，使人耳目十分愉快。用一阵气力在这圆桶形风箱上面，不到一刻就可看到白色放光闪着火花的铁汁从缺口流出，这工作也很有意思的。若拉了一阵风箱，亲眼看过倾泻一次铁汁，我回去时便极高兴地过修械处告给那几个小工人，又看他们拉风箱打铁。我常常到修械处，我欢喜那几个小工人，我欢喜他们勇敢而又快乐地工作。我最高兴的是看他们那个麻子主任，高高地坐在一堆铁条上面，一面唱《孟姜女哭长城》，一面调度指挥三个小孩子的工作。他们或者裸着瘦瘦的膊子，舞动他们的铁锤，或用鱼头钻在铁盘上钻眼，或把敷了酱的三角形新钢锉，烧红时放到盐水里一淬，或者什么事也不做，只是蹲成一团，围到一大钵狗肉，各人用小土碗喝酒，向那麻子"师傅长师傅短"地随意乱说乱笑。说到"做男子的不勇敢可不像男子"时，那师傅若多喝了一杯，时间虽到了十一月，为了来一个证明，总说："谁愿意做大丈夫的同我下溪里洇一阵水！"到后必是师徒四人一齐从后门出去。到溪水里去乱浇一

到后必是师徒四人一齐从后门出去。到溪水里去乱浇一阵水,闹一阵,光着个上身跑回来,大家哈哈笑个半天。

阵水,闹一阵,光着个上身跑回来,大家哈哈笑个半天。有一次还多了一个人,因为我恰恰同他们喝酒,我也就做了一次"大丈夫"。

在部队中可看到的还很多。间或有什么伙夫犯了事,值日副官就叫他到大堂廊下,臭骂一顿,喊:"护兵,打这个杂种一百!"于是那伙夫知道是要打他了,便自动卸了裤子,趴在冷硬的石阶上,露出一个黑色的大脏臀,让板子啪啪地打,把数目打足,站起来提着裤头荷荷地哭着走了。

白日里出到街市尽头处去玩时,常常还可以看见一幅动人的图画:前面几个兵士,中间一个十二三岁的小孩子,挑了两个人头,

拷打这种无知乡民时,我照例得坐在一旁录供,把那些乡下人在受刑不过情形中胡胡乱乱招出的口供,记录在一角公文纸上。

这人头便常常是这小孩子的父亲或叔伯。后面又是几个兵,或押解一两个双手反缚的人,或押解一担衣箱、一头耕牛。这一行人众自然是应当到我们总部去的,一见到时我们便跟了去。

晚上过堂时,常常看到他们用木棒打犯人脚下的螺丝骨。这刑罚是垫在一块方铁上执行的,二十下左右就可把一只脚的骨髓敲出。又用香火熏鼻子,用香火烧胸肋。又用铁棍上地绷,啵的一声把脚扳断,第二天上午就拖了这人出去砍掉。拷打这种无知乡民时,我照例得坐在一旁录供,把那些乡下人在受刑不过情形中胡胡乱乱招出的口供,记录在一角公文纸上。末后兵士便把那乡下人手掌涂了墨,在公文末尾空白处按个手印。这些东西末了还得归我整理,再交给军法官存案。

姓文的秘书

当我已升做司书常常伏在戏楼上窗口边练字时,从别处地方忽然来了一个趣人①,做司令部的秘书官。这人当时只能说他很有趣,现在想起他那个风格,也做过我全生活一颗钉子、一个齿轮,对于他有可感谢处了。

这秘书先生小小的个儿,白脸白手,一来到就穿了青缎马褂各处拜会。这真是稀奇事情。部中上下照例全不大讲究礼节,吃饭时各人总得把一只脚踩到板凳上去,一面把菜饭塞满一嘴,一面还得含含糊糊骂些野话。不拘说到什么人,总得说:"那杂种,真是……"这种辱骂并且常常是一种亲切的表示,言语之间有了这类语助词,大家谈论就仿佛亲热了许多。小一点且常喊小鬼、小屁眼客,大一点就喊吃红薯吃糟的人物,被喊的也从无人作兴生气。如果见面只是规规矩矩寒暄,大家倒以为是从京里学来的派头,有点不堪承教了。可是那姓文的秘书到了部里以后,对任何人都客客气气的,即或叫副兵,也轻言细语,同时当着大家放口说野话时,他就只微微笑着。等到我们熟了点,单是我们几个秘书处的同事在一处时,他见我说话,凡属自称必是"老子",他把头摇着:"啊呀呀,小师爷,你人还那么一点点大,一说话也老子长老子短!"我说:"老子不管,这是

---

① 此人名文颐真,湖南泸溪人,曾留学日本。

一面把菜饭塞满一嘴,一面还得含含糊糊骂些野话。不拘说到什么人,总得说:"那杂种,真是……"

他把头摇着:"啊呀呀,小师爷,你人还那么一点点大,一说话也老子长老子短!"我说:"老子不管,这是老子的自由。"

老子的自由。"可是我看看他那和气的样子,有点害羞起来了。便解释我的意见:"这是说来玩的,并不损害谁。"

那秘书官说:

"莫玩这个,你聪明,你应当学好的。世界上有多少好事情可以学!"

我把头偏着说:

"那你给老子说说,老子再看看什么样好就学什么吧。"因为我一面说话一面看他,所以凡是说到"老子"时总不得不轻声一点,两

我想了想,一眼望到戏楼前诸葛亮三气周瑜的浮雕木刻,我就说:"诸葛孔明卧龙先生怎么样?"

人谈到后来,不知不觉就成为要好的朋友了。

我们的谈话也可以说是正在那里互相交换一种知识,我从他口中虽得到了不少知识,他从我口中所得的也许还更多一点。

我为他作狼嗥,作老虎吼,且告诉他野猪脚迹同山羊脚迹的分别。我可以从他那里知道火车叫的声音、轮船叫的声音,以及电灯电话的样子。我告他的是一个被杀的头如何沉重,那些开膛取胆的手续应当如何把刀在腹部斜勒,如何从背后踢那么一脚。他却告我美国兵英国兵穿的衣服,且告我鱼雷艇是什么,氢气球是什么。他对于我所知道的种种觉得十分新奇,我也觉得他所明白的真真古怪。

这种交换谈话各人真可说各有所得,故在短短的时间中,我们便成就了一种最可纪念的友谊。他来到了怀化后,先来几天因为天气不大好,不曾清理他的东西。三天后出了太阳,他把那行李箱打开时,我看到他有两本厚厚的书,字那么细小,书却那么厚实,我竟吓了一跳。他见我为那两本书发呆,就说:"小师爷,这是宝贝,天下什么都写在上面,你想知道的各样问题,全部写得有条有理,清楚明白!"这样说来更使我敬畏了。我用手摸摸那书面,恰恰看到书脊上两个金字,我说:"《辞源》,《辞源》。""正是《辞源》。你且问我不拘一样什么古怪的东西,我立刻替你找出。"我想了想,一眼望到戏楼前诸葛亮三气周瑜的浮雕木刻,我就说:"诸葛孔明卧龙先生怎么样?"他即刻低下头去,前面翻翻后面翻翻,一会儿就被他翻出来了。到后另外又翻了一件别的东西。我快乐极了。他看我自己动手乱翻乱看,恐怕我弄脏了他的书,就要我下楼去洗手再来看。我相信了他的话,洗过了手还乱翻了许久。

因为他见我对于他这一本宝书爱不释手,就问我看过报没有。我说:"老子从不看报,老子不想看什么报。"他却从他那《辞源》上翻出关于老子一条来,我方知道老子就是太上老君,太上老君竟是真有的人物。我不再称自己太上老君,我们却来讨论报纸了。于是同另一个老书记约好,三人各出四毛钱,订一份《申报》来看。报纸买成邮花寄往上海后,报还不曾寄来,我就仿佛看了报,且相信他的话,报纸是了不得的东西,我且俨然就从报纸上学会许多事情了。这报纸一共订了两个月,我似乎从那上面认识了好些生字。

这秘书虽把我当个朋友看待,可是我每天想翻翻他那部宝书可不成。他把书好好放在箱子里,他对这书显然也不轻视的。既不能成天翻那宝书,我还是只能看看《秋水轩尺牍》,或从副官长处一本一

我的一部分时间,跟这人谈话,听他说下江各样东西,大部分时间,还是到外边无限制地玩。但我梦里却常常偷翻他那宝书。

本地把《西游记》借来看看。办完公事不即离开白木桌边时,从窗口望去正对着戏台,我就用公文纸头描画戏台前面的浮雕。我的一部分时间,跟这人谈话,听他说下江各样东西,大部分时间,还是到外边无限制地玩。但我梦里却常常偷翻他那宝书,事实上也间或有机会翻翻那宝书。氢气是什么,《淮南子》是什么,参议院是什么,就多半从那本书上知道的。

驻扎到这里来名为清乡,实际上便是就食。从湘西方面军队看来,过沅州清乡,比较据有其他防地占了不少优势,当时靖国联军第二军实力尚厚,故我们部队能够占据这片土地。为时不久,靖国联军一军队伍节制权由田应诏转给了他的团长陈渠珍[①]后,一二军的势力有了消长。二军杂色军队过多,无力团结;一军力图自强,日有振作。做民政长兼二军司令的张学济,在财政与军事两方面,支配处置都发生了困难,第一支队清乡除杀人外既毫无其他成绩,军誉又极坏,因此防地发生了动摇。当一军陈部从麻阳开过,本部感受压迫时,既无法抵抗,我们便在一种极其匆忙中退向下游。于是仍然是开拔,用棕衣包裹双脚,在雪地里跋涉,又是小小的船浮满了一河。五天后,我又到辰州了。

军队防区既有了变化,杂牌军队有退出湘西的模样,二军全部用"援川"名义,开过川东去就食。我年龄由他们看来,似乎还太小了点,就命令我同一个老年副官长、一个跛脚副官、一个吃大烟的书记官,连同二十名老弱兵士,放在后方的留守部,办点后勤杂事。

军队开走后,我除了每三天誊写一份报告,以及在月底造一留守处领饷清册呈报外,别的便无事可做。街市自从二军开拔后,似乎也清静多了。我每天依然常常到那卖汤圆处去坐坐,间或又到一军学兵营看学兵下操。或听副官长吩咐,和一个兵士为他过城外水塘边去钓蛤蟆,把那小生物成串弄回部里,加上香料,剥皮熏干,给他下酒。吃不完还把一半托人捎回家乡给老太太。

[①] 别号玉鏊,湖南凤凰人,1882年生,毕业于湖南武备学堂。1919年下半年接替田应诏任湖南靖国联军第一军军长,1920年任湘西巡防统领。

女难

我欢喜辰州那个河滩,不管水落水涨,每天总有个时节在那河滩上散步。那地方上水船下水船虽那么多,由一个内行眼中看来,就不会有两只相同的船。我尤其欢喜那些从辰溪一带载运货物下来的高腹昂头"广舶子",一来总斜斜地孤独地搁在河滩黄泥里,小水手从那上面搬取南瓜、茄子、成束的生麻、黑色放光的圆瓮。那船在暗褐色的尾梢上,常常晾得有朱红裤褂。背景是黄色或浅碧色一派清波,一切皆那么和谐,那么愁人。

美丽总是愁人的。我或者很快乐,却用的是发愁字样。但事实上每每见到这种光景,我总默默地注视许久。

美丽总是愁人的。我或者很快乐，却用的是发愁字样。但事实上每每见到这种光景，我总默默地注视许久。我要人同我说一句话，我要一个最熟的人，来同我讨论这些光景。可是这一次来到这地方，部队既完全开拔了，事情也无可做的，玩时也不能如前一次那么高兴了。虽依旧常常到城门边去吃汤圆，同那老人谈谈天、看看街，可是能在一堆玩、一处过日子、一块儿说话的，已无一个人。

我感觉到我是寂寞的。记得大白天太阳很好时，我就常常爬到墙头上去看驻扎在考棚的卫队上操。有时又跑到井边去，看人家轮流接水，看人家洗衣，看他们做豆芽菜的如何浇水进高桶里去。我坐在那井栏一看就是半天。有时来了一个挑水的老妇人，就帮着这妇人做做事，把桶递过去，把瓢递过去。我有时又到那靠近学校的城墙上去，看那些教会中学生玩球，或互相用小小绿色柚子抛掷，或在那坪里追赶扭打。我就独自坐在城墙上看热闹。间或他们无意中把球踢上城时，学生们懒得上城捡取，总装成怪和气的样子："小副爷，小副爷，帮个忙，把我们皮球抛下来。"我便赶快把球拾起，且仿照他们脚尖那么一踢，于是那皮球便高高地向空中蹿去，且很快地落到那些年轻学生身边了。那些人把赞许与感谢安置在一个微笑里，有的还轻轻地呀了一声，看我一眼，即刻又争夺皮球去了。我便微笑着，照旧坐下来看别人的游戏，心中充满了不可名状的快乐。我虽做了司书，身上穿的还是灰布袄子，因此走到什么地方去，别人总是称呼我作小副爷。我就在这些情形中，以为人家全不知道我身份，感到一点秘密的快乐。且在这些情形中，仿佛同别一世界里的人也接近了一点。我需要的就是这种接近，事实上却是十分孤独的。

可是不到一会儿，那学校响了上堂铃，大家一窝蜂散了，只剩下一个圆圆的皮球在草坪角隅。墙边不知名的繁花正在谢落，天空静静的。我望到日头下自己的扁扁影子，有说不出的无聊。我得离开这个地方，得沿了城墙走去。有时在城墙上见一群穿了花衣的女人从对

小一点的女孩子远远地一看到我,就"三姐二姐"地乱喊,且说"有兵有兵",意思便想回头走去。

面走来,小一点的女孩子远远地一看到我,就"三姐二姐"地乱喊,且说"有兵有兵",意思便想回头走去。我那时总十分害羞,赶忙把脸对雉堞缺口向外望去。好让这些人从我身后走过,心里却又对于身上的灰布军衣有点抱歉。我以为我是读书人,不应当被别人厌恶。可是我有什么方法使不认识我的人也给我一分应有尊敬?我想起那两册厚厚的《辞源》,想起三个人共同订的那一份《申报》,还想起《秋水轩尺牍》。

就在这一类隐隐约约的刺激下,我有时回到部中,坐在用公文纸裱糊的桌面上,发愤去写小楷字,一写便是半天。

时间过去了，春天夏天过去了，且重新又过年了。川东鄂西的消息来得够坏。只听说我们军队在川边已同当地神兵接了火，接着就说得退回湖南。第三次消息来时，却说我们军队在湖北来凤全部覆灭了。一个早上，闪不知被神兵和民兵一道扑营，营长、团长、旅长、军法长、秘书长、参谋长全被杀了。这件事最初不能完全相信。做留守的老副官长就亲自跑过二军留守部去问信，到时那边正接到一封详细电报，把我们总司令部如何被人袭击，如何占领，如何残杀的事一一说明。拍发电报的就正是我的上司。他幸运先带一团人过湘境龙山布防，因此方不遇难。

好，这一下可好，熟人全杀尽了，兵队全打散了，这留守处还有什么用处？自从得到了详细报告后，五天之中，我们便各自领了遣散费，各人带了护照，各自回家。

回到家中约在八月左右。一到十二月，我又离开家中过沅州。家中实在呆不住，军队中不成，还得另想生路，沅州地方应当有机会。那时正值大雪，既出了几次门，有了出门的经验，把生棕衣毛松松地包裹到两只脚，背了个小小包袱，跟着我一个教中学的舅母的轿后走去，脚倒全不怕冻。雪实在大了点，山路又窄，有时跌到了雪坑里去，便大声呼喊，必得那脚夫把扁担来援引方能出险。可是天保佑，跌了许多次数我却不曾受伤。走了四天到地以后，我暂住在一个卸任县长舅父[①]家中。不久舅父做了警察所长，我就做了那小小警察所的办事员。办事处在旧县衙门，我的职务只是每天抄写违警处罚的条子。隔壁是个典狱署，每夜皆可听到监狱里犯人受狱中老犯拷掠的呼喊。警察所也常常捉来些偷鸡摸狗的小窃，一时不即发落，便寄存到牢狱里去。因此每天黄昏将近，牢狱里应当收封点名时，我也照例得同一个巡官，拿一本点名册，提了个马灯，跟着进牢狱里去，点

---

① 指沈从文的堂舅黄巨川。

我每天得把全城跑到,还得过一个长约四分之三里在湘西方面说来十分著名的长桥,往对河黄家街去看看。

我们这边寄押人犯的名。点完名后,看着他们那方面的人把重要犯人一一加上手铐,必须套枷的还戴好方枷,必须固定的还把他们系在横梁铁环上,几个人方走出牢狱。

警察所不久从地方财产保管处接收了本地的屠宰税,这个县城因为是沅水上游一个大码头,上下船只多,又当官道,每天常杀二十头猪一两头黄牛,我这办事员因此每天又多了一份职务。每只猪抽收六百四十文的税捐,牛收两千文,我便每天填写税单。另外派了人去查验。恐怕那查验的舞弊不实，我自己也得常常出来到全城每个屠案桌边看看。这份职务有趣味处倒不是查出多少漏税的行为，却是我可以因此见识许多事情。我每天得把全城跑到，还得过一个长约四分之三里在湘西方面说来十分著名的长桥，往对河黄家街去看看。各个店铺里的人都认识我，同时我也认识他们。成衣铺、银匠铺、南纸店、丝烟店，不拘走到什么地方，便有人向我打招呼，我随处也照例谈谈玩玩。这些商店主人照例就是本地小绅士，常常同我舅父喝酒，也知道许多事情皆得警察所帮忙，因此款待我很不坏。

另外还有个亲戚，我的姨父，在本地算是一个大拇指人物，有钱有势，从知事起任何人物任何军队都对他十分尊敬，从不敢稍稍得罪他。这个亲戚对于我的能力，也异常称赞。

那时我的薪水每月只有十二千文，一切事倒做得有条不紊。

大约正是舅父同另外那个亲戚每天作诗的缘故，我虽不会作诗，却学会了看诗。我成天看他们作诗，替他们抄诗，工作得很有兴致。因为盼望所抄的诗被人嘉奖，我开始来写小楷字帖。因为空暇的时间仍然很多，恰恰那亲戚家中客厅楼上有两大箱商务印行的《说部丛书》，这些书便轮流做了我最好的朋友。我记得迭更司①的《冰雪因缘》《滑稽外史》《贼史》这三部书，反复约占去了我两个月的时间。我欢喜这种书，因为它告给我的正是我所要明白的。它不像别的书尽说道理，它只记下一些生活现象。即或书中包含的还是一种很陈腐的道理，但作者却有本领把道理包含在现象中。我就是个不想明白道理却永远为现象所倾心的人。我看一切，却并不把那个社会价值掺加进去，估定我的爱憎。我不愿问价钱上的多少来为百物作一个好坏批评，却愿意考查它在我感官上使我愉快不愉快的分量。我永远不厌

---

① 今通译狄更斯，英国著名小说家。其小说《滑稽外史》即《匹克威克外传》，《贼史》今通译为《雾都孤儿》。

我永远不厌倦的是"看"一切。宇宙万汇在运动中,在静止中。在我印象里,我都能抓定它的最美丽与最调和的风度……

倦的是"看"一切。宇宙万汇在运动中,在静止中。在我印象里,我都能抓定它的最美丽与最调和的风度,但我的爱好显然却不能同一般目的相合。我不明白一切同人类生活相联结时的美恶,另外一句话说来,就是我不大能领会伦理的美。接近人生时,我永远是个艺术家的感情,却绝不是所谓道德君子的感情。可是,由于社会人与人的关系产生的各种无固定性的流动的美、德行的愉快、责任的愉快,在当时从别人看来,我也是毫无瑕疵的。我玩得厉害,职分上的事仍然做得极好。

那时节我的母亲同姊妹,已把家中房屋售去,剩下约三千块钱。既把老屋售去,不大好意思在本城租人房子住下,且因为我事情做得很好，芷江的亲戚又多，便坐了轿子来到芷江，我们一同住下。本地人只知道我家中是旧家，且以为我们还能够把钱拿来存放钱铺里，我又那么懂事明理有作有为，那在当地有势力的亲戚太太，且恰恰是我母亲的妹妹，因此无人不同我十分要好。母亲也以为一家的转机快到了。

假若命运不给我一些折磨，允许我那么把岁月送走，我想象这时节我应当在那地方做了一个小绅士，我的太太一定是个有财产商人的女儿，我一定做了两任县知事，还一定做了四个以上孩子的父亲，而且必然还学会了吸鸦片烟。照情形看来，我的生活是应当在那么一个公式里发展的。这点打算不是现在的想象，当时那亲戚就说到了。因为照他的意思看来，我最好便是做他的女婿，所以别的人请他向我母亲询问对于我的婚事意见时，他总说不妨慢一点。

不意事业刚好有些头绪，那个做警察所长的舅父，却害肺病死掉了。

因他一死，本地捐税抽收保管改归一个新的团防局，我得到职务上"不疏忽"的考语，仍然把工作接续下去，改到了新的地方，做了新机关的收税员。改变以后情形稍稍不同的是，我得每天早上一面把票填好，一面还得在十点后各处去查查。不久在那商会性质团防局里，我认识了十来个绅士，同时还认识一个白脸长身的小孩子。由于这小孩子同我十分要好，半年后便有一个脸儿白白的身材高的女孩印象，把我生活完全弄乱了。

我是个乡下人，我的月薪已从十二千增加到十六千，我已从那些本地乡绅方面学会了刻图章、写草字，做点半通不通的五律七律。我年龄也已经到了十七岁，在这样情形下，一个样子诚实聪明懂事的年轻人，和和气气邀我到他家中去看他的姐姐，请想想，结果我怎么样？

乡下人有什么办法，可以抵抗这命运所摊派的一份？

我以为我爱了另外那个白脸女孩子,且相信那白脸男孩子的谎话,以为那白脸女孩子也正爱我。

当那在本地跷大拇指的亲戚,隐隐约约明白了这件事情时,当一些乡绅知道了这件事情时,每个人都劝告我不要这么傻。有些本来看中了我,同我常常作诗的绅士,就向我那有势力的亲戚示意,愿意得到这样一个女婿。那亲戚于是把我叫去,当着我的母亲,把四个女孩子提出来问我看谁好就定谁。四个女孩子中就有我一个表妹。老实说来,我当时也还明白四个女孩子生得皆很体面,比另外那一个强得多,全是在平时不敢希望得到的女孩子。可是上帝的意思与魔鬼的意思两者必居其一,我以为我爱了另外那个白脸女孩子,且相信那白脸男孩子的谎话,以为那白脸女孩子也正爱我。一份离奇的命运,行将把我从这种庸俗生活中攫去,再安置到此后各样变故里,因此我当时同我那亲戚说:"那不成,我不做你的女婿,也不做店老板的女婿。我有计划,我得照我自己的计划做去。"什么计划?真只有天知道。

我母亲什么也不说,似乎早知道我应分还得受多少折磨,家中人也免不了受许多磨难的样子,只是微笑。那亲戚便说:"好,那我们看,一切有命,莫勉强。"那时节正是三月,四月中起了战事,八百土匪把一个大城团团围住,在城外各处放火。四百左右驻军同一百左右团丁站在城墙上对抗。到夜来流弹满天交织,如无数紫色小鸟振翅,各处皆喊杀连天,三点钟内城外即烧去了七百栋房屋。小城被围困共计四天，外县援军赶到方解了围。这四天中城外的枪炮声我一点儿也不关心，那白脸孩子的谎话使我只知道一件事情，就是我已经被一个女孩子十分关切，我行将成为他的亲戚。我为他姐姐无日无夜作旧诗，把诗作成他一来时便为我捎去。我以为我这些诗必成为不朽作品，他说过，他姐姐便最欢喜看我的诗。

我家中那点余款本来归我保管存放的。直到如今，我还不明白为什么那白脸孩子今天向我把钱借去，明天即刻还我，后天借去，大后天又还给我。结果算去算来却有一千块钱左右的数目，任何方法也算不出用它到什么方面去。这钱竟然无着落了。但还有更坏的事。

到这时节一切全变了，他再不来为我把每天送他姐姐的情诗捎去了，那件事情不消说也到了结束时节了。

我有点明白，我这乡下人吃了亏。我为那一笔巨大数目着了骇，每天不拘做任何事都无心情。每天想办法处置，却想不出比逃走更好的办法。

我有点明白，我这乡下人吃了亏。我为那一笔巨大数目着了骇，每天不拘做任何事都无心情。

因此有一天，我就离开那一本账簿，同那两个白脸姊弟、四个一见我就问我"诗作得怎么样"的理想岳丈、四个眼睛漆黑身长苗条发辫极大的女孩印象，以及我那个可怜的母亲同姊妹走了。为这件事情我母亲哭了半年。这老年人不是不原谅我的荒唐，因我不可靠用去了这笔钱而流泪，却只为的是我这种乡下人的气质，到任何时任何一处总免不了吃城里聪敏人的亏，而想来十分伤心。

常德

我本预备到北京的，但去不成。我本想走得越远越好，正以为我必得走到一个使人忘却了我的存在种种过失，也使自己忘却了自己种种痴处蠢处的地方，才能够再活下去。可是一到常德后，便有个亲戚①把我留下了。

到常德后一时什么事也不能做，只住在每天连伙食共需三毛六分钱的小客栈里打发日子。因此最多的去处还依然同上年在辰州军队里一样，一条河街占去了我大部分生活。辰州河街不过一二里路长，几家做船上人买卖的小茶馆，同几家与船上人做交易的杂货铺。常德的河街可不同多了，这是一条长约三五里的河街，有客栈，有花纱行，有油行，有卖船上铁锚铁链的大铺子，有税局，有各种会馆与行庄。这河街既那么长又那么复杂，常年且因为有城中人担水把地面弄得透湿的，我每天来回走个一回两回，又在任何一处随意待下欣赏当时那些眼前发生的新事，以及照例存在的一切，日子很快地也

---

① 此人即沈从文的表兄黄玉书，沈从文大舅的儿子。

就又夜下来了。

　　那河街既那么长，我最中意的是名为麻阳街的一段。那里一面是城墙，一面是临河而起的一排陋隘逼窄的小屋。有烟馆同面馆，有卖绳缆的铺子，有杂货字号，有屠户，有狗肉铺，门前挂满了熏干的狗肉，有铸铁锚与琢硬木活车以及贩卖小船上应用器具的小铺子。又有小小理发馆，走路的人从街上过身时，总常常可见到一些大而圆的脑袋，带了三分呆气在那里让剃头师傅用刀刮头，或偏了头搁在一条大腿上，在那里向阳取耳。有几家专门供船上划船人开心的妓院，常常可以见到三五个大脚女人，身穿蓝色印花洋布衣服，红花洋布裤子，粉脸油头，鼻梁根扯得通红，坐在门前长凳上剥朝阳花子，见有人过路时就眯笑眯笑，且轻轻地用麻阳人腔调唱歌。这一条街上龌浊不过，一年总是湿漉漉不好走路，且一年四季总不免有种古怪气味。河中还泊满了住家的小船，以及从辰河上游洪江一带装运桐油牛皮的大船。上游某一帮船只拢岸时，这河街上各处都是水手。只看到这些水手手里提了干鱼，或扛了大南瓜，到处走动，各人皆忙匆匆把从上游本乡带来的礼物送给亲戚朋友。这街上又有些从河街小屋子里与河船上长大的小孩子，大白天三三五五捧了红冠大公鸡，身前身后跟了一只肥狗，街头街尾各处找寻别的公鸡打架。一见了什么人家的公鸡时，就把怀里的鸡远远抛去，各占据着那堆积在城墙脚下的木料堆上观战。自己公鸡战败时，

上游某一帮船只拢岸时，这河街上各处都是水手。只看到这些水手手里提了干鱼，或扛了大南瓜，到处走动……

就走拢去踢别人的公鸡一脚出气。或者因点别的什么事,两人互骂了一句娘,看看谁也不能输那一口气,就在街中很勇敢地揪打起来,缠成一团揉到烂泥里去。

那街上卖糕的必敲竹梆,卖糖的必打小铜锣,这些人在引起别人的注意方法上,都知道在过街时口中唱出一种放荡的调子,同女人身体某一些部分相关,逗人发笑。街上又常常有妇女坐在门前矮凳上大哭乱骂,或者用一把菜刀,在一块木板上一面砍一面骂那把鸡偷去宰吃了的人。那街上且常常可以看到穿了青羽缎马褂,新浆洗过蓝布长衫的船老板,带了很多礼物来送熟人。街头中又常常有唱木头人戏的,当街靠墙架了场面,在一种奇妙处置下"当当当当蓬蓬当"地响起锣鼓来,许多闲汉便张大了嘴看那个傀儡戏,到收钱时却一哄而散。

那街上许多茶馆,一面临街,一面临河,旁边甬道下去就是河码头。从各小船上岸的人多从这甬道上下,因此来去的人也极多。船上到夜来各处全是灯,河中心有许多小船各处摇去,弄船人拖出长长的声音卖烧酒同猪蹄子粉条。我想象那个粉条一定不坏,很愿意有一个机会到那小船上去吃点什么喝点什么,但当然办不到。

我到这街上来来去去,看这些人如何生活,如何快乐又如何忧愁,我也就仿佛同样得到了一点生活意义。

我又间或跑向轮船码头去看那些从长沙从汉口来的小轮船,在趸船一角怯怯地站住,看那些学生模样的青年和体面女人上下船,看那些人的样子,也看那些人的行李。间或发现了一个人的皮箱上贴了许多上海北京各地旅馆的标志,我总悄悄地走过去好好地研究一番,估计这人究竟从哪儿来。内河小轮船刚一抵岸,在我这乡巴佬的眼下实在是一种奇观。

我间或又爬上城去,在那石头城上兜一个圈子,一面散步,一面且居高临下地欣赏那些傍了城墙脚边住家的院子里一切情形。在

我到这街上来来去去,看这些人如何生活,如何快乐又如何忧愁,我也就仿佛同样得到了一点生活意义。

近北门一方面,地邻小河,每天照例有不少染坊工人,担了青布白布出城过空场上去晒晾,又有军队中人放马,又可看到埋人,又可看鸭子同白鹅。一个人既然无事可做,因此到城头看过了城外的一切,还觉得有点不足时,就出城到那些大场坪里找染坊工人与马夫谈话,情形也就十分平常。我虽然已经好像一个读书人了,可是事实上一切精神却更近于一个兵士,到他们身边时,我们谈到的问题,实在比我到一个学生身边时可谈的更多。就现在说来,我同任何一个下等人就似乎有很多方面的话可谈,他们那点感想、那点欲望,也

那时有个表弟正从上面总部委派下来做译电,我一到桃源时,就住在他那里。两人一出外还仍然是到河边看来往船只。

大多数同我一样,皆从现实生活取证来的。可是若同一个大学教授谈话,他除了说说书本上学来的那一套心得以外,就是说从报纸上得来的他那一份感想,对于一个人生命的构成,总似乎缺少一点什么似的。可交换的意见,也就很少很少了。

我有时还跟随一队埋人的行列,走到葬地去,看他们下葬的手续与我那地方的习俗如何不同。

另外那件使我离开原来环境逃亡的事,我当然没有忘记,我写了些充满忏悔与自责的书信回去,请求母亲的原恕。母亲知道我并不自杀,于是来信说:"已经做过了的错事,没有不可原恕的道理。你自己好好地做事,我们就放心了。"接到这些信时,我便悄悄到城墙上去哭。因为我想象得出,这些信由母亲口说姐姐写到纸上时,两人的眼泪一定是挂在脸上的。

我那时也同时听到了一个消息,就是那白脸孩子的姐姐,下行读书,在船上却被土匪抢入山中做压寨夫人去了。得到这消息后,我便在那小客店的墙壁上,写下两句唐人传奇小说上别人的诗,抒写自己的感慨:"佳人已属沙叱利,义士今无古押衙。"义士虽无古押衙,其实过不久这女孩就花了一笔很可观的数目从土匪中赎了出来,随即同一个驻防洪江的黔军团长结了婚。但团长不久又被枪毙,这女人便进到沅州本地的天主堂做洋尼姑去了。

我当然书也不读,字也不写,诗也无心再作了。

那时我所以留在常德不动,就因为上游九十里的桃源县有一个清乡指挥部,属于我本地军队。这军队也就是当年的靖国联军第一军的一部分。那指挥官节制了三个支队,本人虽是个贵州人,所有高级官佐却大半是我的同乡。朋友介绍我到那边去,以为做事当然很容易。那时节何键正做骑兵团长,归省政府直辖,贺龙做支队司令,归清乡指挥统辖,部队全驻防桃源县。我得到了个向姓同乡介绍信之后,就拿了去会贺龙,我得了个拿九元干薪的差遣,只一个月便不干了。又去晋谒别的熟人,向清乡指挥部谋差事。可是两处虽有熟人,却毫无结果。书记差遣一类事情既不能做,我愿意当兵,大家又总以为我不能当兵。不过事情虽无结果,熟人在桃源的既很多,我却可以常常不打票坐小轮船过桃源来玩了。那时有个表弟① 正从上面总部委派下来做译电,我一到桃源时,就住在他那里。两人一出外还仍然是到河边看来往船只。或上去一点到桃源女子师范河边,看看河中心那个大鱼梁。水发时,这鱼梁堪称一种奇观,因为是斜斜地横在河中心,照水流趋势,即有大量鱼群,蹦跳到竹架上,有人用长钩

---

① 指沈从文的姨表弟聂清。

钩取入小船，毫不费事！我离开那个清乡军队已两年，再看看这个清乡军队，一切可完全变了。枪械、纪律，完全不像过去那么马虎，每个兵士都仿佛十分自重，每个军官皆服装整齐凸着胸脯在街上走路。平时无事兵士全不能外出，职员们办公休息各有定时。军队印象使我十分感动。

那指挥官虽行伍出身，一派文雅的风度，却使人看不出他的本来面目。笔下既异常敏捷，做事又富有经验，好些日子听别人说到他时就使我十分倾心。因此我那时就只想，若能够在他那儿当一名差弁，也许比做别的事更有意思。可是我尽这样在心中打算了很久，却终不能得到一个方便机会。

船上

住在那小旅馆实在不是个办法，每天虽只三毛六分钱，四个月来欠下的钱很像个大数目了。欠账太多了，非常怕见内老板，每天又必得同她在一桌吃饭。她说的话我可以装作不懂，可是仍然留在心上，挪移不开。桃源方面差事既没有结果，那么，不想个办法，我难道就做旅馆的伙计吗？恰好那时有一只押运军服的帆船，正预备上行，押运人就是我哥哥的一个老朋友，我也同他在一堆吃过喝过。一个做小学教员的亲戚，答应替我向店中办个交涉，欠账暂时不说，将来发财再看。在桃源的那个表弟，恰好也正想回返本队，因此三人就一同坐了这小船上驶。我的行李既只是一个用面粉口袋改做的小小包袱，所以上船时实在洒脱方便。

船上装满了崭新棉布军服，把军服摊开，就躺到那上面去，听

欠账太多了，非常怕见内老板，每天又必得同她在一桌吃饭。她说的话我可以装作不懂，可是仍然留在心上，挪移不开。

押船上行的曾姓朋友说过去生活中种种故事，我们一直在船上过了四十天。

这曾姓朋友读书不多，办事却十分在行，军人风味的勇敢、爽直，正如一般镇筸人的通性，因此说到任何故事时，也一例能使人神往意移。他那时年纪不会过二十五岁，却已赏玩了四十名左右的年轻黄花女。他说到这点经验时，从不显出一分自负的神气，不骄傲、不矜持。他说这是他的命运，是机缘的凑巧。从他口中说出的每个女子，都仿佛各有一份不同的个性，他却只用几句最得体最风趣的言语描出。我到后来写过许多小说，描写到某种不为人所齿及的年轻女子的轮廓，不至于失去她当然的点线，说得对，说得准确，就多数得力于这朋友的叙述。一切粗俗的话语，在一个直爽的人口中说来，却常常是妩媚的。这朋友最爱说的就是粗野话。在我作品中，关于丰富的俗语与双关比譬言语的应用，从他口中学来的也不少（这人就是《湘行散记》中那个戴水獭皮帽子的大老板）。

我临动身时有一块七毛钱，那豪放不羁的表弟却有二十块钱，但七百里航程还只走过八分之一时，我们所有的钱却已完全花光了。把钱花光后我们仍然有说有笑，各人躺在温暖软和的棉军服上面，说粗野的故事，喝寒冷的北风，让船儿慢慢拉去，到应吃饭时，便用极厉害的辣椒在火中烧焦蘸盐下饭。

船只因为得随同一批有兵队护送的货船同时上行，一百来只大小不等的货船，每天必同时拔锚，同时抛锚，因此景象十分动人。但辰河滩水既太多，行程也就慢得极可以。任何一只船出事时皆得加以援助，一出事总就得停顿半天。天气又冷，河水业已下落，每到上滩河槽容船处都十分窄，船夫在这样天气下，还时时刻刻得下水中拉纤，故每天即或毫无阻碍也只能走三十里。送船兵士到了晚上有一部分人得上岸去放哨，大白天则全部上岸跟着船行，所以也十分劳苦。这些兵士经过上司的命令，送一次船一个钱也不能要，就只领下每天二毛二分钱的开差费，但人人却十分高兴。一遇船上出事时，就去帮助船夫，做他们应做的事情。

我们为了减轻小船的重量，也常常上岸走去。不管如何风雪，如何冷，在河滩上跟着船夫的脚迹走去，遇他们落水，我们便从河岸高山上绕道走去。

常德到辰州四百四十里，我们一行便走了十八天，抵岸那天恰恰是正月一日。船傍城下时已黄昏，三人空手上岸，走到市街去看了一阵春联。从一个屠户铺子经过，我正为他们说及四年前见到这退伍兵士屠户同人殴打，如《水浒》上的镇关西，谁也不是他的对手。恰

那曾姓朋友说:"这狗杂种故意吓人,让我们去拜年吧。"还来不及阻止,他就到那边拍门去了。

恰这时节我们前面一点就抛下了一个大爆竹,訇的一声,吓了我们一跳。那时各处虽有爆竹的响声,但曾姓朋友却以为这个来得古怪。看看前面不远又有人走过来,就拖我们稍稍走过了屠户门前几步,停顿了一下。那两个商人走过身时,只见那屠户家楼口小门里,很迅速地又抛了一个爆竹下来,又是訇的一声,那两个商人望望,仿佛知道这件事,赶快走开了。那曾姓朋友说:"这狗杂种故意吓人,让我们去拜年吧。"还来不及阻止,他就到那边拍门去了。一面拍门一面和气异常地说:"老板,老板,拜年,拜年!"一会儿有个人来开门,门拉开时,曾姓朋友一望,就知道这人是镇关西,便同他把手拱拱,冷不防在那高个子眼鼻之间就是结结实实一拳,那家伙大约多喝了杯酒,一拳打去就倒到烛光辉煌的门里去了。只听到哼哼乱骂,但一时却爬不起来,且有人在楼上问什么什么,那曾姓朋友便说:"狗×的,把爆竹从我头上丢来,你认错了人。老子打了你,有什么话说,到中南门河边送军服船上来找我,我名曾祖宗。"一面说,一面便取出一个名片向门里抛去,拉着我们两人的膀子,哈哈大笑迈步走了。

我们还以为那个镇关西会赶来的,因此各人随手拾了些石头,预备来一场恶斗,谁知身后并无人赶来。上船后,还以为当时虽不赶来,过不久定有人在泥滩上喊曾芹轩,叫他上岸比武。这朋友腹部临时还缚了一个软牛皮大抱肚,选了一块很合手的湿柴,表弟同我却各人拿了好些石块,预备这屠户来说理。也许一拳打去那家伙已把鼻子打塌了,也许听到寻事的声音是镇筸人,知道不大好惹,且自己先输了理,故不敢来第二次讨亏吃了,因此我们竟白等了一个上半夜。这个年也就在这样可笑情形中过了。第二天一早,船又离开辰州河岸,开进辰河支流的白河了。

本地虽无土匪,却担心荒山中有野兽,船夫们烧了两大堆火,我们便在那个河滩上听了一夜滩声,过了一个元宵。

从辰州上行，我们仍然沿途耽搁，走了十四天，在离目的地七十里的一个滩上，轮到我们的船出险了。船触大石后断了缆。右半舷业已全碎，五分钟后就满了水。幸好船只装的是棉军服，一时不会沉没，我们便随了这破船，急水中漂浮了约三里。同时船上除了我们三人，就只一个拦头工人一个舵手。水既激急，所以任何方法总不能使船安全泊岸。然而天保佑，到后居然傍近浅处了。慢慢地十几个拉纤的船夫赶来了，兵士赶来了，大家什么话也不说，只互相对望干笑。于是我们便爬到岸边高崖上去，让船中人把搁在浅处的碎船篷板拆下，在河滩上做起一个临时棚子，预备过夜。其余船只因为两天后已可到地，就不再等我们，全部开走了。本地虽无土匪，却担心荒山中有野兽，船夫们烧了两大堆火，我们便在那个河滩上听了一夜滩声，过了一个元宵。

保靖

目的地到达后,我住在一个做书记的另一表弟那里。无事可做等事做,照本地话说名为"打流"。这名词在吃饭时就见出了意义。每天早晚应吃饭时,便赶忙跑到各位老同事老同学处去,不管地方,不问情由,一有吃饭机会总不放过。这些人有做书记的,每月大约可得五块到十块钱。有做副官的,每月大约可得十二块到十八块钱。还有做传达的,数目比书记更少。可是在这种小小数目上,人人却能尽职办事,从不觉得有何委屈,也仍然在日光下笑骂吃喝,仍然是有热有光地打发每一个日子。职员中肯读书的,还常常拿了书到春天太阳下去读书。预备将来考入军官学校的,每天大清早还起来到卫队营去附操。一般高级军官,生活皆十分拮据,吃粗粝的饭,过简陋的日子,然而极有朝气,全不与我三年前所见的军队相像。一切都得那个精力弥满的统领官以身作则,擘画一切、调度一切,使各人能够在职务上尽力,不消沉也不堕落。这统领便是先一时的靖国联军一军司令,直到现在,还依然在湘西抱残守缺,与一万余年轻军人同过那种甘苦与共的日子。

当时我的熟人虽多,地位都很卑下,想找工作却全不能靠谁说一句话。我记得那

每天早晚应吃饭时,便赶忙跑到各位老同事老同学处去,不管地方,不问情由,一有吃饭机会总不放过。

时我只希望有谁替我说一句话，到那个军人身边去做一个护兵。且想即或不能做这人的护兵，就做别的官佐护兵也成。因此常常从这个老朋友处借来一件干净军服，从另一个朋友又借了条皮带，从第三个又借了双鞋子，大家且替我装扮起来，把我打扮得像一个有教育懂规矩的兵士后，方由我那表弟带我往军法处、参谋处、秘书处以及其他地方，拜会那些高级办事员。先在门边站着，让表弟进去呈报。到后听说要我进去了，一走进去时就霍地立一个正，做着各样询问的答复，再在一张纸上写几个字。只记得"等等看我们想法"，就出来了。可是当时竟毫无结果。都说可以想法，但谁也不给一个切实的办法。照我想来其所以失败的原因，大体还是一则做护兵的多用小苗人和乡下人，做事吃重点。用亲戚属中子侄，做事可靠点。二则他们认识我爸爸，不好意思让我来为他们当差。我既无办法可想，又不能去亲自见见那位统领官，一坐下来便将近半年。

这半年中使我亲亲切切感到几个朋友永远不忘的友谊，也使我好好地领会了一个人当他在失业时萎悴无聊的心情。但从另外一方面说来，我却学了不少知识。凭一种无挂无碍到处为生的感情，接近了自然的秘密。我爬上一个山，傍近一条河，躺到那无人处去默想，漫无涯涘去做梦，所接近的世界，似乎皆更是一个结实的世界。

生活虽然那么糟，性情却依旧那么强，有一次因个小小问题，与那表弟吵了几句，半夜里不高兴再在他床上睡觉了，一时又无处可去，就走到一个养马的空屋里，爬到有干草同干马粪香味的空马槽里睡了一夜。到第二天去拿那小包袱告辞时，两人却又讲了和，笑着揉到地上扭打了一阵。但我那表弟却更有趣味，在另外一个夜里，与一个同事说到一件小事，互相争持不下时，就向那人说："你不服吗？我两人出去打一架看看！"那人便老老实实同他披了衣服出去，到黑暗无人的菜园里，扭打了一阵，践踏坏了一大堆白菜，各人滚了一身泥，鼻青眼肿悄悄回到住处，一句话也不说。第二天上饭

这一群年轻人大致都那么勇敢直爽,十分可爱,但十余年来,却有大半早从军官学校出身做了小军官,在历次小小内战中牺牲腐烂了。

桌时,才为人从脸目间认出夜里情形来,互相便坦白地大笑,同时也就照常成为好朋友了。这一群年轻人大致都那么勇敢直爽,十分可爱,但十余年来,却有大半早从军官学校出身做了小军官,在历次小小内战中牺牲腐烂了。

当时我既住到那书记处,几月以来所有书记原本虽不相识,到后自然也熟透了。他们忙时我便为他们帮帮忙,写点不重要的训令和告示,一面算帮他们的忙,一面也算我自己玩。有一次正在写一件信札,为一个参谋处姓熊的高级参谋见到,问我是什么名义。我以为应分受责备了,心里发慌,轻轻地怯怯地说:"我没有名义,我是在这里玩的。帮他们忙写这个文件!"到后那书记官却为我说了一句公道话，告给那参谋，说我帮了他们很多的忙。问清楚了姓名，因此把我名单开上去，当天我就做了四块钱一个月的司书。我做了司书，每天必到参谋处写字，事做完时就回到表弟处吃饭睡觉。

事业一有了着落，我很迅速地便在司书中成为一个特殊的书记了。不久就加薪到六元。我比他们字写得实在好些。抄写文件时上面有了错误处，我能纠正那点笔误。款式不合有可斟酌处，我也看得出，说得出。我的几个字使我得到了较优越的地位，因此更努力写字。机会既只许可我这个人在这方面费去大部分时间同精力，我也并不放下这点机会。我得临帖，我那时也就觉得世界上最使人敬仰的是王羲之。我常常看报，原只注意有正书局的广告，把一点点薪水聚集下来，谨谨慎慎藏到袜筒里或鞋底里，汗衣也不作兴有两件，但五个月内我却居然买了十七块钱的字帖。

一份惠而不费的赞美，带着点幽默微笑："老弟，你字真龙飞凤舞，这公文你不写谁也就写不了！"就因为这类话语，常常可以从主任那瘪瘪口中听到，我于是当着众人业已熄灯上床时，还常常在一盏煤油灯下，很细心地用曹娥碑字体誊录一角公文或一份报告。

各种生活营养到我这个灵魂，使它触着任何一方面时皆若有一闪光焰。到后来我能在桌边一坐下来就是八个钟头，把我生活中所知道所想到的事情写出，不明白什么叫作疲倦，这份耐力与习惯，都出于我那做书记的命运。

我不久因工作能力比同事强，被调到参谋处服务了。

书记处所在地方，据说是彭姓土司一个妃子所住的花楼。新搬去住的参谋处，房子梁架还是年前从一个梁姓苗王处抬来的。笨大的材头，笨大的柱子，使人一见就保留一种稀奇印象。四个书记每天有训令命令抄写时，就伏在白木做成的方桌上抄写，不问早晚多少，以写完为止。文件太多了一点，照例还可调取其他部分的书记来帮忙，有时不必调请，照例他们也会赶来很高兴帮忙。把公事办完时，

我于是当着众人业已熄灯上床时，还常常在一盏煤油灯下，很细心地用曹娥碑字体誊录一角公文或一份报告。

若那天正是十号左右发饷的日子，各人按照薪水，多少不等各领得每月中三分之一的薪饷，同事朋友必各自派出一份钱，亲自去买狗肉来炖，或由任何人做东，上街去吃面。若各人身边皆空空的，恰恰天气又很好，就各自手上拿一木棒，爬上山顶上去玩，或往附近一土坡上去玩。那后山高约一里，并无什么正路，从险峻处爬到顶上时，却可以看许多地方。我们也就只是看那么一眼，不管如何困难总得爬上去。土坡附近常常有号兵在那里吹号，四周埋葬了许多小坟。每天差不多总有一起小棺材，或蒲包裹好的小小尸首，送到这地方来埋葬。当埋葬时，远远便蹲了无数野狗同小狼，埋人的一走，这坟至多到晚上，就被这群畜生扒开，小尸首便被吃掉了。这地方狼的数

这地方每当月晦阴雨的夜间,就可听到远远近近的狼嗥,声音好像伏在地面上,水似的各处流,低而长,忧郁而悲伤。

量不知道为什么竟那么多,既那么多为什么又不捕捉?这理由不易明白。我们每次到那小坡上去,总得带一大棒,就为的是恐怕被狼袭击,有木棒可以自卫。这畜生大白天见人时也并不逃跑,只静静地坐在坟头上望着你,眼睛光光的,牙齿白白的,你不惹它它也不惹你。等待你想用石头抛过去时,它却在石头近身以前,飞奔跑去了。

这地方每当月晦阴雨的夜间,就可听到远远近近的狼嗥,声音好像伏在地面上,水似的各处流,低而长,忧郁而悲伤。间或还可听到后山的虎叫,昂的一声,谷中回音可延长许久。有时后山虎豹来人家猪圈中盗取小猪,从小猪锐声叫喊情形里,还可分分明明地知道这山中野兽,从何处回山,经过何处。大家都已在床铺上听惯了这种声音,也不吃惊,也不出奇。可是由于虎狼太多,虽窗下就有哨兵岗位,但各人皆担心当真会有一天从窗口跃进一只老虎或一只豺狼,我们因此每夜总小心翼翼把窗门关好,这办法也并非毫无好处,有一次果然就有两只狼来扒窗子,两个背靠背放哨的兵士,深夜里又不敢开枪,用刺刀对准这畜生时,据说两只狼还从从容容大模大样地并排走去。

  我的事情既不是每天都很多很多,因此一遇无事可做时,几个人也常常出去玩。街上除了看洋袜子、白毛巾、为军士用的服装和价值两元一枚的镀金表,别的就没有什么可引起我们注意了。逢三八赶场,在三八两天方有杂货百物买卖。因此我们最多勾留的地方,还是那个河边。河边有一个码头,常年湾泊五十号左右小木船。上面一点是个税局,扯起一面大大的写有红黑扁字桐油油过的幡旗。有一只方头平底渡船,每天把那些欢喜玩耍的人打发过河去,把马夫打发过河去,把跑差的兵士打发过河去,又装载了不少从永顺来的商人,及由附近村子里来做小买卖的人,从对河撑回,那河极美丽,渡船也美丽。

又装载了不少从永顺来的商人,及由附近村子里来做小买卖的人,从对河撑回,那河极美丽,渡船也美丽。

我们有时为了看一个山洞，寻一种药草，甚至于赌一口气，也常常走十里八里，到隔河大岭上跑个半天。对河那个大岭无所不有，也因为那山岭，把一条河显得更加美丽了。

我们虽各在收入最少的卑微位置上做事，却生活得十分健康。有时即或胡闹，把所有的一点钱完全花到一些最可笑事情方面去，生活也仍然是健康的。我们不大关心钱的用处，为的是我们正在生活，有许多生活，本来只需我们用身心去接近、去经验，却不必用一笔钱或一本书来做居间介绍。

但大家就是那么各人守住在自己一份生活上，甘心尽日月把各人拖到坟墓里去吗？可并不这样。我们各人都知道行将有一个机会要来的，机会来时我们会改造自己变更自己的，会尽我们的一份气力去好好做一个人的。应死的倒下，腐了烂了，让他完事；可以活的，就照份上派定的忧乐活下去。

十个月后，我们部队有被川军司令汤子模请过川东填防的消息，有特别代表来协商。条件是过境大帮烟土税平分，别的百货捐归接防部队。我们长官若答应时，便行将派四团人过川东。这消息从几次代表的行动上，决定了一切技术上的问题，过不久，便因军队调动把这消息完全证实了。

一个大王

那时节参谋处有个满姓同乡问我："军队开过四川去，要一个文件收发员，你去不去？"他且告给我若愿意去，能得九块钱一个月。答应去时，他可同参谋长商量作为调用，将来要回湘时就回来，全不费事。

　　听说可以过四川去,我自然十分高兴。我心想上次若跟他们部队去了,现在早腐了烂了。上次碰巧不死,一条命好像是捡来的,这次应为子弹打死也不碍事。当时带军队过川东的司令姓张,也就正是我两年前在桃源时想跟他当兵不成那个指挥官。贺龙做了我们部队的警卫团长,另外有一顾营长、曾营长、杨营长。有些人同去的也许都以为入川可以捞几个横财,讨一个媳妇。我所想的还不是钱不是女人。我那时自然是很穷的,六块钱的薪水,扣去伙食两块,每个月我手中就只四块钱,但假若有了更多的钱,我还是不会用它。得了钱除了充大爷邀请朋友上街去吃面,实在就无别的用处。至于女人呢,仿《疑雨集》写艳体诗的情形已成过去了,我再不觉得女人有什么意思。我那时所需要的似乎只是上司方面认识我的长处,我总以为我有份长处,待培养,待开发,待成熟。另外还有一个秘密理由,就是我很想看看巫峡。我有两个朋友为了从书上知道了巫峡的名字后,便亲自徒步从宜昌沿江上重庆走过一次。我听他们说起巫峡的大处、高处和险处、有趣味处,实在神往倾心。乡下人所想的,就正是把自己全个生命押到极危险的注上去,玩一个

左图:
　　至于女人呢,仿《疑雨集》写艳体诗的情形已成过去了,我再不觉得女人有什么意思。

右图:
　　那时天气既很热,晚上还用不着棉被,为求洒脱起见,因此把自己唯一的两条旧棉絮也送给了人,自己背了个小小包袱就上路了。

尽兴！我们当时的防地同川军长官汤子模、石青阳事先约好了的，是酉阳、龙潭、彭水、龚滩，统由箄军接防，前卫则到涪州为止。我以为既然到了那边，再过巫峡，当然很方便了。

我既答应了那同乡，不管多少钱，不拘什么位置，都愿意去。三天以后，于是就随了一行人马上路了。我的职务便是机要文件收发员。临动身时每人照例可向军需处支领一个月薪水。得到九块钱后，我什么也不做，只买了一双值一块二毛钱的丝袜子，买了半斤冰糖，把余钱放在板带里。那时天气既很热，晚上还用不着棉被，为求洒脱起见，因此把自己唯一的两条旧棉絮也送给了人，自己背了个小小包袱就上路了。我那包袱中的"产业"计旧棉袄一件、旧夹袄一件、手巾一条、夹裤一条、值一块二毛钱的丝袜子一双、青毛细呢的响皮底鞋子一双、白大布单衣裤一套。另外还有一本值六块钱的《云麾碑》、值五块钱褚遂良的《圣教序》、值两块钱的《兰亭序》、值五块钱的《虞世南夫子庙堂碑》，还有一部《李义山诗集》。包袱外边则插了一双自由天竺筷子、一把牙刷，且挂了一个碗底边钻有小小圆眼用细铁丝链子扣好的搪瓷碗儿。这就是我的全部产业。这份产业现在说来，依然是很动人的。

这次旅行与任何一次旅行一样，我当然得随同伙伴走路。我们先从湖南边境的茶峒到贵州边境的松桃，又到四川边境的秀山，一共走了六天。六天之内，我们走过三个省份的接壤处，到第七天在龙潭驻了防。

这次路上增加了我不少新鲜经验，过了些用木头编成的渡筏。对那些渡筏的印象，十年后还在我的记忆里，极其鲜明占据了一个位置（《边城》即由此写成）。晚上落店时，因为人太多了一点，前站总无法分配众人的住处，各人便各自找寻住处，我却三次占据一条窄窄长凳睡觉。在长凳上睡觉，是差不多每个兵士都得养成习惯的一件事情，谁也不会半夜掉下地来。我们不止在凳上睡，还在方桌上睡。第三天住在一个乡下绅士家里，便与一个同事两人共据了一张漆得极光的方桌，极安适地睡了一夜。有两次连一张板凳也找寻不出时，我同四个人就睡在屋外稻草堆上，半夜里还可看流星在蓝空中飞！一切生活当时看来都并不使人难堪，这类情形直到如今还不会使我难堪。我最烦厌的就是每天睡在同样一张床上，这份平凡处真不容易忍受。到现在，我不能不躺在同一张床上睡觉了，但做梦却常常睡到各种新奇地方去，或回复到许多年以前曾经住过的地方去。

通过黔湘边境时，我们上了一个高坡，名棉花岭，据人说上三十二里，下三十五里。那个山坡折磨了我们一整天。可是爬上了这样一个高坡，在岭头废堡垒边向下望去，一群小山，一片云雾，那

可是爬上了这样一个高坡,在岭头废堡垒边向下望去,一群小山,一片云雾,那壮丽自然的画图,真是一个动人的奇观。

壮丽自然的画图,真是一个动人的奇观。这山峰形势同堡垒形势,十余年来还使我神往。在四川边境上时,我记得还必须经过一个大场,每次场集据说有五千牛马交易。又经过一个古寺院,有六人不能合抱的松树。寺中南边一白骨塔,穹形的塔顶,全用刻满佛像的石头砌成,径约四丈。锅井似的圆坑里,人骨零乱,有些腕骨上还套着麻花纹银镯子,也无谁人取它动它。听寺僧说,是上年闹神兵,一个城子的人都死尽了,半年后把骨头收来,隔三年再焚化。

我们的军队到川东时,虽仍向前方开去,司令部却不能不在川东边上龙潭暂且住下。

我们在市中心一个庙里扎了营,办事处仍然是戏楼,比较好些便是新到的地方墙壁上没有多少膏药,市面情形也不如数年前在怀化清乡那么糟了。商会欢迎客军,早为我们预备一切,各人有个木板床,上面安置一条席子。院中且预先搭好了一个大凉棚,既遮阳又通风,因此住在楼上也不很热。市面粗粗看来,一切都还像个样子。地方虽不十分大,但正当川盐入湘的孔道,且是桐油集中处,又有一条小河,从洞庭湖来的小船还可由湘西北河上行直达市镇,出口的桐油与入口的花纱杂物交易都很可观。因此地方有邮局,有布置得干净舒适的客商安宿处,还有"私门头",供过往客商及当地小公务员寻欢取乐。

地方有大油坊和染坊,有酿酒糟坊,有官药店,有当铺。还有一个远近百里著名的龙洞,深处透光处约半里,高约十丈,常年从洞中流出一股寒流,冷如冰水。时正六月,水的寒冷竟使任何兵士也不敢洗手洗脚,手一入水,骨节就疼痛麻木,失去知觉。那水灌溉了千顷平田,本地禾苗便从无旱灾。本部

左图:
独自坐在河岸高崖上,看船只上滩。那些船夫背了纤绳,身体贴在河滩石头上,那点颜色,那种声音,那派神气,总使我心跳。

右图:
当那些船夫把船拉上滩后,各人伏身到河边去喝一口长流水,站起来再坐到一块石头上,把手拭去肩背各处的汗水时,照例总很厉害地感动我。

上自司令下至马夫,到这洞中次数最多的,恐怕便是我。我差不多每天必来一回,在洞中大石板上一坐半天,听水吹风够了时,方用一个大葫芦贮满了凉水回去,款待那些同事朋友。

那地方既有小河,我当然也欢喜到那河边去,独自坐在河岸高崖上,看船只上滩。那些船夫背了纤绳,身体贴在河滩石头上,那点颜色,那种声音,那派神气,总使我心跳。那光景实在美丽动人,永远使人同时得到快乐和忧愁。当那些船夫把船拉上滩后,各人伏身到河边去喝一口长流水,站起来再坐到一块石头上,把手拭去肩背各处的汗水时,照例总很厉害地感动我。

我的职务并不多,只是从外来的文件递到时,照例在簿籍上照款式写着某年某月某日某时收到某处来文,所说某事。发去的也同样

记上一笔。文件中既分平常、次要、急要三种，我便应当保管七本册子，一本作为来往总账，六本做分别记录。这些册子到晚上九点钟，必把它送到参谋长房里去，好转呈司令官检查一次，画一个阅字再退回来。我的职务虽比司书稍高，薪饷却并不比一个差弁为高。可是我也有了些好处，一到了这里，不必再出伙食，虽名为自办伙食，所有费用统归副官处报账。我每月可净得九块钱，在当时，可不是一个小数目！得了钱时不知如何花费，就邀朋友上街到面馆吃面，每次得花两块钱。那时可以算为我的好朋友的，是那司令官几个差弁、几个副官和一个青年传令兵。

我们的住处各用木板隔开，我的职务在当时虽十分平常，所保管的文件却似乎不能尽人知道，因此住处便在戏楼最后一角，隔壁是司令官的十二个差弁，再过去是参谋长同秘书长，再过去是司令官，再过去是军法。对面楼上分军法处、军需处、军械处三部分，楼下有副官处和庶务处。戏台上住卫队一连。正殿则用竹席布幕编成一客厅和起居公事房，接见当地绅士和团总时，就在这大客厅中，同时又常常用来审案。各地方皆贴上白纸的条子，写明所属某部，用虞世南体，端端正正写明，那纸条便出自我的手笔。差弁房中墙上挂满了大枪小枪，我房间中却贴满了自写的字。每个视线所及的角隅，我还贴了些小小字条，上面这样写着："胜过钟王，压倒曾李。"因为那时节我知道写字出名的，死了的有钟王两人，活着却有曾农髯和李梅庵[①]。我以为只要赶过了他们，一定就可独霸一世了。

我出去玩时，若只一人我常到龙洞或河边，两人以上就常常过对河去。因为那时节防地虽由川军让出，川军却有一个旅司令部与小

---

① 这里"钟王"分别指三国魏和东晋大书法家钟繇和王羲之。曾农髯，即曾熙（1861—1930），湖南衡阳人；李梅庵，即李瑞清（1867—1920），江西临川人。两人均为近代书法大家。

部分军队驻在河对面一庙里。上级虽相互要好，兵士不免常有争持，打点小架。我一人过去时怕吃人的亏，有了两人则不拘何处走去不必担心了。

到这地方每月虽可以得九块钱，不是吃面花光，就是被别的朋友用了，我却从不缝衣，身上就只一件衣。一次因为天气很好，把自己身上那件汗衣洗洗，一会儿天却落了雨。衣既不干，另一件又为一个朋友穿去了，差弁全已下楼吃饭，我又不便赤膊从司令官房边走过，就老老实实饿了一顿。我不是说过我同那些差弁全认识吗？其中共十二个人，大半比我年龄还小些，我以为最有趣的是那个弁目，这是一个土匪，一个大王，一个真真实实的男子。这人自己用两支枪毙过两百个左右的敌人，却曾经有过十七位压寨夫人。这大王身个儿小小的，脸庞黑黑的，除了一双放光的眼睛外，外表任你怎么看也估不出他有多少精力同勇气。年前在辰州河边时，大冬天有人说："谁现在敢下水，谁不要命！"他什么话也不说，脱光了身子，即刻扑通一声下水给人看看。且随即在宽约一里的河面游了将近一点钟，上岸来时，走到那人身边去："一个男子的命就为这点水要去吗？"或者有人述说谁赌扑克被谁欺骗把荷包掏光了，他当时一句话也不说，一会儿走到那边去，替被欺骗的把钱要回来，将钱一下掼到身边，一句话不说就又走开了。这大王被司令官救过一次，

这大王身个儿小小的，脸庞黑黑的，除了一双放光的眼睛外，外表任你怎么看也估不出他有多少精力同勇气。

我从他坦白的陈述中,才明白用人生为题材的各样变故里,所发生的景象,如何离奇,如何炫目。

于是不再做山上的大王,到这行伍出身的司令官身边做一个亲信,用上尉名义支薪,侍候这司令官却如同奴仆一样的忠实。

我住处既同这样一个大王比邻,两人不出门,他必走过我房中来和我谈话。凡是我问他的,他无事不回答得使我十分满意。我从他那里学习了一课古怪的学程。从他口上知道烧房子、杀人……种种犯罪的记录,且从他那种爽直说明中了解那些行为背后所隐伏的生命意识。我从他那儿明白所谓罪恶,且知道这些罪恶如何为社会所不容,却也如何培养着这个坚实强悍的灵魂。我从他坦白的陈述中,才明白用人生为题材的各样变故里,所发生的景象,如何离奇,如何炫目。这人当他做土匪以前，本是一个良民，为人又怕事又怕官，被外来军人把他当成一个土匪胡乱枪决过一次，到时他居然逃脱了，后来且居然就做大王了！

他会唱点旧戏、写写字、画两笔兰草，每到我房中把话说倦时，就一面口中唱着，一面跳上我的桌子，演唱《夺三关》与《杀四门》。

有一天，七个人在副官处吃饭，不知谁人开口说到听说本市什么庙里，川军还押得有一个古怪的犯人，一个出名的美姣姣。十八岁时做了匪首，被捉后，年轻军官全为她发疯，互相杀死两个小军官。解到旅部后，部里大小军官全想得到她，可是谁也不能占到便宜。听过这个消息后，我就想去看看这女土匪。我由于好奇，似乎时时刻刻要用这些新鲜景色喂养我的灵魂，因此说笑话，以为谁能带我去看看，我便请谁喝酒。几天以后，对那件事自然也就忘掉了。一天黄昏将近时分，吃过晚饭，正在自己擦拭灯罩，那大王忽然走来喊我："兄弟，兄弟，同我去个好地方，你就可以看你要看的东西。"我还来不及询问到什么地方去看什么东西，就被他拉下楼梯走出营门了。

我们过河去到一个庙里，那里驻扎的有一排川军，他同他们似乎都已非常熟悉，打招呼行了个军礼，进庙后我们就一直向后殿走去，不一会儿转入另一个院落，就在栅栏边看到一个年轻妇人了。

那妇人坐在屋角一条朱红毯子上，正将脸向墙另一面，背了我们凭借壁间灯光做针线。那大王走近栅栏边时就说："夭妹，夭妹，我带了个小兄弟来看你！"妇人回过身来，因为灯光黯淡，只见着一张白白的脸儿，一对大大的眼睛。她见着我后，才站起身走过我们这边来。逼近身时，隔了栅栏望去，那妇人身材才真使我大吃一惊！妇人不算得是怎样稀罕的美人，但那副眉眼，那副身段，那么停匀合度，可真不是常见的家伙！她还上了脚镣，但似乎已用布片

我答应后,那弁目就把我送出庙门,在庙门口捏捏我的手,好像有许多神秘处,为时不久全可以让我明白,于是又进去了。

包好,走动时并无声音。我们隔了栅栏说过几句话后,就听她问那弁目:"刘大哥,刘大哥,你是怎么的?你不是说那个办法吗?今天十六。"

那大王低低地说:

"我知道,今天已经十六。""知道就好。""我着急,卜了个课,说月份不利,动不得。"那妇人便咕嘟着嘴吐了一个"呸",不再开口说话,神气中似有三分幽怨。这时节我虽把脸侧向一边去欣赏那灯光下的一切,但却留心到那弁目的行为。我看他对妇人把嘴向我努努,我明白在这地方太久不是事,便说我想先回去。那女人要我明天再来玩,我答应后,那弁目就把我送出庙门,在庙门口捏捏我的手,好像有许多神秘处,为时不久全可以让我明白,于是又进去了。

我当时只稀奇这妇人不像个土匪,还以为别是受了冤枉捉到这里来的。我并不忘掉另一时在怀化剿匪所经过的种种,军队里照例有多少糊涂事做。一夜过去后,第二天吃早饭时,一桌子人都说要我请他们喝酒。因为那女匪王幺妹已被杀,我要想看,等等到桥头去就可看见了。有人亲眼见到的,还说这妇人被杀时一句话不说,神色自若地坐在自己那条朱红毛毯上,头掉下地时尸身还并不倒下。消息吓了我一跳。我以为昨晚上还看到她,她还约我今天去玩,今早怎么就会被杀?吃完饭我就跑到桥头上去,那死尸却已有人用白木棺材装殓,停搁在路旁,只地下剩一摊腥血以及一堆纸钱白灰了。我望着那个地面上凝结的血块,我还不大相信,心里乱乱的,忙匆匆地走回衙门去找寻那个弁目。只见他躺在床上,一句话不说。我不敢问他什么,便回到自己房中办事来了。可是过不多久,我却从另一差弁口中知道这件事情的原委了。

原来这女匪早就应当杀头的,虽然长得体面标致,可是为人著名毒辣,爱慕她的军官虽多,谁也不敢接近她,谁也不敢保释她。只因为她还有七十支枪埋到地下,谁也不知道这些军械埋藏处。照当时市价这一批武器将近值一万块钱,不是一个小数目。因此,尽想设法把她所有的枪诱骗出来,于是把她拘留起来,且待她和任何犯人也不同。这弁目知道了这件事,又同川军排长相熟,就常过那边去。与女人熟识后,却告给女人,他也还有六十支枪埋在湖南边境上,要想法保她出来,一同把枪支掘出上山落草,就可以天不怕地不怕在山上做大王活个下半世。女人信托了他,夜里在狱中两人便亲近过了一次。这事被军官发现后,向上级打了个报告,因此这女人第二天一早,便为川军牵出去砍了。

当两个人夜里在狱中所做的事情,被庙中驻兵发觉时,触犯了做兵士的最大忌讳,十分不平,以为别的军官不能弄到手的,到头

他走到我房中来看我,一见我就说:"兄弟,我运气真不好!夭妹为我死的,我哭了七天,现在好了。"

来却为一个外来人占先得了好处,俗话说肥水不落外人田,因此一排人把步枪上了刺刀,守在门边,预备给这弁目过不去。可是当有人叫他名姓时,这弁目明白自己的地位,不慌不忙的,结束了一下他那皮带,一面把两支小九响手枪取出拿在手中,一面便说:"兄弟,兄弟,多不得三心二意,天上野鸡各处飞,谁捉到手是谁的运气。今天小小冒犯,万望海涵。若一定要牛身上捉虱,钉尖儿挑眼,不高抬个膀子,那不要见怪,灯笼子认人枪子儿可不认人!"那一排兵士知道这不是个傻子,若不放他过身,就得要几条命。且明白这地方川军只驻扎一连人,筸军却有四营,出了事不会有好处。因此让出一条路,尽这弁目两只手握着枪从身旁走去了。人一走,这王夭妹第二天一早便被砍了。

女人既已死去,这弁目躺在床上约一礼拜左右,一句空话不说,一点东西不吃,大家都怕他也不敢去撩他。到后忽然起了床,又和往常一样活泼豪放了。他走到我房中来看我,一见我就说:"兄弟,我运气真不好!夭妹为我死的,我哭了七天,现在好了。"当时看他样子实在好笑又可怜。我什么话也不好说,只同他捏着手,微笑了一会儿,表示同情和惋惜。

在龙潭我住了将近半年。

那大王想与我一道上船,在同一护照上便填了我与他两人的姓名。把船看好,准备当天下午动身。

当时军队既因故不能开过涪州,我要看巫峡一时还没有机会。我到这里来熟人虽多,却除了写点字以外毫无长进处。每天生活依然是吃喝,依然是看杀人,这份生活对我似乎不大能够满足。不久有一个机会转湖南,我便预备领了护照搭坐小货船回去。打量从水道走,一面我可以经过几个著名的险滩,一面还可以看见几个新地方。其时那弁目正又同一个洗衣妇要好,想把洗衣妇讨作姨太太。司令官出门时,有人拦舆递状纸,知道其中有了些纠纷。告他这事不行,说是我们在这里做客,这种事对军誉很不好。那弁目便向其他人说:"这是文明自由的事情,司令官不许我这样做,我就请长假回家,拖队伍干我老把戏去。"他既不能娶那洗衣妇人，当真就去请假。司令官也即刻准了他的假。那大王想与我一道上船，在同一护照上便填了我与他两人的姓名。把船看好，准备当天下午动身。吃过早饭，他正在我房中说到那个王幺妹被杀前的种种事情，忽然军需处有人来请他下去算饷，他十分快乐地跑下楼去。不到一分钟，楼下就吹集合哨子，且所到有值日副官喊"备马"。我心中正纳闷，以为照情形看来好像要杀人似的。但杀谁呢？难道枪决逃兵吗？难道又要办一个土棍吗？随即听人大声嘶嚷。推开窗子看看，原来那弁目上衣业已脱去，已被绑好，正站在院子中。卫队已集合，成排报数，准备出发。值日官正在请令。看情形，大王一会儿就要被推出去了。

被绑好了的大王，反背着手，耸起一副瘦瘦的肩膊，向两旁楼上人大声说话："参谋长，副官长，秘书长，军法长，请说句公道话，求求司令官的恩典，不要杀我吧。我跟了他多年，不做错一件事。我太太还在公馆里侍候司令太太。大家做点好事说句好话吧。"大家互相望着，一句话不说。那司令官手执一支象牙烟管，从大堂客厅从从容容走出来，温文尔雅地站在滴水檐前，向两楼的高级官佐微笑着打招呼。

"司令官，来一份恩典，不要杀我吧。"

那司令官十分严肃地说：

"刘云亭，不要再说什么话丢你的丑。做男子的做错了事，应当死时就正正经经地死去，这是我们军队中的规矩。我们在这里做客，凡事必十分谨慎，才对得起地方人。你黑夜里到监牢里去奸淫女犯，我念你跟我几年来做人的好处，为你记下一笔账，暂且不提。如今又想为非作歹，预备把良家妇女拐走，且想回家去拖队伍。我想想，放你回乡去做坏事，作孽一生，尽人怨恨你，不如杀了你，为地方除一害。现在不要再说空话，你女人和小孩子我会照料，自己勇敢一点做个男子吧。"那大王听司令官说过一番话后，便不再喊公道了，就

"司令官你真做梦,别人花六千块钱运动我刺你,我还不干!"司令官仿佛没听到,把头掉向一边,嘱咐副官买副好点的棺木。

向两楼的人送了一个微笑,忽然显得从从容容了:"好好,司令官,谢谢你几年来照顾,兄弟们再见,兄弟们再见。"一会儿又说:"司令官你真做梦,别人花六千块钱运动我刺你,我还不干!"司令官仿佛没听到,把头掉向一边,嘱咐副官买副好点的棺木。

于是这大王就被簇拥出了大门,从此不再见了。

我当天下午依然上了船。我那护照上原有两个人的姓名,大王那一个临时用朱笔涂去,这护照一直随同我经过了无数恶滩,五天后到了保靖,方送到副官处去缴销。至于那帮会出身、温文尔雅才智不凡的张司令官,同另外几个差弁,则三年后在湘西辰州地方,被一个姓田的部属客客气气请去吃酒，进到辰州考棚二门里，当欢迎喇叭还未吹毕时，连同四个轿夫，一起被机关枪打死，所有尸身随即被浸渍在阴沟里，直到两个月事平后，方清出尸骸葬埋。刺他的部属田旅长，也很凑巧，一年后又依然在那地方，被湖南主席叶开鑫，派另一个部队长官，同样用请客方法，在文庙前面夹道中刺死。

学历史的地方

　　从川东回湘西后，我的缮写能力得到了一方面的认识，我在那个治军有方、足智多谋的统领官身边做书记了。薪饷仍然每月九元，却住在山上高处一个单独新房子里。那地方是本军的会议室，有什么会议需要记录时，机要秘书不在场，间或便应归我担任。这份生活实在是我一个转机，使我对于全个历史各时代各方面的光辉，得了一个从容机会去认识，去接近。原来这房中放了四五个大楠木橱柜，大橱里约有百来轴自宋及明清的旧画，与几十件铜器及古瓷，还有十来箱书籍，一大批碑帖，不多久且来了一部《四部丛刊》。这统领官既是个以王守仁、曾国藩自诩的军人，每个日子治学的时间，似乎便同治事时间相等，每遇取书或抄录书中某一段时，必令我去替他做好。那些书籍既各得安置在一个固定地方，书籍外边又必须做一识别，故二十四个书箱的表面、书籍的秩序，全由我去安排。旧画与古董登记时，我又得知道这一幅画的人名时代同他当时的地位，或器物名称同它的用处。全由于应用，我同时就学会了许多知识。又由于习染，我成天翻来翻去，把那些旧书大部分也慢慢地看懂了。

　　我的事情那时已经比我在参谋处服务时忙了些，任何时节都有事做。我虽可随时离开那会议室,自由自在到别一个地方去玩,但正当玩得十分畅快时,也会为一个差弁找回去的。军队中既常有急电或别的公文,于半夜时送来。回文如需即刻抄写时,我就随时得起床做事。但正因为把我仿佛关闭到这一个房子里,不便自由离开,把我一部分玩的时间皆加入生活中来,日子一长,我便显得过于清闲了。因此无事可做时,把那些旧画一轴一轴地取出,挂到壁间独自来鉴赏,或翻开《西清古鉴》《薛氏彝器钟鼎款识》这一类书,努力去从文字与形体上认识房中铜器的名称和价值。再去乱翻那些书籍,一部书若不知道作者是什么时代的人时,便去翻《四库提要》。这就是说

原来这房中放了四五个大楠木橱柜,大橱里约有百来轴自宋及明清的旧画,与几十件铜器及古瓷,还有十来箱书籍,一大批碑帖……

用一片颜色、一把线、一块青铜或一堆泥土,以及一组文字,加上自己生命做成的种种艺术,皆得了一个初步普遍的认识。

我从这方面对于这个民族在一段长长的年份中,用一片颜色、一把线、一块青铜或一堆泥土,以及一组文字,加上自己生命做成的种种艺术,皆得了一个初步普遍的认识。由于这点初步知识,使一个以鉴赏人类生活与自然现象为生的乡下人,进而对于人类智慧光辉的领会,发生了极宽泛而深切的兴味。若说这是个人的幸运,这点幸运是不得不感谢那个统领官的。

那军官的文稿,草字极不容易认识,我就从他那手稿上,望文会义地认识了不少新字。但使我很感动的、影响到一生工作的,却是当时他那种稀有的精神和人格。天未亮时起身,半夜里还不睡觉,凡事任什么他明白,任什么他懂。他自奉常常同个下级军官一样。在某

看白云在空中移动，看河水中缓缓流去的菜叶。既多读了些书，把感情弄柔和了许多，接近自然时感觉也稍稍不同了。

一方面说来，他还天真烂漫，什么是好的他就去学习、去理解。处置一切他总敏捷稳重。由于他那份稀奇精力，筸军在湘西二十年来博取了最好的名誉，内部团结得如一片坚硬的铁，一束不可分离的丝。

到了这时我性格也似乎稍变了些。我表面生活的变更，还不如内部精神生活变动得剧烈。但在行为方面，我已经同一些老同事稍稍疏远了。有时我到屋后高山去玩玩，有时又走近那可爱的河水玩玩，总拿了一本线装书。我所读的一些旧书，差不多就完全是这段时间中奠基的。我常常躺在一片草场上看书，看厌倦时，便把视线从书本中移开，看白云在空中移动，看河水中缓缓流去的菜叶。既多读了些书，把感情弄柔和了许多，接近自然时感觉也稍稍不同了。加之人又长大

这种谈话显然也使他十分快乐,因此每次所谈时间总很长很久。但这么一来,我的幻想更宽,寂寞自然也就更大了。

了一点,也间或有些不安于现实的打算,为一些过去了的或未来的东西所苦恼,因此虽在一种极有希望的情况中过着日子,我却觉得异常寂寞。

那时节我爸爸已从北方归来,正在那个前驻龙潭的张指挥部做军医正。他们军队虽有些还在川东,指挥部已移防下驻辰州。我的母亲和最小的九妹皆在辰州同住。家中人对我前事已毫无芥蒂。我的弟弟正同我在一个部中做书记,我们感情又非常好。

我需要几个朋友,那些老朋友却不能同我谈话。我要的是个听我陈述一份酝酿在心中十分混乱的感情的人。我要的是对于这种感情的启发与疏解,熟人中可没有这种人。可是不久却有个人来了,是我一个姨父。这人姓聂,与熊希龄同科的进士,上一次从桃源同我搭船上行的表弟便是他的儿子。这人是那统领官的先生,从一个县长任上卸职,一来时被接待住在对河一个庙里,地名狮子洞。为人知识极博,而且非常有趣味,我便常常过河去听他谈宋元哲学,谈大乘,谈因明,谈进化论,谈一切我所不知道却乐意知道的种种问题。这种谈话显然也使他十分快乐，因此每次所谈时间总很长很久。但这么一来，我的幻想更宽，寂寞自然也就更大了。

我总仿佛不知道应怎么办就更适当一点。我总觉得有一个目的、一件事业，让我去做，这事情是合于我的个性，且合于我的生活的。但我不明白这究竟是什么事业，又不知用什么方法即可得来。

当时的情形，在老朋友中只觉得我古怪一点，老朋友同我玩时也不大玩得起劲了。觉得我不古怪，且互相有很好友谊的，只四个人：一个满振先，读过《曾文正公全集》，只想做模范军人。一个陆弢，侠客的崇拜者。一个田杰，就是我小时候在技术班的同学，第一次得过兵役名额的美术学校学生，心怀大志的角色。这三人当年纪轻轻的时节，便一同徒步从黔省到过云南，又徒步过广东，又向西从宜昌徒步直抵成都。还有一个回教①徒郑子参，从小便和我在小学里念书，我在参谋处办事时节，便同他在一个房子里住下。平常人说的多是幼有大志，投笔从戎，我们当时却多是从戎而无法用笔的人。我们总以为目前这一份生活不是我们的生活。目前太平凡，太平安。我们要冒点险去做一件事，不管所做的是一件如何小事，当我们未明白以前，总得让我们去挑选，不管到头来如何不幸，我们总不埋怨这命运。因此到后来姓陆的就因泗水淹毙在当地大河里。姓满的做了小军官，广西江西各处打仗，民国十八年在桃源县被捷克式自动步枪打死了。姓郑的从黄埔四期毕业，在东江作战以后，也消失了。姓田的从军官学校毕业做了连长，现在还是连长。我就成了如今的我。

我们部队既派遣了一个部队过川东作客，本军又多了一个税收局卡，给养也充足了些。那时候军阀间暂时休战，联省自治的口号喊得极响，兵工筑路垦荒、办学校、兴实业，几个题目正给许多人在京、沪及各省报纸上讨论。那个统领官既力图自强，想为地方做点事

---

① 伊斯兰教在中国的旧称（详见《辞海》）。

计划把所辖十三县划成一百余乡区,试行湘西乡自治。草案经过各县区代表商定后,一切照决议案着手办去。

情,因此参考山西省的材料,亲手草了一个湘西各县自治的计划,召集了几度县长与乡绅会议,计划把所辖十三县划成一百余乡区,试行湘西乡自治。草案经过各县区代表商定后,一切照决议案着手办去。不久就在保靖地方设立了一个师范讲习所、一个联合模范中学、一个中级女学、一个职业女学、一个模范林场。另外还组织了六个小工厂。本地又原有一个军官学校、一个学兵教练营,再加上六千左右的军农队。学校教师与工厂技师,全部由长沙聘来,一般薪水都比本地待遇高些。因此地方就骤然有了一种崭新的气象。此外为促进乡治的实现与实施,还筹备了一个定期刊物,置办了一部大印报机,设立了一个报馆。这报馆首先印行的便是乡治条例与各种规程。文件大部分由那统领官亲手草成，乡代表审定通过，由我在石印纸上用胶墨写过一次；现在既得用铅字印行，一个最合理想的校对，便应当是我了。我于是暂时调到新报馆做了校对，部中有文件抄写时，便又转回部中。从市街走两地相距约两里，从后山走稍近，我为了方便时常从那埋葬小孩坟墓上蹲满野狗的山地走过，每次总携了一个大棒。

附记

这个《自传》，写在一九三一年夏秋间，算来时间快有半个世纪了。当时我正在青岛大学教散文习作。本人学习用笔还不到十年，手中一支笔，也只能说正逐渐在成熟中，慢慢脱去矜持、浮夸、生硬、做作，日益接近自然。为了补救业务上的弱点，我得格外努力。因此不断变换作品的内容和形式，用不同方法处理文字组织故事，进行不同的试探。当时年龄刚及三十，学习情绪格外旺盛。加之海边气候对我又特别相宜，每天都有机会到附近山上或距离不及一里的大海边去，看看远近云影波光的变化，接受一种对我生命具有重要启发性的教育。因此工作效率之高，也为一生所仅有。前一段十年，基本上在学习用笔。后来留下些短短篇章，若还看得过去，大多数是在青岛这两年内完成的。并且还影响此后十年的学习和工作。我的作品，下笔看来容易，要自己点头认可却比较困难。因为前后二十年，总是把所写作品当成一个学习过程看待，不大在成败得失上注意。这个《自传》的产生却不同一些。一个朋友准备在上海办个新书店，开玩笑要我来"打头阵"，约定在一个月内必须完成。这种迫促下出题交卷，对我并不习惯。但当时主观设想，觉得既然是自传，正不妨解除习惯上的一切束缚，试改换一种方法，干脆明朗，就个人记忆到的写下去，既可温习一下个人生命发展过程，也可以让读者明白我是在怎样环境下活过来的一个人。特别在生活陷于完全绝望中，还能充满勇气和信心始终坚持工作，他的动力来源何在。因此仅仅用了三个星期，写成后重看一次，就破例寄过上海交了卷。过不久印成单行本后，却得到些意外好评。部分读者可能觉得"别具一格，离奇有趣"。只有少数相知亲友，才能体会到近于出入地狱的沉重和辛酸。可是由我说来，不过是还不过关的一本"顽童自传"而已。书中前一部分学生生活占分量过多。虽着重在反对教"子曰"老塾师顽固而无效果教育方法，一般读者可能只会得到些"有趣"印象，不可能感到有什么积极意义。因为到他们读我作品时，时代已不同了，"子曰"早已失去作用，随之而来的却是封建军阀大小割据打来杀去，国势陷于十分危急时期。后一部分写离开家庭进入大社会后的见闻和生活遭遇，体力和精神两方面所受灾难性挫折和创伤，个人还是不免受到些有形无形限制束缚，不能毫无顾忌地畅所欲言。当时还以为到再版时，将有机会加以调整补充。事实上一九三三年夏回到北平后，新的工作一接手，环境一变，我的打算全部落了空，不能不放弃了。

  时间过了半个世纪，我所经历的一切和我的创作都成了过时陈迹。现在《新文学史料》编辑部忽然建议重发我的《自传》，我是颇有些犹豫的。时代前进了，我这本《自传》还能给青年读者起些什么教育作用？实令人怀疑。但是这本《自传》确实也说明了一点事实。由此可以明白，一个才质平凡的乡下青年，在社会剧烈大动荡下，如何在一个小小天地中度过了二十年噩梦般恐怖黑暗生活。由于"五四运动"余波的影响才有个转机，争取到自己处理自己命运的主动权，完成了向社会学习前一阶段的经历后，并开始进入一个更广大复杂的社会大学，为进行另一阶段的学习做了准备。如今说来，四五十岁生长在大城里的知识分子，已很少有明白我是干什么的人；即部分专业同行，也很难有机会读到我过去的作品。即或偶然见到些劫余残本，对于内中反映的旧社会部分现实，也只会当成"新天方夜谭"或"新聊斋志异"看待。只有少数中的少数，真正打算采用个历史唯物主义严肃认真态度，不带任何成见来研究现代文学史的工作者，对他们或许还有点滴用处。因为借此作为线索，才可望深一层明白我一九二五年"良友"印的《习作选题记》①《边城题记》，一九四七年印的《长河引言》②及一九五七年《沈从文小说选题记》中对于写作的意图和理想，以及尊重实践、言简意深的含义。再用来和我作品互相对照，得到的理解，必将比前人认识明确、深刻而具体。因此我同意把它重新发表，并做了些补充、修改和校订。

从文
1980 年 5 月 17 日
全书完

---

① 即《习作选集代序》，收入《从文小说习作选》一书，实际出版于 1936 年。编入全集第 9 卷。
② 即《长河题记》，发表于 1943 年。收入《长河》，出版的实际年份是 1945 年和 1948 年。编入全集第 10 卷。

船上岸上

未来的不可知的恐吓包围了小小的心,
少年人的乡愁,
呵,
少年人不能载的乡愁!

不是为任何希望，我就离开了家中的一切人了。照规矩——我还不明白为什么我们的这个地方有这种规矩。

卒伍

不是为任何希望,我就离开了家中的一切人了。

照规矩——我还不明白为什么我们的这个地方有这种规矩。照这地方规矩,我小学毕业以后,要到军队上当兵,也不是打仗须人,也不是别的,只是地方人全像那么办。一面自然为的是自己太不像是可以读书成器的人,所以在七月十五我母亲和邻居一次谈话,我的命运就决定了。

六月间毕业考在第三,方高兴到了不得,每次见到阿姨她要为我做媒,谁知到中元节以后,我就离开了家中,从此是世界上的人,不再是家中的人了。

想起来当然不免有些难受,我出门的年纪太小,比大哥,比六弟,还都小。照我的十四岁半的年龄论来,有些人出门到别处吃酒,还要奶妈引带,但我却穿上不相称的又长又大的灰布衣服,束了一条极阔的生皮带子,跟随我们家乡中的叔叔伯伯到外面来猎食了。

日子是七月十六,那一天动的身。

我永远不会忘记这一天的。大清早落了点小雨,直到如今一落小雨我就能记起那第一次出门的一切!

十四那天,给人约下来第二天到河里去洗澡,就已答应下来。

洗澡,可不是任何人想得到的有趣!从早上吃过饭以后,一直洗到下午三点,这是成了很平常的事情的。

洗澡,可不是任何人想得到的有趣!从早上吃过饭以后,一直洗到下午三点,这是成了很平常的事情的。把身子泡到水中厌了,几个人又光身到浅水滩上摸鱼。可并不是一定要摸一斤两斤鱼。即或把鱼摸得许多,谁也不敢拿回家去。把鱼摸来,那运气顶坏的鱼一到了我们手中,就在滩头上挖一小池,把鱼放到池子里去,用手为鱼运一些新鲜河水,回头又常常忘记释放这鱼,于是泰然地在估定应当回去的时候回去,鱼是谁也不再理会终于成了涸鲋了。洗澡呢,互相比赛这泅过河的速度，互相比赛打伞子谁能潜在水中久一点，又互相比赛浇水。人是天真烂漫麽十个八个年龄相同的人，侥天幸在水中可从不闻淹坏一个。

一个热天把身子每天浸泡到水中，泅水是特别显著有了进步，可料想不到，正因如此，却在这一件事上决定了我的此后命运了。

"又去洗澡了，不准吃饭！"娘或者大姐，见到回家时我的神气就明白了。

于是就分辩。这分辩明知无用，显然的是皮肤为水泡成焦黑，而且脸上为日头炙成酱色了，就说不吃饭也成。然而回头自然而然就又有那做好人的外婆和我那姐姐送饭来空房中吃。

大哥在家时，那是有点害怕的。遇到在河中正高兴玩着各样把戏，大哥忽然远远地来了，就忙把功夫显出来，一个伞子打到河中间去，近视眼的大哥就不会见到了。或者一个两个把身子翻睡到水中，只剩一个头盖鼻孔在水面，远远看去正像一些小瓢；那是纵留心在岸上细心检查，也不能知道水中究竟是谁的。然而有时大哥可以找到我们藏衣服的地方，事情可就不容易轻易过去，结果必定是用手拈了我耳朵，一直拈到家，又得罚跪。可是这个顶大的"仇人"已出门有一年了。除了大哥，我谁都不怕。

打，还是要人受的。挨得太多了，反而就当成一种习惯，一切不在意了。家中又不能把我关在一间房子里，我总有方法出去。只要莫洗澡，省得家中担心我为水淹死，也许我还可以勉强再在家中呆一两年吧。可是这一种禁令比任何处罚还使人难受。水就是我的生命，除开是河中水过大，恐怕气力太小，管不住浪头和漩涡，在这样大热天，我和我的同学，谁不愿有一天不把身子跳到潭里去过回瘾？

每早上，常常把买菜的钱输到一些赌摊上去，不敢回家，是常事，我是在洗澡以外又有这门武艺的。把钱输尽又悄悄地返到家中来同外祖母打麻烦，要她设法，也成了屡见不鲜的事了。我真奇怪我竟

把钱输尽又悄悄地返到家中来同外祖母打麻烦,要她设法,也成了屡见不鲜的事了。我真奇怪我竟有这样一段放荡的过去。

有这样一段放荡的过去。我也不明白这趣味究竟怎么养成,又怎么消灭到无影无踪。

总之,我的行为在本地人说来已像个候补的小痞子,完全的,一件不缺的,痞到太不成形,给家中的气愤太多,家中把我赶出来了。

到目下,我非常怕与水狎了。赌博和我也好像无缘。一切跳荡的事也好像与我无缘。因了昔日的我形成今日的我,我是已经又为人称为"老成"了。从某些有前途的人看来,可又太拘迂怕事了。

十五那一天,是我"洗礼"的最末一次。大早上照规矩如家中所命定下的日课,把一张黄竹连纸马马虎虎写了一遍《灵飞经》,又潦

又互相来讨论到今天应当如何来消磨这一个整天。说话说到第三者,不拘是教员校长,总不忘在话前面加上一点早成习惯的助语。

潦草草写了十六个大字,把饭一吃,家中就不见到我的影子了。我到了我们所约定的学校操场,几个人正爬在树上等我。

"还有四个不来呀!"

听他们所说的话,显然是不必忙到河里去,我于是也爬到一株杨柳树上去了。

在树上的同伴一共八个人,各人据在最高枝,那么把身子摇着荡着,胆子大一点的且敢用手扳着细条,好让身下垂到空中。又来互相交换着昨天晚上分手回家以后的话,又互相来讨论到今天应当如何来消磨这一个整天。说话说到第三者,不拘是教员校长,总不忘在话前面加上一点早成习惯的助语。一些蝉,无知无识地飞来,停到这操场周围任何一株杨柳上。这杨柳若无人占据,则大家就追到这蝉叫声所在,争爬到那树上去把蝉吓走。这工作,是我们所能在这大毒秋日下唯一的工作!各人能把身体训练得好好的,也许这也不无用处吧。

大家既是那么待着,约好的几个人慢慢地全到齐了。

每一个人都会爬树,因此后来的人总也不肯落后,即或见到我们正预备下树,仍然得爬上去一趟。爬到上面后,或使劲在树身上翻一次倒挂金钩,或从顶高地方跳下,意思并不一定是让人看,就是自己一个人在此,似乎也有这样需要,为的全是猴儿精。

"去!"

大家应和着,出了北门。北门实即学校的大门一样,到北门,则已见到汤汤河水了。

沿河上。走不多远,要过一个跳石,有上百个石墩子得一一走过。或者不过这跳石,则须到上面半里路处把衣裤缠在头上泅过河去才行。

时间虽然早,可是在那长潭上泅来泅去,以及在那浅碾坝下弯了腰摸鱼的已有好些人了。鱼多抢上水,磨坊前的急流水,照例是杨条白鱼集中地。

各人在一种顶熟悉顶快捷的手法下,已把身子脱得精光,凡是那屁股白白的,被太阳晒的资格就浅,下水总慢一点儿。

我们三五个人是把衣裤向头上一缠,如一群鸭子见水一样,无声无息地都早在水中游着了。

"不准打水!"你也喊。

"不准打水!"我也喊。

为的是各人头上缠有衣裤。照规矩,这么过河是应当无声无息地"踹水",不许随便用脚拍水的。其实衣裤回头全得湿了水。在大得

在大得毒得能够把河滩上石子晒得不敢赤足走过的日头下面,谁还怕衣服晒不干?

毒得能够把河滩上石子晒得不敢赤足走过的日头下面,谁还怕衣服晒不干?然而规矩是不能打水,我们全是踹水过的河,谁都不会忘记这一件本领!若不能踹水,则就是那类屁股还不曾晒黑的人。他们是只能从浅处过河了。

过了河,大家把衣服在河滩上用石头压牢,一天的节目在水面上开始了。各人任意玩,欢喜什么就做什么。那里是一道拦河斜堤,只把水拦住一半,全部河水分成三份,一份随斜石坝流向碾坊,一份让船通行,还有一份则从坝上散乱流下去。

我最饿蟋蟀,就像一个水鬼一样,不必再穿衣服就追逐了一种弹琴的蟋蟀声音跑到高岸旁土坎下去。太阳越大则阴处的蟋蟀声音越好，这是只有河边有这情形的。

在一种顶精细的搜索中，这个带了太太在唱歌的混账东西立时就在我手窝中了。我欢喜到不愿说话。我叫他们来看这个我从不曾经见到过的大蟋蟀，于是我身边即刻就围了一堆水淋淋的小鬼。

蟋蟀是叫一般同学都吃惊了。我综计我自从养蟋蟀以来，就不曾有过一次得到这样一头大东西。我不大愿再下水去洗澡了，想法子来安置这俘虏。得找一个竹筒之类，则这个东西就不愁它逃跑了。各处寻找的结果，却又没有一件可以说是能安插这东西的。各处找大蚌壳，今天却不拘怎么设法也不见到一对较大的蚌壳了。

"唉，我不下水了！"我不能让这东西跑去，我只能用手握着这东西在岸上呆着看这些人泅水了。

我实在又愿意下水泅一阵，又感到无法处置这手上东西。

凡是洗澡的初初不很会泅水，一到深处即下沉，救济方法是把自己的裤子下脚用线捆好，将裤子先用水泡湿，一个人提着两只裤脚，一个人拿着裤头骤往水中一钻，将裤头用线捆好，则裤子即刻膨胀起来，成了"水马"。有水马在胸前，则深水中去也无妨了。我到后见到了他们的水马，才想起用我裤子来收容这蟋蟀的方法，我且采了不少树叶垫到裤中，十分谨慎小心，好好地把这家伙放到裤子里去，各处用裤带捆上，这样我也能自由到水中去同他们厮闹去了。

又不知道疲倦又不记起肚子饿，到回家，已是许多人家烧夜饭时候了。

我手中捏着的东西简直使我欢喜到忘记回到家中又要受质问。到家后，走到书房去取盖碗处置蟋蟀，大姐姐跟到后边只好笑。

"为什么？"

"我看你样子是又到河里洗澡了。"

"只洗一点钟，并不久。我上午是到观音山捉蟋蟀玩的。"

"有人见到你在河里，还扯谎！"

又不知道疲倦又不记起肚子饿，到回家，已是许多人家烧夜饭时候了。

不说谎，我是简直就无话可说了。大姐就望到我为蛐蛐洗澡，为蛐蛐喂饭，也不再说什么话，只告诉我夜间有一点儿事，莫出去玩。

我答应她后，我却在她转到上面房里时，偷偷溜出大门，带领我新得的将军同人决战去了。打两次都是胜利属于我这一面，就高高兴兴回家吃饭。

我见到娘只是对我笑，是吃饭时候，还不明白是什么事。

我并不心怯。这一两天我不曾同谁打过架，又不曾到米厂上去赌过钱，心里想不出有毛病给家中找出，也就坦然地把饭吃了。

吃过饭以后，娘却要我换一件长衣，且给我新鞋新袜，简直莫名其妙。这一个热天来全是赤脚的我，对于鞋子真感不到兴趣，然而是新的，也就好。到把一切穿得整齐时，娘却要我送她到一个亲戚家去。

是的，我去了。那地方我是愿意去而不常敢去的。那家有一个女儿，是一个时候曾同我住在隔邻，这女儿是装过观音菩萨当打大醮时抬着在街上走过的，看起很给人舒服，且曾听到说过还没有人家。这次不是"看郎"吧？我疑心到这个时，却不敢进这个亲戚家了。

"娘，我在这个地方等你吧。"

"为什么？"

"我不愿。"

"应当愿，这次来是为你找事做！"

我不十分懂找事做是什么情形。我何尝想到做事？在我的年龄中我只想家中给我自由地玩，我决不会玩厌。听到找事的话，倒茫然了。

"还是送我讲去，你可以到花园去玩，莲姑或者在花园。"

左图：

到把一切穿得整齐时，娘却要把我送她到一个亲戚家去。

右图：

这时池子中全是莲花，金鱼极其多。我答应母亲到花园里来，一面还有一种偷摘一个莲蓬的野心……

莲姑便是我所说的那个好看的女孩子,比我小,人却比我高。

我就答应了。也不是像母亲所说同莲姑玩,我只是想,到花园去看看她家金鱼也好,就从她家大院转到花园去了。

这花园很大,各样花全有。这时池子中全是莲花,金鱼极其多。我答应母亲到花园里来,一面还有一种偷摘一个莲蓬的野心,倒以为那个莲姑不在此方便一点。

沿着荷池跑去,这时晚风很热。日头快要落到山后去了,天空中有霞,又有无数的鹰在空中打团团。

我把脚步声音加重,好使那一边为牵牛篱笆隔开的地方有人则可以听去。没有说话的声音,因此我胆大起来了。

我沿到荷池走就是为找那伸手可摘的莲蓬。把莲蓬找到，似乎是用手还够不到，就又折了一枝篱笆上的竹子去捞那莲蓬到身边来。很小心，不让声音扩大，然竹枝打在水上的声音却给一个人发现了，正当我用手把莲蓬抓着在扭那梗子时，忽然从那大花台子背后跃出一个人来。

"哈，是贼！"

这声音，一听就明白是那个女孩了。我给人这一声呼喝，非常羞愧，连忙放开手中的莲蓬，让它回复它的原来地位了。

我只好站起来腼腼腆腆对她笑。

"同谁来？"

"同母亲。"

"见我的妈了不？"

"不，我没到上房去，只在此等我母亲。"

"你是不是要这莲蓬？"

"恐怕吃是吃不得，我想摘回家去玩也好。"

问到说想不想要这莲蓬，我真不好意思！不想，却费神来摘么？见到摘又还来问我想不想，这小女孩也就够天真了。她听到我说想摘一个玩玩，就忙跑到那角门上，不到一会儿，就拿来一把长长的钩子，又拿了一个小鱼捞兜来了。

她把捞兜交给我，却用钩子很熟练地去找寻那老一点的莲蓬。

"我告你，你刚才那个太嫩了，要选这样子的才有子。"这样的一下，钩子就把那莲蓬钩着了，"来！快用你捞兜接到它！"

莲蓬是得了。先说是拿回去玩，当然就不好意思剥来吃了。其实我倒非常愿意得一个莲蓬吃吃，拿回去也只是给六弟抢的。

"请你来这边！"说着就对我做一个白眼。这白眼做得俏皮，是曾给母亲她们笑过，说是"怪伤心了"的。我于是让这白眼引到花园偏南一个地方来了。

"请你来这边!"说着就对我做一个白眼。这白眼做得俏皮,是曾给母亲她们笑过,说是"怪伤心了"的。

原来是看她的小金鱼。鱼用小缸子装着,共五缸。这鱼还不到一年,颜色还是黑的,但看这形象是顶好的种,我欢喜极了。她又指点哪一缸为她所有,哪一缸为她小妹妹所有,哪一缸归她堂兄。

"好不好?你瞧。"

我是顶懂金鱼的,且极爱金鱼,见到这个就不忍离开缸子。问到我哪一缸好看,当然我是凭了拍马屁的本能说是她的那一缸极好。听到我的一句话,却把这女孩子乐疯了。

她说她曾同堂兄打过赌,请人告她究竟是谁的鱼好,别个又不很懂金鱼,就以为堂兄的鱼大就好。实则好的鱼并不在大。末了对我的内行，又免不了称赞，我是也顶痛快的。

"我们明天要下辰州了，这一去才有趣！"说到这个，她似乎就想起辰州来了。

"是下辰州吗？"

"是的。应当坐三四天的船，在船上玩三四天，才能拢岸。"

我忽然想起母亲同我说的话来了。母亲说为我找事情做，不是要我也跟到走吗？我就告她："莲姑，我恐怕也要去！"

"谁同你去？"

"我也不明白。大哥在长沙，或者去长沙。"

"那是太远了。我听请饷的人说去长沙当过洞庭湖，湖里四面全望不见岸，可怕人。"

我们暂时就不说话又来看金鱼，看了这缸又那缸。天气热，虽然在白天，缸上全盖的厚厚的几层帘子，缸中的水也不很好，鱼是近于呆板了。我自己觉得我家中的鱼缸的水就比这个好得多。

我说："莲姑，我家今年鱼也有几条顶难得的！"

"可惜明天走，就见不到了。——我问你，你怎么知道你也要动身？"

"听到我母亲说为我找事做。"

"哎呀，那在一起才好！你若同到我爹一块动身，你到了辰州，我就可以引你去许多地方玩。那地方河边的船多到数不清，到河边去看船，那些拉纤的，摇橹的，全会唱歌！"她想起唱歌，就装成摇橹人一样，把手上那个竹钩了摇着荡着，且唱起来了。

我觉得这个也倒好听。但是我即刻惆怅起来了。从她这歌上，我似乎已经到了辰州河边，再不是在家中的情形了。我且明白若是真要走，则当然同大哥下省读书一样，就是一个人那么走的。我的蛐蛐，我的朋友，还有我的许多东西都将离开我了。我即刻怀着小小的乡愁了。然而我见到莲姑却又似乎对于下行非常高兴。听到她那唱摇橹人

"可不可以洗澡？""你们男人就只讲究洗澡。"她就用手指头在那嫩脸上刮着羞我。

的歌就可明白她对于那些事情是如何熟悉，我问她到辰州是不是可以随便玩的。

"好玩多了。那是大地方！"

"可不可以洗澡？"

"你们男人就只讲究洗澡。"她就用手指头在那嫩脸上刮着羞我。

我不怕。我是没有害羞的。我心中那时所佩服的只是蒋平、石铸一类人物，这个哪里是她们姑娘家所了解的。

若不是洗十年二十年的澡，那个碧眼金蝉就不会有如此能耐。我把那个蛤蟆口的英雄为我自己的榜样，还在心中老以为到将来也总会有一天如他成名！

莲姑这个人，说话一天就不知道厌，见到我们的话停下来了，就又问我的大姐近来怎么样。我说大姐只每天逼到我写字。

"我的妈还不是勒到要我写字！我真不高兴。"

"但是我听我的大姐说你字很好！"

"才不好！我气来了一天用一支新笔，随便画。气我的妈。"

我是知道莲姑平素极娇的。她娘就怕她，爹也是怕她，只听说她服奶妈管。听她说写字把笔乱涂，就问她，奶妈是不是要骂她。她说不。奶妈已到龙山去了。龙山出好大头菜，于是我又问她得不得过好味道的大头菜吃。

"你莫忙，让我去就来。"这个粉红衫子的女孩，便像一朵大荷花，消失到绿的荷叶中了。望到这背影，我就隐隐约约在我身上煽动一种欲望来，只觉得同这女孩子在一块是极舒畅的事。且我平素在学校时是以唱高音歌出名的，到她面前我就知道唱歌我是无份了。我比她年纪稍大，可是比她矮，这高一点的女子的淡淡的恋着的印象保留，乃形成了我成年以后对长大女子的倾心理由。把那发，四垂到眉下，白白的耳朵垂着那珠耳环，眼又是两粒宝石样晃着青光，这个记忆在心上是深的。

去了不久她又来了，使我好笑的，是她拿了两个黑色龙山大头菜来，给我尝，因为我问她吃不吃过味道好的大头菜，为证明她家并不缺少这个，就取了些来了。

我们就一同并排坐在鱼缸边石条子吃那大头菜，且数点天上那鹰的数目。

天的四垂是有暮色了。

一个声音从那绿色角门传来，是走着的人叫的。

"莲！莲！沈四少爷在园里吗？"是丫头声音。

这一边，莲姑却无事样子，懒声懒气说："在的。"

"叫他来！"

我忙把还不曾吃完的大头菜丢到一边,走到角门进去,她是随到我身后来的。

见到了莲姑的爹妈,忙行礼,房子中已点灯了,这灯是在坡中少有的白光灯,为这灯光耀得我眼花。

坐在一只矮木凳上的莲姑的爹,见了我就笑。

"嗨,一年不见了呀!我见到你是在文庙折桂花,不知同谁个小孩子在树上打架,是不是?"

我脸红,我记起那一次见莲姑的爹的情形,脸无从禁止它不红了。

莲姑的妈却让我坐。莲姑也就进来了,站到她妈身边轻轻地说:"娘,他是不是同我们一起下辰州?"

"……"只见到她娘在她耳朵边不知说了些什么话,莲姑就不再作声了。

坐下了,我见到母亲想要同我说什么话又不说。

那团长,莲姑的爹爹,口上含了一根极粗的烟,过了一阵才说:"你妈说你同我明天下辰州,好不好?"

"好。"我轻轻答应。

莲姑在一旁就高兴得跳:"好呀,一块呀,娘,娘,他还才问到我辰州好不好玩呢,娘你说,辰州不是比这城里强多了吗?"

那团长,莲姑的爹爹,口上含了一根极粗的烟,过了一阵才说:"你妈说你同我明天下辰州,好不好?"

莲姑的妈却用眼睛瞪。

我的母亲说话了。她告我是如何与表叔这边商量,明天就随到他们动身,又同莲姑的爹说:"是吧,只要这孩子听表叔的话,我也放心了。他爹既是这样不理,放到家里又整天同坏孩子在一起,我想书就再读两年也无用处,倒不如这样……""那倒不要紧。"莲姑的爹又回头同我打趣,"军队里头可不能随便玩了!哈哈,我知道你必定舍不得北门河的长潭,这一去可不能每天洗澡了。你的水性我还不明白,若是泅得过长潭来去五次,到辰州,我要萧副官就带你去大河里泅水。"

左图：
"每天洗，做梦也只喊'泅过来'！"母亲说到这里就笑了。莲姑的妈也大笑，说是小孩多是这样。

右图：
"爹，你也能泅吗？我不信。"莲姑的怀疑我就同意。我也实在不敢相信这瘦个儿胡子能有气力泅三次来回。

"每天洗，做梦也只喊'泅过来'！"母亲说到这里就笑了。

莲姑的妈也大笑，说是小孩多是这样。莲姑则只记到母亲说的话，只学到我的声气喊"泅过来，泅过来"，使我害臊到了不得。

"你告我，到底泅得几次？"

又不好意思不告给这个胡子，我只得含笑地说："三次是泅得过。"

"那好极了！我做小孩子时候也才泅过三次！"

"爹，你也能泅吗？我不信。"莲姑的怀疑我就同意。我也实在不敢相信这瘦个儿胡子能有气力泅三次来回。可是他却说洞庭湖也洗过澡！

"我不信，我不信，爹爹吹牛皮！"

"什么牛皮，爹爹是马玉龙，比石铸还本事好！"

说得全房子人都笑了。我听他说才知道"铸"字不应当念为"涛"字，这个上司在做我上司以前，倒先做我一次先生了。

坐一阵，把动身的话说妥，天已断黑多久了。到回家，莲姑的妈一定要她家弁兵打灯送我们，在喊叫弁兵时节，莲姑却悄悄地把那个放在房门边的莲蓬给我，我就拿着这个莲蓬跟着母亲返家了。

见到母亲给我清理着出门东西，就在她身边痴痴地弄着那莲蓬。九妹见到我今天是特别不同，也听大姐劝告，不再来同我争这莲蓬了。我记起了我的蛐蛐，就又到书房去看它，蛐蛐还是好好地在茶碗里，只用草一逗，就掉过头来，张开牙齿，嚯嚯地叫着。我见到这个样子，下决心要带它出门了，就又拿灯到厨房去找得一个小竹筒，预备明早一起来就装它到竹筒里去。

回到母亲房中去，则见到母亲正在那儿哭，大姐却在为我打包袱，眼睛中也似乎是有泪。九妹一声不作傍着母亲，见我进房就用小手摇摆，我还不明白是什么意思。

"四弟，你还舍不得你那蛐蛐吗？"

听到大姐的话我羞愧得哭了。我才明白我离开母亲去看望那蛐蛐时母亲伤心起来了。我立时且想起这一去的一切难过，我只觉得我的过错都是不应当，我即刻就走转到书房去把那蛐蛐捉到手中抛到瓦上去。回头时，就告给大姐说已经放了。

母亲对我望着，大的泪只从眶中涌。我生平只见到母亲哭过两次，一次是二姐死哭得昏死两回，这一次则是为我出门流泪。大哥出门母亲还是笑笑的，因为大哥是大人，不必担心了。我则不过比一个茶几稍高。且我的身体又是这样的小，平常简直还不敢一个人睡一张床，若非外祖母做伴就不能睡觉。如今却就要一个人去当兵，怎么能够使这个良善的老人放心？我的行为又是这样坏，在家中，虽然管教打呀骂呀总还是自己的人，如今则把他交付给别个人，错事又是免不了，那么给人打呀骂呀又定是做母亲的不堪设想的事。就是明明知道在一起的也总不外乎城中几个熟人，不过离家既已是这么远的路程，倘若有一点小病小疼，谁又能像家中人来照料？

母亲的心是碎到我这次动身上面了。母亲为儿子打算的事，也总不是忍心说给我受苦。在家庭方面，既已到了把老屋字契到处借钱度日的情形，在我又还是如此胡作胡为，即或把我送进中学又有什么

"四弟,你还舍不得你那蛐蛐吗?"听到大姐的话我羞愧得哭了。我才明白我离开母亲去看望那蛐蛐时母亲伤心起来了。

如今则把他交付给别个人,错事又是免不了,那么给人打呀骂呀又定是做母亲的不堪设想的事。

益处?不过见到我就是这么离开了家中一切的人,为我到外面以后生活着想,却伤心到极点了。

那么一个小小的人儿,也得为命运卷到生活旋涡里来,尝味那生活的苦辣,在我自己倒正因为小却一点不知道!如今却只给我痛哭到这回忆上。有人从大族中把家从中落到破产么?有人在小孩子时正当着这个顶坏的命运么?从这个来的,他都能体会到那种情形。我的家,在我出世那一年,是还正给爹爹大抖特抖,让一个姓庞的抚台到家为我取名的,谁知这个名字却在他十四年后给人做副兵喊叫

我只明白母亲的泪是为我流的。母亲在儿子离开家中时,所有的爱是再不能用到眼泪以外事物上了。

用!在口北的爹爹,也许还正在儿子身上做着那好梦,谁知儿子却应在十五岁以前来把时间消磨在供人使唤的工作中。

我当时虽然不明白这一离开家中是怎样为难,在我前面等候我的又是一些什么,然而见到母亲的伤心,我也再不能忍我的眼泪了。我只明白母亲的泪是为我流的。母亲在儿子离开家中时,所有的爱是再不能用到眼泪以外事物上了。

在我弟兄姐妹中,我永远是给母亲难过。我的病体、我的行为上的错误,以及我的好像对家中也特别爱得厉害,一直买得了母亲的眼泪十一年。离开母亲十一年,我从我自己的行为上看,就知道母亲没有一天不是用眼泪洗面。生活既是这样难，我又是这般无用，一时要同母亲在一起又总不容易，我不明白在我同母亲的命运中，还应给母亲以多久流泪！娘，我想起你，我要努力活下来了。这世界上还有你这样一个人，我就应当活到这世界上了。我不要一切，只愿意将一切所得贡献到你面前。我好好地做人，我找钱，我找名誉，都只是想把这些来给娘赔偿那因爱儿子而流得太多的珍贵眼泪！但愿能够从这些事上赎我所有的罪过万分之一，我就死得了。做儿子的即或永远是穷困下去，让娘长此随到亲戚飘荡，但娘你所给我的爱，我却已经把它扩大到爱人类上面去了。我能从你这不需要报酬的慈爱中认识了人生是怎样可怜可悯，我已经学到母亲的方法来爱世界了。

我是终于就把母亲同姐用眼泪洒在上面那小小包袱背起，来到世界上混入人群中，参加人类的活动，为扮演这时代人类的百年悲剧的角色一员了。

以后为生活的变动，把我揪过来，抓过去，无抵抗地就到了今天。

当时我见到大姐为我把包袱裹好，就想睡。洗了一整天的澡的我，一到夜来不拘什么重大事情我仍然需要的是睡！我哭也哭倦了。我在母亲未让我上床以前，已经就在母亲膝边从哭泣中把眼睛闭上了。

听到大姐喊我，又听到母亲叹气。

"让他去睡好了。这是只有这一次在家中放肆，回头就要随到军营中喇叭做一切事的人！"母亲似乎见到我这情形还做着苦笑。

为了预备明天的早起，这次是同大姐在一床睡。到上床，又似乎心中有事不能即睡，就听到母亲同大姐讨论我的事情，到后我且听我那只大蛐蛐在瓦上得了露水的叫声，那已经是在梦中，大姐什么时候睡，母亲又在什么时候睡，我全不知道。

醒来，竟是为大姐摇醒的。

"大姐,"我同这个代理母亲一样的姐姐商量,我说,"似乎太大了。""不。这个时候就快要冷起来了,你在冷天怎么不要棉衣?"

我还以为是当夜,第一次明白的是,的的确确那蛐蛐用极大的声音正在叫。

"天亮了吗?"

"不,你起来的了。你是就要动身的人!"

我记起我是即刻要离开这个地方的人,心上便忽然加上一件莫名其妙的东西。这东西坠在心上发沉,在床却啜泣了,从此以后要自己擦这眼泪了,从此以后要自己穿衣服了,还有从此要……

"大姐,我不想去了!"

"我们也并不想要你去,但是你应当知道娘的苦处……"起身了,第一件事是见到这陪我出门的包袱。包袱是大得可笑。

我也不明白我的包袱里究竟是些什么东西,只是我嫌这包袱重了点,因为要自己背就不很愿如此重。

"大姐,"我同这个代理母亲一样的姐姐商量,我说,"似乎太大了。"

"不。这个时候就快要冷起来了,你在冷天怎么不要棉衣?"

"我背不起,那又怎么办?"

"试一试,试一试。"

我于是就来试背这个包袱。包袱比我的腰大两倍,放在背后就如奶娘背小孩。我自己好笑这个奇怪的东西,我说:"我不要!"

"这不能说不要!你不是做客,是出门!"

"那么,今年不回家来过中秋节了吗?"

"你可以转家过年,到过年时莲姑的妈总要回家的,你就跟到她转来。"大姐一面安慰我,一面为把包袱中一件缎子马褂取出,说:"这个不要倒可以。"

在把包袱重新打好时,天已经快见亮了。母亲问大姐是不是已经天亮,大姐却要母亲莫忙到起床。其实母亲似乎就整夜不曾合眼。

起了床的只是我同到大姐,还是大姐去喊张嫂起身烧水,到水烧好洗过脸以后,母亲同外祖母全起来了。

外祖母却扯我到另一个地方去,幽幽地同我说:"乖,要走了,我不知还能见到你不?且去你娘面前磕两个头,你是太麻烦到她了。你这次出门,她的心也是在你身上!"往日外祖母从不

"乖,要走了,我不知还能见到你不?且去你娘面前磕两个头,你是太麻烦到她了。你这次出门,她的心也是在你身上!"

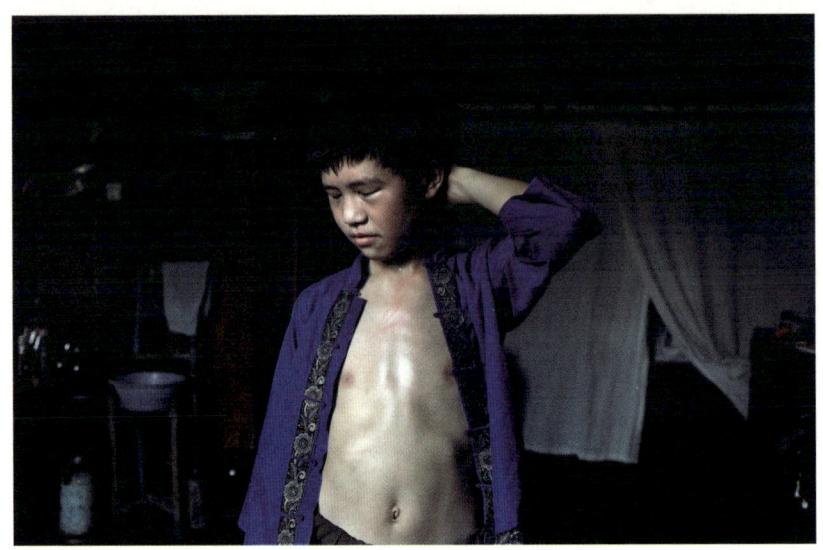

"娘,我全记得到。"是的,我真一世也不会忘记母亲这话!母亲把我看透了。

说这些话,这时把我感动得太厉害了,我就扯着老人的围腰擦我的眼泪。

我照到她说的话,到坐在一张琴凳上为我搓那草鞋上的耳子的母亲身边去,我只能说了声"妈",就哭倒在她脚边。

母亲却是强忍悲痛,哽哽咽咽的,说:

"这时是到别人处去当兵,再不要像在家中淘气了。到家中挨顿打不什么要紧,到外面去淘气闯了祸,犯了军纪,那就非常丢家中的丑。你应当记到从前莲姑的爹是帮你爹当过差的人,这时你却去侍候莲姑,再不要以为是在家中的情形了。你好好地去做一个正派人,则我们也就非常放心!这一去,又并不是要你升官发财,只是你若不是这样改变一下生活，你到家中也只有一天一天变坏。你也不要抱怨我，说我不送你读书，你是永远与学问不会发生感情的人了。你好好地去自己在你命运上做人。家中这一栋房子至少也总还可够支持五年。你能在五年六年后有机会能救济到我同你九妹，那自然是好。若你仍然这样脾气，我也只好看你大哥同你爹去了……""娘，我全记得到。"是的，我真一世也不会忘记母亲这话！母亲把我看透了。母亲知道我处比我自己知道的就还要多。我对母亲给我的一切只有感激。母亲给了我的新生机会，我对这第一段到世界上的机会就非常感谢母亲！

我跪在母亲面前，让这个好人来教训我，我把一个字一个字安置到心上，我告她我是决不会忘记。我综计我在这个好人身边十四年，只有过这一次是规规矩矩听她的训诫。我只有这一次觉得我应当要遵守人家的话做人。就是这一次，以后这好人的脸，每一次为我想起，我眼睛就要红！我真能听娘这话，我真能在以后凡事遵守娘这话做人，也少要母亲在以后的岁月中为我缘故流许多泪了。我并不缺少那向善的心，这是母亲明白的。我同时有那容易给一切诱惑摇动我心的短处，母亲对这个也很知道。前者使母亲永远相信我是好人，后则因这好人偏免不了做坏事，就更给我母亲无数伤心怄气机会了。

动身时，落细雨了。雨是天未亮以前落的。初以为或到天亮以后会止，谁知仍然落。听到街头已有人喊卖油粑粑，再不得不动身走了。

家中所有的人把我送到大门外，各人全是眼睛湿湿的。我是穿着那身在技术团学军事操缝就的灰宁绸军服，把那大包袱压到脊梁上，眼泪巴渣走到莲姑家的。

"来了，好极了！"一个副官姓周的，是我所认识的人，见了我就笑着说。

我为我的样子非常害羞。我又见到好几个马弁，全是比我稍大的

我觉得这在我面前扩张无垠的陌生生活太可怕了。我忽然觉得我太小,一个人单独生活应付不了这许多生疏事情。

人,然而人家穿得却是黄色制服,且领章肩章全不缺少。我看看我自己,衣服虽然是绸子做成,但不合适的样子,总像是一个可笑的乡下人。并且这些年青弁弁马弁,那样子全是又大方又标致好看,在往天,见了面时不理我,倒并不以为怎么难过,如今我却先给那周副官为我介绍给这一辈年青人,且说我是个少爷,别人又尊敬又和气地来同我说话,我真不好意思起来了。在每一个人的眼中,就都可以察出他对我是有点可怜的神气,就为这个缘故,我的心就酸到非流泪不可。我又不敢在这些人面前哭,这个我还记到大姐说的话:"不能在生人前面流泪。"且当到我面前的几个人又全是那么欢欢喜喜的样子,结果我只好又走到那花园里去了。

又到那个荷池边旁。头上飞着毛毛雨,我却不顾它,就站在那池子边恣肆地流泪!我觉得我此后到这世界上是孤独的一个人了。我觉得我的未来已堕入到那做梦的一种情境里了。我觉得这在我面前扩张无垠的陌生生活太可怕了。我忽然觉得我太小,一个人单独生活应付不了这许多生疏事情。

我不知道我应当怎么办。为未来的、眼前已来的新生活所恐吓,我流泪的意味是同怕鬼一样流的!又像是在往天做梦哭喊一样,可是那种哭喊以后即时就醒了,如今在什么时候是我醒转来取得我在小学校每天同人打闹的自由时候?

想起蛐蛐,想起河里的一切,想起看戏,想起到米厂上去掷六颗骰子,又想起同几个打架的同学的事情,以后是全不能得了。

然而小孩子,所谓悲哀,究竟是容易找到寄托这悲哀的事。我想起这里的金鱼,就走到那养鱼的缸子边前去。今天的鱼活泼多了,全浮在水面换气。我来细细地数那每一缸子里鱼的尾数,从第一缸数去到第五缸。在第四缸上,可是总不能得到一个确实数目。忽然在我背后有一个人咕咕地一笑。

我吓得忙把头掉转去看望,便是这缸鱼的主人莲姑!

"嗨,怎么这个神气?"

我就即时又把刚才忘去的羞愧找回来了。我背上还正压着那个大包袱,我不好意思说话,就说这包袱是我大姐勉强要我带的。

"难道你自己能背?"

"是吧,当然要自己!"

"我告你,路是并不近,有一天的路走,才能走到有船的那个地方!"

"我想我走得起的。"

"我看你必定走不起。我是同我兰妹坐一顶轿子的。"

"下蛮总走得起吧。"自己这话对啊,下蛮做得去,我以后凡事都因为我勉强做过去了。我随即问她怎么知道我来,才明白她一起床就问周副官我来了不曾,问头一次还说不见我,到后又问到,才知我已经来了,来了各处又不见,所以猜到是必定在这个地方了。

我记起妈所告我的话,说我以后便应给莲姑当差,在母亲说时好像非常痛心,我却以为就是给这个女孩不拘做什么事也是很好的。我又来看莲姑的脸,像是看来顶受用,也不明白是什么受用。我想起观音菩萨的莲姑,我就笑笑地说:"莲姑,我记起你去年做观音游街!"

"再不做那个了,他们都笑我。还有人说——"似乎又想起一件事情,就不再说了。但稍稍默了一会,就用着她那天真的腻腻的腔调问我:"四哥,你名字是不是沈岳焕?"

"是呀。"

"昨晚上妈告我,以后不能再喊你作四哥了。我应当喊你名字。我爹也说这才是规矩,我不知道是什么规矩。"

"我妈也告我,说以后我是应当侍候你,帮你装烟倒茶的!"

"别说这个!"又是那个俏皮的白眼,"谁要你装烟倒茶。我不吃烟看你怎么装法!"为这个话我们都好笑,但我看得出,在这时候我们已经就不同昨天摘莲蓬的我们了。莲姑总还听到了她父母告的多少话,只是不好同我说罢了。然而在这很天真的胸中仍然藏不下,随即她就又告我说,她妈曾告她,以后不要再同我在一起随便说话;且告我,她爹爹说,我应称她为小姐。

"四哥,我是不信他们的话的。"为申明她仍然可以在无人时喊我作四哥,就又来给我一点证据。当然是不很相信爹妈的话,才把这话又来同我说!但以后事实给我们的教训只是使我守我做小兵的分,小姐也只好守她小姐的分了。

这一次，算是一个很可纪念的事情吧。我们却还能平等在一块，虽然我已经穿上了当差的衣服，而她仍然是做着那娇媚入骨的白眼，逼我信她的话是全无歹心。且见到我样子很难走六十里路，又说为我向她爹要了一匹小白骡子给我骑坐。

　　关于骡子，我拒绝了，我说这个恐怕不好。

　　"好的，你不见我家那白骡子吗？我就去问问。"

　　莲姑就走了。不到一会儿，一个马弁喊我去看骡。我只好跟到这个人去。

　　"大小姐说为你找一匹骡子，是不是？"这个人提到大小姐给我找坐骑就有点不舒服意思。

　　"是的。"我看得出他这人的意思，却硬硬地答应正是。

　　我们就到了马房。他指点给我那一匹白骡子看。

　　"试牵它一下吧。"

　　我就如他所说去扯这骡子的笼头。

　　这骡子的鞍是小小的洋式鞍子，是红色牛皮钉有黄铜圆泡，骡子又是那么驯善，真给了我极大的欢喜！

　　因了这匹骡子我就把一切眼前的未来的忧愁全忘了。

一九二八年初作

船是慢慢地——或者说快快地,在向辰州的地方走,今天的路程,不过十分之一而已。

阙名故事

上了船，船开了。

船是小小的船，三个舱，小棕榈叶的篷，舱中放的是无数军装，以及四个押解军装的人。各人用灰棉军衣作垫坐的东西，坐到那里望船头的人划船。船在四把桨的划动下，顺水流。船尾一个中年艄公，穿蓝布衣，蓝布裤，口里含了一支哈德门烟，两只有毛的手擒到舵的把，一心只在水。

船是慢慢地——或者说快快地，在向辰州的地方走，今天的路程，不过十分之一而已。走五天，就可以到地了，这有五天！

开船时，在船上吹号，于是所有的装兵、装油、装猪、装一切的船，完全开动了，于是这一只军装船也开头了。开了头，还听到喇叭声音，因为从喇叭上记起行船的意义，大家全欢欢喜喜。欢喜不是无理由的。军队到新地方，换防是应当说欢喜的。商人则船一开动，就可以希望货到地了。船上人则船开以后有酒吃，有肉吃。

这船上几个押解军装的人，是同样也欢欢喜喜的。他们笑，说那粗浅的笑话，说了笑，笑了又说，几几乎忘了有一个人（四个副爷中之一），是听到这三人笑，照样笑，三人不笑时也还笑的，只是不说话。他一人独小，年纪十三岁，小小的身子穿上了长长的军服，不相

水是活活地流,顺流便到海,这人的心思,也流到自己的海中去了。海是水的家,这人的海却在上游,他逆流而行。

称的情形正如生活的不相称一样。他仿佛非常可怜地坐在舱口,望那艄公出神,望了艄公又望水,从水想到天涯。水是活活地流,顺流便到海,这人的心思,也流到自己的海中去了。海是水的家,这人的海却在上游,他逆流而行。想起家,他惘然了。家中有妈,有姐,有弟同到妹,用泪眼打发他出门当兵,自己是穿起不相称的军服反而只能苦笑的。如今想起来,却已经像好几年了,实际则是昨天的事。

军服仍然是这一套军服,皮带也仍然是一条现成的,自己却再不能在家中呆了。连在门前望望街也不能够了。苦恼咬到心上,他似乎就即刻可以哭。

"四少爷，不要想家，这一去好玩的地方多，比城里有趣。"

这是先时做过他家的佣人，这时却做了他的头目，名字叫作秉志，见到这旧主人忧愁，从这简单人的口上说出这样简单的安慰。

"不要叫我作四少爷了，你是我的老总！"他勉强说了又笑。

"四少爷，你怎么这样说，你不过眼前的事，归我管。你一年两年就是官了。我要喊你做老爷，不只是少爷！"

说了另外两人笑。仿佛是听出近于讥讽那种意思来了，实则请秉志说一句俏皮话也办不到，这人实在太质实了，话只会这样说而已。笑着的两人中一个是叫陆俊，一个叫杨普，全是本城人，虽知道，先却不曾有过来往的。这两人是连小学也不曾进过，自己却是小学三年级甲班的人物，当然无机会认识了。如今可相熟了，两人年既比他长，且做过一年的兵，兵的事，懂得到许多。他对这些同事自然应当客气，这两人因他是少爷，同团长并且是亲戚，自然也客气。但是，这两人一笑，使他想起自己成了兵的事实上的一切苦恼来了。

他不再作声，只呆想。

谁能保证一年后的事么？一年后，两年后，可以升排长，升连长，做是做得到，但这一年如何过去？

他不要官，只想转去。说好玩，下面生地方纵怎样可以放纵自由，他也不愿这自由。为什么别人全都在学校念书，自己却非当兵不可？为什么他要出门，是他所不了解的。没有理由出门，真没有理由，家中穷困也不是理由。这之间，他当然把他自己顽劣不念书的一件出门理由忘记了。

"要几天才到地？"

"要五天。"秉志说。

"要六天。"杨普说。

"我猜只要四天零一个早工。"陆俊说。

原来是大家在猜。听到说日子不定，他愿意早到。早到，大致好

没有理由出门，真没有理由，家中穷困也不是理由。这之间，他当然把他自己顽劣不念书的一件出门理由忘记了。

一点吧。这也是心中猜想，他实则全不知道所到的是什么地方。

到了做什么？他就问秉志，秉志告他要下操，五更天要点名，下午八点半也要点名，正午十二点也要点名。

"点三次名真苦！"

"不光是点名，还要下操，也是三次。到了那里，因为军队多，为体面打算，出门不容易，出门时，军装不整齐，就得挨宪兵打，当街罚跪。"

杨普说："我吃得完宪兵的肉。"

说吃得完，也不说是一个宪兵的还是所有宪兵的肉。但宪兵可恶，从这同事的仇恨中也可看出一斑了。他就想，船迟到一点，好一点。只觉得宪兵难于对付，迟到点似乎就可逃过这一关了。这心情愿望近于逃学时的心情。

即或无宪兵，那三操也够受了。他看过兵的操，自己也到过技术班学过一年操，操是有趣的，但一认真就很苦。他想起操，就愿意船在路上停一个月，或者长是这样坐船。

凡是他想到的全是这类事，年青人，一点事情不知，一切行将压到头上的重量，究竟是不是藏了头或蒙了眼可以躲脱的事，他却全不明白。

"我问你，秉志，我们一共有多少补充兵？"

"有一连。"

"那你是连长了。"

"我不算，我是排长，归连长管。杨伙计是什长，归我管。你同陆伙计是散弟兄，就归杨哥管。"

他听秉志说，才明白杨普是他的上司，且因此把杨普的号也明白了。杨普经秉志一说，就忙说哪里哪里的谦词。他说他号金亭。杨金亭，是城里有名养蛐蛐的人物，他这时才知道就是自己上司。他对上司的养蛐蛐的知识，当然是加了一分敬重。一个上司，若对于下

这时天上落着小雨,河上全是雾,远的来船先是不见船,只听到船上人唱歌。

属,有拿出本事施展武艺的必须,那这位金亭老哥已就早用他的养打架的蛐蛐这一种本领,把这初出门的少爷征服了。

他就同到他的上司谈关于蛐蛐的事情,谈得很有趣,离家的旅愁,当然是因此一来稍稍放下了。

船湾泊了,停到河边。一个不知名的码头,一个不知名的乡村,呈现在眼前。这时天上落着小雨,河上全是雾,远的来船先是不见船,只听到船上人唱歌。歌声越唱越远,便知是去船;来的船,则不但歌声越近越壮,且在见到船以前,便可以听到放绳抽桨的声音。这样大的雾,是不常见的雾。雾像一种网,网罩到水面,河岸于是仿佛更阔了。

所有的船慢慢全靠拢了,船的排,是一百有余。码头小,后来的船便不能不把船泊到无岸可上的高崖下了。然而船与船相连,雨虽然是落,雨却是小雨,不相干,所以即或船在崖下,想上岸,仍然是可以办得到。不怕滑,不怕麻烦,从这船到那船,终于上了岸,许多人是这样做了。

是看到别人上了岸,他才想上岸的,同伴的是杨金亭、秉志,一共三个。陆俊是因为要守船,所以上岸资格被取消了,但见到陆俊样子不高兴,就答应带甘蔗回船。

上了岸,见到肮脏的街上,走着肮脏的猪狗,使他想起的是这地方像什么时候曾到过。且看那过路亭子,一些穷妇人打柴歇憩的样子,更以为这是自己的乡下。然而这年青人却从言语上知道这地方已离了故乡一百里路了,因为说话声音已不同了。

他们上岸,是看街,是买东西:街是看来看去已经可以说是欣赏过了,应当买东西,因此跟到秉志进了一家铺子,让秉志同主人打官话用官价买牛肉及其他杂物,让金亭讨火吸烟,他自己却坐到当门一张大木凳上,看壁板上的大战杨再兴画儿。

看到画,他有点伤心,因为家里这画很多,却一起放下了,还有其他比画更好更难得的,也全放下了,还有……画以外,这铺子,可以够得上能引起他的忧愁的,其实还有别的许多东西,他望到这一切,做着仿佛要同这某样东西说一句话的神气,一切东西在他看来却做着不理他的架子,各据定了它本来地位,未免使人难过。

他在每一件东西上都望一望,这一望,就像说:"我恨你。"

到后望到四个大坛子,坛子在铺柜左角,用棉布包上,腹部贴了金字,戴的帽是白碘锡做成的有顶有檐的帽。这坛子,对他却做出

那老板,一面正为秉志所缠,拿了一把长叉,在昂头攫取楼顶的风干鱼,回头望到了他走近酒坛,以为是要酒了……

一个尖尖的白白的脸,同一对眼睛,把他的心捉到了,他只是望她。

笑容那样使他骇异,因为坛子的装潢,却正同本城大街上一家南货铺的酒铺子一个样,这坛子是太熟悉了。

他走近坛子,那老板,一面正为秉志所缠,拿了一把长叉,在昂头攫取楼顶的风干鱼,回头望到了他走近酒坛,以为是要酒了,就大声地向里屋,喊一个人的名。名字似乎是"阿巧",像喊帮手。

不见答应,就又喊:

"阿巧,丫头,来,帮副爷打酒呀!"

"就来,人家手带伤了呀!"

"快一点！"

"是，快一点！"里面答应着，似乎生了点气。

答应的声音，是女人声音，是一个小女孩声音，尖锐得像吹笛，单从声音上也仿佛可以看这人的脸相的清俊了。然而他只觉到这声音清脆，听来使人舒服，却不明白对女人都应当有邪心歪心。因为觉得女人声音好听，就忘了说自己并不要酒了，女人匆匆忙忙地跑出，跑出来走到酒坛子边，就打酒。

这种酒，照例是打来就喝的，他却不能喝酒。

这女人，望到他不要酒，就笑了。她向她的爹，说："爹，副爷不喝酒。"

秉志说话了，说："让我来。"他就把酒碗拿到手上，咕嘟咕嘟灌到肚中去，喝完了还噪舌，说酒不坏，还应当打一斤回船上去。"

女人问是用葫芦还是用瓶子装酒，秉志说用葫芦。

他看到女人把酒装进葫芦去，又把手中的钱让秉志拿去数，又把葫芦抱上，又照到秉志的意见喝了一点酒，眼睛却不离开这叫阿巧孩子的脸。一个尖尖的白白的脸，同一对眼睛，把他的心捉到了，他只是望她，望的结果是心中仿佛很愉快，又像还有什么不够数，略略难过。

这女子，穿的是一件月蓝布衣，新浆洗过的样子，衣角全是硬的。衣上罩了一个印花布围腰，把腰就显得很小了。大的脚，青布鞋子简简单单绣了些花。一副长长的腿子走路像跳跃，正合了雅歌所说的羚羊腿子。拖在身背后的是一根大辫，像一条活蛇，又黑又软滑地摆动。

使这年青人动了心，还是这女人的言语同神气。见到他不能喝酒，望着他那种开心的微笑，就把这第一天穿上军衣的副爷苦着了。

他理想中的妻便应是这样的女人。不消说，他这时是不能明白自己欲望的，不至于说出要这女人做妻的话，望着发着痴。到了秉志提议上船,就又跟到他上司返船上了。

虽然回到船上,他的心,似乎还是在那女人身边,望到河中的雾的扩张,忽然觉到明天也未必无雾(有了雾不能开船是当然的事),他于是有了很难于解释的快乐。

他们在一盏清油灯下吃饭,吃的每样菜上都不缺少辣子。

那岸上阿巧的爹自己家吃的风干鱼,也被秉志勉强买来加上不少青辣子焖成一碗辣子鱼了,平时对于辣子感到害怕的他,这时也在努力用筷子拣鱼吃了。

"鱼真好。""呆子,这是别人自家预备的,被排长要来的!"金亭这样说了,筷子就夹了一大口辣子朝口中送。

陆俊说:"鱼真好。"

"呆子,这是别人自家预备的,被排长要来的!"金亭这样说了,筷子就夹了一大口辣子朝口中送。

秉志说:"这一下去可就有鱼吃了,在河上,吃鱼是可以吃厌的。"但心中有东西的他,却心想,吃鱼若是可以厌倦,那就成天吃这样风干鱼试试。

他说:"我不信。"

"自然要你信!"

"我愿意成天吃这样鱼,吃一年,不用别的菜也行。"

"我也愿。"

"我也愿。"

第一个说愿意的是年青的他,第二是陆俊,第三是金亭。

秉志知道这全是乡下人,说的乡巴佬蠢话,所以也不多反对。

实际上,秉志是在下江真吃鱼吃厌过了,还有女人,若说女人也是可以用吃来形容的,那他也近于吃厌过的人了。这类话当然不能同这还未成年的四少爷说,是以即或他们要提到同女人可以睡一整夜的话(这是陆呆子顶欢喜说的),秉志也不会故意来否认了。

从鱼到女人,是并不为时很久的事。饭还未吃完,不能上岸的呆子陆俊,问起金亭来了,问他上面见到好姑娘不,金亭不答应。

"四少爷,你见到不?"陆俊是知道身份的人,所以还是称他作四少爷。

他说:"见到过。"

"好吗?"

他不作声。

"辫子货吗?"

他仍然不作声。

但在他的不取言语回答的默然情形下,陆俊却已经看出他的意见来了,天真的冲动,使呆子在舱板上想打滚。

一面把鱼塞到口里去,一面含含糊糊地说非上岸不可。

"一定去,我吃完,一定要去看看!四少爷,你告我,是哪一家?"

"你问秉志吧。"

陆俊便问秉志,说:"排长,是有好女人吗?"

"呆子,你不要把饭汤泼满舱板!"

"是,排长。但你告我是哪块儿。"

"我不见。"

"排长,我们为什么不可以去玩玩?我们不玩别人玩,还是一个样子!""这地方哪里有姑娘?四少爷说笑话。"

"不见?那四少爷,你告我在哪儿?"

"你少疯一点。"秉志说,因为秉志知道这疯子饿女人得很,怕他生事。

"排长,我们为什么不可以去玩玩?我们不玩别人玩,还是一个样子!"

"这地方哪里有姑娘?四少爷说笑话。"

"不。"他似乎是要帮呆子的忙了,接到说,"女人是有,就在那路南杂货铺里,名字叫阿巧。"

"排长你骗我!连名字也知道,还说没有人!你们作了乐回来,却连告我也不告——兄弟非上去玩玩不可。"

第二次上岸,是天已快黑了,燃了一段废缆子,把火明高高举起,他们两人进了那小乡村的恶浊的街。

秉志对于他的话,与陆俊的话,不加以分辩,承认许呆子上岸看看了,他却被呆子所邀,一起上了岸。

先是不行,怕秉志笑。到后觉得上岸有说不尽的利益,就仍然答应了。

第二次上岸,是天已快黑了,燃了一段废缆子,把火明高高举起,他们两人进了那小乡村的恶浊的街。

地下全是泥,走来非常滑,且这里那里似乎各处全有癞蛤蟆,使人觉到脚麻。因为近于吃亏,他想起这受苦受难的理由,陪别人去看一个女人,也这样热心,到自己的事,恐怕即或是大雨淋头,也不至于辞让了。

然而这事情，究竟是谁的欲望来得坏，谁陪了谁来，即刻将可以明白的。

装作买栗，撞进门去的陆俊呆子，进了门却各处望。女人在一堆草鞋中发现了，是在整理草鞋。呆子就走过去买草鞋。女人见副爷来，微带惊吓地站起身了。

"这是小玩意儿，要不得！"

陆俊的话真伤了他自尊心，在陆俊说要不得的，在他从灯下看来，实在是更加整齐好看了。陆俊这话真近于无理。两人观念的不同，自然是一则是注重在吃一则注重在看。年纪十三岁的他，除了看着觉得很舒服外，女人还可以有什么用处，真不是此时的他所能了然的事！

本来是一股劲走来的陆俊，此时显然已失望了，就把所有预备下来的撒野本领全消灭了，正因为呆子不撒野却成全了女人久呆的机会。

女人在陆俊的言语中听出嘲弄自己的意思来，就低了头不作声。然而随即又抬起头来望这做引导的人。她认识他，一眼望去，纵不说话，也就像说过"你又来了"这样的话模样了。他因此有点害羞，想藉词。有什么可以藉词呢？面前是一堆草鞋，草鞋堆中是那女孩子，他只有买草鞋一种事可做！

她照到他意思，帮同他拣选草鞋，那一旁的陆俊，却作成当真有资格的帮闲，同老板说闲话去了。

草鞋那么一大堆，选去选来就无一双合适的尺码。

女人还是在草鞋堆中找那顶小的，来放到他脚边比试，女人此时是蹲在他面前，见到不合式，就昂起头来笑。

"你这脚不是穿草鞋的脚，副爷。"

"只怪你草鞋太大了。"

他不好意思让女人再拣选，就自己去找。两个头，弯下去，接近

"你这脚真不是穿草鞋的脚!""那就不要了。""当真么?""当真。"

了,他觉得可以乘此咬女的脸一下,但又不敢。

"你这脚真不是穿草鞋的脚!"

"那就不要了。"

"当真么?"

"当真。"但是,他想起阿巧即刻将离开自己了,就又说,"再选选看。"

阿巧头也低疼了,天生的好性格却不知道生气一类事。她也不知道他是在故意作弄她,因为这副爷的样子也使她欢喜,就莫名其妙地只是把草鞋挑选着试着,笑着。

"副爷,你是打哪儿来的?"

"从石羊哨。"

"我是石羊哨的人!"

"那是乡亲了。不过我是镇筸城的。"

"副爷全都是镇筸人!"

"你见到许多吗?"

"见过很多。我爹是到过镇筸住了五年的。"

"你是一个人吗?"

"嗨,我爹不算人吗?"

"是!我说你有几个兄弟?"

"只我一个人。"

"我刚才就说只你一个吗,你又不承认!"

说到这里两人全笑了,草鞋当然是谁也不注意选了。

在那旁,呆子陆俊正也同老板谈到过去的事,听老板说到是曾住过镇筸几年,且说认得四少爷的家,所以陆俊遥遥地喊他,说:"四少爷,这老板是我们城里人!"老板且即刻走过来了,意思是对待这旧家公子哥儿加以新的敬礼,他请他坐,且叫阿巧倒茶。

"少爷,我在城里时,侍候过少大人!"

"哦,那我还不知道。"

"老太知道的,我叫黄狗,我卖过大糕,卖过油,有十多年的事了。"

"老太知道的,我叫黄狗,我卖过大糕,卖过油,有十多年的事了。"

他仿佛听过这黄狗的名

字,然而或者这名字是与"花狗""黑狗"相近,所以就觉得很熟的缘故了。

这黄狗真比狗还恋旧,知道面前的副爷是旧家少爷时倒了茶,还叫阿巧拿瓜子。说不必客气也不行。瓜子即刻又由阿巧姑娘送来了。因为拿瓜子来的是阿巧,本来不欢喜剥西瓜子的他,也勉强抓一把在手上,学绅士样子一颗一颗放在口里剥起来了。

做完事的阿巧,把脚交叉,倚立在柜台边,望到这年青副爷同自己的爹说话,一声不作只看看这副爷。

"少爷怎么穿副爷的衣服?"

"如今是去当兵。"

"总不是当兵是进陆军学堂。"阿巧却接声过来,说的话,乖巧到家。

"是当兵。"他说,"不读书,所以当兵!"

这未来的督军与军师,接下去就是一大堆胡扯,把知县却忘掉了。知县就望到阿巧眯眼睛,阿巧微微地笑。

"兵有兵相,少爷,你是文相,不念书,将来也会做知县。"

"老板说得真对,"陆俊的话意思是老板把兵相看轻了,听他补充的话就可以知道,"我才是兵相!"

"副爷,你是将来的武将,做团长督军。"

"是吧,我要做督军,做了督军我请你做军师!"

这未来的督军与军师,接下去就是一大堆胡扯,把知县却忘掉了。知县就望到阿

回到舱中的他,想起许多人事。世界的奇怪,渐渐使他觉到一点儿了。

巧眊眼睛,阿巧微微地笑。

  他觉得她很好,很可爱。她觉得他是有身份的人,是少爷,是朋友。

  …………

  返到船上。陆俊是两只衣口袋里装满了栗子花生瓜子之类的。陆俊来请客,实际却是老板送四少爷的,由阿巧从坛里罐里取出的。

  金亭问:"见到了么?"

  呆子不答,把花生抓出,撒得舱板上全是。

要呆子说见到什么，除了花生栗子，真不能说得出的。呆子要人陪，结果却陪人空走一趟而已。若不是有东西吃，呆子回来还会喊悖时！

回到舱中的他，想起许多人事。世界的奇怪，渐渐使他觉到一点儿了。他因此想起了家中的过去，想起了自己的将来，想起了船同自己的关系，以及岸上街上这时大致已经上床睡觉了的阿巧同她的爹，对于自己的关系。这神经纤细的年青人，好久好久不能睡，第一次害了失眠症。

一九二八年秋作

墙上全是膏药,就知道这地方也驻过军队。军队与膏药有分不开的理由,这不是普通人所明白的。

我的教育

一

这是我住在一个地名槐化的小镇上的回想。我住在一个祠堂戏台的左厢楼上,一共是七十个人。

墙上全是膏药,就知道这地方也驻过军队。军队与膏药有分不开的理由,这不是普通人所明白的。我们的队伍里,是有很多朋友也仿佛非常爱在背上腿上贴一张膏药,到另一时又把这膏药贴到墙壁上的。他们——尤其是有年纪一点的伙夫,常常挨打,或搬重东西跌磕了脚,闪扭了腰,所以膏药在他们更是少不了的东西了。

我们每两人共一床棉被,垫的是草,上面有盖的,下面有垫的,不湿不冷,有吃有喝,到这里来自然是很舒服的生活了,大家都觉得很满意,因为一切东西是团上供给的。铺板是新的,草是干净的,棉被是从人家乡下人自己床上取来的。

排长早晚各训话三次,他是早把这个体面的训话背熟了多日,当到司令检阅时也不至于出笑话的。排长训话有三点,说是应当记清:一、不许到外面调戏别人妇女;二、不许随便拿人东西;三、不许打架闹事。我早就把这个记熟了。至于他们，我不敢说，我是明白有些人的嗜好的。

二

整理了一天的住处，用稻草熏，楼上的霉气居然没有了。

今天有人在墙罅里捡得三块钱，用红纸包好，不知谁人所放。得了钱不报告上去，被知道了，缴了钱，还按捺到阶前打了三十板。这人很该打，得了横财他就想隐瞒。排长说，这钱应当大家公分，是天所赐。钱少，不便分摊，所以晚上买了猪肉大家吃。被打的那人他抖气躺到床上不吃，很好笑，你不吃，也仍然是挨打了。照理他应当抖气吃得比别人更多。

军人讲服从，不服从就打，这就是我们生活的精义。

有许多人是因为聪明，不容易惹排长生气的。其实那有什么奇怪，常常同排长喝点酒，排长还好意思打人骂人吗？

因为熏房有恶气味，就邀人出到街上去看看。我不知道凭什么理由我们会驻扎到这地方来。这里街只是一条，不是逢场日子连买汤圆也买不出。街上太肮脏了，打豆腐的铺子，臭水流满了一街，起白色泡沫，起黑色泡沫，许多肮脏的灰色鸭子，就在这些泡沫里插进了它的淡红色长嘴，哑东西吃。

全街只有一个药铺，两家南货铺。他们插国旗是欢迎我们的，国旗的马虎同中国任何地方一个样子。我们来清乡，先贴了半个月告示，再经过团上派人打锣通知，大家知道清乡对他们有益了，所以才把国旗挂出。

他的唢呐吹得不坏,很有功夫,我以为是讨钱的,觉得我有慷慨的必要了,丢了点钱,大家笑了。

我今天到街上时看到一个吹唢呐的人。他坐到太阳下,晒太阳取暖,吹他的唢呐,小孩子许多围到看。他的唢呐吹得不坏,很有功夫,我以为是讨钱的,觉得我有慷慨的必要了,丢了点钱,大家笑了。原来是他在那里引小孩子们,并不要钱。不要钱了,我看得比我平常有耐心去做的事还久。这地方小孩子都很瘦,好像有病。也是平常的事,我看到许多地方小孩子全都不甚肥壮。

街上冷静了,幸好,打听得出有酒喝。逢场或者好一点。

我们想吃肉是非等到逢场不行的。昨天吃的是二十里外来的肉。

到了后山才知道这地方不错,地方人家少,田亩多,无怪乎有匪,不过我们还是不曾见到土匪。

三

排长头一天说,军人要早起,我就起得很早。

今天点名,凡是不起床的全都罚跪,一共跪了十九个,一排跪到那大殿廊下，一直到九点钟。太阳照到这些阔肩背，很可笑。排长看到了这一群矮子也笑。跪够了到吃饭时大家又吃饭。

我们大约还要一些日子才下操，因为还没有命令。既不下操，又起得早，怎么办？打霜了，很像十月天气，穿了我们的新棉军服，到后山去玩，是很好的事。到了后山才知道这地方不错，地方人家少，田亩多，无怪乎有匪，不过我们还是不曾见到土匪，大约他们听说开来的军队很多，枪上刺刀放光，吓怕了，藏到深山中去了。我想过一阵我们会排队到各处打土匪的，那自然是很有趣味的事，碰不到匪，总可以碰到团总，团总是专为办军队招待才要的。

到溪边，见到有一个人钓鱼，问他一天钓多少，他笑。又问他，才明白他是没有事做才钓鱼玩的，因为一天鱼不上钩也是常有的事。快到冬天了，鱼不上钩。想不到这乡里还有这种潇洒的人。我也就想钓鱼。

早上这地方空气新鲜。

回到营里，吃过早饭，无事做了。班长说，天气好，我们擦枪。大家就把枪从架上取下，下机柄，旋螺丝钉，拿了枪筒，穿过系有布片的绳子，拖来拖去，我的枪是因为我担心那来复线会为我拖融，所以只擦机柄同刺刀的。我们这半年来打枪的机会实在比擦枪机会还少。我们所领来的枪械好像只是为擦得发亮一件事。

在太阳下擦枪是很好的，秋天的太阳越来越可爱了。

有些人还在太阳下翻虱，倦了就睡，全很随便。

因为擦枪，有人就问排长："大人，什么时候我们去打土匪？"排长笑，他说："好像近来这地方是没有什么土匪。"

如果是没有土匪，驻到这地方过一个冬天，可真使人骂娘了。我们是预备来实习在××所学的"散开""卧下""预备放""冲锋"种种事情的。没有土匪同什么人去实习？

左图：
今天逢场。想不到这地方逢场也会这样热闹。

右图：
场上各样东西全有买卖，布匹、牛羊肉、油盐杂货、嘉湖细点、红绒绳子、假宝石镯……全都不缺少。

四

今天逢场。想不到这地方逢场也会这样热闹。

我们有肉吃！用开差时从军需处领下的洋瓷小碗，舀汤喝，我们全到了张口大笑的时候了。

早上有训话，告我们不许拿人家老百姓东西不付钱，不听命令，查出了，打五百。训话一毕，队伍一解散，大家都到街上玩去了。各人都小心到"五百"的数目，很守规矩。记到这训话轻轻地骂娘的也有人，但这些人我相信都不忘记"五百"那数目，不敢生事。

不过，见到东西，问明价钱，要买时，他们乡下人总有意只要一半价钱，因为"五百"，摇头不答应。到后还是给同样价钱，却得了一倍东西。这个事情责任可不在兵士了。

场上各样东西全有买卖，布匹、牛羊肉、油盐杂货、嘉湖细点、红绒绳子、假宝石镯、三字经、百家姓，全都不缺少。又有卖狗肉的，成腿卖，价钱比辰州贱许多。我们各人买了二十文冰糖含到口中，走到各处去看热闹。

这地方鸡种极好，兵士们都买小鸡喂养，作斗鸡；又买母鸡，预备生蛋孵雏。

逢场药铺生意也忙起来了，我站到那药铺门前看了半天，捡药的人真不少。这铺子一见我们站到门前，就问我们要膏药不要，有新摊的奉送。他以为凡是兵士腿上全应贴一张膏药，一点不明白什么人才用得着那方块东西。

在场上随意走去，也很看了一些年青女人，奶子肿高，长眉毛白脸，看了使人舒服。

好像也有人趁到逢场摆赌的，因为恐怕司令部官长在那里，所以不敢去看。到夜里，才知道桌子是由副官处包办抽税，一张三串，一共是得钱四十余串，补充营摊分了九串，钱数不多，分下来不成数目，就不分，留到下场买肉吃。

五

不逢场，街上是不值得来去的。

在厢楼上白天睡觉的人很多。

我不出门，就到戏台前去同人说浮雕木刻故事，到后借司务长的笔画了一张赵子龙单骑救主的画。仿到那木雕，很有神气，我把它贴到墙上，被他们见了，大家都请我画一张。

我对这件事自然从不推辞。一张包片糖的粗草纸，我也能够画出张飞的脸。

这祠堂里他们都说有鬼。他们又说鬼是怎样多，照规矩在某处某处都有。我看这些人没有话说，所以找出这些来说说罢了。我们中间是没有一个人怕鬼的。许多人吃过人肝人心，当菜炒加辣子下酒。我虽然只有资格知道这一件事，不能下箸，但我们这样的人，哪里还有怕鬼的闲心？但因为伙夫同吹喇叭的号兵爱听故事，所以大家常

这祠堂里他们都说有鬼。他们又说鬼是怎样多,照规矩在某处某处都有。

常谈鬼。

住到这祠堂里几天来我们的事可以列表记下:一、点名(不到则罚跪);二、吃饭(菜蔬以辣椒为主);三、擦枪,唱军歌;四、各处地方去玩,闯一点小小乱子(譬如打别人的狗一阵,碾别人的鸡一阵)。这日子过下去将有多久,我们中间是无一个人明白的。我们来到这里究竟还要做些什么事,也无一个人明白的。因为我想明白这事,就同到几个人去问军法长,军法长也不知道。他说:"我知道什么是清乡呢?我只会审案,用大板子逼取口供。"这军法长是我们顶熟的人了,他就只能告我们这一点事情。

因为每天的给养是由团上送来,由副官处发下,所以到了这里有一件难得的事，就是不必像在辰州时每天晚上得听到司务长算伙食账的吵闹。司务长无伙食账可算，所以成天醉到楼梯边，曾有兵士用脚在他肩部踢过一下，第二天也不曾被处罚，真算是一件奇怪的事。

六

我们的司令部设在后殿，无事兵士不到里面去。今天不知为什么有六个人被派往里面去。我因为同军法长是熟人，就跟了进去。到了里面，才知道团上送土匪来了，要审问了，所以派人进来站堂。

我们知道送土匪来了的。土匪送来时先押到卫舍，大家就争着去看土匪究竟是什么样子。看过后可失望极了，平常人一样，光头，蓝布衣裤。两脚只有一只左脚有草鞋，左脸上大约是被捉时受了一棒，略略发肿。他们把他两手反捆，又把绳端捆在卫舍屋柱上。那人低了头坐在板凳上，一语不发，有人用手捺他他也不动，只稍稍避让，不知道在想些什么心事。

不久就坐堂审案了，先是看团上禀帖，问年岁姓名，军法坐当中，戴墨晶眼镜，威武堂堂。旁边坐得有一个录事，低头录供。问了一阵，莫名其妙那军法就生气了，喊："不招就打！"于是那犯人就趴到阶下，高呼青天大人救命。于是在喊声中就被擒着打了一百板。打过后，军法稍稍气平了。

军法说："他们说你是土匪，不招我打死你。"

那人说："冤枉，他们害我。"

军法说："为什么他们不害我？"

那人说："大老爷明鉴，真是冤枉。"

军法说："冤枉冤枉，我看你就是个贼相，不招就又给我打！"

那人就磕头，说："救命，大人！我实在是好人。是团上害我。"

军法看禀帖，想了一会，又喝兵士把人拖下阶去打了一百。

到后退堂，把人押下到新造的牢里去，那牢就在我住处的楼下。这汉子一共被打了五百，到底是乡下人，元气十足，受得苦楚，还不承认。我想明天必定要杀了他，因为团上说他是土匪，既然地方有势力的人也恨他，就应当杀了。我们是来为他们地方清乡的，不杀人自然不成事体。大家全谈到这个人可以杀了，对于这人又像全无仇恨，且如果说到仇恨时，我清楚有许多人是愿意把上司也杀了的。只觉得是土匪就该死，还有人讨论到谁是顶好的刽子手的事了，这其中自然不免阿其所私，因为刽子手可以得到一些赏号。

大家全谈到这个人可以杀了，对于这人又像全无仇恨，且如果说到仇恨时，我清楚有许多人是愿意把上司也杀了的。

兵士中许多人都觉得明天要杀人，是一件有趣味的事，他们生活太平凡单调了。要刺激，除了杀头，没有可以使这些很强壮的一群人兴奋的事了。

晚上到卫舍时，看到有人在劈大竹子，劈了又用刀削，说是副官要他们预备毛竹板子，才能对付得下，这地方土匪极其狡猾，用平常打兵士的板子是对付不下那些东西的。是的，一点不错，这地方人都似乎很强壮，并不比我们兵士体格瘦弱，要他们招出一些他们不知是犯罪的事，不重重地打怎么行。他们有时被打还一声不喊，真是蛮子！

七

我又看到审案，一切情形同昨天一样，所不同的只是打的数目。时间是早上，板子的确是新东西了，喊堂时，一个兵士哗地把一束毛竹板子丢到地下，真很有些吓人。犯人只再加三百，就招了。他照到军法意思说了一些军法所要明白的话。当天录了供，取了指模，又把他丢到牢里。

我们以为今天会要杀人了，都仿佛有一种兴奋。

不杀人，在戏楼上无意思之至，就到山后玩了半天。

今天兵士也有被打军棍的，因为他们打了架。他们一天什么事也不能做，打架实在也是免不了的事情。不过平常打打闹闹，不到动刺刀流血的情形，也不什么要紧。这些人是今天打了架明天就会好的。军人中脾气就是这个样子。到因为两人打架被罚相对立正一点钟，两人就都抱怨自己的粗卤了。

不过因打架到革除也有的，我晚上就梦到我自己被革，先梦到同××打了一架，队官就把我们革除了。

八

我到修械处玩了半天，看他们做事，帮到他们扯风炉。

他们那些人，全是黑脸黑手，好像永远找不到一个方便日子去用肥皂擦擦脸同颈脖的。他们那里一共是八个小孩子，同在一处做事，另外一个主任，管理他们工作的勤惰。孩子们做事是有生气的，

我到修械处玩了半天，看他们做事，帮到他们扯风炉。

都很忙,看不出那些小鬼,臂膊细小如甘蔗,却能够挥大铁锤在砧上打铁。他们用锉,用锯,用钻孔器,全是极其伶巧。他们又会磨刀。他们一面说笑话,一面还做各样事情,好像对于这工作非常满意,且有过十年以上那种习惯。

修械处方面,使我们对他们觉得羡慕的是他们那好主任,主任每天用大煨缸煨狗肉牛肉,人人有份。我们新兵营里的人可没有这种福气,营长同队官是也很能喝一杯的,可是从不请客。

他们约了我下次吃狗肉,我答应了。

我们今天又擦枪。

下半天从修械处出来,走到街头,看到有兵士从石门方面押解人头来部。每一个脚色肩挑人头两个,用草绳做结,结成十字兜,把人头兜着,似乎很重,人头一共是三担。为看人头就跟到这些人头担子回营,才知道这是驻石门剿匪砍来的。这是不是匪头,那是我们不明白的事情。

这东西放在副官处,围拢来看的人极多。到后副官说,应当挂到场头上去,明天逢场示众,使大家知道我们军队已在为他们剿了匪,因此我又跟到他们去看,直到看他们把人头挂到焚字纸塔上姿势端正以后,才回大营。

九

又到场期,精神也振作起来了。

大清早就约了几个不曾看到昨天人头的兵士去欣赏那奇怪东西。走到那里时,已有一些兵士在那里看。人头挂得很高,还有人攀

到后副官说，应当挂在场头上去，明天逢场示众，使大家知道我们军队已在为他们剿了匪……

上塔去用手拨那死人眼睛，因此到后有一个人头就跌到地上了。见了人头大众争到用手来提，且争把人头抛到别人身边引为乐事。我因为好奇就踢了这人头一脚，自己的脚尖也踢疼了。

今天半日时，那关闭在牢里的"土匪"被牵出到街头当路大桥上杀了，把头砍下，流了一坪血。我们是跟到那些护围的兵士身后跑到了刑场，看到一个刽子手用刀在那汉子颈项上一砍，嚯的一声，又看到人倒下地以后再用刀割头的一切情形的。大家还不算觉得顶无趣

我们是跟到那些护围的兵士身后跑到了刑场……

味,是这汉子虽不唱歌不骂人,却还硬硬朗朗地一直走到刑场。到了地,有人问他:"有话没有?"他就结结巴巴说:"二十年又是一条好汉。"他只说这样一句话,即刻就把颈项伸长受刑了。

如我能够想得出这些人为什么懂得到在临刑时说一两句话,表示这不示弱于人的男子光荣气概,又为什么懂得到跪在地下后必须伸长颈项,给刽子手一种方便砍那一刀?我将不至于第二次去看那种事了。

这人被杀大概也不怎么很痛苦,因为他们全似乎很相信命运。是的,我们也应当相信命运。今天他们命运真不怎么好,所以就这样法办了;我们命运同那个人相反,所以我们今天晚上就得肉吃。

看过杀人回到营中，我们所讨论的还是那汉子的事，我们各人据在稻草上，说了很长久时间，又引申说到另外一些被砍的故事上面，在兵士的一群中是很少有像我那样寡见浅识的。他们还能从今天那汉子下跪的姿势中看出这命运不好的汉子做匪无经验的地方。因为如果做匪多年的人，他应当懂一切规矩，懂到了规矩，他下跪时只应屈一只腿，或者有重伤则盘膝坐下，因为照这办法，头落地以后死尸才可以翻天仰睡，仰卧到地上对于投生方便。说了"二十年又是好汉"那样慷慨决绝的壮语，却到头不懂这些小事，算不得完全的脚色。兵士们是每一个人皆有许多机会看到杀人，且无有不相信这仰卧道理的。兵士看被杀都很明白那种体裁，纵缺少这知识临时也可以有熟人指点。

十

一个团总又同了二十个亲信，押解一群匪犯来了。"该死的东西"一共是六个。审讯时有三个认罚，取保放了。有三个各打了一顿板子，也认了罚，又取保放了。听说一共罚了四千，那押解人犯来的团总，安顿在司令部副官处喝酒，出门时，笑眯眯地同我们兵士打招呼，好像我们同他新拜了把子。

我听到一个兵士说，这是一种筹饷的最方便办法。这人叔父是那军法长，所说的话必定不会错。听到这个话，我心想，这倒真是方便事。我们驻到这地方，三十里附近一共是一千多人，团上经常供给的只是米同柴火，没有饷，大家怎么能过年？人人都说军队驻防是可以发财的机会，这机会如今就来了。有了机会，除庆贺欢喜，无事可做了。不过也想到这些人他会恨我们这队伍。不过就是恨，他们也没有什么办法的，不甘心罚钱，我们把他捉来就杀了，也仍然就完事了。

今天落了雨，各处是泥浆，走到修械处去玩，仍然扯炉，看到那些比我年纪还小的工人打铁。打铁实在是有趣味的事情，我要他们告我使铁淬水变钢的方法，因为我从他们处讨得了一支钢镖，无事时将学打镖玩。我的希望自然不必隐瞒，从兵士地位变成侠客，我自己无理由否认这向上的欲望。

晚上睡得很晚，因为有兵士被打五百，犯了排长训话的第一项，被查出了，执行处罚。军人应当服从，错了事，所以打了。这人被打过了就只伏在铺板上哼，熟人各处采寻草药来为他揉大腿，到后排长生着气往营长处去了，大家都觉得无聊。但不久全睡着了，那被打的兵士似乎也睡着了，我还不能睡好，想到军人应当服从，记到那兵士呻唤。

十一

约定了分班出到外面溪里去洗衣，在家洗了一会衣，就在溪里骂丑话浇水。因为又是好天气，真想不到的晴朗，天气一好，人人都天真许多了，有一个第八班的伙夫，到后就被大家在很好的兴趣中按到水里去了。这个人从水中爬起，衣裤全湿，哭到营里去时，没有一个人把回营的处罚放到心上。

我洗了衣，又约同了三个兵士到杀人的地方去看，尸首不见了，血也为昨天的雨水冲尽了，在那桥头石栏杆上坐了半天，望到澄清的溪水说不出话。我是有点寂寞的。因为若不是先见到这里杀了

……在那桥头石栏杆上坐了半天,望到澄清的溪水说不出话。我是有点寂寞的。

一个人,这时谁也看不出这地方有人伸长颈脖,尽大刀那么很有力地一砍的事了。

他们杀了人,他们似乎即刻就忘记了,被杀的家中也似乎即刻就忘记家中有一个人被杀的事实了,大家就是这个样子活下来。我这样想到时心中稍稍有点难过。不过我明白这事是一定不易的。虽然刽子手回营时磨刀,夜里且买了一百钱纸为死人烧焚,但这全是规矩而已。规矩以外记下一些别人的痛苦或恐怖,是谁也无这义务的。

这地方似乎也有读书人,也有绅士。不过一个读书人,遇到兵,打他的嘴,他也是无办法的(绅士平时就以欺侮平民为生活,我们就罚他的款,他也只有认罚,不敢作声)。打读书人当然不是这地方的事，因为在这里我们不想打谁，只是很平凡地活着，不打仗，脾气是没有的。我相信在愚蠢的社会中聪明也无用处。

十二

昨晚有人请班长到营长处去说，让我们也来赌点钱，不然无事做，很不容易过日子。营长说，好，你们随意玩玩，只是不能在那上面有大数目的输赢。还有，不许吵闹，不许欺骗。我们也一一答应营长了。从此我们多有了一种消遣。

说是不许到大数目，但是几个伙夫把半年来积蓄下的几块钱，在第一天就输光了。这伙夫是最爱贴膏药的人，胸口上我总见到他有一块东西。输了钱，问他胸口怎么样，这意思是笑他心痛不心痛。他不生气，笑，说，运气不高，所以失手。这些人是有上了四十岁的年龄的，看到那种蠢样子，使人觉得好笑以外的怜悯。他们真完全像是小孩子。

伙夫薪水每月三元，除伙食一元半，剩余一元半。他们把半年来的积蓄输到一晚的牌九上面。输光了，第二天又仍然一到东方发白就挑了水桶到井边去担水。单是我们营里这种人的数目也就很不少了，照例又是这种人有输无赢，他们实在就特别给了许多机会让别的兵士行使欺骗。

望到他们挑水，使性子把水桶同到其他水桶相磕，有说不出的风格到我的心上。

我是不赌博的，只看看，也很有趣味。先是赌精，已因为一次教训把赌戒去了。

这些人是有上了四十岁的年龄的,看到那种蠢样子,使人觉得好笑以外的怜悯。他们真完全像是小孩子。

我每天买二十文冰糖含到口中,近来已几乎成为习惯。

今天又送来了两个匪犯,在我买糖时候遇到,我就问那卖糖人,是不是这地方被这些匪抢劫过。那个人摇头,他告我匪是在有一个时候遍地都是的,因为有些时候他们做土匪的机会比做平民的机会多一点。我不懂他说的"机会",但看那个人是不会说谎话的,我也仿佛就懂了。

夜里审讯土匪我不去看,到后听说用铁杠把一个年青一点的两只脚全扳断了,就知道这人必定又是后天的货。每一场杀一个人,是可以使他们乡下人明白我们来到这里为他们剿匪,并不白受他们供给。

十三

今天又送来七个。

大家似乎都很欢喜,因为这些土匪由团上捉来,让我们分别杀戮或罚款,并且团上对于匪徒的家事全很清楚,不会遗漏也不会错误,省事许多。

我呢,可不管这个,这些是军法的事。照例他们应当比平时忙碌了一点,这些有知识同有名分的人,为了审案,烟也吃不成了。我呢,自己到修械处打铁,玩车盘,在铁板上钻眼。我的兴味就在这些事情上面。杀人时我固然跟到去看。

有热闹我总在场,可是我对于土匪的拷打是不发生兴味的,我对于杀人也没有他们盼望的殷切。一遇到送来土匪审讯时,大家就争到拿板子准备,一听到杀人,大家就争做护围兵,真是奇怪。他们实在是无事情可做了,他们就不能不找出一些事情。

我今天被修械处一个小工人引到了一个新鲜地方,是去街稍远傍山一个铸铁厂。那里大铁炉高约两丈,成水的铁汁从炉口流出时放大白光,真是了不得的壮观。那工人比我多懂许多,他能分别铁矿,能知道铸铁成为熟铁的方法同理由,又能够自己动手挥锤。他每月口粮是四块六,还能把

左图:
今天又送来七个。大家似乎都很欢喜,因为这些土匪由团上捉来……不会遗漏也不会错误,省事许多。

右图:
……使来往过路的人也不能走路了,大家全从溪上游涉水走过。

积下的钱请主任寄回家里去,家里有妈卖布。他的年纪比我还小,只十三岁,再过两年到我年纪时,他可以有八块钱月薪了。

铁厂真是一个好地方,到了那里我知道许多事情,辛寿是好人,各样全好,我说的辛寿就是那修械处小工人的名字。

十四

今天杀四个,全躺到那桥上,使来往过路的人也不能走路了,大家全从溪上游涉水走过。望到那些人一见血就摇头的情形,是很有趣味的。逢场杀了这些人,真是趁热闹。血从石罅流到溪里去,桥下

的溪水正是不流的水,完全成了血色,大家皆争伏到栏杆上去看。

今天杀人,司令部的副官、书记官、军法,全到看。他们实在太没有事情可做了,清闲到无聊,所以他们从后门赶到桥上看。那军法还拿一只水烟袋,穿长袍,很跑了一些路。

大家全佩服刽子手的刀法,因为一刀一个,真有了不得的本领。这个人是卫队的兵士,把人杀完后,就拿了刀大踏步走到场中卖猪肉屠桌边去,照规矩在各处割肉,一共割了七十多斤肉,这肉到后是由两个兵士用大杠抬回营来

这肉虽应归刽子手一人所有,到后因为分量太多了,还是各处分摊,司令部职员自然有份,我们也各有份。

的。这规矩我先是就听人说过,在前清就有了的。上场大约也割过了,今天我才亲眼见到。这肉虽应归刽子手一人所有,到后因为分量太多了,还是各处分摊,司令部职员自然有份,我们也各有份。

吃晚饭,各人得肉一大片,重约四两,不消说就是用那杀人的刀所割来的肉了。吃到这肉时免不了仍然谈到杀头的话,一面佩服刽子手的精练刀法,一面也同时不吝惜夸奖到把脖子伸长了被杀的那一位。这又转到民族性一件事上来了,因为如果是别地方的人,对于死,总缺少勇敢的接近。一个软巴巴的缩颈龟,是纵有快刀好脚色,也不容易奏功的。这一点,芷江东部地方土匪真可佩服,他们全不把嘲笑机会给人。

因为有肉,喝了些酒,醉了三分的,免不了有忽然站起用手当刀啪地砍到那正蹲着喝酒的人颈后的事。被砍的一面骂娘一面也挣扎起来,大家就揪到一处揉打不休。我们的班长,对这个完全无节制方法。因为到了那时节,他自己也正想揪一个伙夫过来试试了。

杀了一个人以后,他们大家全都像是过节,醉酒饱肉,其乐无涯。

十五

我一个人怀了莫名其妙的心情,很早地又走到杀人桥上去看。我见到的仍然是四具死尸。人头是已被兵士们抛到田中泥土里去了,一具尸骸附近不知是谁悄悄地在大清早烧了一些纸钱,剩下的纸灰似乎是平常所见路旁的蓝色野花,作灰蓝颜色,很凄凉地与已凝结成为黑色浆块的血迹相对照。

我看了一会死尸,又看了一会桥下,才返身。

我计算下一场必定仍然至少还有四个,因为五天内送四个匪来是可能的,并且现在牢里就还留的有四个,听他们说是有两个本应昨天杀掉,因为恐怕下场无人杀,所以预备留到下场用的。

十点钟排长集合,说了许多我们要"爱国保民"的话,同时我们在大坪里扯圈子唱新的军歌,歌中意思是"同胞同胞,当爱助,当携手,向前走"。我们一排人又当真携手做了一点钟游戏,大家全欢喜得很,因为我们从××开拔,到如今已经有二十天不做游戏了。虽然许多人已全是做父亲的年纪了,对于玩,还是很需要的事,他们心上全是很天真。

在一队中我们真是很关爱的,被打了就代为找药,输光了就借钱扳本,有酒全是大家平分,有事情也是大家争去做。

想起歌中的话语,我好像很有些感慨。在一队中我们真是很关爱的,被打了就代为找药,输光了就借钱扳本,有酒全是大家平分,有事情也是大家争去做。只是另外的,我们就不问了。别一营的事我们也是常常无理由去过问的。谁也不明白这理由,谁也不觉得这理由一定有明白的必要。

今天有人被值日副官罚跪到殿前,头顶清水一碗,水泼到地则所罚不算。大家对这件事才感生兴味,引为笑乐,都说亏副官想得出这样好主意。副官聪明是也只能在这些上显出的,此外也不过同我们一样吃饭睡觉罢了。

我们全是这样天真朴实的头脑。

把狗肉得到了,放到炉上烧,皮烧焦以后,才同辛寿拿到溪中去刮洗,刮干净了又才砍成小块加作料安置到煨缸中去煨。

十六

我到修械处吃狗肉。把狗肉得到了,放到炉上烧,皮烧焦以后,才同辛寿拿到溪中去刮洗,刮干净了又才砍成小块加作料安置到煨缸中去煨。狗肉煨缸挂到打铁炉上,一面做事的仍然做事。到下半天,七个人就享受了。小工年纪虽小,得了好主任的训练,差不多每一个人都能蹲到狗肉缸边喝四两酽冽的烧酒,喝了酒就随便说一点疯话,譬如:"今天非……不可!""一定要同那水牛打一架!"那么仿佛非常决绝的话。

大家且在这话上互相嘲谑到关于"货"的问题。货其实是完全无用处的东西，青年人，肚中有了酒，要发散，所以才提到这无用的东西。大家还把某一类地道的象征名词解释了若干用处，这用处多半是从一个伙夫或一个马夫方面听来，结果还是唱唱"大将南征"的军歌，各人拿起家伙到厨房洗濯去了。

主任好脾气，几几乎使我也成为修械处工人。

假若我做了工人，我对于使用一切器械是毫无问题的。我且能像那些小子一样在工作上发现大的趣味。我将成为一个很好的工人，十年后也仍然还在那些地方做我的工。

十七

早上点名特别早到，制服整齐，被嘉奖，心里很快活。同到别人在操坪里操了一点钟。我们全都像需要一点分量沉重的东西压到肩才容易过日子。我虽不一定是这样的人，但另外一些蠢汉子，是没有工作生活就不能规矩的。天气又太好了。我们想找一些事做，今天才同到队官去说，大家请求出去放哨，看看有没有土匪在附近骚扰。这队官是我的一个亲戚，他曾常常用亲戚的名分吃过我的冰糖。他回答我们说："放哨是派的，不是请求的。"

"那我们请派出去。"

"一群呆子，派出去干吗？有土匪，团上会为我们捆好送来的。要我们去捉，捉得到吗？"

"我们做什么？"

"你们擦枪吧。你看，天气多好！点验委员快要来了，若看到你

早上点名特别早到，制服整齐，被嘉奖，心里很快活。同到别人在操坪里操了一点钟。

们枪上刺刀不发光，那不是笑话么？"

"什么时候委员就来？"

"快了吧。我听他们说快了，等我们清了一会乡，就来看成绩。"

"可是我枪上退子钩也被我擦小许多了，我不再做这种蠢事。"

"你以为这是蠢事，只你一个人以为——"

"不是蠢事我也不擦枪。"

"那就随便玩玩也好，只是不能到外面生事。"

队长走了，仍然含了我的一点糖在口中走去的。不能放哨，就只

我们的快乐是没有人能用法律取缔的,一直唱歌进到营里,就仿佛从什么远地方打了胜仗归来……

好照到队官的吩咐,出去玩。我们今天就有七个人到那后山去砍柴,每人砍一些枯枝,又砍了一些小竹子,预备拿回营来做箫,同时还摘了一些花,把花插到柴捆上面,一路唱军歌回营。

我们的快乐是没有人能用法律取缔的,一直唱歌进到营里,就仿佛从什么远地方打了胜仗归来,把野花插到洋酒瓶中,还好好地安置到司务长算伙食账的一个米桶上面去。到晚上,那花影映到美孚灯微光中,竟非常美观。

在夜间我们营里可出了大事了,驻到后面一进左边院子里,有一个逃兵,第一次拐了枪械逃走,被拐到营里。因为答应缴出三支枪,就没有照处治逃兵法枪毙,方便在将来追枪,留他到营里住,

有时我们正擦枪，他也能得到方便出外面大坪来晒太阳，坐到石栏杆旁向天空看云影。

如今又逃走了。这犯人我曾常常见他，白脸高身材，为军人中很难得的体面人物。他脚用铁镣锁定，走动时就琅琅地响，有时我们正擦枪，他也能得到方便出外面大坪来晒太阳，坐到石栏杆旁向天空看云影。这汉子存心想再逃走，在夜里借故出恭，由班上一个伙夫做伴，到修械处外面园圃中大便，谁知候在门边的伙夫半天见无动静，疑心了，就喊那人名字。喊了几声仍然无声息，各处一望，人已不见了，伙夫吓慌了，就大声地喊出来："逃脱骡子了，逃脱骡子了！"一直从修械处喊出大堂。那伙夫是苗人，声音洪亮不凡，全营为他这声音皆惊动了，大家全摸了枪向外面集合。我正在修械处同辛寿做铁弩，用枪挺簧纳小竹筒中，以为设计把箭镞放在压紧的簧上以后，遇到虎豹时，一放就可以打中虎眼。从别人所学到的白玉堂的身份上，我发现了一些我也不缺少成为这英雄的气质，就非常有兴味地研究这镖弩。先是听到有人从外面走过，很平常，以为这完全是不知节制吃多了一点的人物大便，可是到喊"逃脱骡子"，我们忙随了那苗人到外面来，那苗伙夫经营副耳根一掌，打得略略清醒了，他说"罗什长逃走了"。大家明白事情只是那逃兵又逃了，放了心，什么人说是"追去"。许多人就想拿了枪向外走，还有些喝醉了酒的也偏左偏右拿了一把刺刀走下楼来了，另一种混乱又不成样子。

到后园去看了，人是从土墙上爬过，还留下一些痕迹，毫无疑义人已向后山躲藏了。又不久，我们就分头拿了火把器械去后山追寻了。每一个草堆全用长矛搜索过了，每一株大树全有人爬上去找寻过了，还是没有那白脸长身材汉子的踪影。那营长，因为这犯人是已经判决，只因为缴枪的缘故所以看管到本营的，即刻把赏号悬出了，捉到活的赏三百，找出死的赏两百，好像全为了这赏格数目的缘故，平时办公事具结造表册的师爷，也有拿了提灯同长矛四处找寻逃犯的。

但无论如何搜索，显然那汉子已即刻离开这山中，走到别一处去了。

我们被分派每廿人一组，到各处驿路上去拦阻这逃兵，因为算定了这汉子纵逃走也只能取那几条路到别处去，就把一百四十个人分配了七组去拦截这一个人。我同我们一班上的人被派到名叫江口的一条小路上去，因种种推测这路是必然取的一条路线。即刻预备了草鞋，背了枪弹，向指定地点出发。

七路中我们算是第四路，今夜是再不能在新棉絮里睡觉了，即刻我们就在路上了。大家对于这件事产生那么兴味，只是三百元一个数目罢了。我们并没有觉得非把这汉子头颅切下不可的，我们同他无友谊也同时缺少仇怨。我们虽不能明白这汉子所取的方向，又不能明白这赏格究竟是不是一个实在数目,可是总以为若果逃兵由自己发现,当是一件有趣味的事。

一面是明白那汉子有脚镣系下面,纵走也去不很远,一面又是恃人多手中且各有武器可以致人死命,所以我们一点也不以为这是无意思而且危险的行为。

在路上想,三百元这样一个大数目,是一个兵士五年的饷份,一个伙夫十年的口粮,气运一来,岂不是用枪刺那么随随便便一挑,或者向路旁草深处一探就可得到么?我们所有的人是全在这一个人身上做着好梦的。

只有今夜我才知道我们世界上同黑暗在一块的人事情。

我同我们一班上的人被派到名叫江口的一条小路上去,因种种推测这路是必然取的一条路线。

十八

　　逃兵捉回来了，如所意料绕路，走的是第四路。但我们却与这运气无分，因为那人还比我们所猜想不糊涂，先是他想从江口过××，到后好像有意要作成另外一些人，本应一直与我们碰头，却自说临时变计向大寨走了。这人是大寨那一路所捉回的，比我们转来迟了四点钟，人捉回时浮肿的脸更加苍白，他仍然站到那坪中太阳下向阳取暖，脚镣已断了，据说是先在营中锤断用布片包好的。我们望他，他也望我们，大约也看出我们因他一走全个晚上狼狈的情形了，就在见连长时说很对不起连长同诸位兄弟。到后为营长审讯，又向营长道歉，说对不起营长。

　　营长说："老罗，你又回来了。我以为你聪明，第二次总不会再同我见面了。"

　　那汉子想了一会，说："这是一定的。"

　　营长说："我本来想救你，所以答应缴枪，就不砍你的头。你真太聪明了，见我对你好，你就欢喜逃。你是逃过了，这是你欢喜的事，你大约不欢喜挨打，让我打你一顿看看。"

　　这汉子当真就被打了一顿，被打完了丢到土匪牢里去。这汉子一瘸一拐走到牢边时，进牢门还懂得先用背进牢的方法，我问别人，才知道这人还做过一次大哥。

　　吃过饭，各人为晚上事辛苦了一晚，正好到床上草中做梦，忽然吹了集合号，排队站班，营长演说。营长说，司令部有命令，把罗××杀了。不到一会这汉子就被他那同营的兵士拥到平时杀人的桥头，把一颗头砍下了。

　　"他拐了枪，就该杀。不杀他，还想逃走，只有把他头砍下一个办法了。"这是营长演说的话语。

……大家看热闹的全谈论到这个人,人是太英雄了,"出门唱歌""脸不失色",不辱骂官长,"临刑颈脖硬朗"。

杀人时压队的就是他平时同营吃饭下操的兵士。大家都只明白这是军法,所以到时当刽子手也仍然有人。杀过这人以后,大家看热闹的全谈论到这个人,人是太英雄了,"出门唱歌""脸不失色",不辱骂官长,"临刑颈脖硬朗"。大家还说他懂规矩,这样汉子的确是难见到的。

晚上营长从司令部里领赏格下来了,分配的办法稍稍出人意外,捉到这汉子的一组兵士得三分之一,其他出力人员分赏三分之

一个伙夫的身体常常比我们兵士强壮两倍,同时食量同担负也超过两倍,他们就因为什么不懂才有这样成绩。

二，大家对这支配皆无话可说。得赏以后，司务长成为兑换铺的人物，即刻就有许多人很畅快地在草席上赌起牌九来了。这些人似乎全都对于昨夜的意外行为感到满意。

我不明白他们为什么出三百块钱（这样一个大数目）一定要把那汉子捉回来的理由。捉回来就杀了，三百块钱就赏给出力的人员，大家就拿这钱赌博，这究竟是为什么事必须这样做，营长也说不分明。因为在训话里他并不解释这"必须"理由。

一切仿佛皆是当然的，别人的世界，我们的世界，永远全是这样。

十九

今天又发生了新事情，第十四连（就是那看守罗什长的一连）有三个兵士被审讯了，各人打了五百，收进牢里，是因为查明白有纵罪人逃走的缘故。他们因为是朋友，所以那样做了，我们因为不与那人相识，就仍然赌了一天钱。那三人还应当感谢长官，因为照规矩他们也有死罪。也算是"气运"吧。在军队中我们信托自己还不如信托命运，因为照命运为我们安排下来的一切，是连疑问也近于多余的。一个伙夫的身体常常比我们兵士强壮两倍，同时食量同担负也超过两倍，他们就因为什么不懂才有这样成绩。我们纵非懂"唱歌""下操""喊口号""行礼"种种事情不可，不过此外的东西，我们是不必去懂的。我们若只有机会看到我们的幸福，我们就完全是幸福的人了。

"打死他吧"，像这样的意思，在那三个兵士的连里，是应当有

今天落雨,打牌的就在营里打牌,非常热闹。

人想到的。这以为打死也不算过分的,必定就是那些曾经为一些小数目的债务,或争一支晒衣的竹竿,吵骂过嘴的人。小小的冤仇到某一时就可以牵连到生死,这是非常实在的。我们在××时还遇到一件事情,就是一个兵士半夜里爬起来把切菜的刀砍了同班的兵士七刀,头脸各处全都砍到,到后凶手是被审讯了,问他为什么这样粗卤,随意拿菜刀砍人,他就说是因为同伴骂了他一句丑话。这是不是实在的供词?一个熟悉我们情形的人,他会相信这供词的,所以当时军法也相信了。那人定了罪。从这些小事上别的不能明白,至少可以了然那地方的民族性,凡是用辱骂的字言加在别人身上,是都免不了有用血去洗刷的机会的。不过另外的事我也来说说吧,就是我们的上司，不需要任何理由，是全可以随意对于兵士加以一种很巧妙的辱骂的。每一个上司对于骂人总像不缺少天才，从学校出身的青年军官，到军队以后是最先就学到骂人的。被骂的兵士有一种规矩是不作声。但不久，兵士一有了机会，就又把从上司处所记下的新颖名词加到伙夫的头上了。伙夫则只能互相骂骂，或对米桶、水缸、汤杓痛切地辱骂。照例被骂的自然是不会作声。

埋罗什长是营长出的钱，得了赏号的也有到那死人面前烧纸的。尸骸到晚上才许殓收。

今天有两个兵士因为赌博打了一架，到后各到连长处去打一顿板子。我先以为这些人在晚上会又有发生上面说到的凶案，不拘是谁在半夜三更爬起身来摸到了菜刀，血案就发生了。不过我完全错了，他们到晚上仍然是在一堆赌牌九，且把挨打这件事当作笑话谈论了许久。真是些有福气的人，为他们担心是白担心了。

二十

今天落雨，打牌的就在营里打牌，非常热闹。

二十一

又落雨，打牌的也还是打牌。

二十二

还是落雨。

二十三

雨落了一连三天,一院子泥泞。担水的伙夫大清早赤脚板在泥中走出走进,口中还哼汉汉不止。早饭前许多人皆很无聊赖地倚伏在

还是落雨。

这师爷若缺少卜课本领也还是不成其为师爷的。大约"军师"就指的是这样人才，这人才的养成一半是天生一半还是由于地气……

楼厢栏杆上看院中落雨的景致。雨已不落了，一个高身子师爷，掇长凳在长殿廊下画符，用黄纸画，到后且口咬鸡头，将血敷到符上面。他原来正在为昨天受伤那三个兵士治病。我们队伍中是不可少了这样人物的，有兵士被刀杀伤了、打伤了，或者营长太太有了病、少爷失魂夜哭，都不是军医的事，却非师爷画符不可。这师爷若缺少卜课本领也还是不成其为师爷的。大约"军师"就指的是这样人才，这人才的养成一半是天生一半还是由于地气，因为仿佛有三个全是辰州地方的人。望到师爷画符的神气，仿佛看到诸葛亮再生。

看看师爷画符，自己也来学习，用从书记处讨来的公文纸头，随意挥洒而成，且把这个东西也贴到床头去，说是可以辟邪，就是我在下雨的这一天的事了。

我这符是到后又悄悄地贴到了一个伙夫背上的。这伙夫我们一到有机会就为他画一点胡子，或者把一个萝卜包上肮脏东西给他吃，到被哄伤心，或吃亏不了时，就荷荷地哭一阵，哭声元气十足，大家听这哭声以及欣赏那姿态，都似乎很有趣味。这汉子年纪是三十七岁，命好的一定做祖父了。他哭了，或者排长走来，找一些稀奇的话语一骂，或者由兵士中捐出一点钱，塞在他的手心，不久就见到这汉子用大的有黑毛的手背擦那眼边，声音也没有了。这样人，看

方便中,他们是也常常在喝半斤酒以后,走到洗衣妇人处说一点野话,或做一点类乎撒野的事情的!

来好像可怜极了,但若果我们还有"怜悯"这种字样,就留下到另外一些事情上用吧。方便中,他们是也常常在喝半斤酒以后,走到洗衣妇人处说一点野话,或做一点类乎撒野的事情的!他们用不着别人怜悯,如世界上许多人一样。伙夫这种人,他们到外面去,见了可以欺侮的人,并不把他们穿灰色衣服的权利丧失。他们也能在买菜蔬时赚点钱,说点谎话,再向神赌一个不负责任的咒,请神证明他的老实。他们做事很多,但吃东西食量也特别大。总之这些人的行为,皆是不可原谅的行为,所以挨打的时候比旁的人总多。在情绪上像小孩子,那不独是伙夫一种人,就是年纪再大一点的传达长,也是一

五十岁年纪了还有童心,赌博一输就放赖,这样人还不止一个。

个样子的。做错事情被打了就哭,赏一点钱就又拭眼泪做丑样子哼哼笑,五十岁年纪了还有童心,赌博一输就放赖,这样人还不止一个。

  天气是使人发愁的天气,我不能出去,就只有到修械处代替工人扯炉。把大毛铁放到炉上炭火中,一面说话,一面身对风箱,用两只手向后奔,到相当角度时又将身体向前倾,炉火为空气所扇,发臭气同红光了。铁煨红了,一个小孩子把铁用钳夹取出,平放到鹤嘴砧上,于是两小孩就挥细把铁锤,锤打砧上的热铁。锤从背后扬起,从头上落下,着铁时便四方散爆铁花。主任坐到旧枪筒的堆上,居高临下,监察一群小孩子做工,又拿孟姜女万喜良唱本书念给大家听。主任的书已唱过多日了，故事小孩子全能背诵如流，主任还是一面看，一面唱，一字不苟且地唱过。间或有什么人来到修械处了，有事同主任商询，主任也还是用唱歌的章法同来人谈话，正像这个人成天吃酒不醉，却极容易醉到他自己的歌声里。

我在扯炉厌烦以后，是也常常爬到过铁堆上玩的。我爱这一屋子里全身是煤烟与铁锈的人，也极欢喜那些"三角""长方""圆条"硬朗实在的大小铁器。还有那沙罐，有狗肉香狗肉，无狗肉时煎豆腐干也仍然不缺少狗肉香味，不拘挂到什么地方我总能发现它。

谈到天气，辛寿他们是没有兵士们那样发愁的。天气越冷他们生活越痛快，一是吃肉的机会多，一是做事。在大冷天，我们营里伙夫穿厚棉军服臃肿像个熊，辛寿他们一定还是赤裸露出又小又脏的肩膊做事。他们身上好像成天吃狗肉也仍然没有脂肪的积蓄，但每一个人身体的健全，则仿佛把每人拿来每天饱打一顿以后，还放雨中淋两点钟也不至于伤风。

明天是场期，应当早早地睡，所以凡是不在夜中赌钱的，全都很早就睡了。

作于一九二九年夏

入伍后

学吹箫的二哥

像是他第二,其他的犯人都喊他作二哥,我也常常"二哥二哥"地随了众人叫起他来了。

他又会玩各种乐器。我之所以同二哥熟,便是我从小时就有着那种爱听人吹唢呐拉四胡的癖好。

二哥是白脸长身全无乡村气的一个人。并没有进过城入过学堂,但当时,我比他认的字要少得多。他又会玩各种乐器。我之所以同二哥熟,便是我从小时就有着那种爱听人吹唢呐拉四胡的癖好。因为二哥的指导,到如今,不拘哪一管箫,我都能呜呜地吹出声音来,虽然不怎样好。但二哥对我,可算送了一件好的、要忘也无从忘的悲哀礼物了。在近来,人的身体不甚好,听到什么地方吹箫,就像很伤心伤心。固然身体不好把心情弄得过于脆薄，是容易感动的原因之一种，但，同时也是有了二哥的过去的念头，经不住撩拨，才那么自由地让不快的情绪在心中滋长！我有时还这样想：在这世界中，缺少了力，让事实自由来支配我们一切软弱得如同一块粑的人，死或不死，岂不是同类异样的一个大惨剧么？忽然会生出足以自吓的慈悲心，也许便是深深地触着了这惨剧的幕角原因吧。

想着二哥，我便心有悲戚，如同抓起过去的委屈重新来受的样子。二哥的脸相，竟像是模糊得同孩时每早上闭眼所见葵花黄光一样，执了意要它清楚一点就不能。但当不注意时，忽而明朗起来，也是常有的事。不必要碰时候我也容易估定的，便是二哥样子颇美，各部分，尤其是鼻子和眉眼耳朵。或者，正因其是美，这印象便在我心上打下结实的桩来，使我无从忘怀吧。我对于这样的自疑，也缺少自护的气力。有一时，我是的确只有他的性情与模样的美好温良据在我心中，我始觉到人生颇为刻酷的。

这我得回头说一些我们相识的因缘。

民国初年，我出了故乡，随到一群约有一千五百的同乡伯伯叔叔哥子弟兄们，扛了刀刀枪枪，向外就食。大地方没有占到，于是我们把黔游击队放弃了的花江的东乡几个大一点的村镇分头占领了。正因为是还有着所谓军民两长的清乡剿匪的委令，我们的同乡伯伯叔叔们，一到了砦里，在未来以前已有了命令，所传的保甲团总，把给养就接接连连送上来了。初到的四五天，我们便是在牛肉羊肉里过的生活，大吃大喝。甚至于有过颇多的忘了节制的弟兄们，为了不顾命地吃喝，得了颇久的病。不是为了大吃大喝，谁想离了有趣的家乡？吃以外，我们一到，像是还得了很多的钱。这钱立时就由团长伯伯为分配下来，按营按连，都很公平，照了职务等次，多少不等。营长叔叔是不是也拿，我可不知道了。团长伯伯的三百元，我是见到告示，说是全赏给普通弟兄们让大家瓜分的。我那时也只能怪我身个

大地方没有占到，于是我们把黔游击队放弃了的花江的东乡几个大一点的村镇分头占领了。

儿同年龄太小，用补充兵的名义，所以我第一次得来的钱，是三块七毛四，这只是比伙夫多七毛四分的一个数目而已。但也是我可喜的事。人家年长得多，身体又高又大，又曾打过仗，才比我这刚入伍的孥孥①多得块多钱哩。

三块多钱的情形，除了我请过一次棚内哥弟吃过一对鸭子外，我记不清楚了。

我们就是那么活下来，非常调谐，非常自然。

住处是杨家祠堂。这祠堂大得怕人。差不多有五百人住下，却还

---

① 凤凰土语，指弟弟，老弟。

住了有一年,我是甚至于有好些地方还不敢一人去。不单是鬼,就是那种空洞寥阔,也是异样怕人的。

有许多空处。住了有一年,我是甚至于有好些地方还不敢一人去。不单是鬼,就是那种空洞寥阔,也是异样怕人的。不知是什么意思,当真把队伍扯出去打匪虽是不必做的事,但是,却连我最怕的每日三操也像是团长伯伯可怜我们而免了。把一根索子,缠了布片,将索子从枪眼里穿过,用手轻轻地拖过去,这种擦枪的工作,自然是应得像消遣自己来做做。不过又不打靶,这样镇日地擦,各人的枪筒的来复线,也会就是那么擦蚀吧。当真是把枪口擦大,又怎样办?不久,我们的擦枪工作也就停下来了。

不知是哪一个副官做的好事,却要我们补充兵来学打拳。

这真是比在大田坪叉了手去学走慢步还要坏的一件事情!在吹

起床号之后就得爬起,十分钟以内又得到戏台下去集合,接着是站桩子,练八进八退,拳师傅且口口声声说最好是大家学"金鸡独立"(到如今我还不知道这金鸡独立,把一只脚高高举起,有什么用处)。把金鸡独立学会时,于是与我一样大小的人每天无事就比起拳来了。小聪明我还有一点,是以我总能把许多大的小的比败。师傅真是给了我们一种娱乐。因为起得早,到空旷处吸了颇多的干净空气,身体像是日益强壮了,手膊子成了方形,吃饭也不让人,在我过去的全部生活中,要算那时为最康健与快乐了吧。

我们第四棚,是经副官分配下来,住在戏台下左边的。楼上是秘书处,又是军法处,他们的人数总有我们两倍多,但也像并没有许多事可以送那些师爷们去做。从书记处那边栏杆空处,就时常见到飞下那类用公文纸画上如同戏台边的木刻画的东西来,这可以见出大家正是同样的无聊。我还记得我曾拾了两张颇为细致的白纸画像,一为大战杨再兴,一为张翼德把守芦花荡。最动人的是张飞,胡子朝两边分开,凶神恶煞,但又不失其为天真。据一个弟兄说,这是军法长画的,我于是小心又小心,用饭把来妥妥帖帖粘在我睡处的墙上了。住处虽无床,用新锯的还有香气的柏木板子铺成,上头再用干稻草垫上,一个人一床棉被,也不见得冷。大家睡时是脚并脚头靠头,睡下来还可以轻轻地谈笑话的,这笑话不使楼上人听到,而大家又可乐。到排长来查时,各人把被蒙了头,立时假装的鼾声这里那里就起了。排长其实是在外面已听了许久。可是虽然知道我们假装,也从不曾发过气。他果真是要骂人,到明天大家上后山去玩,不和他亲热,他就会找到不能受的寂寞了。说到排长也真好笑。因为年纪并不比我们大几多,还是三月间二师讲武堂毕的业,有两个兵士是他的叔叔辈,点名到我们这一排时,常受窘到脸红,真难为他!"四叔,我们钓鱼去呀!"这是一个笑话。因为排长对他的兵士曾这样又恭敬又可怜地邀约过,以后见到排长,一说到"四叔,我们……",排长

因为排长对他的兵士曾这样又恭敬又可怜地邀约过,以后见到排长,一说到"四叔,我们……",排长就笑着走开了。

就笑着走开了。

在放肆得像一匹小马一样的生活中,经过半年,我学会了泅水,学会了唱山歌,学会了嗾狗上山去撵野鸡,又学会了打野物的几样法术(这法术,因为没有机会来试,近来也就全忘了)。有一天,像是九月十四样子,副官忽然督工人在我们住处近边建起一座栅栏来了。当那些大木枋子搬来时,大家还说是为我们做床,到后才知道是特为囚犯人的屋子的。不是为怕我们寂寞才来把临时监牢建筑到这里，真是没有什么理由。

"把监牢来放在我们附近，这不是伯伯叔叔有意做的可笑的事么？"于是鼓动丁桂生（丁桂生，是营长的二少爷，也是我们的同班补充兵），说："去呀，到七叔那里去说！"

那小子，当真便走到军法长那里去抗议。不过，结果是因为犯人越来越多，而且所来的又多半是"肥猪"，于是在戏台旁筑监牢的理由就很充分地无从摇动了。

第二天，午时以前，监牢做成后，下午就有三个新来的客，不消说看管的责任就归了我们。逃脱是用不着担心的。这些人你

他们的罪过只是因为家中有了钱而且太多。你不好好地为他们安置到一个四围是木柱子的屋子里，要钱真不是一件容易事情！

让他逃也不敢。这缘故是这类人并不是山上的大王或喽啰。他们的罪过只是因为家中有了钱而且太多。你不好好地为他们安置到一个四围是木柱子的屋子里，要钱真不是一件容易事情！果真是到了这屋子还想生什么野心逃走，那就请便吧，回头府上的房子同田地再得我们来收拾。把所有的钱捐一点儿出来，大家仍然是客客气气地吃酒拉炕。关于用力量逼迫到这类平时坏透了的土绅拿出钱来，是不是这例规还适用于另一个世界，我可不知，但在当时，我是觉得从良心上的批准，像这样来筹措我们的饷项，是顶合适而又聪明的办法了。

桂生回头时诉说他是这样地办的交涉：

"七叔，怎么要牢？"

"胡子,你怎么还不出去?这里老人家住起来是太不合宜了!""谷子卖不出钱,家中又没有现的——你给我个火吧。"

"我七叔就说:'牢是押犯人的!'"

"我又说:'并没见一个犯人,犯人该杀的杀,该放的放,牢也是无用!'"

"七叔又说:'那些不该杀又不能放的,我们把他押起来,他钱就屙马屎样地出来了。不然大家怎么有饷关呢?'"

"我就说:'那么,牢可以放到别处去,我们并不是来看管犯人的。'"

"'这些都是肥猪,平常同叔叔喝酒打牌,要你们少爷去看管也不是委屈你们'——七叔又是这么说。"

"我也无话可说,只好行个礼下来了。"

"好，我们就做看犯人的牢头，也有趣。"这是听了桂生报告后大家说的。

有趣是有趣，但正当值日那时节，外面的热闹可不能去看了。

第二大副官便为我们分配下来，每两人值日一天，五天后轮到各人一次。值日的人，夜间也只能同那派在一天的弟兄分别来瞌睡。不知道的，会以为是这样就会把我们苦了吧，其实是相反的。你不高兴值夜班，不拘是谁都愿意来相替。第一个高兴为人替到守夜的便是桂生，以前日子，他就每夜非说笑话到十二点不能合眼。值夜班后，他七叔又为我们立了一个新规例，凡是值夜的人得由副官处领取点心钱两毛。牺牲一个通宵，算一回什么事？有两个两毛钱合拢来是四毛，两毛钱去办烧鸡卤肉之类，一毛钱去打酒，剩一毛钱拿去大厨房向包伙食的陈大叔匀饭同猪油，后园里有的是不要钱买的萝卜和芫荽，打三更后，便你一杯我一杯地喝将起来。酒喝完了，架三块砖头来炒油炒饭，不是一件顶好玩的事情么？并且，到酒饭完了，想要去睡时，天也快要亮了。

我之所以学会喝酒，便是从此为始。

下面我说一段我们同我们的犯人的谈话："胡子，你怎么还不出去？这里老人家住起来是太不合宜了！"

"谷子卖不出钱，家中又没有现的——你给我个火吧。"

我给了他一根燃着的香，那犯人便吸起旱烟来了。

桂生又问："你家钱多着咧，听军法长说每年是有万多担谷子上仓，怎么就没有钱？"

"卖不出钱！"

"你家中地下必定埋得有窖，把银子窖了！"一个姓齐的说。

"没有，可以挖，试试看。"

"那我们明天就要派人去挖看！"桂生和我同声地吓他。

"可以，可以……"

其实我们一些小孩子说要明天去挖，无论如何是不会成为事实的，但胡子土财主，说到"可以可以"时，全身就已打战了。

这胡子在同我们谈话的三天以后，像是真怕军队会去挖他窖藏的样子，找到了保人，承认了应缴的五千块钱捐款，就大摇大摆拿了旱烟袋出去了。这胡子像是个坐牢的老手，极其懂得衙门中规矩似的，出去之后，又特送了我们弟兄一百块洋钱。我们没有敢要，到后他又送到军法长处去，说是感谢我们的照料，军法长仍然把钱发下来，各人八块，排长十六，伙夫四块，一百元是那么支配的。补充兵第二次的收入，便是当小禁子得来的八元！对于那胡子，所给我们的钱，这时想来，却对胡子还感到一点愤恨。在当时，因为他有着许多钱，我们全队正要饷，把他押起来，至少在我们十个年青小孩天真的眼光看起来，是一种又自然又合理的事。但胡子却把我们看成真的以靠犯人赏赐的禁子样子，且多少有一点儿以为我们对他不虐待就是为要钱的缘故，这老东西真侮辱了我们了。守犯人是一件可以发财的差使，真不是我们那时所想到的事。并且我们在那时，发财两个字也不是能占据到心中，我们需要玩比需要钱还厉害。或者，正因其为我们缺少那种发财的欲望与技术，所以司令官才把我们派去吧。

牢中一批批大富户渐渐变成小富户了，这于我们却无关。

所拘的除了他是疯子吵吵闹闹会不让我们睡觉以外，以后来的纵是一个乞丐，我们也会仍能在同一情形下当着禁子吧。

不久，小富户由三个变成两个，两个而一个。过一日，那仅有的一个也认了罚款出去了。于是我们立时便觉到寂寞起来。习惯了的值夜，在牢已空了之后当然无从来继续，大的损失便是大家把吃油炒饭的权利失去了。"来一个哟，来一个哟。"大家各自地在暗中来祈祷，盼望不拘是大富小富，只要来一个在木栅栏里住，油炒饭的利益就可以恢复。

可是犯人终不来，一直无聊无赖过了那阴雨的十月。

"来一个哟,来一个哟。"大家各自地在暗中来祈祷,盼望不拘是大富小富,只要来一个在木栅栏里住,油炒饭的利益就可以恢复。

天气是看看冷下来了。大家每天去山上玩,随意便捡柴割草,多多少少每一人一天总带了一捆柴草回营盘。这一点我是全不内行。正因了不内行,就也落得了快活。别人所带回的是冬天可以烤火的松香或别的枯枝,我则总是扛了一大束山果,回营来分给凡是我相熟的人。有时折回的是花,则连司令那里、桂生家爹同他七叔处、差遣棚杨伯伯、传达处、大厨房陈叔,一处一大把,得回许多使我高兴的奖语谢语,一个人夜里在被盖中温习享受。不过在我们刚能用别的事情把我们充禁子无从得的怅惘拭去时,新的犯人却来了。

我记到我是同一个姓胡的在一株大的楠木树上玩,桂生同另一个远远走来。"呀!"他大声嚷着,"来了来了,我才看到押了五个往司令部去!"从楠木上溜下来就一同跑回去看。

桂生家七叔正在审讯。

"预备呀!"我是一见到那墙角三块为柴火熏黑的砖,就想起今晚上的油炒饭。

因为看审案是一件顶无趣味的事,于是,我们几个先回了营的人,便各坐在自己铺上等候犯人的下来。

"今天是应轮到我!"对于这有趣的勤务大家都愿意来担负。

夜里居然有了五个犯人。新的热闹,是给了我们如何的欢喜啊!我记得这夜是十个人全没有睡觉,玩了一个通宵,像庆祝既失的地盘重复夺还的样子,大家一杯又一杯地喝着。

楼上桂生的七叔喊了又喊"大家要睡",在每一次楼上有了慈爱的温和的教训后,大家又即刻把声音抑下来。但谁都不能去睡!我们又相互轮到谈笑话,又挑对子两个人来练习打架。兴还未尽,天就发白了,接着,祠堂门前卫兵棚的号兵,也在吹起床喇叭了。

五个犯人之中就有二哥在。到两天以后,我们十个人便全同二哥要起好来了。知道是二哥之所以坐牢不是为捐款,是为了仇家的陷害,不久便可以昭雪以后,便觉得二哥真是一个好人,而且这样的好人,是比桂生家七叔辈还要好。大致二哥之善于说话,也是其所以引起我们同情的一种吧。他告我们,是离此不到二十里的石门寨上人,有妈没有父亲。这仇家是从远祖上为了一个女人结起的,这女人就是二哥的祖母,因为是祖母在先原许了仇家,到后毁约时打了一趟堡子,两边死了许多子侄,仇就是那么结下。以后,那一边受了他们祖宗的遗训,总不忘记当年毁约的耻辱,二哥家父亲就有过两次被贼攀赃污盗,虽到后终得昭雪,昭雪后不久也就病死了。二哥这次

这女人就是二哥的祖母,因为是祖母在先原许了仇家,到后毁约时打了一趟堡子,两边死了许多子侄,仇就是那么结下……

入监,也已经是第二次,他说是第一次在黔军军法处只差一分一秒险见就被绑了哩。

问他:"那你怎不求军队或衙门伸冤反坐?"

他说:"仇家势力大,并且军队是这个去了那个来,也是枉然。"

又问他:"那就何不迁到县里去住?"

说是:"想也是那么想,可是所有田坡全是在乡里,又非自己照料不可。"

"那你就只可听命于天了!"

他却轻轻地对我说:"除非是将来到军队里做事,也像你们的样子。"

二哥是想到做一个兵,来免除他那不可抵抗的随时可生的危险的。但二哥此时却还正是一个犯人。怎么有法子就可以来当兵?他说的话桂生也曾听到,桂生答应待他无事出狱后,就为他到他爹处去说情。

因为是同二哥相好,我们每夜的消夜总也为他留下一份。

他只能喝一杯酒。他从木窟窿里伸出头来,我们就喂他菜喂他酒,其实他手是可以自己拿的,但是这样办来,两边便都觉得有趣。像是不好意思多吃我们的样子,吃了几筷子,头便团鱼样缩进去了,"二哥,还多咧,不必客气吧。"于是又不客气地把头伸出来。在

二哥告她在此是全得几个副爷相看护,这一来却把老太太感动了。一个一个地作揖,又用母亲样的眼光来觑我们……

消夜过后,二哥就为我们说在乡下打野猪以及用药箭射老虎的一些事。有时不同他说话他仍然也是睡不下去,或者,想到家中的妈吧。在我们还没有同二哥很熟时,二哥的妈就来过一次。一个五十多岁的高大乡下人,穿蓝色衣服,在窟窿边同二哥谈了一些话,抹着眼泪就去了。问二哥才知道那就是他妈,知道这边并无大危险,所以回家去照料山坡去了。他妈第二次来时,我们围拢去同她说话,才看出这妇人竟与二哥一个模样,都是鼻梁骨高得极其合适,眉毛微向上略飞,大脚大手,虽然是乡下人样子,却不粗卤。这次来时为二哥背了一背笼红薯,一大口袋板栗。二哥告她在此是全得几个副爷

大街上就常有那类四十来岁的中年男子汉,腰带上插了许多大大小小的东西,一面走一面把手中的管子来吹起……

相看护,这一来却把老太太感动了。一个一个地作揖,又用母亲样的眼光来觑我们,且说自己把事做错了,早知道,应当要庄上人挑一担红薯来给大家夜里无事烧起吃。最后这老太太便强把特为她儿子带来的一袋栗子全给了我们,背起空背笼走了。其实她纵不把我们,二哥的东西,我们是仍然要大家不分彼此地让着来吃的。

不知道是怎么样的缘故,每次要桂生去他七叔处打听二哥的案件,总说是还有所候,危险虽没有,也得察明才开释。

既然是全无危险,二哥也像没有什么不愿意久住的道理了。我们可没有替别人想,当到大家都去山上打雀儿时,一个人住在这栅栏子里是怎样寂寞。照我们几个人的意思,二哥就是那样住下来,也没有什么不好。若果真是二哥一日开释,回了家乡,我们的寂寞,真是不可受的寂寞呀!

有一天,不知姓齐的那猴子到什么地方抢来一个竹管子,这管子我们是在故乡时就见到过的。管子一共是七个眼,同箫样,不过大小只能同一支夺金标羊毫笔相比。在故乡吃了晚饭后,大街上就常有那类四十来岁的中年男子汉,腰带上插了许多大大小小的东西,一面走一面把手中的管子来吹起,声音呜呜喇喇,比唢呐还要脆,价值大概是两个铜子一根,可是学会吹总得花上一些儿工夫。桂生见到那管子了，抢过来吹，却作怪不叫。我拿过来也一样地不服我管理。

"我来，我来！"二哥听到外面吵着笑着，伸出头来见了说。

"送二哥试来吹吹！"桂生又从我手里抢过去。

呵，栅栏里，忽然呜呜喇喇起来了。大家都没有能说话。

各人把口张得许多大，静静地来听。不一会，楼上也知道了，一个胡子书记官从栏杆上用竹篾编好、黄连纸糊就的窗口上露出个头来，大声问是谁吹这样动人的东西！大家争着告他是犯人。二哥听到有人问，却悄悄地把管子递出来了。桂生接过拿上楼去给那胡子看，下来时高兴地说七叔告二哥再吹几个曲子吧。二哥是仍然吹起来，变了许多花样，竟像比大街上那卖管子的苗老庚还吹得动人。楼上的师爷同楼下的副爷，就呆子样听二哥吹了一个下午。

到明天，又借得一支箫来要二哥试吹，还是一样的好听。

待到大家听饱了以后，就勒着要二哥指点，大家争到来学习，不过，学到两三天，又觉到厌烦放下了。可是我因此就知道了吹箫的诀窍，不拘一支什么箫，到我手上时，我总有法子使它出声了。这全是得二哥传的法。二哥还告我们他家中是各样乐器都有的，琵琶、筝、箫、笛子，只缺少一个笙。

在乡中，笙是见也无从见到的，但他预备将来托上常德卖油的人去带，说是慢慢地自己来照了书去学。

音乐的天禀，在二哥，真是异样的。各样的乐器，他说都是从人家办红白喜事学来的。一个屈折颇多的新曲，听一遍至两遍也总可熟悉，再自己练习一会，吹出来便翻了许多更动人的声音了。单凭了耳朵，长的复杂的曲子也学会了许多。自己且会用管子吹高腔，模仿人的哼着的调子，又可以模仿喇叭，军歌也异常熟悉。本来一根管子最多总不会吹出二十个高低音符的，但二哥却像能把这些三个或四个音揉碎捏成一个比原来的更壮大，又像把一个音分成两个也颇自然的。

音乐的天禀，在二哥，真是异样的。各种的乐器，他说都是从人家办红白喜事学来的。

像是有了规则的样子，虽然上头也同我们一样地明知二哥的案子全是被贼匪所诬赖，仇家买合的匪是把头砍下了，但平安无事的二哥，仍然还得花上一百元名为乐捐的罚款，才能出门。真是无聊呵，像才嫁了女的家中，当二哥出去以后！

二哥是在吃了早饭时候出去，到夜里，又特意换了一件干净衣服，剃了一回发，来到我们棚里看我们的。不过这时我却出了门。二哥便同桂生谈笑了一阵。桂生为他打了半斤酒，买来一些卤牛肉，说是"还刚被一个人扯到喝了一顿呢"，但也勉强同桂生喝了一小茶盅酒。他又要桂生为他去试问问营里，若是不为什么资格所限的话，是愿意自己出钱买一支枪来同我们做补充兵的。桂生同其他几个同声说，果若二哥能来到营里，班长的位置是非二哥来做不可的。我们正少一个班长哩。到我回营时，二哥却已返到一个亲戚家去了。

因为是记到二哥说的明日便当返石门寨去看看妈，过几天稍稍把家事清理一下就又返身来候信，所以虽然是一对着栅栏便念着像嫁去的二哥，但总料想第二次见到二哥时，我们便要更其放肆地来一同喝酒说笑了。我是因了二哥允许我的一支箫，便更觉念念，恐怕是二哥来了后一时不能入营，就时时刻刻催到桂生到他爹处去撒赖。桂生七叔是也知道二哥的为人的，经他帮到一说，事情便妥帖了。只等二哥从石门寨回来，枪不必自己买，桂生家七叔就做了保人补上一个名字。

至少是当时的我，异样地在一种又欢欣又不安的期待中待着二哥的！我知道时间是快要下雪了。一到雪后，我们就可以去试行二哥所告我们的那种法术，用鸟枪灌了细豆子去打斑鸠。桂生的爹处那两条狗，也将同我们一样高兴，由二哥领队，大家去追赶那雪里的黄山羊！若是追赶的是野猪，我们爬到大树上去，看二哥用耳巴子宽的矛子去刺野猪，那又是如何动人的一幕戏同一张画！

一天，两天……二哥终于不见来。到第四天，桂生从他七叔处得来一个坏消息，二哥的妈在二哥出牢第三天，就有一个禀帖说是儿子正预备着一切，要来当个兵，夜里几个脸上抹了烟子的人，把儿子从家中拖出去跑了……第二个禀帖便是说已在坳上为人发现了儿子的尸体，头和手脚却已被人用刀解了下来束成在一处，挂在一株桐子树上，显然是仇杀，只要求为儿子伸冤。桂生说完，大家全哭了。若是二哥还是坐在监牢里，总不至于这样吧。这不消说是仇家见到二哥这次又没有被军队认作匪，自己的陷害不成功，眼看到二哥是仍然平平安安回到家里来；并且二哥行将来营里当兵的消息，总又是那位爽直的老太太透露了出去，所以仇家就出了这样一个毒计策,买人把二哥害了。

……箫是不必学了!我们那一棚的班长也只好让他那样缺着下去了!桂生呵,要你爹把那两条狗打了吃掉吧!没有二哥,山羊是赶不成了!

桂生听着我的伤心的话语,一面抹着眼泪,一面爬到凳子上头去,把墙头上悬着那一大捆带壳的细绿豆,取下来掷到地上后,用脚踩得满地是豆子。

"要这东西是有什么用处?将来谁再打斑鸠就是狗养的!……"

这夜对着空的监牢,我们才感到以前未曾经过的大的空虚。同样的心情,就是二姊死了,让尸身塞到棺木里,眼见为几个肮脏伕子抬去后那样的欲哭不能地到堂屋里去烧夜香时候!

至少是当时的我,异样地在一种又欢欣又不安的期待中待着二哥的!我知道时间是快要下雪了。

在快要过年那几天，我们是正用生的棕布包了脚，在那没膝的厚雪里走动，开差到麻阳县去的。在路上，见到那白雪上山狸子的一串脚印，经我悄悄地指点给桂生，不久大家都见到了。大家都会意。因为这样小小的印子，引起了我们对二哥的怀念，又无一个人敢提出关于二哥的话语，觉得都很惨戚。山狸子的脚迹是在雪消后就会失去的，二哥却在我们十个人心上，留下一个不容易为时间拭去的深深的影子。

到近来，使我想起死的朋友们而辄觉惘然的，是已有了差不多近十个，二哥算是我最初一个好朋友。还是能吃能喝活着的当年那九个副爷们，虽然是活的方法同趣味也许比往日要长进了许多，像桂生同小齐，是在前年见着时就已经穿了上尉制服的。不过，我们当年的那种天真的稚气，却如同二哥一样早已死去成灰了。想大家再一同来酒呀肉呀你一杯我一杯地不客气地兄弟样吃喝，是一件比做皇帝还要难的事。

就是真实的过去，也成了梦幻似的传奇似的事情，在此时要去当兵的年青人，谅亦无从去找到那同样浪漫不羁的生活教训了。

死不甘心生又不能的吉弟，在无可奈何中往东北陆军第二旅当兵去了。送他去时，见到他眼泪婆娑地一个人进那二旅司令部。回头在车子上，我想到我在比他还幼小的年龄出门入伍的情形，又想到不期望在我如今居然却来改了业，而改业后仍然还不能忘情于过去，心里忽然酸楚起来，泪便坠在大褂前襟上面了。吉弟呵，勇敢一点吧。这里的军中不比家庭，官佐上司不是父母，同队弟兄也与我们朋友是异样。这一次我希望是我最后见到你的小孩子的眼泪，以后你就能把眼泪收拾起来，学做一个大人！我是像你这样十七岁的年纪时，便已管理十个比我还大的人，充班长每日训练别人了。你当随时小心又小心，莫让人拿你来作整理军纪的证明。凡事都得耐烦去做，

山狸子的脚迹是在雪消后就会失去的,二哥却在我们十个人心上,留下一个不容易为时间拭去的深深的影子。

忍了痛对你生活去努力。你应当用力量固执着你的希望向前去奋斗,到力尽气竭为止。你当认清你生活周围的敌人:时时想打仗的军阀?不是的!穿红绿衣裳用颜料修饰眼眉的女人么?不是的!在不合理的社会制度下养成的一切权威,就是你的敌人!在两样的命运下,我是希望你没有为枪呀炮呀打死,侥幸能活下找得出对于这世界施以一种酷刻的报复的。在生活的侮辱下糟踏,与其每天每天去尽了全力与柴米油盐来打仗,结果胜负还是未可知,不如走这士大夫所不齿的一条路，还是于你我都适宜。一切的站到幸运上的人，周围的事实是已把他们思想铸定成为了那样懦怯与自私，他们哪能知道一个年青的人在正好接受智慧的时候为生活压下而继续死去是普遍的事实？他们哪能知道他自己以外的还有生活的苦战？那类口诵着陈旧的格言说是"好男不当兵"的圆脸凸肚绅士们，我是常常地梦到我正穿起灰衣在大街上见一个就是一个耳刮的。这可笑的梦我竟常常地要做。呵，小的弟弟，那类绅士的教训，若是在你心中居然生了足以使你自惭的坏影响，真是不应该！目下，在此几个穷苦朋友们，还梦着呓语着，要在艺术上建设什么，找寻什么，在追求中却为了饥饿而僵仆，让冬天的寒风在头上代表人类做冷峭的狞笑。这样的结果一无所得，包着苦恼死去的朋友们，这里那里全是。从这种悲剧的连续中，已给了我们颇大的真而善的教训了。当兵，便是我们这类人从梦中找不到满足复仇的一条大路！虽然这并不是一条平坦的路，但比之于类乎"秀才造反"的途径，已是异样地清楚了。吉弟，好好地对着新的生活努力吧。你好好地学一个大人，不要时时眼泪婆婆，不要如我六弟那样莽，我同你村哥也就可以放心了。

  我们是在同一命运下竭着力量来同生活抗拒的人，看了为可怕的时间所捏碎我们的天真与青春，真是只有抚着脸儿来痛哭。但是，向渺茫的那一点儿光明去看吧。过去的是已经成为过去了。好好地运用着未来也不为迟！得你来信，说是除了戴皮帽子大家骤然相对时要不禁微笑外一切都还好过，你不会知道我在接到你这信以后是怎样在喜悦与惆怅中眷念着我过去的自己！恐怕你仍然免不了初离开我们的寂寞，我才来写这一篇我的入伍生活，愿你有好的朋友，也能如我当时，只是不要到了我这样年纪时，却来改了业，写当年的一切给你小的朋友看！

一九二六年六月

船上岸上

写在《船上岸上》的前面

十二月九日,是叔远南归四年的一个纪念日。

同叔远北来,是四年又四个月。叔远南归是四年。南归以后的叔远,死于故乡又是二十个月了。

在北京,我们是一同住在一个小会馆,差不多有两个半月都是分吃七个烧饼当每日早餐。天气寒冷,无法燃炉子,每日进了我们体面的早餐后,又一同到宣内大街那京师图书分馆看书。遇到闭馆,则两人就藏在被里念我们的《史记》。在这样情形下,他是终于忍受不来这磨难,回家了。我因无家可回,不得不在北京呆下来。

谁知无家可归者,倒并不饿死;回家的他却真回到他的"老家"去了。生来就多灾多难的我,居然还来吊叔远,真是意料不到的事!

今天写这点东西,是我想从过去的小事上,追想我们的友谊,好让我心来痛哭一次。以前我能劝别人莫从失望到绝望,如今我是懂得自勉自劝了。

潭长七里，湾拐本极多，但要说十八的数是顶确实，那也并不一定。

船停了后

船停了。

停到十八湾。十八湾是辰河中游长长的一条平潭。说十八湾地名应作"失马湾"者，那当去志书上找证据。从地形上看，比从故事上看方便了许多。所以人人都说这是十八湾。

潭长七里，湾拐本极多，但要说十八的数是顶确实，那也并不一定。不说十二、十五，说十八，一面言其多，一面谐"失马"的音，不算极无意义了。

无形中把在船上憩着为水荡摇成为新习惯，一上岸，就反而觉岸在动了……

船到十八湾多停停，因为是辰河船舶往来一个极方便停船的所在。下行停到此地，则明天可以在晚饭左右抵浦市泸溪。上行则从辰溪县上游潭湾地方开船，此为第一天顶合适的停船码头。

我们船是下行的。

船停在码头边成一队，正如一队兵。大船排极右，其他船只依次来。这是说我们所有下行船一帮。虽然这只是一帮，船就有四十只，各把船头傍了岸，一个石头堆成的码头早挤满不能再容别的船舶了。别的船，原有别的帮，也就有别的码头让它们泊岸，两不相关。

停了船，不上岸不成的。

坐船久了的人，一爬上岸，总觉得地是在脚下晃动。无形中把在

天呵,这是什么街!一共不到二十家铺子,听人说这算南街。

船上憩着为水荡摇成为新习惯,一上岸,就反而觉岸在动了,实则动的是自己身子。但是谁能不疑心是地动呢?

上了岸原也无事可做,大多数人都坐在岸边石墩子上看到一帮船。船的头尾全已站了人,相互欣赏。凡是日间在篷里呆睡呆坐的,这时全出到舱面来了。各个船上都全在煮饭,在船头,在船尾,无一个不腾起白的烟气。一些煮好了饭的,锅中就炒菜,有油落在锅里炸爆的声音,有切菜的声音。有些用鼎罐煮饭,米已熟,把罐提起将米汤倾倒到河中去。又有人蹲在船篷上唱戏。坐在岸边慢慢地看看天夜了。

"远,我们怎么样?"我意思想上船了。

他说饭还不曾熟,随到他们到上面街上买一点东西,看有什么买什么。我们就上了街。

天呵,这是什么街!一共不到二十家铺子,听人说这算南街。再过去,转一个拐直入山上去,有一个小石堡子门,进堡子门零零落落一些人家,比次而成一直行,算东街。

"看不出,铺子小,生意倒不错咧。"远说着就笑,我也笑。"比你乡下那小砦子还小得多,还是打道回衙吧。"

从麻阳下行的船,到高村可以将一切应用东西完全准备好,如像猪肉呀、猪油呀、盐同辣子呀,高村全可买。从辰州上行的船,一切东西也办得整齐丰富,在路上要买就还有的是机会买活鱼和小菜。那么这里生意应当萧条了。

猪肉一类东西这地方销路实际上似乎真不怎样好,看看屠案上,所有的猪肉,就全像从别个乡村赶场趸来的东西!牛肉有是有,是更来得路程远一点,颜色变紫了,一望而知是水牛肉。

但这地方另有生意真可以搭股份呢。凡是码头顶好的生意,并不是屠户。只要是这地方有船停泊,卖小吃东西的总不会亏本。从五十、六十里路大市口上趸来的半陈点心,一到这地方来,成了奇货可居了。鸡蛋糕、雪枣、寸金糖、芝麻薄饼,以至于能够扯得多长的牛皮糖,全都有,全易出卖。

还有南瓜子、花生,从搭客到船上伙头师傅,对于这类东西都会感到极浓厚趣味。小孩子则还要更贪嘴。大家争着买,抢着拿,因此一来价钱更可以高升一些。

还有卖纸烟,卖大烟的哩,全是门前堆了不少的人,像是做水陆道场大施食光景,热闹得很。

我们到一个卖梨子花生的摊子边买梨。

问那老妇人:"怎么卖?"

"四十钱一堆。"说了又在我同叔远身上各加以眼睛的估价。

一堆梨有十来个，只去铜元四枚，未免太贱，就出钱一共买了四堆。

"不，先生，这一共买就只要百二十钱。"

"怎么？"

"应当少要点。"

望到那诚实忧愁憔悴的面貌，我想起这老妇人有些地方像我的伯妈。伯妈也有这样一个瘦脸，只不知这妇人有不有伯妈那一副好心肠。

"那我们多把你这点钱也不要紧。"我就一面用草席包梨，一面望那妇人的脸。

远也在望她。

妇人是全像我伯妈了。她说既然多给钱也应多添几个梨子。

"怎么？""应当少要点。"望到那诚实忧愁憔悴的面貌，我想起这老妇人有些地方像我的伯妈。

一种诚朴的言语，出于这样一种乡下妇人口中，使我就无端发愁。为什么乡下同城里凡事都得两样？为什么这妇人不想多得几个钱？城里所谓慈善人者，自己待遇与待人是——城里的善人，有偷偷卖米照给外国人赚点钱，又有把救济穷民的棉衣卖钱作自己私有家业的。这人也为世所尊敬，脸上有道德光辉所照，因此多福多寿。我就熟悉不少这种城里人。乡下人则多么笨拙。这诚实，这城中人所不屑要的东西，为什么独留在一个乡下穷妇人心中盘踞？良心这东西，也可以说是一种贫穷的元素，城市中所谓"道德家"其人者，均相率引避不欲，真有一时一事纠缠上身，即小有所自损，亦必大张其词使通国皆知他在行善事。以我看,不是这妇人太傻,便是城市中人太聪明能干!

远似乎也为这妇人感触着一种心思,望到这妇人又把筐中的梨拣出到簸箕里,大小平均兼扯地摆成一堆,摆好后,要我们抓取,不愿抓,就轻轻嘘了一口气。末后还是趁我们不备,把一堆梨放到我们席包里了。

我们把梨包好,走开了。

我在路上问远:"你瞧这妇人,那种诚实坦白的样子,真使人生出无限感慨——你怎么?我见你也望她!"

"这人实在太蠢了。城里人可不这样。"

远的话的幽默使我做一度苦笑。

我们一旁走,一旁从席包中掏出梨来啮,行为像一个船夫。也只有水手才吃这梨!梨子味酸得极浓,却正是我们所嗜,若非知道吃饭有鳜鱼,我们每人会非吃十个才知道止住。

到了岸边

到岸边。

天是渐夜了。日头沉到对河山下去,不见日头本体后,天空就剩一些朱红色的霞。这些霞还时时在变,从黄到红,又从红到紫,不到一会儿已成了深紫,真是快夜了。

我们依然坐在那码头石墩子上,我们的船离我们不到五丈,船上煎鱼的油味,顺着微风飘来时就可以闻到。

在空中,有一些黑点,像摆得极匀,在那灰云作背景的天空匆

到岸边。天是渐夜了。日头沉到对河山下去,不见日头本体后,天空就剩一些朱红色的霞。

匆移向对岸远汀去。我猜那是雁,远却猜是鸟。然而全猜错了。直到渐渐小去才听到叫出轲格轲格声音来,原来这是直嘴渔鹭鸶!弯嘴渔鹭鸶值钱,这些便是那些打鱼人用不着的直嘴渔鹭鸶。算作野鸟了。自由自在地到来,习惯远远去在高苇子岸边过夜。

望到鹭鸶我想起远家中的那只大白鹤,就问远,是不是还牵挂那只鸟。

"怎么不?还有狗,还有那火枪,都会很寂寞。"狗是为远追逐田兔的,枪是不知打过多少山鸡的,所以远说到时就当真俨然见着他家那只黑狗卧在门前顶无聊似的等待主人回来!

"我也念它呢,"我说,"我念它第一次咬我吓了我,第二次同我亲热时扑上身来又吓了我！我就是一个招架不住，和我要好有个分寸，就对了。"

我们全笑了。

当真这时家中的狗也许极无聊，因为正是吃夜饭时节，人既离了家，则狗同谁到夜饭桌边去闹？若远的侄子在家，还可以来一同抢掉在地下的鸡头。若家中仅剩他母亲一人，那就有苦受了！因此我又想起那黑狗吓了我后为远的母亲用杖挞它时伏于地面不动的情形。是，这是一条狗，还有比狗更可恋的许多许多东西！人一离开有谁再去仓上看我们的钓竿？

望到鹭鸶我想起远家中的那只大白鹤，就问远，是不是还牵挂那只鸟。

此后碾坝上的鱼，谁去钓？鱼不也会寂寞么？

简直不堪设想！就是远的母亲，那笑脸，那一副慈祥心肠，儿子一走，那老人的笑脸同这好心肠，给谁受用？

不想吧，也不成。于是我们谈着一切顶有趣的故事，从远的母亲到远家长年的一只草鞋，因这只草鞋曾为远拿起打着一只斑鸠，远把一切归于偶然凑趣，可是也够巧了。

谈也谈不完。

到船上煎鱼姜辣香味为我闻及时，对河的岸同水面，已全为一种白色薄薄烟雾笼罩，天上是一片青色，有月亮可以看得出了。

我们上船把饭吃，吃鳜鱼，还各用上一杯酒。船上规矩有鱼不吃

一切光景过分地幽美,会使人反而从这光景中忧愁。我如此,远也正如此。

酒不行,所以照规矩两人勉强吃下。

吃了饭以后,又上岸。天上月更明亮了。在月下,有傍了各帮的船尾划着小划子的人曼声叫卖猪蹄子粉条声音。这声音,只像他是为唱歌而唱歌,竟不像是真在那里招引主顾。

桨的拍水声,也像是专为这歌声搭拍而起。

在水上远处,又可听到摇橹的歌声,声极清,又极远。一切可说非常美。

有船从上游下驶,赶到这地方停泊,便是这奇怪歌声来源了。虽有月,初七初八的月光非常淡,所以总先听到歌声从水面飞来,不见船,不见人。到认清来船形体时节,这时歌声已快止,变了调,更急迫了。不久就听到船上人语嘈杂。

一切光景过分地幽美，会使人反而从这光景中忧愁。我如此，远也正如此。我们不能不去听那类乎魔笛的歌，我们也不能不有点儿念到渐渐远去的乡下所有各样的亲爱熟悉东西。这样歌，就是载着我们年青人离开家乡向另一个世界找寻知识希望的送别歌！歌声渐渐不同，也像我们船下行一样，是告我们离家乡越远。我们再不能在一个地方听长久不变的歌声。第二次也不能了！

两人默默地呆着，没有可说的。

这时别的船上也有不少人在岸上坐。且有唱戏的，一面拉琴一面唱，声作麻阳腔。

远轻轻地说："从文，你听，这是《文公走薛》！麻阳人最长的是摇橹唱歌打号子，一到唱戏，简直像一只受伤的猪在嘶声大叫了。"

"从文，你听，这是《文公走薛》！麻阳人最长的是摇橹唱歌打号子，一到唱戏，简直像一只受伤的猪在嘶声大叫了。"

见这老妇人正坐在一小板凳上搓一根麻绳,腰躬着,因为腰躬着,那梨子籢里那桐油灯便照着她的头发,像一个鸟窠。

琴既是嗡嗡拉着,且有一个掌艄模样的人为拍板,一时是决不会止住。我想起要看看那卖梨子的妇人这时是不是还在做生意,就说我们可以再到街上去玩玩。我们就第二次上了街。

月光下的街上美多了。

一切全变样,日里人家少,屋显陋小,此时则灯光疏疏落落正好看。街道为月光映着,也极其好看。

屠户已关了门,只从门罅露出点黄色灯光,只听到里面数钱声音,若不是那张大案桌放在门外,我们就会疑心这是大的钱铺了。看来他们生意仍然不坏,并不如我们先时所想。

其他的人家,已有上过铺板的,却知道是门里仍然有人做生意。其他不曾关门的,生意却依然是忙乱着,一盏高脚丹凤朝阳煤油灯,在那灯光下各样坛子微微返着光,还有那在灯光下摇去摇来扁长头颅的影子,都有一种新鲜趣味。我们就直向那有灯光处走去,每一个灯下全看看是卖什么样东西。全没有买却全都看到,十多个摊子全看过了。

到卖梨子妇人小摊旁,见这老妇人正坐在一小板凳上搓一根麻绳,腰躬着,因为腰躬着,那梨子簸里那桐油灯便照着她的头发,像一个鸟窠。

听到我们走近摊子旁,妇人才抬起头来。大约以为我们是来买梨,就说梨是好吃的,可以试试。

"我们买得许多了。"

"哦,是才来买的,我真瞎眼了!"妇人知道我们不是要梨子,原是上街玩,就起身搬了两个小竹凳子让我们坐。

当然是不坐。

本来是预备来同这妇人说说话的我,且想送她一点钱,到此又像这想头近于幼稚,且看看这妇人生活,听她谈及还很过得去,钱不便送她,我们随即又转身到河边码头去。

上船来,同远睡在一块儿,谈到这妇人,远想起他妈,拥着薄被哭。哭,瞒不了我,为我知道了,我只能装成大人,笑他"不济事"。出门不到三百里就想家,这一去还有三千里,怎么办?一会儿,都睡着了。再过四天,我们船帮才到辰州府。

一九二七年十二月 北京

一夜的雨，虽不大，却是继续不息，河中水涨到了什么样子，是我们担心的事。船会冲去吧？似乎以前也有过那类事。

黎明

　　江面上篷顶上听不到雨点打击声，以为是天晴了。

　　一夜的雨，虽不大，却是继续不息，河中水涨到了什么样子，是我们担心的事。船会冲去吧？似乎以前也有过那类事。系船绳索稍不牢靠，船就随了水流下去，睡在船上的人，竟会安然地到平日起床时才醒。一睁眼就见到了所要到的地方，那太美了，近于神话样故事了。若是能冲，且能那么略无危险地流过许多大滩同转弯的急流，就在我们梦中冲去也很好哩。

　　我们正是下驶呢。只要平安，莫碰到大浪，莫同突到河中的石角相撞，莫随漩溜滑进山洞去，明早上我们一睁眼来就望到辰州木关上那个大庙，至少我是很愿意这船在夜间会挣脱了绳索向下流去。

　　因了船的摇动，我们都时时醒来，醒转来就说着各样坐船的话。叔远是不消说比我醒得更多了。在迷蒙中似乎听到他常常咳嗽，又似乎在很低地抑着声音啜泣。看他样子，为他觉得可伤。他又像是不需要人安慰样子。问他要茶吧，说不。要把枕头多垫高一点吧，说不。你那么很令人担心呢，说是那不要紧，咳一会就会好了。看他那种凄然情形，听他那种喉咙喑着如在一个坛子里说话的声音，除了陪到他流泪外真没办法！

他说到了常德，就可写信回去，告家中人，不然他们会又疑心在青浪滩把船翻了。我没有说什么。

"我们是不是半月或是二十天就可以抵北京呢？"

"那可不知道。大概总可以到吧。"

"到了以后我们可以到照相馆去合照一个相寄送我妈。"

"这非常好。"

"明年放了暑假又可以转家来。你若没有什么不得已的事，也可以陪我转来，一同又到我乡下去，碾子堰上的鲤鱼鲫鱼都多呢。"

"我们可以钓鱼，倘若我真能同你一道回来……我出了门就不想回头了，回头值不得我留恋。"后两句，似乎不为他所听到，或是他听说可以钓鱼，就想到在碾堰坝上钓鱼的情形去了，见我不作声后又说："我们堰坝上鱼是很多很大的，坏透了的是那个疤子三叔——你认得到他呢，前次我们两人见过他到新场田坪中打拳玩着那一个。那是顶讨人嫌的一个人。豪爽是豪爽极了。到外面去充大哥，仁义到把家中分下来的三百多租子坛干水尽时，弟兄们一散也不理他了。于是剩下一个光棍，只有想方设法来勒我们。口口声声说是堰坝不应归五房一房独有，于是找到了卖鱼的机会，挑两担药把溪里鱼毒死完了。我妈阿弥陀佛一句话也不说，我更其不好意思。他把鱼毒死了还好意思送十来尾大鱼给我家。"

"那你们碾子上近来是没有多少鱼了？"

"不，妈接着又买小鲫鱼——二手指大的鲫鱼放了许多，前次我们钓得的不是又有半斤一个么？我妈说堰坝水深，鱼就不会逃到别处去。真是呢，那一条溪里只有我们堰坝水深……不到一丈吧。怕会过了一丈！热天洗澡一个氽子打下去，要好一阵才能落底。我大哥那小孩子都敢打氽子下去，他沕水比你我还溜刷在行。"

"我见到那水太阴沉，就不敢下水了。"

"那不用怕。从不闻淹坏过人。你将来可以去试试。就只那一处

可怜的叔远，离开故乡还不到三日，就对他那可爱的水碾子如此眷念，设若把路程时间去得更远一点……

深。接近水磨闸口前一点不用担心，水还不能过你颈脖。"

可怜的叔远，离开故乡还不到三日，就对他那可爱的水碾子如此眷念，设若把路程时间去得更远一点，又将如何排遣呢？每日谈谈，或就可以减除多少寂寞吧。为时再久一点，也许就全然会忘却吧。我只能用简短的话去应付他。

虽然用简短的同情的话与他接谈，但我仍然于不知不觉中睡着了。

关心着河中的水，不到半夜我又醒转来了。昨天白日是太疲倦了，半夜又谈了许多话，这一醒来，似乎已睡了许多时。雨怕还在落吧。很静心去听，除河水汩汩啮着船旁的细碎声音外实一无所闻。前后舱篷又搭盖得那样紧密，不能见到一丝天光。不知究竟已到了天明没有。很匀称的鼾声在我附近出着气。叔远这时大概是已梦转家去到水碾子上钓鱼去了。我很轻很轻地爬起来，越过叔远身上，又越过看船那人身上，在船艄上把那活动的篷推开了，大的水点打在脸上，使我微惊。天是全黑，看不出河身怎样变化来。水在船旁活活流着，像是很凶。有令人舒畅的凉风从对岸吹来。一夜的雨把河身提高，那是无疑了。但听这水声，又不能使人相信涨了多少。似乎是昨夜也就那么响着吧，我无法断定，也不去估计了。

心想若是这时有一支洞箫在别一个地方吹，这样听来，使人感

少待一会,远远的,是对岸吧,有一种代替了箫的声音在湿空气中贴着河面飞过来了。

动。然而自己舱里就有两支箫。我可以吹着让别的船上人去领味。不是为怕吵醒他们,我是懒于进舱去寻找。少待一会,远远的,是对岸吧,有一种代替了箫的声音在湿空气中贴着河面飞过来了。是一个把嗓子提高几乎成了妇人般那样尖锐断断续续叫喊着的声音。这声音又像是在沿河岸走动。

不久,又见一个萤火虫样闪烁摇动着的火把了。声音是从那火把处飘来的,因为声音同火把都是在动。火把忽而不见,又忽而见于另一个地方,像是为河边的柳树林子所遮蔽,是以虽暂时隐去,不久又很寂寞地在岸边摇动了。这是找谁的呢?

是为了水上了堤呼救吧,是为了自己的空船为水漂去了吧,是

对河那个火把又在时明时灭地闪动了,我俩都注意对岸。

船上人生了急病……或是有匪到对岸吊人吧?都不可知。看那情形,又像是我所能猜想的几件事以外。

呼声同火把暂时都消灭了,我又才听到船旁活活流动的水的声音。除了水的声音以外一切都是死样的静寂。只微微的凉风在脸上吹过。

在叔远脚下蜷成一团睡着的看船人也起来了,爬出舱来站在那船舷上撒尿。一面说:"水涨了,真不得了!但不必怕。睡睡吧,早咧。还可以放心睡一觉。"

对河那个火把又在时明时灭地闪动了,我俩都注意对岸。

那火把,先时似乎还在我们下边,如今已在我们上边了。接着又喊了两声,像遇了什么,火把隐去,就不再闻那种尖锐声音了。

"那是一个有公事在身边过渡赶路的。"火把熄后,他重重地放了一口气才说。

"怕真是呢。"

"我常常听到这种声音的,这几天每夜都有。喊的是'渡船呀,渡船呀',半夜三更别人正好睡,他老人家却渡呀渡呀地沿河叫。水是那么大,若是船在这边,还得划两趟。公事这东西真不是儿戏!"

"还不是只有架起桨来的一法。我若是做了这门鬼事业,听到喊,比他们还会更快一点……你敢不划么?慢一点他就会捶你。他是公事。误了事他们长官就得要他的命。是不是,就要他的命?"

"那也看事来,若是打仗……"

"怎么,涨了水么?"舱里的叔远,大概是为我们谈话吵醒了,似乎是在起身。

"莫出来吧,外面空气十分潮湿,风很凉,你咳嗽怕不好呢。"因为久立在微微的凉风中,我身上也觉得有点冷起来了。

"不怕,我稍站一会。"

"我们也要进舱了!天还没亮。"

但是叔远还是披了他那一件短短青布夹袄爬出来。

离天亮不知还有多久。空中又无星子同月。但在暗中久站一会,我们脸相是互相可以分得出来了。叔远立在我身旁,沉默地望着天空。初吸着湿的空气,不咳嗽了,只听到他略略在喘。看船的那人仍然立在船舷上,一只手扶着湿的船篷,一只手叉在腰间。远远地听到一只鸡叫,像是在对岸山上,又像是在比对岸山顶还要远的一个地方。不久,又另有一只小鸡在应和。接着是离我们大船不远的一只空船上大鸡公和下去。又接着岸边人家也有鸡在拖长起喉咙争鸣了。渐渐地看见东方的天把山头的轮廓分出来了。去我们船不到几丈的远近另一只大船上也有个人推篷,依稀见到那人是穿了白色的汗衣。他大约也望到这一只船上的人了,关照着说:"水怕是涨了颇大。"

又接着岸边人家也有鸡在拖长起喉咙争鸣了。渐渐地看见东方的天把山头的轮廓分出来了。

"大哥,不会的,上头并不听说落雨。"看船的那人,同那白汗衣的人说。

"听船上人说是上头昨天也落了一整天。"白汗衣显然是比他来得小心得多了,"再大一点,我们船会要移进港里去吧。"

"落了也不怕,一只空船,移动又不费事。我们系船的绳子很新,不移也不要紧。"

虽说是系船的绳子很新,自己像也是有点放心不过的样子,就

或是另一时,从码头上横着走去,到那停泊不动了的木排上去,瞧那巍然可钦的大筏……

沿着船舷,用手扶着湿漉漉的篷架,螃蟹样走到船头去了。

叔远还是默默地立在我身边。我们之间,因了各自的缄默,各人把思想放在眼前事物以外的一个地方去了,两人就像距离得很远很远样。把距离缩短一点,我们两人——或者是我个人,觉得实在是一种需要。但是不能。两人都不愿说话,都不能说话。少年人对家乡的眷恋,叔远是正同许多家境颇好不忍离开母亲的朋友们一样。看到他白日在船上那种忧愁与上半夜的谈话,就很可知了。且在还未离开家以前就想到下一次转家的一切，如此孩子般心肠，怎能离开母亲几年去到外面读书呢？此时或正想到他的水碾子，想到在碾房石磨旁用花布包了头发满身是糠灰的母亲吧。或又想到侄儿文汉一个人到碾子堰坝上去钓鱼也很寂寞……小小的年纪，骤然丢开那几乎可以说是娇态放肆的幸福小孩子的生活，把身子嵌进一个新的陌生的世界中去，未来的不可知的恐吓包围了小小的心。少年人的乡愁，呵，少年人不能载的乡愁！

　　见他把头昂着把心思去沉到一种凄然的梦中去，我想到我自己。我比他多有了一个父亲，还多有了一个姐同妹，为什么一出门来，怎么样也惹不起我对于家乡的深切怀念呢？十四岁初初地出门那一年，是比此时的叔远还要小的，穿了妈为我仿到营小学校技术班学生的衣样缝就的短短灰色宁绸军服，缠了裹腿的脚杆还只像一枚玉蜀黍。脚上用白布袜子套了新的三耳的水草鞋，背上自己负着小的花包袱，随到一批扛了刀刀枪枪比我强健年长的同乡们向外就食时，头一天晚宿到高村店里，见到为泥污成黄色的袜包着起了泡的脚，不正是很伤心伤心哭过么？下到辰州，孤孤独独地终日站到文庙石狮子前去看贵州号兵吹喇叭，或是一个人跑到上南门码头上去看从辰河上游下驶的大船，听船上摇橹人唱那"咦来合吓！哟合吓！到了辰州不怕三洲险，哟呀！到了桃源不见滩，咦合呀！"悠悠扬扬的橹歌。或是另一时，从码头上横着走去，到那停泊不动了的木排上去，瞧那巍然可钦的大筏，或是坐到空船上去数点那过往的扯足了帆向上借风移动的大小麻阳船。我只好从那些上面找出足以使我忘却眼前生活苦恼的趣味。虽然有时玩到厌倦时，也会想起扶了九妹送我出大门时还装着笑脸的妈，但那竟是很暂的事！很快我就习惯了新的生活。也许是我从小爱玩的脾气所养成吧。从此每到一新地方则把过去忘却。过去在我，像极力去寻检也找不出一件足以系念的了。即使最近才离开的地方，一个古旧的苗王殿，我是又有过将近三年的友谊了,但我希望在我离开它以后还记到它就不可能。为一种新的生活的期待,我是把感情全部都系在上面去了。此时的叔远,却正像我第一日宿到客店,把黄泥污了的袜子从脚上卸下时的同样情感。到离开他的水碾子一年以后,或许也会发现一种新的事物,把碾子旁满是糠灰的母亲的脑袋忘却吧。见到别人的心情却正是我数年前的心情,我又觉得自己的可哀。

东方是已渐渐成了灰色的黎明了,叔远的脸也看得更清楚一点。一个苍白得像尸样的瘦脸上安置着那一对毫不相称的长眉,头又是那样祈祷的囚人般昂着,本来想同他说一句话,见到那副庄严凄惨的样子,再不敢去惊动他了。因了自己的变化,见到别人这种情形,对他同情外自己是还觉得自己木然是可哀的。把船驶回去吧,船纵能驶回,逆水上溯,返到昨日起身那地方去,仍然不是他可以钓鱼那个有水碾子的故乡,对他究有何益?即使没有一种希望所驱使,能够长期不定地变换,时时使我置身于一新的与一切若毫无相关联的世界中去,在我是更其适宜,也是很明白的事。且我的碾子是只在我的未来很渺茫的希望中,他呢,亦未尝不是因为要追寻较碾子更有意义的一种东西才离开了他的碾子,就是把船驶回,于我们又究有何意义?

大的眼泪正沿着叔远两颊缓缓流下,一瞥中见到,并不怎样给我惊奇。他这时正想着碾子又想着碾子以外的一种东西,不能大声地哭,或者是碾子太可爱了。

他也会想到把船驶回的事情吧,那是从脸色上可以知道的。

我知道我这时不必理他,让他多发一会痴。若这时安慰的话去摇动他的悲哀,反而是颇大的罪过了。

不知什么时候看船的人已跳上了岸,似乎是另外又解了一条绳把船重新缚好了。他从码头石墩上跳过船头时,两只脚板"吧"地拍着舱板,船是骤然地在摇动了,给了我们以些微惊吓。

他呢,亦未尝不是因为要追寻较碾子更有意义的一种东西才离开了他的碾子,就是把船驶回,于我们又究有何意义?

"太冷了,我们进舱去吧。"在看船的那人螃蟹样扶了篷架又开始横过来时,看着凄然说着就先爬进舱去的叔远后影,我怎么也不能再忍住我的眼泪了。

如今的叔远,欲望的固执是不会再给他以多少痛苦,宁贴地睡在他故乡的土中已有了三月,距同我住在空船上看水涨将近三年了。墓土或者去他那碾子正不很远,水车还是每夜每夜为他唱着粗糙的歌吧。只是碾子旁那位用印花布首巾裹着头的老太太,是不是还满身糠灰在那旋转着的磨石旁？真是可念的事！我也不敢再写信去问近来堰坝上的鱼了。大概以后老太太也不必再去买那二手指大的鲫鱼吧。在最近，把淡淡的影子保留在我心上，倏而辞此人世向那渺茫不可知的道路上走去的，还有我一个曾同在一个军营中做过四年同事的小表弟。我只能在此用诚肃的静默表示我对这些伴侣们的哀悼与怀念。

端节前三日在西山得到荇弟死的消息之日作

我只能在此用诚肃的静默表示我对这些伴侣们的哀悼与怀念。

记陆弢

一

河岸上掠水送过来的微风，已有了点凉意。白日的炎威，看看又同太阳一齐跑到天末去了。

"几个老弟，爬过来啰！胆子放大点，不要怕，不要怕，有兄弟在，这水是不会淹死你的呀！"

高长大汉在对河齐腰深的水里站着，对着这面几个朋友大声大气地喊叫。

"只管过来！"

他声子虽然大，可是几个不大溜刷水性的人终是胆子虚虚的，不能因为有人壮胆，就不顾命凫过去！

至于我这旱鸭子呢，却独坐在岸边一个废旧碾子坍下来的石墩上面，扳着一个木桩，让那清幽清幽了的流动着的河水冲激我一双白足。距我们不远的滩的下头，有无数"屁股刺胯"①一丝不挂的大

---

① 凤凰土语，指赤身露体。

"值价点！值价点！"大家还那么大喊着，似乎是觉得这事情太好玩了，又似乎鼓动他俩的勇气。

大小小洗澡人。牵马的伕子，便扳着马颈扯着马尾浮来浮去。

他终于又泅过来了。

"芸弟，你也应当下水来洗洗！又不是不会水，怕哪样？水又不大深，有我在，凡事保险。会一点水很有用，到别处少吃许多亏，如像叔远那次他们到青浪滩时的危险。"

"我不是不想好好地来学一下……你不看我身子还刚好不几天——"

"你体子不行，包你一洗就好了。多洗几次冷水澡，身子会益发强壮……人有那么多，各在身前左右，还怕么？我个人也敢保险……"

"好，好，过一个礼拜再看，若不发病，就来同你学撑倒船，打沉底汆子吧。"

…………

耳同尼忽然两个"槽里无事猪拱猪"在浅水里相互浇起水来了。

大家拍着掌子大笑。

"值价点！值价点！"大家还那么大喊着，似乎是觉得这事情太好玩了，又似乎鼓动他俩的勇气。

他俩脸对脸站着，用手舀水向敌方浇去。你浇我时我把脑壳一偏；我浇你时你又把眼睛一闭；各人全身湿漉漉的，口里喷出水珠子。在掌声喊声里，谁都不愿输这一口英雄气！

"好脚色，好脚色——有哪一个弟兄敢同我对浇一下子玩吗？我可以放他一只左手！"他心里痒极了。见了耳打败了泥，口中不住地夸奖。恨不得登时有个人来同他浇一阵，好显点本事。谁知挑战许久，却无一个人来接应，弄得他不大好意思了："你们这些都不中一点用，让兄弟再泅过去一趟送你们看吧——芸弟，芸弟，你看我打个佘子，能去得好几丈远。"他两掌朝上一合，腰一躬，向水中一钻，就不见了。

水上一个圆纹，渐渐地散了开去。

这河不止二十丈宽，却被他一个佘子打了一大半——不到两分钟，他又从河那一边伸出一个水淋淋的脑袋来了。

"哈哈！哈哈！怎么样，芸弟！"他一只手做着猫儿洗脸的架子抹他脸上头上的水，一只手高举，踹着水脚，腰身一摆一摆又向我们这边河岸立凫着过来了。

"——好，好，好，不错！"

我也同大家一齐拍着掌子大喊。

二

几天来下了点雨，大河里的水便又涨了起来。洪的水，活活地流，比先前跑得似乎更快更急！但你假若到龚家油房前那石嘴上去看看时，则你眼中的滩水，好像反又比以前水浅时倒慢得多了！

河岸也变换了许多。滩头水已平了，这水大概已上涨了一丈开外吧。

百货船三只五只，一块儿停泊在小汊港回水处。若在烟雨迷蒙里，配上船舱前煮饭时掠水依桅的白色飘忽炊烟，便成了一幅极好看的天然图画。若在晴天，则不论什么时候，总有个把短衣汉子，在那油光水滑的舱面上，拿着用破布片扎成的扫帚，蘸起河水来揩抹舱板。棕粑叶船篷顶上，必还有篙子穿起晒晾的衣裤被风吹动，如同一竿旗帜。

他们这时不开行了。有些是到了目的地，应当歇憩；有些则等候水退时才能开头。这时你要想认作老板的人，你可一望而知。他必把

若在晴天，则不论什么时候，总有个把短衣汉子，在那油光水滑的舱面上，拿着用破布片扎成的扫帚，蘸起河水来揩抹舱板。

他那件平常收拾在竹箱里的老蓝布长衫披到身上，阔气点的，更必还加罩上一件崭崭新青到发光的洋缎马褂，忽地斯文起来，一点不见出粗手毛脚的讨人厌嫌样子了。

　　船的桅杆上，若是悬有一大捆纤带子，那一看就知道是上水候水的船了！至于下水船，它是没有桅杆的。桅子到辰州以下，是可以帮助上水挂帆；一到这北河来，效力不但早失，滩水汹汹，不要命的只是朝石头上撞，若船上再竖一根桅子，反觉得碍手碍脚，妨害做事。它们各个船头上长了一把整木削就关老爷大刀般木桡，大点的船则两把。那桡的用处就是左右船身。到下滩时，发狂大浪朝到船头打来，后面的浪又打到前面，小点的船简直是从浪中间穿过的，若无一桡保驾，危险就多！上水船怕水没纤路，不能上行；而下水则正利用水大放艄。这时不但七百里的常德，一天多点可到，且水大滩平，礁石也不用怕了。

　　水虽说是这么大，但我们仍然可以有看到上水船的机会。

　　因为这些船多半是离此已不远了才涨水的，所以还是下蛮劲赶到，以便从速装卸，趁水大图第二批下水。

　　岸上十多个水手，伏在沿岸山地石路上，像蚂蚁子慢慢地爬着。手上抓着河岸上那些竹马鞭，或者但抓着些小草，慢而又慢地拖拉那只正在滩口上斗着水这边摆那边摆的货船。

　　口中为调节动作一致的缘故，不住地"咦……唻……耶……嚎……"那么大喊大叫。这时船上，便只剩了两个管船人，一个拦头工，一个掌舵。那拦头工，手上舞着那枝湿巴巴的头上嵌有个铁钻子的竹篙，这边那边地戳点。口上也"镇到起，开到……偏到"那么指挥着后艄的掌舵老板。间或因为船起了细小故障，还要骂句把："干你的妈！""野狗养的，好生点啰！""我×你娘，你是这么乱扳！"船上的"娘"，本来是随意乱骂的，像是荷包里放得有许多。气极时，儿子骂父亲与叔叔，不算什么回事。

手上抓着河岸上那些竹马鞭,或者但抓着些小草,慢而又慢地拖拉那只正在滩口上斗着水这边摆那边摆的货船。

这时的掌舵老板,可就不是穿青洋缎马褂,套老蓝布长衫,倚立在后舱有玻璃窗子边吃卷烟的老板了,人家这时正作鼓振金①地一心一意管照着船,挽起袖子,雄颈鼓眼地用那两只满长着黄毛的手杆擒住了舵把,用尽全身吮奶的力气来左右为浪推着不服帖的舵。这生活可不是好玩的事哟!假使一个不留神,訇地一下撞了石头,就会全船连人带物地倒下水,所以他那时的颈部大血管,必是涨得绯红绯红,而背甲、肩膊、脚趾、屁股,都弄得紧张到胀鼓鼓的程度。

---

① 极严肃认真的样子。

"慢！慢……靠到拉……好生啰！吃豆腐长大的，怎个这样没有气力？"声子是这么喊，纤手喉也喊嘶了。

"慢！慢……靠到拉……好生啰！吃豆腐长大的，怎个这样没有气力？"声子是这么喊，纤手喉也喊嘶了。为的是鼓舞那些伏在岸上爬行的水手用劲，除不住地把脚顿得舱板訇訇地发响以外，还要失望似的喊几声："老子！爷！我的爸爸，你就稍用一点劲吧！"其实劲是大家都不能顾惜到不用了，就是船不听话。

这时的我，常同我坐在这石嘴草坪上，眼看到一只一只船像大水牛样为那二十多个纤手拖着背上滩去，又见着下水船打着极和谐好听的号子连接着，挤挨着，你追我赶地向滩下流去。两颗好动的心，似乎早已从口里跑出，跳到那些黄色灰色浮在水面上跑着的船上去了！

再下,再下,我们又可以到洞庭湖中去,到那时,一叶扁舟,与白鸥相互顺风竞跑……

　　它们原是把我们身子从别一个口岸载到这里来的!若是我们果真跳上了船,那不上半天工夫,它就会飞跑地把我们驮到二百多里的辰州了……再下,再下,一直到了桃源,我们可上岸去找寻那里许多有趣的遗迹……再下,再下,我们又可以到洞庭湖中去,到那时,一叶扁舟,与白鸥相互顺风竞跑……而且君山是如何令人神往……这时他必定又要抱怨自己:不能同到几个朋友从宜昌沿江上溯,步行到成都,经巫峡,看汹汹浊浪飞流的大江,望十二峰之白云……机会失去殊为可惜。

一九二六年九月于北京

一九二一年夏天，这位好友在保靖地方酉水中淹毙。时雨后新晴，因和一朋友争气，拟泅过宽约半里的新涨河水中，为岸边漩涡卷沉。第三天后为人发现，由我为埋葬于河边。

后记于广州

沈从文的湘西故事

我想上岸去,因为离这地方太久了。十年来好像已经完全忘记了这地方,但一到眼前,却又恢复以前一切记忆了。

还乡

我很无聊地在船上过了四十天……

忽然船已到了辰州关,一排船,完全照秩序先后泊定到税关码头前。一些嘈杂声音把我惊醒了,我就扒出舱外来看热闹。

十年来的税关还是现样子:河边仍然是长旗,仍然是高的石凳,仍然是庙门大匾,仍然是系趸船的大棕绳……一切如昨天。就是坐在那高岸石栏杆上的兵士,也仍然还是在那里很悠闲地唱着军歌。这使我欢喜极了。

我想上岸去,因为离这地方太久了。十年来好像已经完全忘记了这地方,但一到眼前,却又恢复以前一切记忆了。我想上岸到那税局门前去看看,是不是还有卖糕的人。我想看看是不是还有人在亭中打盹。当年军队驻防到这地方时,我是无日不到这岸边大石板路上玩,看来去船只为乐的,如今是十年了!这时我坐的船因为后到,不能直傍岸旁,我就从别一只船沿上走近岸边去。我很小心从这一只船逾过那一只船,我同时还可以望到这些船上舱中人吃大烟情形,这也是从前的一种姿势。不到一会我的脚就踹到岸上了。

我要找我那些熟悉的旧地方,就向税关衙门那大路上走去。我到了街上,从一些人身边走过,那些人身上的气味我就非常熟悉了。

我又进到一个杂货铺看了一看，买了几个钱草纸、两百钱冰糖，那生意人拿钱在手上数着，把东西包好给我时，对于主顾也像全不惊讶。我又走到一个屠案桌边去看看卖肉的情形，看那大南竹钱筒、那大砍刀、那铁钩、那贴到墙上的大麻苍蝇，有很久时间我才离开那个地方。

谁相信这是十年的时间了呢？

我看到有些小小新屋似乎是近年才有的。然而街上一切，大体还是一个样子，好像并没改变多少。我把这些屋的数目算过，也像完全不错……我抱着极大的兴味在街上走着，慢慢地，像一个游览罗马古迹的旅客，对目前的一切加以一种详细的注意。每一个人我都似乎同他很面善，每一个人的声音我也像极其熟悉。走到了近城的地方，我望到一个卖铁器的铺子，我想起了旧事，觉得有进到里面看看的必要，就进了那铁器铺的门。

这一家铺子里各处仍然是各样铁器、耕田的零件、船上的零件、钓鱼钩、小刀、锤、钻以及那些钢镖。那老掌柜一头的白发，低了头在用锉整理一个钢镖。这就是我所想见的老人，而且这钢镖，也就是我往年想成一武士日不离身的钢镖。我不作声望望这一个屋子里的一切。那老人，把头一抬，见到有人了，用着那洪大吓人的声音说道："要什么？"

"嗨，你不认识我了，大伯！"

他奇怪了。望了望我的身上，好像实在想不起我是谁了。

但他因为见我称他大伯，就用那做生意人的神气说道："认识认识，请坐请坐。"

我就坐到一个大铁墩上了。这人还是在记忆中数着他所认识的人，然而时间太久，近十年的事，他实在想不起我是谁了。我见到他失望了，我说："我来买镖，多少钱一支？"

"要镖吗？这有什么用处？"

他听到我这话,闭了一会眼,忽然一睁,样子变了。"嗨。"他笑了,他年青了。我居然被他认识了。

"有用处,我学打镖。"

"学打镖吗?"

"我会打杀虎镖,用乌钢做尖,泡药,见血封喉。"

我说的话完全是旧话。这话是他当年传给我的,我还不曾实习,但记到这名词,这时有用处了。他听到我这话,闭了一会眼,忽然一睁,样子变了。

"嗨。"他笑了,他年青了。我居然被他认识了。"你是小副爷,你是小副爷。"说了他就用着那有毛的瘦手来擒我,这就是往年的章法,把我擒到柜台里去,坐到钱桶上面。烟来了,茶来了,瓜子来了，他仍然这样亲热地把我款待。我们俩先是一句话不说。我知道他喜欢得已近于发疯了，我就觉得这老人很可怜。过去的事在他心上燃烧，所以他年青了，他对我目不转睛地望，使我感到小小的拘束。这独身的老人，他想不到我还来这里望他。他大约没有一天把我忘记过，所以这时一见到我，快乐得成小孩子了。

坐下后我们谈话，先谈我的事。互相用着那仿佛家人的亲密招呼，他照着习惯一面谈话一面捏拳捶打自己的腰胯。

"才到吗？"

"船才到关上，因为想起你，所以先上岸了。"

"你呀，从什么地方来？"

"来得远了，从京里来！"

"从京里来，是在冯玉祥手下吗？"

"不是。"

"吴佩孚吗？"

"不是。"

"……"他只用眼睛望我，似乎不相信我还能答出另外一个人的名字。

我就说："不是军队。"

这老人除了知道这些名字，大致还知道孙文、张飞、黄天霸，以及厘局、川军、财政部。他以为一个人做事总就是为这些人当差，到这些地方拿钱，所以我说不是在这些人部下时，他就很聪明地转了方向，问我是不是到京里财政部做事。我仍然说不是，他就有点惊讶了。

我说："我不到军队里了。"

"不到军队也不到部里吗？"

"也不到。"

"你是做局长了。"

"你是做局长了。""我不做官,人不中用,他们全做官了,我是一样事也不做的。"

"我不做官,人不中用,他们全做官了,我是一样事也不做的。"

他在心上忖度了一下,把我这话玩味一阵,又把我身上的衣服看看,忽有所悟似的点着那大头颅。他就笑。他劝我吃瓜子,好像很老成地在计划一件事情。吃了一点瓜子,他又问:"来一点酒好不好?"

"不能吃酒了,人身体不好。"

"我是每天还得吃四两。试一试我的药酒好不好?"

我本来不喝酒,因为这老人的诚意,且说是他的药酒,为了从酒上可以勾起往年从这老人打拳打镖的旧时情怀,我答应喝一小杯了。他于是把酒从一小小瓷坛中倾出一小杯,我试喝了一口酒,味道极甜但仿佛极烈。我知道这酒是可以喝的,就又喝了一口。看到那发光的脸,我问他:"近来吃得肉么?"

"不大行,因为人老了……你呢,打不打拳?"

"忘记了,因为无空闲。"

"事情忙吗?"

"也无什么事,不过打拳打镖那种小孩子的事是不能做了。"

"太太呢?在船上吗?"

"讨不起,还是一个人。气运不好,你看我脸色,不是很坏吗?"

我又看看这老人,这老人见我望他,就同我做着那会心的微笑。

"不要紧,不要紧。"他就把身子就近了一点,仍然像往日一样,把我的手捏着看手相,看了一会,点点头,若看明白了我这十年来的种种。到后他把声音放低,做着俨然默契的神气。

"小副爷,这里前一阵很杀了几个!"

"还杀人吗?"

"嗯,全是年纪轻轻的,还有两个女的,一个十八岁,一个十五岁。"

"做什么事?"

"嗨……"他就笑,好像笑我装不懂,而早已为他看透那种样子。我实在还莫名其妙。我想,难道沿河不清静,有年青人被土匪杀死的事吗？

我又看看这老人，这老人见我望他，就同我做着那会心的微笑。我不明白他为什么这样子对我。他那神气还是"什么也瞒不了我"的神气。

我不作声了，很纳闷。

他轻言细语地说："小副爷，小心一点，你到街上走恐怕有人要……我知道你是……"这才真是怪事情。我愕然了。我还不曾注意到他"知道你是……"那句话。

"怎么样？地方有变动吗？"

"我告你，他们捉到就杀！"

"为什么？"

"说你们也杀人放火。"

"什么人说的？"

"都是么说。他们说……你不就是……"

我明白他所以低声劝我的意思了。这老人以为我是从下面派来烧房子的人。这疑心的原因就在于我既不在军队服务，又不在部里当差。且他望到我一身衣服，有点奇怪。他一番好心地来告我杀人的事，我明白了这好意以后一笑。他见我一笑还以为话已说穿不必遮掩了，他说："要小心一点才行。"

"我什么也不是，明白了吗？"

这人睁大了眼睛对我望，因为他说话的声音极轻，而我说的话却像有意把声音加重，他为我这不忌惮的气概所慑，一句话也不说了。

我想起为什么我竟会被他怀疑，知道这地方的情形是怎样了，我就觉得有点寒心。我问他这地方的军队是谁驻防，他告我是一个姓曾的旅长，不久才移防来到这里。我问他这旅长名字他不知道，要我到街上去看看告示，这铺子外面就正有贴告示处，我就走出去看了一会，结果仍然还是只知道旅长姓曾。到后我就问他为什么会疑

我们就站在那城门口谈话。我问他们是不是还到过文昌阁念过书,他们笑,说不曾毕业,就出来做了学兵……

心我,他答复不出,大致这样人可以杀,是中国各处地方很普遍的事。这老年人也很看了几回,所以就为我担起心来了。

我于是来为他解释我的生活,说了半天。

我从他口中知道了许多事情,我才明白街上一切虽仍如昔日,老人的铺子也仍然还存在,但有许多地方这时代真是大变了。

到后我与这老年人离开了。我拿了一支尖端涂有金漆美丽夺目的钢镖作为纪念,这老人一个钱不肯接受,我只得道谢了。出了那店铺,我仍然到我从前所熟悉的街上闲踱,不知不觉就走到城边了。城洞前有兵士两个,分立在那里,样子非常闲散,我忘了我的身份,堂堂地进了城。事情是没有能够这样容易,因为我的衣裤不像一个本地人，我被副爷之一用枪挡着了。他不许我走，有话要问，有事情要做。这些我从前做过的事情，熟悉极了，这意思是要搜索一下，看身上有无烟土，这自然还因为这样一来可以免除鹄立的寂寞，所以做岗兵的就做着这样不讨好的麻烦事情来了。我因为被人挡着了，虽知道这是故事并且身上也一无所有，但想起刚才那老年人的话，且裤袋中那一支镖也似乎可以称为凶器，所以心上也稍稍感到不安了。

我望到这兵士脸皮嫩极，我问他："你要做什么？"

"你是什么地方人？"

"听声音，不知道么？我倒听得出你声音，像是××的南城的年青人。"

"那么，你也是××人了。"说到这里他已极其和气，故乡的声音使这人的心也柔软了。

我说："好像是的，我口音不对了，因为去那地方太久。"

站到那一旁的另一兵士也过来了，这是另一嫩脸标致少年。他说："你从什么地方来？"

"从京里来，回家去。"我就告他我是住在××什么街，且说想知道这里驻军长官是谁。

"这里旅长不认识么？曾××。"

"曾××吗？是××人吗？"

"他驻府里衙门。"

"那我就去看看他，我们是老同事！"

这时，两个年青人，也不再想起尽职的事了，他见我说认得他们旅长，且是同乡，起了一种敬意，不再向我身畔搜索了。

我们就站在那城门口谈话。

我问他们是不是还到过文昌阁念过书，他们笑，说不曾毕业，就出来做了学兵……我们正谈得很好，一个船上人跑得吁吁喘气来了，见我在兵士身边，以为闯了祸，与兵士冲突了，不敢上前。这人

我说:"这是书,那也是书,没有别的。""你这人怎么这样不通窍,难道要我动手吗?"

看了一会,大约被他看出情形了,才走近身边说道:"先生,回去。"

"我要进城。"

"回头再说,他们等你开箱子查关,迟一点箱子会撬开了。"

"当真吗?"

这莽撞水手,不能够再同我说闲话,一把拉起我的膀子就往河街走。我一面跟跟跄跄地跑去,一面心想大约被人捉去情形也同这一个一样。不一会,我到了船上,的的确确,我的箱子正有一个穿青绸长衫的方脸汉子用铁钎打着,船主在用他的钥匙套在我箱上的锁孔中试来试去。我静静地走进舱去,望到这船主额上全是大粒的汗,心

船主看不过意了，代为求情："大佬，这先生是读书人，从京里来的。"

中有说不出的抱歉。船主见我已来，如蒙大赦，放心了，站起身来用手拭额上的汗。

那汉子，用很有气派的口吻问：

"这箱子是你的吗？"

"是的，先生，这里面完全是书。"

这人像是不欢喜我称他为先生，很严重地说："开看。"

我说："这是书，那也是书，没有别的。"

"你这人怎么这样不通窍，难道要我动手吗？"

望到那声势，我不说话了，就从身上掏出钥匙，把第一个箱子打开。箱子一开，看到当真完全是书，这好品貌的税关中人先用铁钎拨，在书的空处乱插，无结果，有点无聊了，又叫我把另一个箱子打开。我遵照他所嘱咐，又开了第二个箱，尽他看，所有的仍然是先前样子。箱子一共是六个，除了其一是几件换洗的衣服，其余全是书。这人失望了，叫我把箱中书全倒出来，要彻底搜。我看到他那神气，觉得称呼他为老爷必能答应，我就说："老爷，这是什么意思？"

"你很不对，拿这样多的书！"

"书是送别人的，难道不许带吗？"

"快倒！"

我遵命倒了第一箱，满舱板全是书册，船主看不过意了，代为求情："大佬，这先生是读书人，从京里来的。"

"再倒！"

我又倒了第二箱，船主人又说道：

"大佬，这先生是××人。"

听到说××人，这大人才仔细望我，他仍然用那使平常人心怯的声调说话，他向我说："是××人吗？"

我摇头，不作声，因为到这时我也有点生气了。

他看得出我不愉快神气，他还想用他平时吓诈别人的样子吓我，说："你到什么地方去？"

我不作声，把第三箱书索性倒出来。

"你不服检查，我要带你到局里去。"

我望他他也望我，约二十秒，我低下头来整理零乱的书，从从容容的神气使他气极了。这人就做着也不是同我也不是同船主只是近于示威的样子大声地说不许这船开行。

"你为什么要生气？"我冷冷静静地从书堆中站起来问他。

"你跟我到局里去说。"

听到这种说话我只觉得好笑，我先已经从守城兵士方面知道驻此地的长官是谁了，我想这事情很不好办，不如我还是就上岸去，看看这人如何处治我。我一面还想就借此见见这局长。我想凡是做局长的人，纵不是××地方熟人，但总也不至于如此无理胡闹了，我就答应他就到局里去也无妨。这人在气下，也不再加以考虑，一把拉着我，我就随到这人上衙门打官司了。

到了税局我坐在一个用申报纸裱糊的门房里，许多局丁在窗下望我。那个人，大约是已到上房禀告长官去了，我心中稍稍着急，因为恐怕局长不在衙门，我还不知道要在此拘留多久，使船主人放心不下。

事情很巧，是一个说××地方话的局丁进到我的房里来监视

到了税局我坐在一个用申报纸裱糊的门房里,许多局丁在窗下望我。

我。这是一个中年人。他自己坐到一旁吸烟。吸了一会,他才开口问我为什么不服检查。

一听到声音我就知道他是同乡了。

"你是××人吗?"

"是呀。"他答应了,对我很惊异,因为我的声调同他是一个样子。我即刻就说:"我也是。你们局长是谁?"

"局长张××,旅部的参谋长。"

"是张××!"

"是。"

"你局长在不在这里?"

"才来,稽查上去报告你的事去了。"

"他告我什么?"

"他说你不服检查。"

我就问他这里检查些什么,这人说:"稽查是要钱,大约你不知道,冲突了,所以才到这里来。"

上面,忽然有人高声喊叫提人上来,不久我即被这乡亲带上去见局长了。我先以为还得坐堂,谁知是到局长房中去。

没有见局长面之前,我站在房外天井中,看到一个大鱼缸,石山上有玉簪花开得动人,缸中有金鱼,水极清,还有蛐蛐叫,声音极好。我听到里面房中有人咳嗽说话,不久一个人在房门口问:"来了么?来了带进来。"于是我就被人带到局长房中了。我站在近房门处，稍稍显得拘束，这拘束是不习惯那房中空气而起。

局长在床上靠着吃鸦片烟，那稽查站在一旁，若非那局丁先说这是张某某，我是不会想到这个人就是十年前又无用又爱闹绰号老三的张××了。那局长大人，经过了一些时间，才慢慢地把目光转到我身上。望到我以后，大约记起了做官的必需的体统，忽然露出威严了。

"姓什么，从哪里来？"

"大人，我是到××去的。"

"我不问你去处。"

他说不问，我就正好，一句话也不说了。

"姓什么？"这稽查又帮到问，还以为我不明白这局长的问话，一面，不待我回答，他就向局长再来说我不服检查的经过，只看到这局长点头，我心中觉得好笑。

"你为什么不服检查？"他还是那样盛气凌人，遇到一个平常人，这时应当发抖了，我却泰然坦然。

"……"我不作声，笑。

大人有点生气了，更威严了，腰伸直了，睁目对我望着，意思似乎这是在用一种慑服人的手段。我还是默然坚持下去，看他做官的还有些什么本领，我是一进房已认清这人是张老三了。

呆一会，大家全沉默了，我在这时只听到外面天井里的蛐蛐叫。

大人变计了，吼稽查，搜我的身上。我再不说话可不行了。我说："大人，你不是老三吗？你是太威风了。你这对待班长的方法太不客气了。"

"……"这次应当是他沉默了。

我又说："你瞧你真了不得，做局长！参谋！你预备把××哥怎么办？"

他愕然地四顾，如被雷打。他又看看我，我却一味嬉笑。

这聪明人，福至心灵，做了官，记忆并不坏，我的声音，我耳边的一粒痣，被他看出我是谁了。本来是鞋子掉在地下，脚还挂在床沿，他的脚即刻找着了鞋子，走到我身边，就捏着我的手，把另一手搁到我的肩上。

"懋哥！是你！你才怪！我竟混蛋混到这样子了！"

我笑着："大人认得我出了，好眼睛！"

"好眼睛！你这人，把我当成什么东西了！你不自己上来一定要我派人去抓你来，好主意！"

"好眼睛！你这人，把我当成什么东西！你不自己上来一定要我派人抓你来，好主意！"

"你们这稽查大人很不坏，对于过路人真客气！"

我已为这局长让到床沿坐下了，这稽查晕头晕脑紫涨了脸儿还站在那里不走，局长这时才像记起还有一个稽查在旁边。

局长望到这人了："你妈狗×的，跟我滚出去呀！"

这稽查大人，忽然跪到我面前不起来了。"先生救命，我瞎眼了。"他还磕头，一味告饶，因为这人知道回头还有苦吃。

在先这稽查的声势，我倒有方法抵挡，这一来可把我窘到了。我望到这忽然矮了半截的汉子，真为他难过。本来我还很觉得这人该好好吊到税局前桅上去打一顿，到这时，见到这软弱情形，倒开口不得了。

这汉子，见我无言语了，又用膝走向局长，请求开恩。局长却生气虎虎吼道："滚你的，不要在此胡闹！——来人，把这浑蛋吊起，

因为外面天井中蛐蛐的声音,把年青时的旧梦勾起,我想起这局长往年无赖的故事,就仿佛我如今只是做梦……

回头送到旅部去。"

外面窗下已有不少的人在屏息潜听,听到局长生气喊人,大家就在外面嚯地同声答应着。过了一会进来一个马弁模样的青年揪了那汉子出去,到那汉子出去以后,我才能过细地望到房中一切陈设。

我一面喝茶一面看壁上的字画,局长把烟膏用钢签蘸着向灯上烤,咝咝地响。我又望到他烧烟,觉得我是置身到一个新的世界中的人了。因为外面天井中蛐蛐的声音,把年青时的旧梦勾起,我想起这局长往年无赖的故事，就仿佛我如今只是做梦，稍过一阵我就会仍然是住在上海租界上亭子间流汗写两块钱一千字的人，不由得不轻轻叹了一口气。

说了无数的话，瓜子呀，茶呀，点心水果呀，来了一堆。

到后我就跟到这朋友到旅长衙门了。见过旅长了，这朋友先是不说出我的姓名，也尽这做旅长的人猜，到底旅长不比局长头脑，还不必我说话，稍稍出了一会神，就认出我是谁了。

我们于是就又照例地捏手喝茶吃点心，在极其欢畅的空气中谈了两点钟。他向我说他今天太欢喜了，摆酒接风，把同乡故人一起请来。我在七个老朋友中间坐着首席，这中间有两个人据说是因我来才开的酒戒，我虽然不能喝酒，也就不能辞今天这一醉了。

在第二天醒来时，我睁开眼睛，原来睡在一个陌生的地方，好好的六个箱子作两列叠起在床头，房中小条桌上安置有一个乳白色素烧瓷瓶，瓶中插的是两枝玉簪花及一枝秋兰，我以为这仍然是梦，就仍把眼睛闭上，等候这梦醒回。

作于一九二九年

炉边

河面尚完全被这种湿雾所占领,
顺随河身曲折,
如一条宽阔的白色丝带,
向东蜿蜒而去。

这事说来又是十多年了。算来我是六岁。因为第二次我见到长子四叔时,他那条有趣的辫子就不见了。

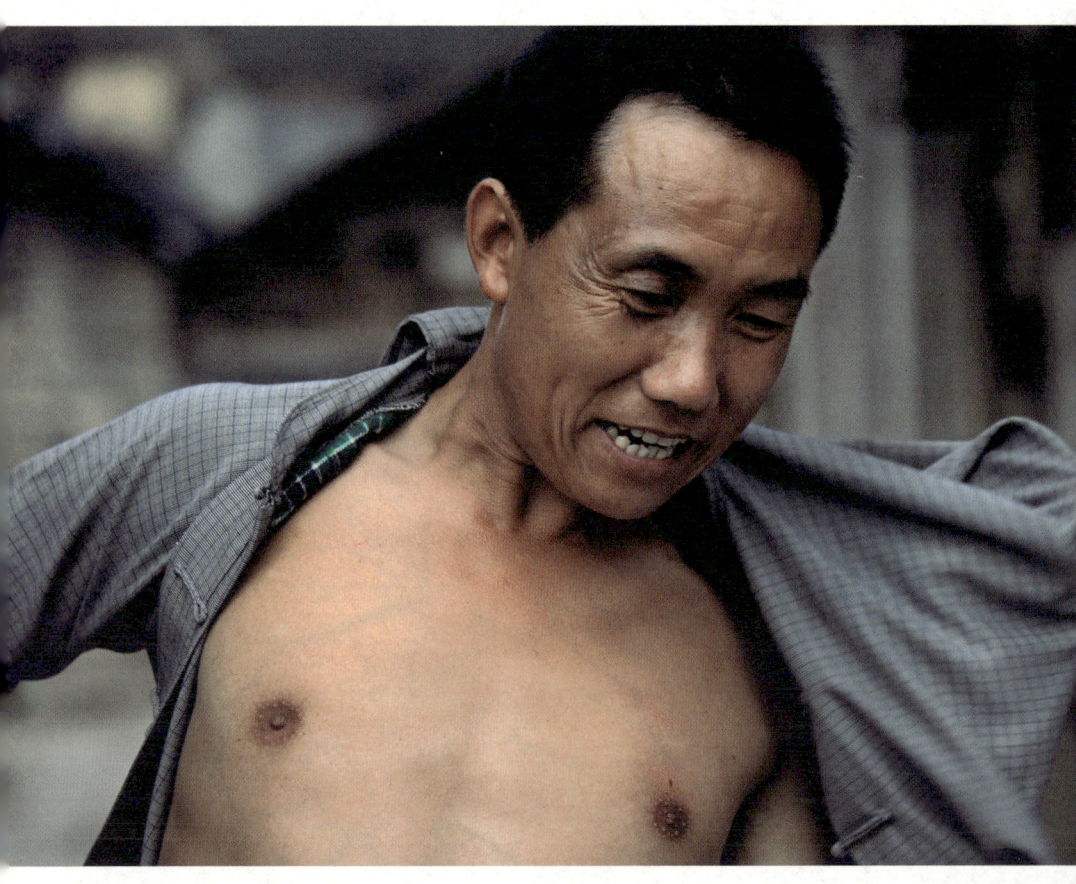

往事

这事说来又是十多年了。

算来我是六岁。因为第二次我见到长子四叔时,他那条有趣的辫子就不见了。

那是夏天秋天之间。我仿佛还没有上过学。妈因怕我到外面同瑞龙他们玩时又打架,或是乱吃东西,每天都要靠到她身边坐着,除了吃晚饭后洗完澡同大哥各人拿五个小钱到道门口去买士元的凉粉外,剩下便都不准出去了!至于为什么又能吃凉粉,那大概是妈知道士元凉粉是玫瑰糖,不至吃后生病吧。本来那时的时疫也真凶,听瑞龙妈说,杨老六一家四口人,从十五得病,不到三天便都死了!

我们是在堂屋背后那小天井内席子上坐着的。妈为我从一个小黑洋铁箱子内取出一束一束方块儿字来念,她便膝头上搁着一个麻篮绩麻。弄子里跑来的风又凉又软,很易引人瞌睡。当我倒在席子上时,妈总每每停了她的工作,为我拿蒲扇来赶那些专爱停留在人脸上的饭蚊子。间或有个时候妈也会睡觉,必到大哥从学校挟着书包回来嚷肚子饿时才醒,那么,夜饭必定便又要晚一点了!

爹好像到乡下江家坪老屋去了好好久了,有天忽然要四叔来接我们。接的意思四叔也不大清楚,大概也就是闻到城里时疫的事情

妈也不说什么，她知道大姐二姐都在乡里，我自然有她们料理。只嘱咐了四叔不准大哥到乡下溪里去洗澡……

吧。妈也不说什么，她知道大姐二姐都在乡里，我自然有她们料理。只嘱咐了四叔不准大哥到乡下溪里去洗澡，因大哥前几天回来略晚，妈摸他小辫子还湿漉漉的，知他必是同几个同学到大河里洗过澡了，还刚重重地打了他一顿呢。四叔是一个长子，人又不大肥，但很精壮。妈常说这是会走路的人。铜仁到我凤凰是一百二十里蛮路，他能扛六十斤担子一早动身，不抹黑就到了，这怎么不算狠！他到了家时，便忙自去厨房烧水洗脚。那夜我们吃的夜饭菜是南瓜炒牛肉。

妈为捡菜劝他时，他又选出无辣子的牛肉放到我碗里。真是好四叔呵！

那时人真小，我同大哥还是各人坐在一只箩筐里为四叔担去的！大哥虽是大我五六岁，但在四叔肩上似乎并没什么不匀称。乡下隔城有四十多里，妈怕太阳把我们晒出病来，所以我们天刚一发白时就动身，到行有一半的唐峒山时，太阳还红红的。到了山顶，四叔把我们抱出来各人放了一泡尿，我们便都坐在一株大刺栎树下歇憩。那树的权桠上搁了无数小石头，树左边又有一个石头堆成的小屋子。四叔为我们解说小屋子是山神土地：为赶山打野猪的人设的；树上石头是寄倦的：凡是走长路的人，只要放一个石头到树上，便不倦了。但大哥问他为什么不也放一个石子时，他却不作声。

"快了，快了，快了！芸弟都不急，你怎么这样慌？你看我跑！"他略略把脚步放快一点，大哥便又嚷摇得头痛了。

他那条辫子细而长，正同他身子一样。本来是挽放头上后而再加上草帽的，不知是那辫子长了呢还是他太随意，总是动不动又掉下来，当我是在他背后那头时，辫子很好便时时在我头上晃。

"芸儿，莫闹！扯着我不好走！"

我伸出手扯着他辫子只是捊①，他总是和和气气这样说。

"四满②，到了？"大哥很着急地这么问。

"快了，快了，快了！芸弟都不急，你怎么这样慌？你看我跑！"他略略把脚步放快一点，大哥便又嚷摇得头痛了。

---

① 方言，用力拉扯。
② 乡人呼叔叔为满满。

他一路笑大哥不济。

到时,爹正同姨婆五叔四婶他们在院中土坪上各坐在一条小凳上说话。姨婆有两年不见我了,抱了我亲了又亲。爹又问我们饿了不曾,其实我们到路上吃甜酒米豆腐已吃胀了。上灯时,方见大姐二姐大姑满姑①各人手上提了一捆地萝卜进来。

我夜里便同大姐等到姨婆房里睡。

乡里有趣多了!既不怎么很热,而夜里蚊子也很少。大姐到久一点,似乎各样事情都熟悉。第二天一早便引我去羊栏边看睡着比猫还小的白羊,牛栏里正歪起颈项在吃奶的牛儿。我们又到竹园中去看竹子。那时觉得竹子实在是一种很奇怪的东西。本来城里竹子,通常大到屠桌边卖肉做钱筒的已算出奇了!但后园里那些南竹,大姐教我去试抱一下时,两手竟不能相掺。满姑又为偷偷地到园坎上摘了十多个桃子。接着我们便跑到大门外溪沟边上拾得一衣兜花蚌壳。

事事都感到新奇:譬如五叔喂的那十多只白鸭子,它会一翅从塘坎上飞过溪沟。夜里四叔他们到溪里去照鱼时,却不用什么网,单拿个火把,拿把镰刀。姨婆喂有七八只野鸡,能飞上屋,也能上树,

姨婆喂有七八只野鸡,能飞上屋,也能上树,却不飞去;并且,只要你拿一捧包谷米在手,口中略略一逗,它们便争先恐后地到你身边来了。

---

① 满姑乃最小之姑母。

我们很爱看又怕看的是溪南头那坝上小碾房的磨石同自动的水车；碾房是五叔在料理。

却不飞去；并且，只要你拿一捧包谷米在手，口中略略一逗，它们便争先恐后地到你身边来了。什么事情都有味：我们白天便跑到附近村子里去玩，晚上总是同坐在院中听姨婆说打野猪打獾子的故事。姨婆真好，我们上床时，她还每每为从大油坛里取出炒米、栗子同脆酥酥的豆子给我们吃！

后园坎上那桃子已透熟了，满姑总为我们去偷几次。爹又不大出来，四叔五叔又从不说话，问或碰到姨婆见了时，也不过笑笑地说：

"小娥，你又忘记嚷肚子痛了！真不听讲——芸儿，莫听你满姑的话，吃多了要坏肚子！拿把我，不然晚上又吃不得鸡膊腿了！"

乡里去有场集的地方似乎并不很近，而小小村中除每五天逢一六赶场外通常都无肉卖。因此，我们几乎天天吃鸡，唯我一人年小，鸡的大腿便时时归我。

我们很爱看又怕看的是溪南头那坝上小碾房的磨石同自动的水车：碾房是五叔在料理。那圆圆的磨石，固定在一株木桩上只是转只是转，五叔像个卖灰的人，满身是糠皮，只是在旋转不息的磨石间拿扫把扫那跑出碾糟外的谷米，他似乎并不着一点忙，磨石走到他跟前时一跳又让过磨石了。我们为他着急又佩服他胆子大。水车也有味，是一些七长八短的竹篙子扎成的。它的用处就是灌水到比溪身为高的田面。大的有些比屋子还大，小的也还有一床晒簟大小。它们接接连连竖立在大路近旁，为溪沟里急水冲着快快地转动，有些还咿哩咿哩发出怪难听的喊声，由车旁竹筒中运水倒到悬空的枧[①]上去。它的怕人就是筒子里水间或溢出枧外时，那水便砰地倒到路上了，你稍不措意，衣服便打得透湿。我们远远地立着看行路人抱着头冲过去时那样子好笑。满姑虽只大我四岁，但看惯了，她却敢在下面走来走去。大姐同大姑，则知道那个车子溢出后便是那一个接脚，不消说是不怕水淋了！只我同大哥二姐却无论如何不敢去尝试。

---

① 剜木以引水之物。

炉边

四个人,围着火盆烤手。

妈,同我,同九妹,同六弟,就是那么四个人。八点了吧,街上那个卖春卷的嘶了个嗓子,大声大气嚷着,已过了两次了。关于睡,我们总以九妹为中心,自己属于被人支配一类。见到她低下头去,伏在妈膝上时,我们就不待命令,也不要再抱希望,叫春秀丫头做伴,送到对面大房去睡了。所谓我们,当然就是说我同六弟两人。

平常八点至九点,九妹是任怎样高兴,也必支持不来了。

但先时预备了消夜的东西时,却又当别论。把燕窝尖子放到粥里去,我们就吃燕窝粥,把莲子放进去,我们于是又吃莲子稀饭了。虽然是所下的燕窝并不怎样多,我们总是那样说,我同六弟不拘谁一个人的量,都敌得过九妹同妈两人。但妈的说法,总是九妹饿了,为九妹煮一点消夜的东西吧。名义上,我们是托九妹的福的,因此我们都愿九妹每天晚饭吃不饱,好到夜来嚷饿,我们一同沾光。我们又异常聪明,若对消夜先有了把握,则晚饭那一顿就老早留下肚子,这事大概从不为妈注意及,但九妹却瞒不过。

"娘,为老九煮一点稀饭吧。"

倘若六弟的提议不见妈否决,于是我就耀武扬威催促春秀丫头:

倘若六弟的提议不见妈否决，于是我就耀武扬威催促春秀丫头："春秀！为九小姐同我们煮稀饭，加莲子，快！"

"春秀！为九小姐同我们煮稀饭，加莲子，快！"

有时，妈也会说没有糖了，或是今夜太饱了，老九哪会饿呢？遇到这种运气坏的日子，我们也只好准备着睡，没有他法。

"九妹，你说饿了，要煮鸽子蛋吃吧。"

"我不！"

"为我们说，明天我为你到老端处去买一个大金陀螺。"

"……"

背了妈，很轻地同九妹说，要她为我们说谎一次，好吃同冰糖白煮的鸽子蛋也有过。这事总是顶坏的我（妈是这样批评我的）教唆六弟，要六弟去说，用金陀螺为贿。九妹的陀螺正值坏时，于是也就慨然答应了。把鸽子蛋吃后，金陀螺还只在口上，让九妹去怨也全然不理，在当时，反觉得出的主意并不算坏。但在另一次另一种事上，待到六弟把话说完时，她也会到妈身边去，扳了妈的头，把嘴放在妈耳朵边，唧唧说着我们的计划。在那时，想用贿去收买九妹的我们，除了哭着嚷着分辩着，说是自己并没有同九妹说过什么话外，也只有脸红。结果是出我们意料的，妈仍然照我们的希望，把吃的叫春秀去办。如此看来，妈以前所说全是为妹的话，又显然是在哄九妹了。然而九妹在家中因为一人独小而得到全家——尤其是母亲加倍的爱怜，也是真事。因了母亲的专私的爱，三姨也笑过我们了。而令我们不服的，是外祖母常向许多姨娘说我们并不可爱。

此次又是在一次消夜的期待中。把日里剩下的鸭子肉汤煮鸭肉粥，听到春秀丫头把一双筷子唏哩活落在外面铜锅子里搅和，似乎又闻到一点香气，妈怕我们伤风不准我们出去视察，六弟是在火盆边急得要不得了。

"春秀，还不好么？"盛气地问那丫头。

"不呢。"

"你莫打盹，让它起锅巴！"

"不呢。"

"快扇一扇火，会是火熄了，才那么慢！"

"不呢，我扇着！"

六弟到无可奈何时，乘到九妹的不注意，就把她手上那一本初等字课抢到手，琅琅地像是要在妈面前显一手本事的样子，大声念起来了。

"娘，我都背得呢，你看我闭上眼睛吧。"眼睛是果真闭上了，但到第五课"狼，野狗也——"就把眼睛睁开了。

"说大话的！二哥你为我把书拿在手上，我来背。"九妹是接着又琅琅地背诵起来。

大门前，卖面的正敲着竹梆梆，口上喊着各样惊心动魄的口号，在那里引诱人。

　　大门前，卖面的正敲着竹梆梆，口上喊着各样惊心动魄的口号，在那里引诱人。我们只要从梆梆声中就早知道这人是有名的何二了。那是卖饺子的，也卖面，在城里却以饺子著名。三个铜元，则可以又有饺子又有面，得吃凤牌湘潭酱油。他的油辣子也极好。大姐每一次从学校回来，总是吃不要汤的加辣子干挑饺子。因为妈的禁止，我们却只能用眼睛去看。

　　那何二，照例捱了一会，又把担子扛起，一路敲打着梆梆，往南门坨方面去了，嚷着的声音是渐渐小下来，到后便只余那虽然很小还是清脆分明的柝声。

　　大门前，因为宽敞，一些卖小吃的，到门前休息便成了例了。日里是不消说，还有那类在一把无大不大①的"遮阳伞王"（那是老九取的名）下头炸油条糯米糍的。到夜间呢，还是可以时时刻刻听得一个什么担子过路停下的知会，锣呀，梆梆呀，单是口号呀，少有休息。这类声音，在我们听来是难受极了。每一种声音下都附有一个足以使我们流涎的食物，且在习惯中我们从各样不同的知会中又分出食物的种类。听到这类声音，我们觉得难受，不听到又感到寂寞。最

---

① 凤凰土语，指很大。

令人兴奋的是大姐礼拜六回家,有了她,我们消夜的东西,差不多是每一种从门前过去的都可以尝试。

何二去后不久,一个敲小锣卖丁丁糖的又在门前休息了。

我知道,这锣的大小,是正如我那面小圆砚池,是用一根红绳子挂在手上那么随随便便敲着的。许是有人在那里抽了签吧。锣声停下来,就听到一把竹签子在筒内搅动的响声了。又听到说话,但不很清楚。那卖糖的是一个别处地方人,譬如说,湖北的吧。因为常听他说"你哪家";只有湖北人口上离不得"你哪家",那是从久到武昌的陈老板的说话就早知道了。

在他来此以前,我似乎还不曾见过像那样敲着小锣落雨天晴都是满街满巷走着的卖糖的人。

在他来此以前,我似乎还不曾见过像那样敲着小锣落雨天晴都是满街满巷走着的卖糖的人。顶特别的是他休息到什么地方时,把一个独脚凳塞到屁股底下去坐,就悠悠扬扬打起那面小锣来了。我们因为欣赏那张特别有趣的独脚凳,白天一听铛铛的响声,就争着跑出去。六弟还有一次要他让自己坐坐看,我们奇怪它怎么不会倒,也想自己有那么一张,每天让我们坐着吃饭玩,还可以扛到三姨家去送五姐她们看。

大的木方盘内,分划成了许多区。每一区陈列糖一种。有的颜色式样虽相同味道却两样，有的样子不一样味道却又相同。有用红绿色纸包成三角形小包的薄荷糖，吃来是又凉又甜的。有成片的姜糖，味道微辣。圆的同三角形的各种果子糖，大的十枚五枚，小的两枚一枚。藕糖就真像小藕，有孔有节。红的同真红椒一般大的辣子糖，可以把尖端同蒂咬去，当牛角吹。茄子糖则比真茄子小了许多，但颜色同形式都同，把茶倾到茄子中空处再倒到口里去也很甜。还有用模子做成的糖菩萨：顶小的同一个拇指那么大，大的如执鞭的财神、大肚罗汉，则一斤糖还不够做一个。那湖北人，把菩萨安放在盘子正中，各样糖同小菩萨，则四围绕着陈列。大菩萨之间，又放了一个小瓶子，有四季花同云之类画在瓶上。瓶子中，按时插上月季、兰、石榴、茶花、菊、梅以及各样应时的草花。

袁小楼警察所长卸事后，于是极其大方地把抽糖的签筒也拿出来了。签从一点到六点各六根，把这六六三十六根竹签管束在一个外用黄铜皮包裹描过金髹的小竹筒内。"过五关"的抽法是一个小钱只能得小菩萨一名。若用铜元，若过了三次五关以后，胜利还是属于自己，则供着在盘子正中手里鞭子高高举着的那位财神爷就归自己所有了。三次五关都顺顺当当过去，这似乎是很难；但每天那湖北人回家时那一对大财神总不能一同回家，似乎是又并不怎样不容易了。

等了一会，外面的签筒还在搅动。

六弟是早把神魂飞出大门傍到那盘子边去了。

我说："老九，你听！"我是知道九妹衣兜里还有四十多枚小钱的。

其实九妹也正是张了耳朵在听。

"去吧。"九妹用目答应我。

她把手去前衣兜里抓她的财产，又看着母亲老实温驯地说："娘，我去买点薄荷糖吃吧！"

"他们想吃了，莫听他们的话。"

"他们想吃了,莫听他们的话。""我又不抽签。"九妹很伶便地分解,都知道妈怕我们去抽签。

"我又不抽签。"九妹很伶便地分解,都知道妈怕我们去抽签。

"那等一会粥又不能吃了!"

本来并不想到糖吃的九妹,经母亲一说,在衣兜里抓数着钱的那只手是极自然地取出来了。

妈又说必是六生的怂恿。这当然是太冤屈六弟了。六弟就忙着分辩,说是自己正想到别的事,连话也不讲,说是他,那真冤枉极了。

六弟说正想到别的事,也是诚然。他想到许多事情出奇得凶——那位像活的生了长胡子横骑着老虎的财神爷怎么内部是空的?那大肚子罗汉怎么同卖糖的杨怒山竟一个样的胖实!那个花瓶为什么必得四名小菩萨围绕?

签筒声停止后,那铛铛铛漂亮的锣声便又响着了。

这样不到二十声,就会把独脚凳收起来,将盘子顶到头上,也用不着手扶,一面高兴打着锣走向道门口去吧。到道门口后,把顶上的木盘放下,于是一群嘴边正抹满了包家娘醋萝卜碗里辣子水的小孩,就蜂子样飞了过来围着,胡乱地投着钱,吵着骂着,乘了胜利,把盘子中的若干名大小菩萨一齐搬走。眼看到菩萨随到小孩子走尽后,于是又把独脚凳收起,心中装了欢喜,盘中装了钱,用快步跑转家去吧。回家大约还得把明天待用的各样糖配齐,财神重新再做,小菩萨也补足五百数目,到三更以后始能上床去睡……为那糖客设想着,又为那糖客担心着财神的失去,还极其无意思地嗔视着又羡企着那群快要二炮了还不归家去的放浪孩子,糖客是当真收起独脚凳走去了。

"那丁丁糖已经过道门口去了!"六弟嗒然地说。

"每夜都是这时来。"我接着说。

"娘,那是一个湖北佬,不论见到了谁个小孩子都是'你哪家'的,正像陈老板娘的老板,我讨厌他那种恭敬。"九妹从我手上把那本字课抢过手去,"娘,这书里也画得有个卖糖的人呢。"

妈没有作声。

湖北佬真是走了。在鸭子粥没有到口以前,我们都觉得寂寞。

妈没有作声。湖北佬真是走了。在鸭子粥没有到口以前,我们都觉得寂寞。

玫瑰与九妹

大哥从学堂归来时,手上拿了一大束有刺的青绿树枝。

"妈,我从萧家讨得玫瑰花来了。"大哥高兴的神气,像捡得八宝精似的。

"不知大哥到哪个地方找得这些刺条子来,却还来扯谎妈是玫瑰花。妈,你是莫要信他话!"九妹说。

"妈,我从萧家讨得玫瑰花来了。"大哥高兴的神气,像捡得八宝精似的。

"你不信不要紧。到明年子四月间开出各种花时,我可不准你戴,还有好吃的玫瑰糖。"大哥见九妹不相信,故意这样逗她。说到玫瑰花时,又把手上那一束青绿刺条子举了一举——像大朵大朵的绯红玫瑰花已满缀在枝上,而立即就可以折下来做玫瑰糖似的!

"谁稀罕你的,我顾自不会跑到三姨家去折吗?妈,是吧?"

"是!我宝宝不有几多,会稀罕他的?"妈虽说是顺到九妹的话,但这原是她要大哥到萧家讨的,是以又要我去帮大哥的忙:"芸儿去帮大哥的忙,把那蓝花六角形钵子的鸡冠花拔出不要了,就用那四个钵子分栽。剩下的把插到花坛海棠边去。"大哥在九妹脸上轻轻地刮了一下,就走到院中去了。娇纵的九妹,气得两脚乱跳,非要走出去照例报复一下不可。但终于给妈扯住了。"乖崽,让他一次就是了!我们夜里煮鸽子蛋吃,莫分他……那你打妈一下好吧。"

"妈讨厌!专卫护大哥!他有理无理打了人家一个耳巴子,难道就算了?"妈把九妹正在眼睛角边干搽的小手放到自己脸上拍了几下,九妹又笑了。大哥这一刮,自然是为的报复九妹多嘴的仇。

满院坝散着红墨色土砂,有些细小的红色曲蟮四处乱爬着。几只小鸡在那里用脚乱扒,赶了去又复拢来。大哥卷起两只衣袖筒,拿了外祖母剪麻绳那把方头大剪刀,把玫瑰枝条一律剪成一尺多长短。又把剪处各粘上一片糯泥巴,说是免得走气。"老二,这一共是三种,"大哥用手指点,"这是红的,这是水红,这是大红;那种是白的,是栽成各自钵好,还是混合起栽好呢,你说?"

"打伙栽好玩点。开花时也必定更热闹有趣……大哥,怎么又不将那种黄色镶边的弄来呢?"

"那种难活,萧子敬说不容易插,到分株时答应分给我两钵……好,依你办,打伙儿栽好玩点。"我们把钵子底底各放了一片小瓦,才将新泥放下。大哥扶着枝条,待我把泥土堆到与钵口齐平时,大哥才敢松手,又用手筑实一下,洒了点水,然后放到花架子

左图:"打伙栽好玩点。开花时也必定更热闹有趣……大哥,怎么又不将那种黄色镶边的弄来呢?"

右图:她连袜子也不及穿,披着那一头黄发,便同六弟站在那篮花钵子边旁数花苞了。

上去。每钵的枝条均有十根左右,花坛上,却只插了三根。就中最关心花发育的自然要数大哥了。他时时去看视,间或又背到妈偷悄儿拔出钵中小的枝条来验看是否生了根须。妈也能记到于每早上拿着那把白铁喷壶去洒水。当小小的翠绿叶片从枝条上嫩杈桠间长出时,大家都觉得极高兴。"妈,妈,玫瑰有许多苞了!有个大点的尖尖上已红。往天我们总不去注意过它,还以为今年不会开花呢。"六弟发狂似的高兴,跑到妈床边来说。九妹还刚睡醒,眼屎朦胧搂着妈手臂说笑,听见了,忙要挣着起床,催妈帮她穿衣。她连袜子也不及

屋里似乎比往年热闹一点。凡到我家来玩的人,都说这花各种颜色开在一个钵子内,真是错杂得好看。

穿,披着那一头黄发,便同六弟站在那篮花钵子边旁数花苞了。"妈,第一个钵子有七个,第二个钵子有二十几个,第三个钵子有十七个,第四个钵子有三个;六哥说第四个是不大向阳,但它叶子却又分外多分外绿。花坛上六哥不准我爬上去,他说有十几个。"当妈为九妹在窗下梳理头上那一脑壳黄头发时,九妹便把刚才同六弟所数的花苞数目告妈。没有作声的妈,大概又想到去年秋天栽花的大哥身上去了。

当第一朵水红的玫瑰在第二个钵子上开放时,九妹记着妈的教训,连洗衣的张嫂进屋时见到刚要想用手去抚摩一下,也为她"嗨!不准抓呀!张嫂"忙制止着了。以后花越开越多,九妹同六弟两人每早上都各争先起床跑到花钵边去数夜来新开的花朵有多少。九妹还时常一人站立在花钵边对着那深红浅红的花朵微笑,像花也正觑着她微笑的样子。

花坛上大概是土多一点吧。虽只三四个枝条,开的花却不次于钵头中的,并且花也似乎更大一点。不久,接近檐下那一钵子也开得满身满体了。而新的苞还是继续从各枝条嫩芽中茁壮。

屋里似乎比往年热闹一点。凡到我家来玩的人,都说这花各种颜色开在一个钵子内,真是错杂得好看。同到大姐同学的一些女人到我家来看花时,也都夸奖这花有趣。三姨并且说这比她花园里的开得茂盛得远。妈因为爱惜，从不忍折一朵下来给人。因此，谢落了的，不久便都各于它的蒂上长了一个小绿果子。妈又要我写信去告在长沙读书的大哥，信封里九妹附上了十多片谢落下的玫瑰花瓣。那年的玫瑰糖呢，还是九妹到三姨家里折了一大篮单瓣玫瑰做的。

于北京窄而霉小斋

二月八，土地菩萨生日，街头街尾，有的是戏！土地堂前头，只要剩下来约两丈宽窄的空地，闹台就可以打起来了。

我的小学教育

木傀儡戏

二月八,土地菩萨生日,街头街尾,有的是戏!土地堂前头,只要剩下来约两丈宽窄的空地,闹台就可以打起来了。

这类木傀儡戏,与其说是为娱乐土地一对老夫妇,不如说是为逗全街的孩子欢心为合适。别的功果,譬如说,单是用胡椒面也得三十斤的打大醮,捐钱时,大多都是论家中贫富为多少的;唯有土地戏,却由募捐首士清查你家小孩子多少。像我们家有五个姊妹的,虽然明知道并不会比对门张家多谷多米,但是钱,总捐得格外多。不捐,那是不行的。小孩子看戏不看戏可不问。但若是你家中孩子比别人两倍多,出捐太少,在自己良心上说来,也不好意思。

戏虽在普通一般人家吃过早饭后才开场,很早很早,那个地方就会已为不知谁个打扫得干干净净了。唯有"土地堂前猪屎多",在平时,猪之类,爱在土地堂前卸脱它的粪便,几乎是成了通例的,唱戏日,大家临时就懂了公德心,知道妨碍了看戏是大家所抱怨的,于是,这一天,就把猪关禁起来了。你若高兴,早早地站在自己门前,总可以见到戏箱子过去,押箱子的我们不要问就可以知道是"管班"。每一口箱子由两个挑水的人抬着,箱子上有各样好看的金红漆花,有钉子,有金纸剪就"黄金万两"连连牵牵的吉利字,一把大牛尾锁把一些木头人物关闭着。呵，想象到那些花脸，旦角，尤其是爱做笑样子的小丑，鼻子上一片白粉豆腐干似的贴着，短短的胡子……而它们，这时是一起睡在那一只大木箱子里，将要做些什么？真可念！我们又可以看到一批年老的伯娘婆婆，搬了凳子，预先去占座位的。做生意的，如像本街光和的米豆腐担子，包娘的酸萝卜篮子，也颇早地就去把地盘找就了。

一十六个大字，照例的每日功课，在一种毫不用心随随便便的举动下，用淡淡的墨水描到一张老连纸上后，所候的就是"过午"那三十枚制钱了。

饭吃了，一十六个大字，照例的每日功课，在一种毫不用心随随便便的举动下，用淡淡的墨水描到一张老连纸上后，所候的就是"过午"那三十枚制钱了。关于钱的用处，那是预先就得支配的。所有花费账单大致如下：

面（或饺子）一碗，十二文。
甘蔗一节，三文。
酸萝卜（或蒜苗），五文。
四喜的凉糕，四文。
老强母亲的膏粱甜酒，三文。
余三文作临时费。

母亲于出门时,总有三次以上嘱咐不得买吃的,但倘若是并无其他相当代替东西时,凉糕同膏粱甜酒,这两样,仍然是不忍放弃的。有时可以把甘蔗钱移来买三颗大李子,吃了西瓜则不吃凉糕。倘若是剩钱,那又怎么办?钱一多,那就只好拿来放到那类投机事业上去碰了!向抽签的去抽糖罗汉,有时运气好,也得颇大的糖土地。又可以直接去换钱,去同人赌骰子,掷"三子侯"。钱用完时,人倦了,纵然戏正有趣,回家也是时候了。遇到看戏日,是日家中为敬土地的缘故,菜必格外丰富。"土地怎不每月有一个生日呢?"用一种奇怪的眼睛瞅着桌上陈列的白煮母鸡,问妈,妈却无反应。待到白煮鸡只剩下些脚掌肋巴骨时,戏台边又见到嘴边还抹油的我们了。

遇到看戏日,是日家中为敬土地的缘故,菜必格外丰富。"土地怎不每月有一个生日呢?"

在镇箪,一个石头镶嵌就的圆城圈子里住下来的人,是苗人占三分之一,外来迁入汉人占三分之二,混合居住的。虽然多数苗子还住在城外,但风俗、性质,是几乎可以说已彼此同锡与铅样,融合成一锅后,彼此都同化了。时间是一世纪以上,因此,近来有一类人,就是那类说来俨然像骂人似的,所谓"杂种",就很多很多。起初由总兵营一带,或更近贵州一带苗乡进到城中的,我们当然可以从他走路的步法上也看得出这是"老庚",纵然就把衣服全换。但要

练习打筋斗、拿顶、倒转来手走路。或者,把由自己刮削得光生生的南竹片子拿在手上,选对子出来,学苗子打堡子时那样拼命。

一个人,说出近来如吴家杨家这两族人究竟是属于哪一边,这是不容易也是不可能的!若果"苗女儿都特别美",这一个例可以通过,我们就只好说凡是吴家杨家女儿美的就是苗人了。但这不消说是一个笑话。或者他们两家人,自己就无从认识他的祖宗。

苗人们勇敢、好斗、朴质的行为,到近来乃形成了本地少年人一种普遍的德性。关于打架,少年人秉承了这种德性。每一天每一个晚间,除开落雨,每一条街上,都可以见到若干不上十二岁的小孩,徒手或执械,在街中心相殴相扑。这是实地练习,这是一种预备，一种为本街孩子光荣的预备！全街小孩子，恐怕是除非生了病，不在场的怕是无一个吧。他们把队伍分成两组，各由一较大的，较挨得起打的，头上有了成绩在孩子队中出过风头的，一个人在别处打了架回来为本街挣了面子的，领率统辖。统辖的称为官，在前清，这人是道台，是游击，到革命以后，城中有了团长旅长，于是他们头衔也随到改变了。我曾做过七回都督，六弟则做过民政长。都督的义务是为兄弟伙凑钱备打架的南竹片；利益，则行动不怕别人欺侮，到处看戏有人护卫而已。

晚上，大家无事，正好集合到衙门口坪坝上一类较宽敞地方，练习打筋斗、拿顶、倒转手来走路。或者，把由自己刮削得光生生的南竹片子拿在手上，选对子出来，学苗子打堡子时那样拼命。命固不必拼，但，互相攻击，除开头脸、心窝、"麻雀"，只在一些死肉上打下，可以炼磨成一个挨得起打的英雄好汉，那是事实吧。不愿用家伙的，所谓"文劲"，仍可以由都督，选出两队相等的小傻子来，把手拉斜抱了别个的身，垂下屁股，互相扭缠，同一条蛇样，到某一个先跌到地上时为止，又再换人。此类比赛，范围有限，所以大家就把手牵成一个大圈儿，让两人在圈中来玩。都督一声吆喝，两个牛劲就使出了。倒下而不愿再起的，算是败了。败者为胜利的作一个揖，表示投降，另一场便又可以起头。也有那类英雄，用腰带绑其一手，以一手同人来斗的，也有两人与一人斗的。总之，此种练习，以起疱为止，流血也不过凶，不然，胜利者也觉没趣，因为没一个同街的啼哭回家，则胜利者的光荣，早已全失去了。

这一街与另一街必得成仇，不然，孩子们便找不出实际显示功夫的一天！遇到某街某弄，土地戏开场，他们就有得是乐了。先日相约下来，做个预备。行使通知的归都督，由都督下令团长去各家报告。各人自预备下应用的军器，这真是少不得的一件东西！固然，正式冲锋上，有由各方首领各选人才，出面单独角力用不着军器的时

"据探子报：×月×日，××街，唱土地戏×天，兄弟们应各备器械，前往台边占据地盘。……"

候，但，终少不了！少了军器，到说"各亮器械宽阔处去"时，恐怕气概就老不老早先馁下了。或是短短木棒，或是家中晒棉纱用的小竹筒，都可以。最好最正式的军器是"南竹块"。这东西，由一个小孩子打到另一小孩子身上时，任怎样有力，也不会大伤。且拿南竹片可以藏到袖中，孩子们学藤牌时，又可以充砍刀用，所以家中也不会禁止。缺少军器的可以到都督处去领取两枚小钱，到钱纸铺去，自己任意挑选。竹片在钱纸铺中，除了夹纸已成了废物，也幸有了这样一种销路，不然，会只有当柴烧了。

团长通知话语，大约如下：

"据探子报：×月×日，××街，唱土地戏×天，兄弟们应各备器械，前往台边占据地盘。奋勇当先，各自为战，莫为本街出丑，是所望于大家！"

此出于侵略一方面，能具侵略胆量者，至少总有几位脚色，且有联络或征服其他团体三个以上的力量才敢正式宣布，不然，戏纵要看，也只好悄悄地，老老实实地，站在远远的地方观望罢了。戏属本街呢，传话当为："×月×日，本街×段唱木人头戏，热闹非凡，凡我弟兄，俱应于闹台锣鼓打过以前，执械戎装到场，把守台边。莫为别地痞子欺侮，致令权利失去！其军械不齐又不先来都督处领取款子的，罚如律。"

关于赏罚律，抄数则例示：

见敌远走者，罚钱一文。
被打起疤不哭哼者，赏钱一文。
在别处被二人以上围打不伤者，赏钱二文。
被人骂娘二句挑战不敢动手者，罚钱二文。

不是说到这一群小宝贝预约下来的事情么？在戏场开锣以前，空头唢呐还呜呜地吹时，本街的孩子们，三个五个，满面光辉，如生日是属于自己一样，吃得肚子饱饱的，迎上前去，就把戏台包围了。所谓台，可不是玩意儿，冠冕堂皇，真了不得呀。十多根如同臂膊大小的木杆竹竿，横七竖八地在一些麻绳子的束缚下绑好后（远看正如一个立方体的灯笼架子），接着是用破破烂烂灰布青布帐篷一类套上去。照此一来，太阳可以不会再晒到鼓起嘴巴吹唢呐的老老秃顶了，一些木头傀儡也就很安静于一方阴影下老老实实休息着了。布篷套上后，已不再像灯笼架子，到后又得那类庙中用的幔子把打锣鼓一班人分隔到内房去，于是远远地看来，俨然也成了一个戏台模样。

把闹台过后，不久就是为某乡约、某保证，或是某老太太打加官的一套把戏。这真讨厌！在大戏台上，见到一个戴了面具，穿了红衣，随着"铛铛庆铛铛"一起一落的步法走着，好久好久又才拿起那"加官赐福"或"一品当朝"的红布片子撒开一抖，已够腻人了，如今却由一个木头人再套上一个面具，也亏下面那个舞的人好意思！另一个人口中喊着为某老太太的加官呀，我们回过头去，只要选那人众中脸儿像猫的，必定就是她。她是快活极了，却不知我们都为她羞。不过，这加官打到自己家中的外祖母头上时，那便又当别论了，因为是这么一来，过午的钱，将因外祖母的高兴，把我们吃早饭时所预约下来的用费增加了。

有一类声音，是未经锣鼓敲打以前，就能听到的，就像：孥孥，你妈又怎不来？婆婆，又怎不把你的外孙也带来？代狗，这里要买盐葵花子！嫂嫂，这里有张空凳……到歇晚台时，一切声音就都为拖曳板凳的吱吱格格声音吞噬了。也有不少小孩子尖锐的呼声，突出此一片嘈杂的音海，但终于抑下了，深深地陷到这类烂泥样的吵嚷中了，全场板凳移动声像一批顶小的顶坏的边响炮仗往你耳边炸。

到末了，剩下三五个顽皮的不知足的小孩子，用一种研究态度，把手指头塞到口里去，权当丁丁糖吮着，很殷勤地看到戏子们把一个一个木傀儡安置到大箱中去，又看到戏台的皮剥去后，依然恢复那灯笼架子的神气，又看到小叫花子，徘徊于灰色葵花籽壳中找寻他不意中的幸运，好像一枚当十铜元、一条手巾、一个仅只咬去一半的甜梨。

唱戏人，在布围子里地下走动着，把木傀儡从暗中伸举起来，至齐傀儡膝部自己手掌为度，若在台边看戏，利益就太多了。在台边，则一面可以看戏，一面还可见到那个唱戏的人，手中耍着木头人，口上哼哼唧唧，且极其可笑地做出俨乎其然的神气，走着戏上人物的步法。一个场面上是旦脚，如像夺阿斗的糜夫人，则要木头人

手中耍着木头人,口上哼哼唧唧,且极其可笑地做出俨乎其然的神气,走着戏上人物的步法。

的那一位,脚步也扭扭捏捏,走动时也正同一个小脚女人样,真可笑极了。揎开布篷,便又可以见到那打锣的,在空闲时把塞到耳朵边正燃着纸媒子吸烟,吹唢呐的,嘴巴胀鼓鼓的,同含了什么两枚核桃之类,又正如杀猪志成吹猪脚那一种派头。台边前,不怕太阳晒,也是一个舒服处。还有一件顶讨便宜的事,就是随意去扳动那些脑后一颗钉挂在绳子上休息的傀儡时,戏子见到也从不呵斥!因为这中还有一个规矩,这规矩是戏在哪一街演唱时,则那一街的孩子,在大人们许可的法律中,成了戏台周围唯一的霸有者了。在霸有者所享有的权利有如此之多,当然给了其小孩若干强烈的诱惑。帝国主义者之侵略,既无从去禁止另一街为这诱惑已弄得心痒痒的强项君子,因此一来，保护主权与野心家的战争，便随时都可以发生了。

败了，大家无声无息地退下，把救兵搬来时，又用力夺回。或保留此仇，待他日报复。胜了，所谓野心家，怀了失败的羞耻，也不再看别人街上唱的戏，都督带领弟兄，垂头丧气回家去，这耻辱也保留下来，等另一机会去了。为竞争存活起见，这之间用得着临时联邦政策。毗邻一街，若无深仇，则可合力排除强权，成功后，把帝国主义者打倒后，则让出戏台前地位三分之一来做携手御外侮的报酬。也有本街孩子极少，犹能抵抗外来之人侵略主权的，此则全赖本街中之大孩子。此类大孩子，当年亦必曾做统领，有名于全城，一切孩子们所敬服，又能持中不偏，才足以济。大孩子初不必帮同作战，或用别的力来相助，所要的是公理的执行。遇他方的孩子，行使侵略，来占戏台，本街小孩子诉苦于大孩子时，大孩子即做主人，再找一二好事喜斗之徒，为执行评证，使两街孩子，到离戏场较远，不致扰乱唱戏的空地方去，排队成列，各择一人，出面来殴扑，不准哭，不准喊，不准用铁器伤人，不准从旁帮忙。跌下的，若有力再战，仍可起身作第二次比赛。第一对胜败分明后，又选第二对，第三第四继其后，以尽本街小孩子为止。到后，总评其胜负。若本街实不敌，则让戏台之一面或两面，作媾和割地议；若胜，则对方虽人多，亦不必退缩。因较大之公证人在旁，败者亦只好携手跑去，再不好意思看戏了。要报仇么？下次有的是机会，横顺土地戏是这里那里直要唱两个月以上的，并且土地戏以外也不是无时间。

在打架时，是会要影响到戏的演奏么？我才说到，那请放心，决不会到那样！他们约下来，在解决以前，是不能靠近目的地的。人人都是那样文明，混战独战总得到大田坪里，或有沙土地方去。大坪坝空阔、平顺，免得误打别的老实小孩们，敌不过而又不甘认败的，且可以在田坪中小跑，如鸡溜头时一样。至于沙子地方，则纵跌猛地摔倒时，不至把身子跌伤，且衣服脏了也容易干净。也不知是有

要报仇么?下次有的是机会,横顺土地戏是这里那里直要唱两个月以上的,并且土地戏以外也不是无时间。

意还是自然哩,在城中,一块大坪,沙子软软的同棉絮样的地方,就很多!无论如何,孩子们,会选地方打架,那是用不着夸张也用不着隐饰的了。

不光是看戏。正月,到小教场去看迎春;三月间,去到城头放风筝;五月,看划船;六月,上山捉蛐蛐,下河洗澡;七月,烧包[①];八月,看月;九月,登高;十月,打陀螺;十二月,初三牲盘子上

---

① 鬼节(阴历七月十五)时,为死去的亲人烧成包封好的纸钱。

不理是为一个不愿眼前吃亏的上策。忍不住时,抬起头去,两人目光一相接,那他便更其调皮起来!

庙敬神;平常日子,上学、买菜、请客、送丧。你若是一个人,又不同你妈,又不同你爸,你又是结下了许多仇的一个人,那真危险!你一出街头,就得准备。起疱是最小的礼物,你至少应准备接受比起疱分量还重一点的东西。闪不知,一个人会从你身边擦过去,那个手拐子,凶凶的,一下就会撞你倒地做个饿狗抢屎的姿势!来撞你的总不止一人。他们无非也是上学、买菜一类家中职务。他若是一人,明知不是你对手,远远地他见你来,早拔脚跑了。但可以欺的,他总不会轻轻放过。他们都是为人欺苦够了的人,时时想到报复,想到把自己仇人踹到泥里头去。对仇人,没有可报复的方法时,则到处找更其怯弱的人来出气。他们见了你时,有意无意地,走过你的身边,装

骂,让他点吧,眼前亏好汉是不吃的。你一回嘴,情形准糟。欺凌过路人,这是多数方面一种固有权利……

装自己爸爸夜里吃多了酒的醉模样,口中哼哼唧唧,把手撑到腰间,故意将拐子作了力来触撞你软地方。撞了你后,且胡胡地用鼻子说着:"怎么,撞人呀!"不理是为一个不愿眼前吃亏的上策。忍不住时,抬起头去,两人目光一相接,那他便更其调皮起来!他将对你不客气地笑,这笑中,你可以省得他所有的轻蔑来。或者,他更近一步,拢到你身边来,扬起捏着的拳,恐吓似的很快地轻轻落到你背上。你不作声,还是低了头在走,那第二步的撩逗又出来了。他将把脚步拖缓下来,待你刚要走近他身边时,笑笑的脸相,充满难堪的恶意,故意若才见到你的神气:"喔,我道是谁呀!若高兴打架,就请把篮子放下吧。"

这只能心里说打架是不高兴的事。虽然在另一个地方,你明知这人是不敢多事的,但如今是到了他的大门左右,一声喊,帮忙的来打狗扑羊的不知就有许多,所以"狗仗屋前"的他,便分外威风起来了。挑战的话大致不外后五种,录下以见一斑:

1. × 他妈,谁爱打架就来呀!
2. 卖屁股的,慢走一点,大家上笔架城去!
3. 哪个是大脚色,我卵也不信,今天试试!

4. 大家来看！这里来一个小鬼！

5. 小旦脚，小旦脚，听不真么，我是说你呀！

骂，让他点吧，眼前亏好汉是不吃的。你一回嘴，情形准糟。欺凌过路人，这是多数方面一种固有权利，这权利也正如官家拦路抽税样：同是不合理，同是被刻薄，而又应当忍受之事；不然，也许损失还大。并且，此事在你自己，或者先时于你街上，就已把这税收得，这时不过是退一笔不要利息的借款罢了。

关于两街中也有这么一条，"不欺单身上学孩子"，但这义务，这国际公德，也看都督的脚色而定，若都督不行，那是无从勒弟兄们遵守的。

木傀儡戏中常有两个小丑，用头相碰，揉做一团的戏。因此，孩子们争斗中，也有了一派，专用头同人相碰。但这一派属于硬劲一流，胜利的仍然有同样的吃亏，所以人数总不多，到后来，简直就把这门战略勾除了。

一九二六年八月十日作完，北京

在私塾

君,你能明白逃学是怎样一种趣味么?

说不能,那是你小时的学校办得太好了。但这也许是你不会玩,一个人不会玩他当然不必逃学。

我是在八岁上学以后,学会逃学起,一直到快从小学毕业,顶精于逃学,为那长辈所称为败家子的那种人,整天到山上去玩的。

君,你能明白逃学是怎样一种趣味么?说不能,那是你小时的学校办得太好了。但这也许是你不会玩……

在新式的小学中，我们固然可以随便到操场去玩着各样我们高兴的游戏，但那铃，在监学手上，喊着闹着就比如监学自己大声喝吓，会扫我们玩耍的兴致。且一到讲堂，遇到不快意功课，那还要人受！听不快意的功课，坐到顶后排，或是近有柱子门枋边旁，不为老师目光所瞩的较幽僻地方，一面装为听讲，一面把书举起掩脸打着盹，把精神蓄养复原，回头到下课时好又去大闹。君，这是一个不算最坏的方法。照例学校有些课目应感谢那研究儿童教育的学者，编成的书又真使我们很容易瞌睡，如像地理、历史、默经等，不过我们的教员，照例教这些功课的人，是把所有教音乐、图画的教员不有的严厉，占归为己所有，又都像有天意，这些人是选派下来继续旧日塾师的威风，特别凶，所有新定的处罚，也像特为这门功课预备的。不逃学，怎么办？在旧式塾中，逃学是挨打，逃学必在发现以后才挨打；不逃学，则每天有一打以上机会使先生的戒尺敲到头上来。君，请你比较下，是逃好，还是不逃好？并且学校以外有戏看，有澡洗，有鱼可以钓，有船可以划，若是不怕腿痛还可以到十里八里以外去赶场，有狗肉可以吃饱。君，你想想，在新式学校中则逃学纵知道也不过记一次过，以一次空头的过，既可以免去上无聊功课的麻烦，又能得恣意娱乐实惠，谁都高兴逃学！

到新的小学中去读书，拿来同在外游荡打比，倒还是逃学为合算点，说在私塾中能呆下去，真信不得！在私塾中这人不逃学，老实规矩地念书，日诵《幼学琼林》两页半，温习字课十六个生字，写影本两张，这人是有病，不能玩，才如此让先生折磨。若这人又并无病，那就是呆子。呆子固不必天生，父亲先生也可以用一些谎话，去注入小孩脑中，使他在应当玩的年龄，便日思成圣成贤，这人虽身无疾病，全身的血却已中毒了。虽有坏的先生坏的父母因为想儿子成病态的社会上名人，不惜用威迫利诱，治他的儿子。这儿子还能心野不服管束，想方设法离开这势力，顾自走到外边去浪荡，这小孩的

到新的小学中去读书，拿来同在外游荡打比，倒还是逃学为合算点，说在私塾中能呆下去，真信不得！

心，当是顶健全的！一个十三岁以内的人，能到各处想方设法玩他所欢喜的玩，对于人生知识全不曾措意，只知发展自己的天真，于一些无关实际大人生活事业上，建设、创造、认识他所引为大趣味的事业，这是正所以培养这小子！往常的人没有理解到这事，越见小孩心野越加严，学塾家庭越严则小孩越觉得要玩，一个好的孩子谓为全从严厉反而得的影响，而有所造就，也未尝不可！

也不要人教，天然会，是我的逃学本能。单从我爱逃学上着想，我就觉得就像现行教育制度应当改革的地方就很多了。为了逃学我身上得到的殴挞，比其他处到我环境中的孩子会多四五倍，这证明我小时的心的浪荡不羁的程度，真比如今还要凶。虽挨打，虽不逃学即

我总认玩上一天挨打一顿是值得的事。图侥幸的心也未尝不有,不必挨打而又可以玩,再不玩,我当然办不到!

可以免去,我总认玩上一天挨打一顿是值得的事。图侥幸的心也未尝不有,不必挨打而又可以玩,再不玩,我当然办不到!

你知道我是爱逃学的一人,就是了。我并且不要你同情似的说旧式私塾怎样怎样的不良,我倒并不曾感觉到这私塾不良待遇阻遏了我什么性灵的营养。

我可以告你是我怎样地读书,怎样地逃学,以及逃开塾中到街上或野外去时是怎样地玩,还看我回头转家时得到报酬又是些什么。

君,我把我能记得很清楚的一段学校生活原原本本说给你听吧。

先是我入过一个学馆,先生是女的,这并不算得入学,只是因为妈初得六弟,顺便要奶娘带我随同我的姐上学罢了。除了我每日上学，是为一些比我大七岁八岁的大姐的女同学，背我抱我从西门上学。有次这些女人中，不知是谁个，因为爬西门坡的石级爬倦，流着泪的情形，我依稀还能明白，其他茫然了。

我说我能记得的那个。

这先生，是我的一个姨爹。使你很容易明白就是说：师母同我妈是两姊妹，先生女儿是我的表姐。大家全是熟人！是熟人，好容易管教，我便到这长辈家来磕头作揖称学生了。容易管是真的，但先生管教时也容易喊师母师姐救驾，这可不是我爹想到的事了。

学馆是仓上。也就是先生的家。关于仓，在我们地方是有两个，全很大，又全在西门。这仓是常平仓还是标里的屯谷仓，我到如今还是不能很明白。

不过如今试来想：若是常平仓，这应属县里，且应全是谷米不应空，属县里则管仓的人应当是戴黑帽像为县中太爷喝道的差人，不应是穿号褂的老将，所以说它是标里屯粮的屯仓，还相近。

仓一共总是两排，拖成两条线，中间留出一条大的石板路，仓是一共有多少个这时也许不能再记清楚了，仓中有些是贴有一个大"空"字，有些则上锁，且有谷从旁边露出，则还很分明。

我说学馆在仓上，不是的。仓仍然是仓，学馆则是管仓的衙门，不消说，衙门是在这两列仓的头上！到学馆应从这仓前过，仓延长有许多长，这道也延长有许多长。在学馆，背完书，经先生许可，出外面玩一会儿，也就是在这大石板上玩！这长的路上，有些是把石头起去种有杨柳的，杨柳像摆对子的顶马，一排一排站在路两旁，都很大，算来当有五六十株。这长院子中，到夏天时，还有胭脂花、指甲草以及六月菊、牵牛之类，这类花草大约全是师母要那守仓老兵栽种的，因为有人不知去折六月菊喂蛐蛐，为老兵见到就说师母知道会要骂人的。

到清明以后，杨柳树全绿，我们再不能于放晚学后到城上去放

恨虽然是恨,毕竟也并无那捉一只来大家把它煮吃的心思,所以二三十只兔子同我们十七个学生,就共同管领这条仓前的长路……

风筝。长院子中给杨柳荫得不见太阳,则仓的附近,便成了我们的运动场。仓的式样是悬空,有三尺左右高的木脚,下面极干爽,全是细的沙。因此有时胆大一点的学生,还敢钻到仓底下去玩。先有一个人,到仓底去说是见有兔巢穴在仓底大石础旁,又有小花兔,到仓底乱跑,因此进仓底下去看兔窟的就很多了。兔,这我们也是常常在外面见到的,有时这些兔还跑出来到院中杨柳根下玩,又到老兵栽的花草旁边吃青草,可是无从捉。仓的脚既那么高,下面又有这东西的家,纵不能到它家中去也可以看看它的大门。进仓去,我们只需腰躬着就成,我自然因了好奇也到过这仓底下玩过了!当到先生为人请去时,由我出名去请求四姨,让我们在先生回馆以前,玩一阵,大家来到院中捉老鼠,玩"朦胧口"的游戏,仓底下成了顶好的地方。从仓外面瞧里面,弄不清,里面瞧外又极分明。遇到充猫儿是胆小的人时,他不敢进去,明明知道你在那一个仓背后也奈何你不得。这仓下,如今说来真可算租界!

怎么学馆又到这儿来?是清静,为一事;先生在衙门做了点事情,与仓上有关,就便又管仓,又为一事。

到仓上念书,一共是十七个人,有些人不算顶小,但是胆小,我在十七个人中,胆子独大。胆子大,也并不是比别人更不怕鬼,是说最不惧先生。虽说照家中教训,师为尊,我不是不尊。若是在什么事上我有了冤枉,到四姨跟前一哭,回头就可以见到表姐请先生进去,谁能断定这不是进去挨四姨一个耳光呢?在白天,大家除了小便是不能轻易外出到院子中玩的。院中没有人,则兔子全大大方方来到院中石板路上,还有些是引带三只四只小黑兔,就如我家奶娘引带我六弟八弟到道门口大坪里玩一个样。我们为了瞧看这兔子,或者吓吓这些小东西一次,每每借小便为名,好离开先生。我则故意常常这样办,先生似乎明知我不是解溲,也让我去。关于兔子我总不明白,我疑心这东西耳朵是同孙猴子的"顺风耳"一样:只要人一出房门,还不及开门,这些小东西就溜到自己家去,生怕别人就捉到它耳。我们又听到老兵说这兔见他同师母时并不躲,也无恐怕意,因为是人熟,只把我们同先生除外。这话初初是不信,到后问四姨,是真的,有些人就恨起这些兔子来了。见这人躲见那人又不,正像乡下女人一样的乖巧,恨虽然是恨,毕竟也并无那捉一只来大家把它煮吃的心思,所以二三十只兔子同我们十七个学生,就共同管领这条仓前的长路,我们玩时它们藏在穴口边伸出头看我们玩;到我们在念书时，它们又在外面恣肆跑跳了。

我们把这事也共同议论过：白天的情形，我们是同兔子打伙一块坪来玩；到夜，我们全都回了家，从不敢来这里玩，这一群兔子，是不是也怕什么，就是成群结队也不敢出来看月亮？这就全不知道了。

仓上没有养过狗，外面狗也不让它进来，老兵说是免得吓坏了兔子。大约我们是不会为先生吓坏的，这为家中老人所深信不疑，不然我们要先生干吗？

我们读书的秩序，为明白起见，可以做个表。这表当如下：

早上——背温书、写字、读生书、背生书、点生书——散学；

吃早饭后——写大小字、读书、背全读过的温书、点生书——过午；

过午后——读生书、背生书、点生书、讲书、发字带认字——散学。

这秩序，是我应当遵守的。过大过小的学生，则多因所读书不同，应当略变更。但是还有一种为表以外应当遵守的，却是来时对夫子牌位一揖，对先生一揖，去时又得照样办。回到家，则虽先生说应对爹妈一揖，但爹妈却免了。每日有讲书一课，本是为那些大学生预备的，我却因为在家得妈每夜讲书听，因此在馆也添上一门。功课似乎既比同我一样大小年龄的人为多，玩的心情又并不比别人少，这样一来可苦了我了！

在这仓上我照我列的表每日念书念过一年半，到十岁。

《幼学琼林》是已念完了，《孟子》念完了，《诗经》又念了三本。

但我上这两年学馆究竟懂了些什么？让姨爹以先生名义在爹面前去极力夸奖？我真不愿做这神童事业！爹也似乎察觉了我这一面逃学一面为人誉为神童的苦楚，知道期我把书念好是无望，终究还须改一

我学会爬树，我学会钓鱼……我学会逃学，来做这些有益于我身心、给我深的有用的经验的娱乐……

种职业，就赌气把我从学馆取回，不理了。爹不理我一面还是因为他出门，爹既出门让娘来管束我，我就到了新的县立第二小学了。

不逃学，也许还能在那仓上玩两三年吧。天知道我若是再到那类塾中我这时变到成个什么样的人！

神童有些地方倒真是神童，到这学塾来，并不必先生告我，却学会无数小痞子的事情了。泗水虽在十二岁才学会，但在这塾中，我就学会怎样在洗了澡以后设法掩藏脚上水泡痕迹去欺骗家中，留到以后的采用。我学会爬树，我学会钓鱼……我学会逃学，来做这些有益于我身心、给我深的有用的经验的娱乐，这不是先生所意料，却是私塾所能给我的学问！君，我还懂得一种打老虎的毒药弩，这是

"今天被罚了,我猜是!"姑妈自以为所猜一点不错,就又立时怜惜我似的,说,"明天要到四姨处去将告四姨要姨爹对你松点。"

那个同兔子无忤的老兵告我有用知识的一种:只可惜是没有地方有一只虎让我去装弩射它的脚,不然我还可以在此事业上得到你所想不到的光荣!

我逃学,是我从我姨爹那读书半年左右才会的,因为见他处置自由到外面玩一天的人,是由逃学的人自己搬过所坐板凳来到孔子面前,擒着打二十板屁股。我以为这是合算的事,就决心照办地在校场看了一天木傀儡社戏。按照通常放学的时间,我就跑回家中去,这时家中人正要吃饭,显然回家略晚了,却红脸。

到吃饭时一面想到日里的戏一面想到明天到塾见了先生的措词,就不能不少吃一碗了。

"今天被罚了,我猜是!"姑妈自以为所猜一点不错,就又立时怜惜我似的,说,"明天要到四姨处将告四姨要姨爹对你松点。"

"我的天,我不好开口骂你!"我为她一句话把良心引起,又恨这人对我的留意。我要谁为我向先生讨保?我不能说我不是为不当的罚所苦,就老早睡了。

第二天到学校,"船并没有翻",问到怎么误了一天学,说是家里请了客,请客即放学,这成了例子,我第一次就采用这谎语挡先生一阵。

归到自己位上去,很以为侥幸,就是在同学中谁也料不到逃一天学了。

　　当放早学时，同一个同街的名字叫作花灿的一起归家。这人比我大五岁，一肚子的鬼。他自己常说，若是他做了先生，戒尺会得每人预备一把，但他又认为他自己还应预备两把！别人抽屉里，经过一次搜索已不敢把墨水盒子里收容蛐蛐，他则至少有两只蛐蛐是在装书竹篮里。我们放早学，时候多很早，规矩定下来是谁个早到谁就先背书，先回家，因此大家争到早来到学塾。早来到学塾，难道就是认真念书么？全不是这么回事。早早地赶到仓上，天还亮不久，从那一条仓的过道上走过，会为鬼打死！"早来"只是早早地从家中出来，到了街上我们可以随意各以其所好地先上一种课。这时在路上，所遇到的不外肩上挂着青布裆裤赶场买鸡的贩子，同时就在空屠桌上或冷灶旁过夜的担脚汉子，然而我们可以把上早学得来的点心钱到卖猪血豆腐摊子旁去吃猪血豆腐，吃过后，再到杀牛场上看杀牛。并且好的蛐蛐不是单在天亮时才叫吗？你若是在昨晚已把书念到很有

　　你若是在昨晚已把书念到很有把握，趁此出城到塘湾去捉二十只大青头蟋蟀再回，时间也不算很迟。

把握，趁此出城到塘湾去捉二十只大青头蟋蟀再回，时间也不算很迟。到不是产蟋蟀的时候，我们还可以到尹衙门去看营兵的操练，就便走浪木、盘杠子，以人作马互相骑到"马"上来打仗。玩够了，再到学塾去。一句话说，起来得早我们所要的也是玩！照例放学时，先生为防备学生到路上打架起见，是一个一个地出门，出门以后仍然等候着，则不是先生所料到的事了。我们如今也就是这样。

"花灿，时候早，怎么玩？"

"看鸡打架去。"

我说好吧，于是我们就包绕月城，过西门坡。

散了学，还很早，不再玩一下，回到家去反而会为家中人疑心逃学，是这大的聪明花灿告我的。感谢他，其他事情为他指点我去做的还多呢。这个时候本还不是吃饭的时候，到家中，总不会比到街上自由，真不应就忙着回家！

这里我们就不必看鸡打架，也可以各挟书篮到一种顶好玩有趣的地方去开心！在这个城里，一天顶热闹的时间有三次：吃早饭以前这次，则尤合我们的心。到城隍庙去看人斗鹌鹑，虽不能挤拢去看，但不拘谁人把打败仗的鸟放飞去时，瞧那鸟的飞，瞧那输了的人的脸嘴，便有趣！再不然，去到校场看人练藤牌，那用真刀真枪砍来打去的情形，比看戏就动人得多了。若不嫌路远，我们可包绕南门的边街，瞧那木匠铺新雕的菩萨上了金没有。走边街，还可以看浇铸犁头，用大的泥锅，把钢熔成水，把这白色起花的钢水，倒进用泥做成敷有黑烟子的模型后，呆会儿就成了一张犁。看打铁，打生铁拿锤子的人，不拘十冬腊月全都是赤起个膊子，吃醉酒了似的舞动着那十多斤重的锤敲打那砧上的铁，那铁初从炉中取出时，不用锤敲打也嘘嘘地响，一挨锤，便就四散地飞花，使人又怕又奇怪。君，这个不算数，还有咧。在这一个城圈子中我们可以流连的地方多着，若我一辈子是小孩，则一辈子也不会对这些事物感生厌倦！

到城隍庙去看人斗鹌鹑，虽不能挤拢去看，但不拘谁人把打败仗的鸟放飞去时，瞧那鸟的飞，瞧那输了的人的脸嘴，便有趣！

你口馋，又有钱，在道门口那个地方就可以容留你一世。橘子、花生、梨、柚、薯，这不算，烂贱喷香的炖牛肉不是顶好吃的一种东西吗？用这牛肉蘸盐水辣子，同米粉在一块吃，有名的牛肉张便在此。猪肠子灌上糯米饭，切成片，用油去煎去炸，回头可以使你连舌子也将咽下，杨怒三的猪血绞条，住在东门的人还走到这儿来吃一碗，还不合胃口？卖牛肉疤子的摊子他并不向你兜揽生意，不过你若走过那摊子边请你顶好捂着鼻，不然你就为着这香味诱惑了。在全城出卖的碗儿糕，它的大本营就在路西，它会用颜色引你口涎——反正说不尽的！我将来有机会，我再用五万字专来为我们那地方一个姓包的女人所售的腌莴苣风味，加一种简略介绍，把五万

字来说那苘苣,你去问我们那里的人,真要算再简没有!

这里我且说是我们怎样走到我们所要到的斗鸡场上去。

没有到那里以前,我们先得过一个地方,是县太爷审案的衙门,衙门前面有站人的高木笼,不足道。过了衙门是一个面馆,面馆这地方,我以为就比学塾妙多了!早上面馆多半是在擀面,一个头包青帕满脸满身全是面粉的大师傅骑在一条大木杠上压碾着面皮,回头又用大的宽的刀子齐手风快地切削,回头便成了我们过午的面条。怪!面馆过去是宝华银楼,遇到正在烧嵌时,铺台上,一盏用一百根灯草并着的灯顶有趣地很威风地燃着,同时还可以见到一个矮肥银匠,用一个小管子含在嘴上像吹唢呐样,用气迫那火的焰,又总吹不熄,火的焰便转弯射在一块柴上,这是顶奇怪的熔银子方

左图：
用一个小管子含在嘴上像吹唢呐样，用气迫那火的焰，又总吹不熄，火的焰便转弯射在一块柴上，这是顶奇怪的熔银子方法！

右图：
去去去，我已看见了，这里的鸡全不会溜头，打死架，不如到那边去瞧破黄鳝有味！

法！还有刻字的，在木头上刻，刻反字全不要写，大手指上套了一个皮戒子，就用那戒子按着刀背乱划，谁明白他是从谁那学来这怪玩意儿呢。

到了斗鸡场后，大家是正围着一个高约三尺的竹篾圈子，瞧着圈内鸡拼命的人满满密密地围上数重，人之间，没有罅，没有缝，连附近的石狮上头也全有人盘踞了。显然是看不成了，但我们可以看别的逗笑的事情。我们从别人大声喊加注的价钱上面也就明白一切了。

在鸡场附近，陈列着竹子编就各式各样高矮的鸡笼，有些笼是用青布幕着，则可以断定这其中有那骠壮的战士，趁到别人来找对手做下一场比武时，我们就可以瞧见这鸡身段颜色了。还有鸡，刚才败过仗来的，把一个为血所染的头垂着在发迷打盹；还有鸡，蓄了力，想打架，忍耐不住的，就拖长喉咙叫。

还有既无力又不甘心的"牛"，才更有意思！肋下挟着脏书包，或是提着破书篮，脸上不是有两撇墨就少不了黄鼻液痕迹。这些"牛"，太关心圈子里战争了，三三两两绕着这圈子打转，只想在一条大个儿身子的人肋下腿边挤进去，不成功，头上给人抓了一两把，又着眼向这抓他摸他的人作生气模样，复自慰地同他同伴说："去去去，我已看见了，这里的鸡全不会溜头，打死架，不如到那边去瞧破黄鳝有味！"

我们也就那样地到破黄鳝的地方来了。

活的像蛇一样的黄鳝满盆、满桶地挤来挤去，围到这桶欣赏这小蛇的人，大小全都有。

破鳝鱼的人，身子矮，下脖全是络腮胡，曾帮我家做过事，叫岩保。

黄鳝这东西，虽不闻咬人，但全身滑腻腻地使人捉不到，算一种讨厌东西。岩保这人则只随手伸到盆里去，总能擒一条到手，看他卡着这黄鳝的不拘那一部分用力在盆边一磕，黄鳝便规规矩矩在他手上不再挣扎，复次岩保在这东西头上就为嵌上一粒钉，把钉固到一块薄板上，这鳝卧在板上让他用力划肚子，又让他剔骨，又让他切成一寸一段放到碗里去，也不喊，也不叫，连滑也不滑，因此不由人不佩服岩保这手艺！

"你瞧，你瞧，这东西还会动呢。"花灿每次发现的，总不外乎是这些事情。鳝的尾、鳝的背脊骨，的确在刮下来以后还能自由地屈曲，但老实说我总以为这是很脏的，虽奇怪也不足道！

我说："这有什么巧？"

"不巧么？瞧我。"他把手去拈起一根尾，就顺便去喂在他身旁的一个小孩。

"花灿你这样欺人是丑事！"我说，我又拖他，因为我认得这被捉弄的孩子。

他可不听我的话，小孩用手拒，手上便为鳝的血所污。小孩骂。

"骂？再骂就给吃一点血！"

"别人又不惹你！"小孩是莫可奈何，屈于力量下面了。

花灿见已打了胜仗，就奏凯走去，我跟到。

"要他尝尝味道也骂人！我不因为他小我就是一个耳光。"

我说,将来会有人报仇。我心里从此厌花灿,瞧不起他了。

若有那种人,欲研究儿童逃学的状况,在何种时期又最爱逃学,我可以贡献他一点材料,为我个人以及我那地方的情形。

"春、夏、秋、冬"最易引起逃学欲望是春天。余则以时季秩序而递下,无错误。

春天爱逃学,一半是初初上学,心正野,不可驯;一半是因春天可以放风筝,又可大众同到山上去折花。

春天爱逃学,一半是初初上学,心正野,不可驯;一半是因春天可以放风筝,又可大众同到山上去折花。论玩应当属夏天,因为在这季里可洗澡,可钓鱼,可看戏,可捉蛐蛐,可赶场,可到山上大树下或是庙门边去睡,但热,逃一天学容易犯困,且因热,放学早,逃学是不必,所以反比春天少逃点学了。秋天则有半月或一月割稻假,不上学。到冬天,天既冷,外面也很少玩的事情,且快放年学,是以又比秋天自然而然少挨一点因逃学而得来的挞骂了。

我第一次逃学看戏是四月,第二次又是。第二次可不是看戏,却同到两人,走到十二里左右的长宁哨赶场。这次糟了。不过就因为露了马脚,在被两面处罚后,细细拿来同所有的一日乐趣比较,天秤朝后面的一头坠,觉得逃学是值得,索性逃学了。

去城十二里,或者说八里,一个逢一六两日聚集的乡场,算是附城第二热闹的乡场。出北门，沿河走，不过近城跳石则到走过五里名叫堤溪的地方，再过那堤溪跳石。过了跳石又得沿河走。走来走去终于就会走进一个小小石砦门，到那哨上了。赶场地方又在砦子上手，稍远点。

这里场，说不尽。我可以借一篇短短文章来为那场上一切情形下一种注解，便是我在另一时节写成的那篇《市集》。不过这不算描写实情。实在详细情形我们哪能说得尽？譬如虹，这东西，到每个人眼中都放一异彩，又温柔，又美丽，又近，又远，但一千诗人聚拢来写一世虹的诗，虹这东西还是比所有的诗所蕴蓄的一切还多！

单说那河岸边泊着小船。船小像把刀，狭长卧在水面上，成一排，成一串，互相挤挨着，把头靠着岸，正像一队兵。君，这是一队虽然大小同样可是年龄衣服枪械全不相同的杂色队伍！有些是灰色，有些是黄色，有些又白得如一根大葱，还有些把头截去，成方形，也大模大样不知羞耻地掺在中间。我们具了非凡兴趣去点数这些小船，数目结果总不同。分别城乡两地人，是在衣服上着手，看船也应用这个方法；不过所得的结论，请你把它反过。"衣服穿得入时漂亮是住城的人，纵穿绸着缎，总不大脱俗，这是乡巴佬。"这很对。这里的船则那顶好看的是独为上河苗人所有，篙桨特别的精美，船身特别的雅致，全不是城里人所能及的事！

请你相信我，就到这些小船上，我便可以随便见到许多我们所引为奇谈的酋长同酋长女儿！

这里的场介于苗族的区域，这条河，上去便是中国最老民族托身的地方。再沿河上去，一到乌巢河，全是苗人了。苗人酋长首领同到我们地方人交易，这场便是一个顶适中地点。他们同他女儿到这场上来卖牛羊和烟草，又换盐同冰糖回去，百分人中少数是骑马，七十分走路，其余三十分，则全靠坐那小船来去。就是到如今，也总不会变更多少。当我较大时，我就懂得苗官女儿长得好看的，除了这河码头上,再好没有地方了。

　　船之外,还有在水面上漂的,是小小木筏。木筏同类又还有竹筏。筏比船,可以占面积较宽,筏上带物似乎也多点。请你想,一个用山上长藤扎缚成就的浮在水面上的筏,上面坐的又全是一种苗人,这类人的女的头上帕子多比斗还大,戴三副有饭碗口大的耳环,穿的衣服是一种野蚕织成的峒锦,裙子上面多安钉银泡(如普通战士盔甲),大的脚,踢拖着花鞋,或竟穿用稻草制成的草履,男的苗兵苗勇用竹撑动这筏时,这些公主郡主就锐声唱歌。君,这是一幅怎样动人的画啊!人的年龄不同,观念亦随之而异,是的确,但这种又妩媚又野

就是到如今,也总不会变更多少。当我较大时,我就懂得苗官女儿长得好看的,除了这河码头上,再好没有地方了。

在这岸边还可以望到对河的水车,大的有十床晒谷簟大,小的也总有四床模样:这水车,走到它身边去时,你不留心,就会给它洒得一身是水!

蛮,别有风光的情形,我敢自信直到我老,遇着也能仍然具着童年的兴奋!望到这筏的走动,那简直是一种梦中的神迹!

我们还可以到那筏上去坐!一个苗酋长,对待少年体面一点的汉人,他有五十倍私塾先生和气,他的威风同他的尊严,不像一般人来用到小孩子头上。只要活泼点,他会请你用他的自用烟管(不消说我们却用不着这个),还请你吃他田地里公主自种的大生红薯,和甘蔗,和梨,只全把你当客一般看待,顺你心所欲!若有小酋长,就可以同到这小酋长认同年老庚。我疑心,必是所有教书先生的和气殷勤,全为这类人取去,所以塾中先生就如此特别可怕了。

从牲畜场上,可以见得的小猪小牛小羊小狗到此也全可以见到。别人是从这傍码头的船筏运来到岸上去卖,买来的人也多数又赖这样小船运回,各样好看的狗牛是全没有看厌时候!且到牲畜场上别人在买牛买羊,有戴大牛角眼镜的经纪在旁,你不买牛就不能够随意扳它的小角,更谈不到骑,当小牛小羊已为一个小酋长买好,牵到河边时,你去同他办交涉,说是得试试这新买的牛的脾气,你摩它也成,戏它也成。

还有你想不想过河到对面河岸庙里去玩不?若是想,那就更要从这码头上搭船了。对河的庙有狗,可不去,到这边,也就全可以见到。在这岸边还可以望到对河的水车,大的有十床晒谷簟大,小的也总有四床模样:这水车,走到它身边去时,你不留心,就会给它洒得一身是水!车为水激动,还会叫,用来引水上高坎灌田,这东西也不会看厌!

我们到这场上来,老实说,只就在这儿,就可过一天。不过同伴是做烟草生意的吴三义铺子里的少老板,他怕到这儿太久,会碰到他铺子里收买烟草的先生,就走开这船舶了。

"去,吃狗肉去!"那一个比我大四岁的吴少义,这样说。

"成。"这里还有一个便是他的弟,吴肖义。

吃狗肉,我有什么不成?一个少老板,照例每日得来的点心钱就比我应得的多三倍以上,何况约定下来是赶场,这高明哥哥,还偷得有二十枚铜元呢。我们就到狗肉场去了。

在吃狗肉时,不喝酒并不算一件丑事,不过通常是这样:得一面用筷子夹切成小块的狗肉在盐水辣子里打滚,一面拿起土苗碗来抿着包谷烧,这一来当然算内行了一点。

大的少义知道这本经,就说至少各人应喝一两酒。承认了,承认了,结果是脸红头昏。

到我约有十四岁,我在沅州东乡一个怀化地方当兵时,我明白吃狗肉喝酒的真味道,且同辈中就有人以樊哙自居了。君,你既不曾

三人在卖小鸡场上转来转去玩，蹲到这里看，那里看，都觉得很好。卖鸡的人也多半是小孩和妇女。

逃过学，当然不曾明白在逃学中到乡场上吃狗肉的风味了！

只是一两酒，我就不能照料我自己。我这吃酒是算第一次。各人既全是有一点飘飘然样子，就又拖手到鸡场上去看鸡。三人在卖小鸡场上转来转去玩，蹲到这里看，那里看，都觉得很好。卖鸡的人也多半是小孩和妇女。光看又不买，就逗他们笑，说是来赶场看鸡，并非买。这种嘲笑在我们心中生了影响。

"可恶的东西，他以为我们买不起！"

那就非买不可了。

小的鸡，正像才出窠不久，比我们拳头大小，全身的毛都像绒，颜色以黑黄两样，嘴巴也如此，公母还分不清楚，七只八只关在一个细篾圆笼子里啾啾地喊叫，大约是想它的娘。这小东西若是能让人抱到它睡，就永远不放手也成！

十多年后一个生鸡子，卖到十个当十的铜元，真吓人。当那时，我们花十四个铜子，把一群刚满月的小鸡（有五只呀）连笼也买到手了。钱由吴家兄弟出，约同到家时，他兄弟各有两只，各一黑一黄，我则拿一个大嘴巴黑的。

把鸡买得我们着忙到家捧鸡去同别人的小鸡比武，想到回家了。我们用一枝细柴，作为杠，穿过鸡笼顶上的藤圈，三人中选出两

这一天学逃得多么有意思——且得了一只小鸡呢。是公鸡,则过一阵便可以捉到街上去同人的鸡打;是母鸡,则会为我生鸡蛋……

人来担扛这宝物,且轮流交换,哪一个空手,哪一个就在前开道。互相笑闹说是这便是唐三藏取经,在前开道的是猪八戒。我们过了黄风洞,过了烂柿山,过了流沙河,过了……终于走到大雷音。天色是不早不迟,正是散学的时间。到这城,孙猴子等应当分伙了。

这一天学逃得多么有意思——且得了一只小鸡呢。是公鸡,则过一阵便可以捉到街上去同人的鸡打;是母鸡,则会为我生鸡蛋,在这一只小鸡身上我就做起无涯的梦来了。在手上的鸡,因了孤零零地失了伴,就更吱吱啾啾叫,我并不以为讨厌。正因为这样,到街上走着,为一般小孩注意,我心上就非常受用!

看时间不早,我走到一个我所熟的土地堂去向那庙主取我存放

"哪来的这只小鸡？""瞧，这是吴少老板送我的！""妙极了，瞧，找它的娘呢。""可不是，叫了半天了啊。"

的书篮。书篮中宽绰有余，便可以容鸡。但我不，我放在手上好让人见到！

将要到家我心可跳了。万一今天四姨就到我家玩，我将说些什么？万一大姐今天曾往仓上去，找表姐，这案也就犯上了。鸡还在手上，还在叫，先是对这鸡亲洽不过，这时又感到难于处置这小鸡了。把鸡丢了吧，当然办不到。拿鸡进门设若问到这鸡是从什么地方来，就说是吴家少老板相送的，但再盘问一句不会露出马脚么？我踌躇不知如何是好。一个八九岁的孩子作伪总不如十多岁人老练，且纵能日里掩过，梦中的呓语，也会一五一十数出这一日中浪荡！

我在这时非常愿有一个熟人正去我家我就同他一起回。有一个熟人在一块时，家人为款待这熟人，把我自然而然就放过去了。但在我家附近徘徊多久却失望。在街上耽着，设或遇到一个同学正放学从此处过，保不了到明天就去先生处张扬，更坏！

不回也不成。进了我家大门推开二门，先把小鸡从二门罅塞进去，探消息。这小鸡就放声大喊大叫跑向院中去。这一来，不进门，这鸡就会为其他大一点的鸡欺侮不堪！

姐在房中听到有小鸡叫声，出外看，我正掷书篮到一旁来追小鸡。

"哪来的这只小鸡？"

"瞧，这是吴少老板送我的！"

"妙极了，瞧，找它的娘呢。"

"可不是，叫了半天了啊。"

我们一同蹲在院中石地上欣赏这鸡，第一关已过，只差见妈了。

见了妈也很平常，不如我所设想的注意我行动，我就全放心，以为这次又脱了。

到晚上，是睡的时候了，还舍不得把鸡放到姐为我特备的纸盒子里去。爹忽回了家。第一个是喊我过去。我一听到就明白事情有八分不妙。喊过去，当然就搭讪走过我家南边院子去！

"跪倒！""是。"过去不敢看爹脸上的颜色，就跪倒。爹像说了这一声以后，又不记起还要说些什么了，顾自去抽水烟袋。在往常，到爹这边书房来时节，爹在抽烟就应当去吹媒子，以及帮他吹去那活动管子里的烟灰。如今变成阶下囚，不能说话了。

我能明白我自己的过错！我知道我父亲这时正在发我的气！我且揣测得出这时窗外站有两个姐同姑母奶娘等等在窗下悄听！父亲不作声，我却呜呜地哭了。

见我哭了一阵父亲才笑笑地说。

"知道自己过错了么？"

"知道了。"

"那么小就学得逃学！逃学不碍事，你不愿念书，将来长大去当兵也成，但怎么就学得扯谎？"

父亲的声音，是在严肃中还和气到使我想抱到他摇，我想起我一肚子的巧辩却全无用处，又悔又恨我自己的行为，尤其是他说到逃学并不要紧，只扯谎是大罪，我还有一肚子的谎不用！我更伤心了！

"不准哭了，明白自己不对就去睡！"

"还有呀!"他装作不单是喊我,我这顺便认为并不是唤我,仍不动不声。"你们为我记记昨天还有谁不来?"这话则更毒……

在此时,窗外的人才接声说,向父亲磕头认错,出来吧。打我也许使我好受点。我若这一次挨一点打,从怕字上着想或者就不会再有第二次情形了。虽说父亲不打不骂,这样一来我能慢慢想起在小小良心上更不安,但一个小孩子有悔过良心,同时也就有玩的良心,当想玩时则逃学,逃学玩够以后回家又再来悔过。从此起,我便用这方法度过我的学校生活了!

家中的关隘,虽已过,还有学校方面在。我在临睡以前私下许了一个愿,若果这一次的逃学能不为先生知道,则今天得来这只小鸡到长大时我就拿它来敬神。大约神嫌这鸡太小了,长大也不是一时的事,第二天上学,是由奶娘伴送,到仓上见到先生以后,犹自喜全无破绽。呆一会，吴家两兄弟由其父亲送来，我晓得糟了。

我不敢去听吴老板同先生说的什么话。到吴老板走去后，先生送客回来即把脸沉下，临时脸上变成打桐子的白露节天气。

"昨天那几个人逃学都给我站到这一边来！"先生说。

照先生吩咐，吴家两兄弟就愁眉愁眼站过去，另外一个虽不同我们在一块，也因逃学为家中送来的小孩，也就站过去。

"还有呀！"他装作不单是喊我，我这顺便认为并不是唤我，仍不动不声。

"你们为我记记昨天还有谁不来？"这话则更毒，先生说了以后就有学生指我，我用眼睛去瞪他，他就羞羞怯怯作狡猾地笑。

"我家中有事。"口上虽这样说，脸上则又为我说的话作一反证，我恨我这脸皮薄到这样不济事，但我又立时记起昨晚上父亲说的逃学罪名比扯谎为轻，就身不由己地走到吴肖义的下手站着了。

"你也有份吗？"姨爹还在故意恶作剧呀。

我大胆地期期艾艾说是正如先生所说的一样。先生笑说好爽快。

照规矩法办，到我头上我总有方法。我又在打主意了。

先命大吴自己搬板凳过来，向孔子磕头，认了错，爬到板凳上，打！大吴打时喊、哭、闹，打完以后又逗值价作苦笑。

先生把大吴打完以后，就遣归原座，又发放另一个人。小吴在第三，先生的板子，轻得多，小吴虽然也喊着照例地喊，打十板，就算了。这样就轮到我的头上来了。板子刚上身，我就喊：

"四姨呀！师母呀！打死人了！救！打死我了！"

救驾的原已在门背后，一跳就出来，板子为攫去。虽不打，我还是在喊。大家全笑了。先生本来没多气，这一来，倒真生气了。为四姨抢去的是一薄竹片子，先生乃把那木戒方捏着，扎实在我股上捶了十多下，使四姨要拦也拦不及。我痛极，就杀猪样乱挣狂嗥，本来设的好主意，想免打，因此倒挨了比别人还凶的板子，不是我所料

天气既渐热,枇杷已黄熟,山上且多莓,到南华山去又可以爬到树上去饱吃樱桃,为了这天然欲望驱使,纵到后来家中学堂两边都以罚跪为惩治,我还是逃学!

得到的事!

到后我从小吴处,知道这次逃学是在场上给一个城里千总带兵察场见我们正在狗肉摊子上喝酒,回头告给我们两人的父亲。我就发誓愿说将来要在长成大人时约人把这千总打一顿出气。不消说这千总以后也没有为我们打过,城里千总就有五六个,连姓名我们还分不清楚这人是谁呀。

每日那种读死书,我真不能发现一丝一厘是一个健全活泼童子所需要的事。我要玩,却比吃饭睡觉似乎还重要。父亲虽说不读书并不要紧,比扯谎总罪小点,但是他并不是能让我读一天书玩耍一天的父亲!间十天八天,在头一天又把书读得很熟,因此邀二姐作保

我读一年书,还当不到我那次逃学到赶场,饱看河边苗人坐的小船以及一些竹木筏子印象深。并且你哪里能想到狗肉的味道?

驾臣,到父亲处去说,明天请爹让我玩一天吧,那成。君,间十天八天,我办得到吗?一个月中玩十五天读十五天书,我还以为不足,把一个月屯出三天来玩,那我只好闷死了。天气既渐热,枇杷已黄熟,山上且多莓,到南华山去又可以爬到树上去饱吃樱桃,为了这天然欲望驱使,纵到后来家中学堂两边都以罚跪为惩治,我还是逃学!

因为同吴家兄弟逃学,我便学会劈甘蔗、认鸡种好坏、滚钱。同一个在河边开水碾子房的小子逃学,我又学会了钓鱼。同一个做小生意的人的儿子逃学,我就把掷骰子呼么喝六学会了。

这不算是学问么,君?这些知识直到如今我并不忘记,比《孟子·离娄》用处怎样？我读一年书，还当不到我那次逃学到赶场，饱看河边苗人坐的小船以及一些竹木筏子印象深。并且你哪里能想到狗肉的味道？

也正因逃学不愿读书，我就真如父亲在发现我第一次逃学时所说的话，到五年后真当兵了。当兵对于我这性情并不坏，当了兵，我便得放纵地玩了。不过到如今，我是无学问的人，不拘到什么研究学术机关去想念一点书，别人全不要，说是我没有资格，中学不毕业，无常识，无根柢，这就是我在应当读书时节没有机会受教育所吃的亏。为这事我也非常痛心，又无法说我这时是应当读书且想读书的一人，因为现在的教育制度，不是使想读书的人随便可读书，所以高深的学问就只好和我绝缘，这就是我玩的坏的结果了。不应当读书时代为旧的制度强迫我读书，到自己觉悟要读书时新的制度又限制我把我除外（以前不怕挞，可逃学，这时则有些学问你纵有自学勇气，也不能在学校全懂）。我总好像同一切成规天然相反，我真为我命运莫名其妙了。

在另一时我将同你说我的赌博。

《一个退伍的兵的自述》之一
十一月于北京窄而霉斋

福生

哈，看看背书轮到最小的福生来了，大家都高兴。

虽说师母已在灶房烧了夜火，然而太阳还刚转黄色，爬到院中那木屏风头上不动，这可证明无论如何，放学后，还有两个时辰以上足供傩傩他们玩耍。

"呀，呀，呀，呀，昔……昔……""昔孟——""昔孟——呀，呀，呀，呀，昔孟——呀，呀……"

"呀，呀，呀，呀，昔……昔……"

"昔孟——"

"昔孟——呀，呀，呀，呀，昔孟——呀，呀……"

"昔孟母！"先生拈了一下福生耳朵，生着照例对于这几个不能背书的孩子应有的那种气。

求放学的心思，先生当然不及学生那么来得诚恳而热烈。然而他自己似乎也有一点儿发急，因背夜书还不到第二

至于先生究竟为什么而气愤，孩子们都还小，似乎谁也不能知道。也许这是先生对于学生太热心了的缘故吧！

个时，师母就已进来向先生讨过烧火的纸媒子了。

"昔孟母，择——呀，呀，呀，择，择邻……"

"择邻处！"这声音是这样的严重：一个两个正预备夹书包离开这牢狱的小孩，给那最后一个"处"字，都震得屁股重贴上板凳！

大家怔怔地望着先生那只手——是第四个指头与小手指都长有两寸多长灰指甲的左手。这时的手已与福生的耳朵相接触了，福生的头便自然而然歪起来。他腿弯子也在筛颤，可是却无一个人去注意。

"蠢东西！怎么，这大半天念四句书也念不下呢？"先生上牙齿又咬着下口唇了，大家都明了先生是气愤。至于先生究竟为什么而气愤，孩子们都还小，似乎谁也不能知道。也许这是先生对于学生太热心了的缘故吧！不然，为什么先生的气总像放在喉管边一样，一遇学生咿唔了三次以上脸就绯红！

"你看人家云云比你才大过好远，一天就读那么多书。你呢，连这样四句好念的书，读了半天，一句整的也记不到。同人吵嘴……哼！都为我规矩坐到！就慌到散学了吧……同人吵嘴就算得头一个，只听见一个人整天吱吱喳喳，声气同山麻雀似的伶脆，读书又这样不行！"福生耳朵内听到的只是嗡嗡隆隆，但从先生音调顿挫中知道是在教训自己。

　　先生的手,依然恢复原状,在他嘴巴边上那五七根黄须上抹着了。歪过头来许久的福生,脸已涨得绯红,若先生当真忘了手的疲倦,再这样继续掂下去,则福生左眼的眼泪会流到右眼——连同右眼所酿汇的又一同流到右颊上去,这是不用说的事。先生手虽暂时脱离了福生耳朵,然而生书一句背诵不得的福生,难道处罚就是这么轻快容易,掂一阵就算了?哪有这种松活事!若果光掂一阵耳朵完事,那么,我们都不消念书,让先生各掂一阵耳朵就得了!根据过去的经验,福生在受处罚之先,依然就先把眼里所有的热泪吓得一齐跑眼眶外来。此外七八个书包业已整理好了的学生,各注意到福生刚被掂着的那只大耳朵,紫紫红红。觉得好笑。但经先生森然的目光一瞥,目光过处都像有冰一般冷的东西洒过,大家脸上聚集着的笑纹也早又吓得不知去向了。大家都怔怔地没有作声。

　　大家既怔怔地没有作声,相互地各看了近座同学一眼后,便又不约而同地把视线集中到先生正在脸上抓动的那两个有趣长指甲。这指甲之价值,从先生那种小心保护中已可知道,然而当日有听到先生讲这指甲的德行的,便又知道除美丽,把人弄得斯斯文文以外,还可刮末治百毒,比洋参高丽参还可贵。

但经先生森然的目光一瞥,目光过处都像有冰一般冷的东西洒过,大家脸上聚集着的笑纹也早又吓得不知去向了。

"今天不准回家吃饭！"

大家心里原来都正是为这件事情悬住了。自从这死刑由先生严重有威还夹了点余怒的口中说出后，各人都似乎感觉这一件东西忽然便落到心上。但是，大家接着便又起了第二个疑虑：觉得先生不准吃饭的意思，是把福生单独留到这里，还是像从前罚桂林一样，要他跪在孔夫子面前把书念熟——而大家各都坐在位上陪等，到背了后再一齐放学？这在先生第二道命令没有宣布以前，还是无法知道消息的好丑。

若果不幸先生第一道命令的含义与处置的方法是根据桂林那次办去，这影响于另外这几个人玩耍的兴致就多得说不出口——因此，大家在这刹那中，又都有点恨尽自"昔昔昔昔"——连"昔孟母"三字也背不下去的福生。

"宋祥钧！"

云云听到先生叫他的名字，忙把书包夹到胁下窝，走到孔夫子牌子前恭恭敬敬将腰勾一下，回转身来，向先生又照样勾了一下，出去了。

"周思茂！"先生在云云出去后一阵子又点到第二个名字。

那高高长长的周莽子，在先生"茂"字还未出口时已离了座位——他也照样地勾了两次腰，若不措意，但实在略略带了点骄矜意思，觑了还在方桌边低头站着的福生一眼。

先生是这样一个一个地发放这些小学生回去。他意思是以为若不这么一个一个放出，让他们一伙儿出去，则在学堂中已有了皮绊①，曾斗过口的学生，会一出大门就寻衅相打动起手来了。如今既可免去他们在街上打架，并且这方法好处又能使学生知道发愤，都想早把书背完则放学也可占第一，兼寓奖励之意。其实这一帮小顽皮

---

① 方言，纠纷。

其实这一帮小顽皮孩子,老早就约了放学后各在学堂外坐候,一齐往北门外河滩上去玩的,就是打架也是这么约等,先生还不是在梦中吗?

孩子,老早就约了放学后各在学堂外坐候,一齐往北门外河滩上去玩的,就是打架也是这么约等,先生还不是在梦中吗?

凡是出去的向孔夫子与先生行礼外,都莫不照样用那双小而狡猾的眼睛把那位桌子边竖矗矗站着觫觳不安的福生刷一下。这不待福生抬头也能知道。可怜的福生,从湿润朦胧的斜视里,见到过门限时每一个同学那双脚一起一落地运载着身子出去,心里便像这个同学又把他心或身上的某一部分也同时带去了!直到先生声音停顿中吹起水烟袋来,他自己才忽地醒转来认清自己还是整个——也只有这整个身子留到这冷落怕人的书房中。

遵命把那本《三字经》刚又经先生点过一道的"昔孟母,择邻处。子不学,断机杼"四句书杂夹着些咿咿唔唔读着的福生,一个人坐到桌子上,觉得越读下去房子也越宽大起来了。

……周荞子这时好不快活!他必是搂起裤脚筒,在那浅不过膝清幽幽的河水里翻捉螃蟹了!那螃蟹比钱还小,死后就变成红色……云云正同雎雎他们在挖沙子滚沙宝,做泥巴炮,或者又是在捡瓦片儿打漂水也说不定。要是洗澡，那就更有趣！"来，来，来，苶子嗳，看我打个汆子吧！"行看兆祥腰一躬就不见了，哈哈！那边水里钻出一个兆祥的头了，你看他扑通扑通又汩了过来……这样地玩着，不知道谁一个刻薄地忽然闹起玩笑来，喊一声："贵生——（或是苶子！）你屋的妈来找你了。"那么，正在凫着水的贵贵会大吓一跳，赶忙把整个身子浸进水中去，单露一个面孔到水面上来，免让他妈在岸上发现他。"我贵贵在这里吗？""伯娘，他不在这里，早回家去了。"于是，贵贵的妈，就给别一个孩子的谎语骗去了！而贵贵又高高兴兴地在那里汩来汩去。若是贵贵的妈并没有来呢，这使刻薄的准要受贵贵浇一阵水才了事……这使刻薄的倘说的是："先生来了！"则行见一个两个都忙把身子浸进水里去，只剩下八九个面孔翻天的如像几个瓜浮在水面上——这必须到后又经另一个证明这是闹玩笑后，大家才恢复原状，一阵狂笑……

"读！读！不熟今天就不准转去！"先生的话像炸雷在耳边一响，才把正在迷神于洗澡时那种情景中的福生唤回。这书房里便又有一阵初急促暂迟缓单调无意思的读书声跑出墙去。

这嫩脆而略带了点哭音的读书声，是否还能吸引到每一个打墙外过身时行人的注意，这事无人知道。但我相信，这时正于道门口梆梆梆梆敲着叫卖荞面的柝声，则无论如何总比书声为动听。

当福生两次勾腰向孔夫子与先生行过礼后，抬起头来，木屏风上的太阳早爬到柚子树尖顶上去了。耳朵虽不愿接收先生唠叨的教训，但从灶房方面送来的白菜类落锅爆炸声却听得很清楚。这炒菜声使他记起肚子的空虚，以及吃夜饭时把苋菜汤泡成红饭的愿望来。

大概是因眼眶子红肿的原因吧，过道门口时，平素见狗打架也必流连一阵的福生，明看到许多小孩，正在围着那个头包红帕子，当街乱打筋斗竖蜻蜓的代宝说笑，他竟毅然行过，不愿意把脚步放得稍慢一点，听几声从代宝口中哼出会把人笑得要不得的怪调子！栅栏前当路摆着那一盆活黄鳝，在盆内拥拥挤挤，也正是极有趣的事！他也竟忍心不去多看一眼。

一九二五年五月作

这嫩脆而略带了点哭音的读书声，是否还能吸引到每一个打墙外过身时行人的注意，这事无人知道。

为使载重的货船上前,拉船的人全体必须在这个地方把身子爬伏下来,手脚并用把一身绷得紧紧的,口上喊着"摇老和黑""咦老和黑"才能使船前进的。

爹爹

在湖南保靖县城沿河下游三里路远近一个地方,河岸有座小小的坟。这坟小到同平常土堆一样,若非这土堆旁矗立的一块小碑,碑上有字,则人将无从认识这下面埋得有一个人了。说是碑,也只是一段刨光了的柏木罢了。木上用生漆写得有字,字并不记这死者姓名籍贯,也不写立这一段木头的人姓名。

碑词是这样的:

> 朋友们,你们拉纤从这里经过,
> 不拘是薄暮,是清晨,请你们
> 把歌声放轻。
> 这土堆下面有一个年青朋友的长眠,
> 他死得是不很心甘的。

这地方,是正在那所谓拐角的溇流高岸旁,拉船人到此是有愿吃苦的一段努力。为使载重的货船上前,拉船的人全体必须在这个地方把身子爬伏下来，手脚并用把一身绷得紧紧的，口上喊着"摇老和黑""咦老和黑"才能使船前进的。

在一些船夫们吆喝中，在一些掌头的和舵把子蹬脚到舱板上有节奏的声音鼓励中，船于是如一头大象，慢慢地摇摆着它那庞大的身体，分开白的浪沫爬上这个急流了。

没有任何人因这个木块上半湮灭的文字把歌声稍稍放轻么？不，办不到的。歌声早上有，晚上有，除了是河水过大，淹过了再下游数十里的纤路，船只无从行动，平常每一个日子里就都有这歌声！因了这歌声，住在上游一点的人，才有各样精致的受用，才有一切的文明。这些唱歌的人用他的力量，把一切新时代的文明输入到这半开化的城镇里。住在城中的绅士以及绅士的太太小姐，能够常常用丝绸包裹身体，能够用香料敷到身上脸上，能够吃新鲜鲍鱼蜜柑的罐头，能够有精美的西式家具，便是这样无用的、无价值的、烂贱的、永远取用不竭的力量的供给拖拉来的。

这在河中万千年前有船行走时，大致就已经是这样了。这歌声，只是一种用力过度的呻吟，是叹息，是哀鸣。然而成了一种顶熟悉的声调，严冬与大热天全可以听到，太平常了。

在众人中也不会为这歌声兴起任何哀感了，不会的。把呻吟，把叹息，把哀鸣，把疲乏与刀割样的痛苦融化到这最简单的反复的三数个字里。在别一方面，若说有意义，这意义总也不会超乎读书人所熟悉的"渔歌欸乃胜过蛙鼓两行"的意义吧。但在自己这方面，似乎反而成了一种有用的节拍，唱着喊着，在这些虽有着人的身体的朋友躯干上就可以源源不绝地找出那牛马一样的力量，因此地方文化随到着这一条唯一水路，交通也一天一天地变好了。

睡到这高岸上三尺土下的年青的人，显然是非常安静，灵魂已离开了这里，不怕这些人在他头上踏着沉重的脚步唱歌与喘气了。这一段柏木似乎是空立的，死了的是把这世界上一切事抛开，生前的

这里有了这样一条河，天生就的又是许多滩，就已经把这个地方的许多人的命运铸定了。

苦闷、生前的爱憎，全撒手不管，很和平地闭了眼睛用那黄土作枕长眠了。若果当日立那段柏木的是一个拉纤的人，或者他将把这碑语这样来写：

地下年青人，吾不为汝悲！
汝今已长卧，应忘饿与疲。

谁能断定在这一条河上有那行船不用许多肮脏的汉子背纤的一天吗？这里有了这样一条河，天生就的又是许多滩，就已经把这个地方的许多人的命运铸定了。在这坟头上，长年不断来往的，全是在饥与疲中度过每一天的时光的。到消磨了骨里最后的一点力量时,则这类人才能同王侯将相同样得到这死亡的一份厚礼。早一点把这个得到,在自己还可说是一种不当的幸福欲望,不为有余憾吧。

但是,把一个健壮有为的身体,毁灭到一件料想不到的意外事上,这对生命仍然可以说是一种奢侈浪费。这年青的夭亡的朋友,对于生命挥霍的结果,把另外一个活着的人生活全变了。

二

我想问:你们住在凤凰县城那时节,认识一个名叫傩寿先生的外科医生么?这人姓吴,名字是吴成杰,但别人都只喊他作傩寿先生。

> 我想问:你们住在凤凰县城那时节,认识一个名叫傩寿先生的外科医生么?

认识那就好。我也想，在那地方呆过一年半载的人，当没有不知道洞井坎上那个门前挂有"家传神方"的医生家的。

这又是一个药铺，傩寿先生便是这药铺的掌柜，日常靠在那个旧的脱了漆的硬木长铺柜上，玩弄着他的花猫。那是不必买药看病，只要有过一次打这儿过身，就可以瞻仰瞻仰这位先生的。

把一些起花的、微微返着亮光的、圆的长的、大小不等的药坛作背景，傩寿先生常常是像一尊罗汉一样坐在那铺柜里头。凡是这个样子给了不拘谁一个粗心人，也不很容易把这一瞥而过的印象消失。

从药铺的招牌上看来，从那"家传神方"的文字上看来，我们可以估定这个药铺的年龄，或许已比药铺掌柜的年龄多了一倍，傩寿先生年纪是四十七，那至少这药铺已将到九十个周年了。本地凡是老药铺，生意总不会极其萧条，只看另一家在东门开铺子的益寿堂药铺，就可以完全明白了。何况药铺老板又是全县著名的外科医生，那这铺子的生意，不消说，是很发达的。

不过如今关门了，倒闭了。

不是赔本，也不是生意萧条来歇业。只是店上的铺柜板子再不全下了。铺板不下，则从那儿过身的，只能看到铺板上因过年贴的红纸金地的"开张骏发"四个字，这字代了傩寿先生的圆圆的和气脸儿，给人看了怅惘。

那是这当家门面上的人死了吧，这也不是。死是死了一个人，可不是当家的傩寿先生。傩寿先生还活着，不过从前是"好好地活着"，如今可说"还是活着"吧，倒似乎并不"好好的"了。虽说到南门打从洞井坎上过身的人，已不会再见到这圆脸阔额双下巴高身材的好医生了。但听人说若是要找他，到玉皇阁去，玉皇阁僧人打钟的地方，可以很容易地遇到傩寿先生。初初看，脸子已全走了样，但你仍然可以从那疏疏的眉与下巴认得这便是那个医生。他是在这儿整天地随便哭，如同一个小孩子。傩寿先生并不死，倒把他的唯一的儿子死了。

把大门前的匾牌摘下，把铺板关上，就到玉皇阁这平素相熟的老和尚处，来整天悲泣……

上了年纪的人，常常把眼泪来当饭，那算得是什么生活呢？但是中年丧子的情形，使人哀毁终是免不了的事。这儿子，死的时间是太不合适，要死也不应当到这个时候死。早死点，则傩寿先生可以再找一个伴，看傩寿先生不是再能养两个儿子的；迟到这老子归土以后再死，那就更妙。死得不是时候，则简直是同时死了两个人了。傩寿先生因了儿子的一死，自己至少也死了一半。这算一件最不幸的事。然而是无法。人要死，就死了，那死了的人，在生前想不到要死，则死后也总不会再担心到活着的父亲了。

做父亲的得到了儿子死去的信息以后，把大门前的匾牌摘下，把铺板关上，就到玉皇阁这平素相熟的老和尚处，来整天悲泣，一些来势汹汹的忧愁，把这老头子凭空毁了。

人人可怜他。可是"可怜"这一件事哪里能够抵得一个儿子的好处？为了儿女的一切，有些人是连别的什么好处都不要的。傩寿先生他也不是想要人怜悯来度过这下半世的每个日子的。就是恨他，虐待他，假若是这样可以把那个儿子从死神的手上夺回来，他全愿意。若是他一死，就可以使儿子活转来，也愿意。总之他认为儿子是有着那活到这世界上的权利，要死也只有像自己老年人死的，如今儿子却先死了，所以这是一种顶伟大的悲哀。

玉皇阁，是有着那所谓子午钟，每天每夜有和尚在钟下敲打，到子午二时则把钟声加密，在钟楼的四面，全是那些本地人在异乡死去魂魄无归的灵牌子，地方算是为孤魂野鬼预备的。傩寿先生把儿子一死，也成了与孤魂野鬼相近的一个人了，所以来到这里觉得十分合适。来此则自己反而好过一点了。不期然而来的事，应归于命运项下，傩寿先生命运是坏到这个样子的。行善有"好报应"，那不过是鼓励本不想行善而钱多的人，从"好报应"上去行善罢了，傩寿先生是曾经做着那真的善事多年，给了全县城人以许多好处，又结果如此，却并不怨天怨人的。

虽然药铺关了门，生意不做了，人是逃到玉皇阁与孤魂野鬼为邻，在长长的钟声下哭着过日子了，关于所谓好事，仍然推辞不来。一城中的人，知道傩寿先生的，家中儿子同人打架打伤了，或是玩茅马、骑高跷，无意摔伤了、扭了腰、破了皮，甚至于上楼梯碰伤膝盖骨，还是来请他帮忙调理。白天家中无傩寿先生影子，则到玉皇阁来找他。这老人，见到小孩子的娘带了鼻涕眼泪的孩子来到这个地方，就是在哀痛中也从不拒绝来人的请求。一面是疯子一样怀恋着已经埋到异地土里了的儿子，一面又来为人看病敷药。本来在平常时节，就不一定责人以报酬的傩寿先生，到近来，设或有人因为不好意思不得不设法将财礼备上，傩寿先生就叹气。他说："唉，不必要这个。这我是找不到用处的，把这东西拿回去，没送铺子钱的就退他们，有多的时候就拿送给穷人吧。"

礼物是决不要了。

知道傩寿先生具西河之痛，又因着家中病人非傩寿先生亲来诊视不成，这主人总每每具备许多礼物亲自带了仆从来到玉皇阁委婉地请他，同时且把礼物陈上去。结果当然是按时到来，礼物却真无用处，全不要。

这老头子在哀痛中并不忘了他的本事，处治别人的病痛，总能

因为全不收受诊病的礼物，于是在城里知道他的人中才觉到他真是一个全好人，且所有同情也似乎比以前更多……

够有很好的效果，只是对自己的心上的病就不会怎样调理了。

因为全不收受诊病的礼物，于是在城里知道他的人中才觉到他真是一个全好人，且所有同情也似乎比以前更多，这个我说及，更不是傩寿先生所要的！

人家的怜悯，虽不一定比送礼物来得不慷慨，却实在比礼物还无用的一种东西。傩寿先生不是为要人称他作"好人"才来为人治病施药，正像不要人为怜悯他才让这儿子死掉一样。人是天然好性格，儿子却意外地死去。这其间，不说有那命运存在，那在他是不行的；若说无命运，儿子决不会死。死是没有理由的死，正因为这样，无法来抵抗这命运所加于其身的忧愁负荷，所以傩寿先生也只有尽自己悲痛下来了。

遇到不拘一个做母亲的引带了哭哭啼啼的儿子，来到玉皇阁那殿外，把一个头伸进门隙探望傩寿先生时，即或是这老头子正流着身世无望无助眼泪，也会即时站起来。

"傩寿伯伯，这孩子又把手割了，告他莫劈甘蔗又不信我的话，瞧。"于是说着这些话的母亲，必定还装作很恼这孩子顽皮，出了事又要来劳动傩寿先生很不好意思的样子，把孩子的身上轻轻地拍打了两下。孩子这时本来要人安慰，还正哭丧着脸，经这一打当然又哭了。

"算了，算了，小孩子都是这样的。在什么地方？让我来看。"于是傩寿先生就陪小孩坐到那殿前石凳子上，给小孩检查伤口，到玉皇阁厨房去找水来为洗创，再敷上一点药末之类，再同小孩说两句笑话。小孩子是打架打伤的，就同小孩讨论一下打架时用脚去怎样套别个脚的技术，劈甘蔗所伤则同小孩子研究用刀的方法，直到这小孩子嘻嘻笑笑说"傩寿伯是什么都内行"的话以后，做母亲的见时候已够，把孩子就带走了。傩寿先生就独自一人站到这院子中出神。

"唉，老朋友，别这样子了！"那老和尚知道在外面的傩寿先生，为了见到别的小孩子，心上载不住悲哀，就在里边喊："来，我们下盘棋吧。"

"我说，你是这样，就别给他们孩子诊病了。"

"办不到。你瞧他们多可怜。做娘的，做孩子的，都要我这两手来安慰，我好说我不干吗？"

说话要他不理病人的和尚，想起佛的慈悲为怀，就觉得自己火性不退，恶恶地不说话，想棋式去了。傩寿先生见无话可说，无端地又把同那小孩子说笑的话搬到回想上来痛心。

打架顽皮做一件不当做的事，是他自己小时经过的。到儿子长

可是一到别的小孩成了哭脸，这做父亲或做母亲的，就全不体会到傩寿先生，赶忙把这孩子从傩寿先生身边带回家去了。

为了这件事，所以凡是人来说到续弦的利益，无论说得怎么动听，也只有全拒绝下来了。

大，则儿子又每天到外面同人打闹给自己看。儿子在外面同人打架，管教实无办法。或者儿子被人打流血，到家来，哭着要药，到上好药以后，又笑笑地说要爹爹教一两手拳脚好报仇，这小孩的麻烦事情，这个时候哪里会再有？把别人家孩子打伤了，回家来答答讪讪不好意思说，到爹爹说明被打伤的人爹爹已给了伤药，又为他调解讲和了以后，儿子那种羞愧感激的样子，这个时候也不能见了。在爹爹面前撒赖，不上学，也不再有了。在爹爹身边走着，一面念自己作的诗给爹爹听，也成了过去的很久的事了。在离开爹爹以后，从四川寄回野三七来，谎爹爹说是从峨眉山上采来的，直到为爹爹认识是假货，才又说是捡得的，这天真的谎话这个时候也不能够再听到了。这以后，又有谁能寄这个药来？儿子一死一切皆完了。什么也不有。儿子把做爹爹的所有快乐以及一点小小脾气，也带到土里去了。

为别的人的儿子治点病痛，在施行手术时节，在谈笑话给这些顽皮孩子听时逗得这类孩子欢喜的时节，傩寿先生似乎稍稍好了点。可是一到别的小孩成了哭脸，这做父亲或做母亲的，就全不体会到傩寿先生，赶忙把这孩子从傩寿先生身边带回家去了。

傩寿先生在平常，就是常常为人所笑为那类近于"迂而且傻"的单身汉子，把妻死过后不续弦，这是给了一些人的谈助的。失了妻，不再娶，就只抱养到这遗雏把日子延长下来，许多人都说这男子讲的义道近于无稽。先是人劝他，说，医生年纪既不老，家中无一个女人也寂寞，并且家事也得人料理，就找一个相近的女人填房，也不算罪过。他那时，总说这件事不必操心。一面很有礼貌地感谢这为他设法的人，一面讷讷地说自己是行医的人，单身汉子凡事也较方便。

"那你太太在时节，别人三更半夜来敲你的门要你起床，也并不曾听到过你女人抱到你不准起身。"这样话一出，那忠厚人就给窘住了。

别人说："医生，你也随便点，不要太固执好了。"听人说到这类话，显然是辩也无可辩的，医生就只好说"慢慢地商议，忙个什么"，把话岔开。

劝医生续弦，其中不是无那贪医生小康，想从自己亲戚中选一相宜女人给医生，来结这一门亲，为自己打算的自利人。但医生，却并不疑心到这些事上。其所以不在三十岁以前续娶，只是记到妻在临殁时说好好待这四岁儿子的话。医生见到许多许多后妻待前妻儿子的薄行，怕新的人一进门，这儿子就得受苦。到了后妻又产孩子时，则这小孩当更无人过问，为了这件事，所以凡是人来说到续弦的利益，无论说得怎么动听，也只有全拒绝下来了。到三十岁以后，则又

"老头子虽伤心,过一阵儿自然就好了",这话只使他更苦。过一阵儿便能够好?永远不会有的!

以为倒不如再过几年儿子讨媳妇,所以更不愿为儿子找那后妈了。

到如今,医生可成了正牌的单身汉子了。假如医生还能记起往年在为人劝他续娶时节拒人的话语,说是自己行医单身汉子也较方便点的旧话,会只有更伤心!如今的医生,把儿子一死,倒像凡事不方便。以前一颗心,像全寄存到儿子胸腔子里,做什么事都只为儿子,多吃一碗饭是为儿子欢喜,少吃一碗饭是为儿子俭积,如今儿子既不再到这世界上,这颗心,已不知要放到什么地方去了。若说从前是春天，则如今已到了凄凉的深秋，以后也永远只有这秋天吧。

这时节，是不是还想着再从一个妇人身上找寻一个小孩？

不。医生自己觉得人已快到五十岁，不中用，迟早间就会凭空死去，纵再有小孩子已不会见到这小孩子在自己面前来淘气的情形了。

儿子在，医生实以为纵有了六十岁，也仍然是四十岁的心，就因为儿子的成立使医生忘却时间在人身上的意义。如今一切完了。如今似乎已有七十岁，把儿子的年龄也增加到自己身上来了。

若能随到儿子死，傩寿先生也愿意。此时但是半死半活。

人家还说"老头子虽伤心，过一阵儿自然就好了"，这话只使他更苦。过一阵儿便能够好？永远不会有的！

悲哀这东西，之于人，像中毒。血气方刚的少年，亦有不知这是怎么一回事者，这从许多许多例子上可以得到凭据。

纵也免不了有一时中毒，抵抗力量异常强，过一会，就复原了。有人说，发狂之事多半为青年人所独有，这发狂来源，则过分悲哀与过分忧郁足以致之。然而年青人，因中毒而能发狂，高度的烧热，血在管子里奔窜，过一阵，人就恢复平常状态了。老人到纵阳阳若平时，并不稍露中毒模样，可是身体内部为悲哀所蚀，精神为刺激所予的沉重打击，表面上即不露痕迹，中心全空了。老年人感情中毒，不发狂，不显现病状，却从此衰颓萎靡下去，无药可治。

医生上了年纪，是已不能发狂的人了，所以虽初初得着儿子噩耗时，也正如那少年人罹忧患模样，哭闹叫号不已，但这是最初一个月的事。稍稍过了一阵以后，即如别人所说的话一样，居然好了。

他不再去到玉皇阁大钟下哭了。

他只呆坐到家中度着萧条的每一个日子，帮工把饭开来就吃，在吃饭以外谁也不明白在这老头子脑中有些什么事情。

医生的精神，就在这种潜伏着的痛心里消磨着。每日让一种从回想上得来的忧愁啮食着这颗衰败的心，不知道在什么时候为止。他自己,则是这样算定到,总有一天心为这小虫啃空,自己于是忽然就撒手归天,一切完事。

到医生重复回到家中时,业务上的事又忙起来了。人家正如怀着好意不让医生坐在家里自悲自叹一样,请医生帮忙的每一天总有多起。

到别人的家中去,无心无意地喝着盖碗中的新泡雨前茶,不说话。或者说话就同小孩子说话,倒很好,至少暂时可以得到一点安慰。一到为主人用那好像是极同情的话谈到这个死在异乡水里的人时,傩寿先生可又要从眼中流泪了。他不愿人提到这个,而人家却总不了解偏又同他谈这个。这以为是一番好心的,只是增加医生的凄恻,可是这增加傩寿先生痛苦的一切,在别人倒真以为是和医生要好咧。

医生的精神,就在这种潜伏着的痛心里消磨着。每日让一种从回想上得来的忧愁啃食着这颗衰败的心,不知道在什么时候为止。

三

傩寿先生又把铺柜门开了,是在三个月以后。

依然是那么在一种坛子罐子的背景中,我们可以见到这个医生的脸儿。来看病的人,凡是穷,或是装作忘了带药钱来的,这药总仍然得由医生这方面舍给,医生是全不在乎此。

医生样子似乎略略不同一点了。不是瘦,不是老,只是神气变了。

在对待来照顾生意或劳驾诊病的方面,这个医生笑容可掬的脸儿,仍然是如往天一样。可是这个笑,不是往天的笑了。若有一个人能稍稍注意到这脸上,就不忍心再看医生如此的笑脸。不过人家都说是医生已完全忘却了儿子,认为医生再不会在儿子方面伤心了,且俨然这医生就是为他们这些小孩子治病送药才活到这世界上的样子。人类的自私当然是各处一样的,他们实在已经就把"好人"的名声给了傩寿先生,也可以算是难得的一种慷慨了!

某一天,天快断黑了,街背后的坡上的树林已经听到有乌鸦喊着归林的声音了,傩寿先生忽然想起一件事,又要走到玉皇阁去。

"先生,怕下雨吧。"这个做帮手有了七年的矮子,意思是要傩寿先生就在家里得了。

"不要紧。不会的。"

说着,也就不再作声,扬扬长长地走向玉皇阁去。

老和尚是正敲打着木鱼念那消食经的。这时佛堂中的长明灯已慢慢地有了权势。灯把一些碧绿色的光,给佛堂中照得如同一座坟墓。从这黯澹的灯光中看见的一切,全是幽沉沉的可怕。和尚是习惯这个事了,傩寿先生也不是怕鬼的人,他们俩就在这殿中同这无数尊佛爷做伴。

这个老和尚,本来把念经看得并不比说话为有用处的。念经与其

"我想请你来为他做一次道场,你看看选一个日子。""好,回头翻翻历书吧。"他们两人就在这些佛爷面前讨论起各样用项来。

说修祐,不如说是无人谈话消除寂寞吧。虽然出了家有二十年,但一个平常人的爱情在这老师傅身上也找得出一份儿(然而一个方丈的好处他也并不缺少),正因其如此,乃成了傩寿先生欢喜的朋友,也成了许多人都欢喜的师傅。傩寿先生能同老和尚合得来,是因这和尚并不全像一个和尚,不是一见到人就谈因果,更不是一见人就劝人念佛:这和尚最有道行的一点,只是不矫情,又没有势利眼睛。且这个和尚会做各种蔬菜,倒很可以说是一个懂味的高僧!

和尚一见医生来到,木鱼就停了。

"嗨,我老以为你到乡下去了!"

"我哪里还有心思下乡玩?"说话的傩寿先生,就坐在那个跪经的蒲团上面,抱了膝只是摇头。

"还不能够放下么?"其实和尚自己也就有许多事放不下。

他就常常念及这个死到异乡的人。他做了这年青人的寄父,是有过十一年了。这年青人在生时,和尚就教过他书,又教过他作诗,到后这年青人离开这个地方了,每一次给他爸爸写信来时又总不忘问候到寄爹。这一来,真应说是"缘尽恩绝"!虽说相信死者凭了他念的三个月经,是已安然到了西天,但假若念一年经就可以复活,那这老和尚倒以为暂时留在人间莫往西天为合情合理!

和尚见医生不说话,知道是这悲痛在这个心上并不曾稍杀,就说:"应当要快乐一点才好。"

"我是极力想找寻一点快乐的,办不到!"

"我见你这多久不来,还以为你为什么人请下乡去了。这几天来我也不知道怎么回事,心神恍恍惚惚。人老了,真是难。"

"我想请你来为他做一次道场,你看看选一个日子。"

"好,回头翻翻历书吧。"

他们两人就在这些佛爷面前讨论起各样用项来。香、烛、黄表纸以及鞭炮五供之类,和尚也不怕当到面前的佛爷发气,就只从省俭上开出数目。医生说这个未免太少,和尚就说决不会少。医生的意思,是为这死人热闹一场,则一切铺派来得大一点也不为过分,然而和尚对这个就否认。

和尚说:"亲家,这个实在无益。用钱多是好了和尚,我这个和尚可并不想你这次法事上叨光!"

"那外面看来也太不像样!"

"这事是为给人看吗?"和尚对这个话就未免不平。

医生意思,就是给人看。从人的快活中以为自己也可以安慰这无可奈何的心,才是他做道场的本心。若说为死者超度,那是为有罪恶的死者而设,自己的儿子,并不是坏人,死了后,自然而然也就会到西天去!

结果顺着医生意见,只好加上一些花样,如像水陆施食燃天蜡等等,假使是别一个和尚办这件事,傩寿先生的胡椒,至少也会要用到五斤六斤。"一个姓黄的家大醮中。"和尚说,"那一次用胡椒末是二十斤,到最后还有一顿素面不下胡椒的。"

话正说到用胡椒的趣事,忽然听到山门外有一个人喊着进来。转过了韦驮殿,声音是更明白了。

"傩寿先生,傩寿先生……"一个妇人气急败坏地窜进殿中来。

"傩寿先生,傩寿先生……"一个妇人气急败坏地窜进殿中来。明明白白是傩寿先生刚站起身来在她面前,这奶妈样子的妇人却并不曾见到医生似的,问和尚傩寿先生究竟在不在这里。

"我问你,什么事?"医生见这妇人已快疯,就拧着这妇人膀子问她。

"唉,天……"她也不再说什么,拉着医生的长袖子就去。

"究竟是怎么回事啦?"

"救命救命,快去快去!"

医生跟跟跄跄便为这个妇人拖出了玉皇阁。若不是许多人都认识这个是傩寿先生,则这样一个年青妇人把这样一个中年汉子从庙里拖出,匆匆忙忙的,且生怕他逃走的模样,真有的是新闻笑话!

医生在街上时也察觉到这个真不很好看了,就问明了是在什么地方什么病痛,且要这个妇人先跑到洞井坎上去拿刀与药瓶之类。

"傩寿先生你快走!恐怕赶不及了!"妇人鼻涕眼泪横流四溢地去了。医生望到这个情形只是笑。他是常常就为人那么催促到了别人家中,到后又不过是鼻子流血一类小病的。

然而医生依然照妇人所告的街名衖名走去,忙得像充军。

别人的儿子,这样地关心,自己的儿子却见也不能见一面即为水淹死。医生的儿子死时,可有过一个本地方人这样关心过?在医生这一方面,本地方人所能给这好人唯一的好处,就只是麻烦。医生在忧愁中也只得这个。正因为太随便不讲究排场,像一县城的当差的医生。不拘何时都可以随喊随到,一般人把这个权利也就都不放松了。谁都不能说傩寿先生是他们有了儿子才来在这地方行医,可是谁一有了痛苦总就记起这个公差来了。并且,为了傩寿先生的药方,又神灵又简便,那些做父母的遇事疏忽,尽儿子去玩刀打架也有之。医生在什么时候能为人忘记?除非每一个人都没有病痛,这个我们可以从许多人处知道这话是很对。在医生儿子死过后,来看医生或说是悼慰医生的人,全不是那类家中孩子无灾无难的人!家中孩子没有病,他们就知道不麻烦医生了。

医生这个时候已到了那妇人指定的家中了,一些人见了傩寿先生气喘吁吁地走来,也不说请坐一坐,把那通常的装烟倒茶礼数也简略了去,只是即刻就引带他到病人床边去。

做母亲的见了医生已来,就把一个哭过的已不成形了的焦急的眼睛望医生。"唉,傩寿伯伯来了!"

"到什么地方成了这个样子?"

"他们到叫作什么地方去玩……"那个做母亲的也说不清楚。

因为医生对她的过错,既在小孩子那里补救,又来用言语在主人面前补救,说明这过失是免不了的,就非常感激地对医生望着。

还是另外一个女人来同医生说,才知道是刚才那位到玉皇阁去的奶妈,把这孩子在吃过饭后领到营堡上去玩,不知如何一失神,这孩子从奶妈的监视下逃出,走过到桥边去,奶妈不久就听到呱的一声喊,回头看小孩子已不见,再到桥边去,则桥下的小孩正抽搐蜷成一堆。人是已昏了。吮他拧他又不知道,过了多久才哭出声来。于是抱回家来了。于是就想起傩寿先生了。

孩子只四岁,这一跤还不知是伤了什么。回到家来又不哭,又不喊,只把眼睛紧闭像一只小猫儿的低低嘶着。医生非常怜悯地到床边去按揣孩子的全身,不到一会儿那奶妈从医生家拿来一切用具了,医生就开始把袖子挽到肘上来灌小孩的药。一面又安慰到那家中人说不要紧不要紧。

把药灌下去以后,约有十分钟,孩子忽然呱地哭出声来了。且不止,哭的声音非常长,医生搭着他的两只肥手,说这是气厥,既然喊得出声来,从声音中可以知道内脏还不伤,无妨了。

医生看那奶妈,见到奶妈在一旁只是作揖。"以后小心点好了。小孩子是本来也难照扶的,眼一打盆就出事情。"那奶妈,因为医生对她的过错,既在小孩子那里补救,又来用言语在主人面前补救,说明这过失是免不了的,就非常感激地对医生望着,且在眼睛中流出那感激的泪。

孩子在哭喊时也动弹了。医生又去脱了孩子全身衣裳各处地检视,见外面只腕上划破了一点皮,臀部成了青色。

"不要紧,不要紧。孩子命大,幸好不是横到跌下地,我看这样子,还似乎是有意跳下去,因为地方过高,才筑坏了气。"

奶妈在心中,可把医生佩服得了不得。原是奶妈就眼望到这孩子跳下桥的!他们玩,先只以为跳到第二级石段上面,谁知道孩子心太大,以为奶妈鼓励他从顶上那地方跳下,一面为了给奶妈一惊,就在奶妈不防备的当儿纵身向下一跃。待到奶妈听到一种钝声时,这孩子已如同那另外女人所说的蜷成一堆昏过去了。

主人见到孩子已无大危险,又见到医生颜色很泰然,才想起喊丫头舀水给医生洗手,又才记起拿烟茶出来。

主人见到孩子已无大危险,又见到医生颜色很泰然,才想起喊丫头舀水给医生洗手,又才记起拿烟茶出来。

医生额上因走路匆促而出的汗，还大颗大颗贴在上面，洗手的水还不来，就用袖子去挨拭。这一家的人，只除了那下厨房去倒水的丫头外，全望到傩寿先生的额上的大汗以及扯袖子拭汗水的情形好笑。

四

傩寿先生死了。这做爹爹的，就为了不能让儿子一人在地下寂寞，自己生着也寂寞，要儿子复活既不能，于是就终于死了。

死是忽然的，如一般人所说很没理由的，然而当真死了。

以后是每当什么人家的小孩子，磕破了头或割破了皮，别人想起要止痛止血，做父母的就叹气说："傩寿伯伯已经死了，若在就好了。"就是那么来念叨这个人的。

医生一死给了许多人不方便倒是真的。

一九二八年初作

芸庐纪事（节选）

动静

一

冬日长晴，山城雾多。早晚全个山城都包裹在一片湿雾里。大清早雾气笼罩了一切，人家和长河，难于分辨，那时节只能从三种声音推测出这个地方的位置——对河汽车站的汽车发动机吼声，城外高地几个军营的喇叭声，市区长街上卖糕饼的小梆小锣声。

稍迟一会，隔河山峰露出了头，庄严而妩媚，积翠堆蓝，如新经浣洗过一般。雾气正被朝阳逼迫，逐渐敛缩浸润的范围。城中湿雾也慢慢地散开，城中较高处的房屋，在微阳中渐次出现时，各披上一层珍珠灰光泽，颜色奇异，很像梦魇中宫殿。从高处向下眺望，更可得到一个令人稀奇的印象。原来城中次高地一部分桔柚，与沿河平地房屋，尚完全包围在整片白雪中，只有教堂三个尖尖的屋顶和几所庙宇及公家建筑物，两座临河城门楼，地位比较高，现出一点轮廓。其时上述三种声音已经停止了，湿雾迷蒙中却有尖锐的鹰声啼

唤，不知来自空中，还是出发于教堂附近老皂角树上。住宅区空地较多，杂树成林。桔柚早已下树，间或有二三养树果子遗留在浓翠间，分外明黄照眼。雾气退尽时，桔柚林中活泼好斗善鸣的画眉鸟，歌声越来越利落。天气虽清寒逼人，倒仿佛已有点春天意味。

绕城是一条长河，河身夹在两列长山中，水清而流速，鱼大如人。到城中雾气敛尽时，河面尚完全被这种湿雾所占领，顺随河身曲折，如一条宽阔的白色丝带，向东蜿蜒而去。其时虽看不见水面船只和木筏，但从蒙雾中却可听得出行船弄筏人的歌呼声和橹桡激水声。

河上湿雾完全消失，大河边巨大黑色岩石上、沙滩上，有扇尾形和红颈脖，戴丝绒高冠，各种小小水鸟跳跃鸣叫时，大约已将近九点钟，本城人照习惯在吃早饭了。

记载上常称长沙地方"卑湿阴雨，令人郁闷，且不永年"。屈原

左图：

稍迟一会，隔河山峰露出了头，庄严而妩媚，积翠堆蓝，如新经浣洗过一般。

右图：

这种静境不特保持在阳光空气里，并且还保持在一切有生命的声音行动里。

的疯狂，贾谊的早死，证实了这种地方气候的恶劣。

五溪蛮所在地的沅水流域，传说中的瘴蛊，俨若随时随地都可以致人死命，自然更使旅行者视为畏途。除非万不得已，便是湖南中部的人民，平时也不甚乐意来到这山城中活受罪。然而今年冬晴特别长，两月来山城中终日可见太阳。冬日长晴，土地枯燥，乡下人因之推测明年麦麻烟草收成必不大好。可是鸟雀多由深山丛林中向城市里飞，就城区附近菜园麻园疏松土地上觅食小虫蚁讨生活。生活既不困难，天气又异常和暖，不饥不寒，因此这些雀鸟无事可做的清晨，便在人家桔柚树梢头歌呼，俨然自得其乐，同时也用它娱乐山城中的住民。虽然山城中大多数人对于冬晴的意义，却只有一件事：柴炭落价。

地方离战区炮火尚远在两千里外，地势上又是个比较偏僻的区域，因此还好好地保持小山城原有那一份静。这种静境不特保持在阳光空气里，并且还保持在一切有生命的声音行动里。

战事虽逐渐向内地推移，有转入云梦洞庭湖泽地带可能。

对河汽车站停放的车辆种类数量日渐增多，车站附近无数新做成临时性的小小白木房子，经常即住满了外来人。城区长街尤多这种装束特殊的过路人。城门边每天都可发现当地党部、行政官署、县商会以及一切社会团体机关，轮流贴换大小不一的红绿标语。本省兵役法业已实行，壮丁训练早普及一般市民，按期抽丁入伍，推广到执行各种业务的少壮男子。社训或妇训，更影响到和尚尼姑以及在这小山城中经营最古职业某种妇女日常生活习惯，这些人也必须参加各种集会和社会服务。白日中，长街上已有青年学生和受训民众结队游行。城中且发现了伤兵，设立了伤兵医院，由党部主持的为伤兵医院募捐及慰劳伤兵举行的游艺会，都有过了。

报纸上常描写到汉奸间谍，在这小山城中也居然有过，而且被军警捉来，经过审讯证实后，就照习惯把他捆缚起来押到河边枪决示众了。举凡一切热闹、一切和战事有关系的人事变动，都陆续出现，对当地发生了影响。可是超越这一切人事活动，依然有一种不可形容的静，在这小山城中似乎还好好保持下来。

每天黄昏来时，湿雾照例从河面升起，如一匹轻纱。先是摊成一薄片，浮在水面，渐如被一双看不见的奇异魔手，抓紧又放松，反复了多次后，雾色便渐渐浓厚起来，而且逐渐上升，停顿在这城区屋瓦间，不上升也不下降，如有所期待。

轻柔而滚动，缓缓流动，然而方位却始终不见有何变化。颜色由乳白转成浅灰，终于和带紫的暮色混成一气，不可分别。

黄昏已来，河面照例极静，但见隔河远山野火正在燃烧，一片红光，忽然展宽拉长，忽然又完全熄灭，毫无所见。其实这种野火日夜不熄，业已燃烧了多日，只因距离太远，荒山太多，白日里注意到它时，不过一点白烟罢了。

二

就在这个小山城数千户人家里，还有一个人家，俨然与外面各事隔绝。地僻人稀，屋主人在极端清静中享受这山城中一切。

楼下有一道宽阔的过道相接，楼上有一道同样宽阔的走廊。廊子上可俯瞰全城屋瓦，远望绕城长河和河中船只上下。

　　这人家房子位置在城中一个略微凸出的山角上，狭长如一条带子。屋前随地势划出一个狭长三角形的院落，用矮矮黄土墙围定。墙隅屋角都种有枝叶细弱的紫竹和杂果杂花。

　　院中近屋檐前，有一排髹绿的花架，架上陶盆中山茶花盛开，如一球球火焰。院当中有三个砖砌的方形花坛，花坛中有一丛天竹和两树红梅花。房子是两所黄土色新式楼房，并排作一字形，楼下有一道宽阔的过道相接，楼上有一道同样宽阔的走廊。廊子上可俯瞰全城屋瓦，远望绕城长河和河中船只上下。屋前附近是三个橘园，绿树成行，并种有葱韭菜蔬。

自从战事一起始,这些可爱的年青人,已成为整个县城活动的源泉,开会游行,举凡一切救亡运动,无不需要他们参加。

　　橘树尽头教堂背后,有几株老皂角树,日常有孤独老鹰和牛屎八哥群鸟栖息,各不相犯,向阳取暖,呼鸣欢吵。廊子上由早到晚,还可接受冬日的太阳光。

　　屋主人住在这个小楼上,躺在走廊摇椅里,向阳取暖,休养身心,已有了两个月。或对整个晒在冬阳下的城中瓦屋默想,或只是静听清晨湿雾中的老鹰和画眉鸟鸣叫。从外表看来,竟俨然是个生命之火业已衰竭的隐士,无事可做,或不欲再做任何事,到这里来避寒纳福。

屋前石坎下有条小路，向西转入市区，向东不远就可到达一个当地教会中学和毗邻学校的医院。过路学生多向上仰视，见这房子的布置和屋主人生活从容光景，年青人常不免心怀小小不平，以为"这是一个资产阶级的房子，住下一个官僚"，除此以外，别无所知。自从战事一起始，这些可爱的年青人，已成为整个县城活动的源泉，开会游行，举凡一切救亡运动，无不需要他们参加。这些年青人也自以为生存在大时代里，生活改变，已成为战争一分子。都觉得爱憎情绪日益强烈，与旧习惯不能妥协。都读了许多小册子，以为从小册子取得了一切有关战争应有的宝贵知识。自己业已觉悟，所以要领导群众、教育群众、重造历史。

有一天，两个初中学生代表到当地党部去开会，回学校时，正见到屋主人在门前看人调马。主人是个年纪轻轻的男子，身材虽十分壮美，脸色却白白的，显得血色不足，两只手搁在短短的皮大衣口袋中，完全如一大少爷。正嘱咐那养马人，每天应给马两个鸡蛋吃。年青学生走过身时，其中之一就说："看呀，一个荒淫无耻的代表。"另一个笑笑，不曾作声。

那一个于是又向同伴说："这种人对国家有什么用处？手无缚鸡之力，是个废物！完全是个废物！"那年青男子虽听得分明，还以为是在说他那匹马，就笑着说："不是废物，你不要以为它样子不好看，它一天能走两百里路！"

年青学生气愤愤地说："走两百里路，逃到我们这里来，把什么东西都吃贵了！"

"你说它吃鸡蛋吗？它有功国家的。"

那学生不乐意这种谈话，轻轻地骂了一声"废物"，就走去了。

年青男子毫不在意地转身去告马夫梳理尾巴的方法。却料不到这学生正是骂他，他还心想："两个小朋友年纪轻，血气盛，可爱得很。"

医生也是一个年青人,热诚而喜事,不免在叙述中,给那军官在年青学生中,造成一个异常动人的画像。

房屋既毗邻教会产业,与医院相去不远,医院中一个外科医生,两月前即成了这个人家来往最勤的客人。到后来,当地另外一些年青人因为筹备演戏慰劳伤兵,向医生借看护白衣,问及借军衣手枪,无意中由这个外科医生口中,透露了一些消息,才知道原来这房子里边正住下了一个年青人所倾心崇拜的受伤军官。因十月里在东战场受了重伤,失血过多,方回到这个后方来休养治疗。

医生也是一个年青人,热诚而喜事,不免在叙述中,给那军官在年青学生中,造成一个异常动人的画像。

医生说:"你们成天看报,不是都知道沪杭路上有一个兴登堡防线吗?他就是在那道防线打仗的一个军官。他是个团长,有一千五百

来到这里的多怀了一种崇敬之念和好奇心,乐于认识这个民族英雄。或听他说说前线作战事情,或提出些和战争有关的问题,请他答复。

人归他指挥。一共三师人在那方面,他守的是铁道线正面。大家各自躲在钢骨水泥做成的国防工事里,挖好了机关枪眼儿,冷冷静静地打。敌人六十架飞机从早到晚轮流来轰炸,一直炸了八天。试想想,炸了八天!大炮整天地轰,附近土地翻起了泥土同耕过一样。一个旅部的工事,一天中就有八百枚炮弹落到附近三百公尺里土地上!想想看,这仗怎么打?八天中白天守在工事里,晚上出击夜袭,饭也不好好地吃过一顿。到后来,一千五百名士兵和所有下级军官伤亡快尽了,只剩下一百二十个人,掩护友军撤退后,才突围冲出。他腰腿受了重伤,回到后方来调养。年纪还只大你们几岁,骑马打枪,样样在行,极有意思的!这是你们做人的榜样!"

好事医生的述说,自然煽起了年青学生的好奇心。

自此以后,这个人家的清静被打破了。先是四个学生随同医生来做私人慰问,随后便五个七个来听故事。好一阵日子,这人家每天照例都有三三五五年青学生进出,或在廊子上谈天,或在小院中散步。来到这里的多怀了一种崇敬之念和好奇心,乐于认识这个民族英雄。或听他说说前线作战事情,或提出些和战争有关的问题,请他答复。或取出一个小小本子,逼他签名。或邀约他出席当地团体集会,听他讲演。

过不久，连那两个最激进的学生代表，也带着愧悔之情来拜访了。凡来过的年青学生，都似乎若有所得，这家中原有的那一份静，看看便已失去了。

医生来检查这个军官的身体时，每见他正在廊上或院中马棚边和学生谈话，上至日本天皇，下至母马，无所不说。医生总在旁微笑，意思像是对那些年青人说："怎么样，不错吧。你们现在可好了，不至于彷徨了吧。这一来你们得到了许多知识，明白了许多事情。战争可不是儿戏！要打下去，大家都得学这个人。好好地尽一个战时公民的责任，准备做一个民族英雄。日子长咧！我们要打三十年仗！"

一群年青学生走去后，医生来给这个军官注射药针，看了看脸色，听了听脉搏，就说："好多了，比上月好多了。"说了却望着他好笑，神气正如先时一样，意思像要说："怎么样，不错吧。这是国家的元气，你的后盾！你还得来尽点义务，好好地教育他们、鼓励他们、改造他们，国家有办法的！"

军官似乎完全懂得他意思，只是报以微笑。很显然，年青军官对于这些中学生，是感到完全满意信托的。

医生要军官说说对于这些年青人的意见，军官就说："小朋友都很可爱。生气勃勃，又有志气，有血性，全是当地优秀分子，将来建国的人才！我听他们说，实在不想再读书了要从军去。我劝他们要从军先去受正式军校训练，却都不乐意，倒想将来参加游击战。照读书人说法，这只是浪漫情绪的扩张。可能做诗人，却不能做一个很好下级军官。这种年龄一定是这么打算。他们都以为我了解他们，同情他们。我真正应当抱歉，虽同情他们，实在不大了解他们。他们对于战争，同我们做军人的看法似乎不大容易完全一致。诗意太多，太不切近事实。一切得慢慢来，从各种教育帮助上提到实践上去。"

一个学生和一个军人,对于战争的认识,当然不会一致。从不离开学校的青年学生,很容易把"战争"二字看成一个极其抽象的名词。

医生说:"可是他们都很崇拜你!"

军官只是笑,对医生说的完全表示同意,却保留了一点不说:"这崇拜是无意义的,至少这崇拜对他们没有任何好处。因为目下的问题,单是崇拜还不成!事情是要人去做的!"

一个学生和一个军人,对于战争的认识,当然不会一致。

从不离开学校的青年学生,很容易把"战争"二字看成一个极其抽象的名词。这名词包含了一点幻想的悲壮与美丽同荣誉或恐怖,百事综合组成一章动人伟大的诗歌。至于一个身经百战的军人呢,战争不过一种"事实"而已。完全是一种十分困难而又极其简单的事实。面对这种事实时，只是"生"和"死"，别无他事可言。在炮火密集钢铁崩裂中，极端的沉静、忍耐，纵难战胜，尚可持久。至于慌乱、紧张以及过分的勇敢、不必要的行动，只是白白牺牲罢了。战争既是一种单纯的事实，便毫无浪漫情绪活动余地。一个军人对于战争的态度，就是服从命令、保卫土地。无退却命令，炮火虽猛，必依然守定防线不动。死亡临头，沉默死去，腐烂完事。受伤来不及救济，自己又无力爬回后方，也还是躺在湿湿的泥土凹坑中，让血液从伤口流尽，沉默死去。若幸而脱出，或受伤退下，伤愈后别无他事可做，还要再作准备，继续上前，直到战争结束或自己生命被战争所结束时为止。在生和死的边际上，虽有无数动人的壮烈惨痛场面，可是一切文学名词完全失去其意义，英雄主义更不能生根。凡使后方年青人感动的记载，在前方就绝不会有谁感动。大家所知道的只有一件事，忍受。为国家前途，忍受；为战胜敌人，忍受。

因此一来，到这些年青学生把好奇心稍稍失去后，对于这个半年来在猛烈炮火直接教育下讨生活的军人，自然重新发现了些事情。主要的是慢慢地觉得这是一个十分单纯的家伙，谈什么都不大懂。便是战争，所懂的也好像是另外一套，并不与年青学生想象中的战争相同。尤其是对于青年学生很热心想参加游击战，却不愿受正规军事训练，认为是浪漫情绪的表现，不切事实，缺少对战争应有的共同认识，损害了年青人的自尊心。于是一群年青学生，在意识中恢复了读书人对军人的传统观念，以为这个军人虽有教养，有实际经验，还是一个"老粗"。而且政治头脑不发达，对战争认识还不够深刻。那两个更热心的学生代表，先还不知道军官是个过来人，想在谈话中给这位军人一点特殊教育，接谈结果竟适得其反，才发现什么主义什么路线军官都比他们明白得多。因此另外不免发生了一种反感，以为这是一个转变了的军人，生活充满了小资产阶级气息，无可救药。本来预备跟这军官来学的几种军事课程，也无兴趣继续上课了。山城虽小，本地无日无集会，年青学生都甚忙。于是大家就抛下了这个"民族英雄"，转做其他有意义的活动宣传去了。

住处恢复了过去半月前那一种静。

医生来时，见楼上大房子空空的，放了许多椅子，墙上还悬了一片三尺见方的黑板，茶几上还有一盒粉笔。知道是屋主人之一，军官的哥哥，特意为年青学生上军事学预备的。

山城虽小，本地无日无集会，年青学生都甚忙。于是大家就抛下了这个"民族英雄"，转做其他有意义的活动宣传去了。

可是一看情形，就知道这种预备是徒劳了。军官独自坐在走廊前摇椅上，翻阅一本小小军用地图。好像很闲静，又似乎难于忍受这种闲静。

医生说："团长，你气色好多了。你应当走动走动。天气好，出城去走走好，骑骑马也无害。你那马许久不骑，上了膘，怕不会跑路了。人和牲口都得活动一下！"

军官说："当真好像全好了。现在就只走动时腿上有点发麻，别的不觉得什么了。我不愿意用撑架出去，因为近于招摇，我还真不愿意有人知道我是谁！"

"可是知道的人已很多了。尤其是那些学生，都欢喜你、崇

"那些可爱的学生吗?""就是那些人,他们不是要跟你上课吗?我听他们说,你肯教他们,都很高兴,这比平时军训有实用意义得多!"

拜你。"

"那些可爱的学生吗?"

"就是那些人,他们不是要跟你上课吗?我听他们说,你肯教他们,都很高兴,这比平时军训有实用意义得多!"

"可是他们一定为别的事情忙,上了两课,就不来了。这玩意儿实在也是很枯燥的。比学什么还死板,又不具体。"

军官提起了这件事情时,似乎不大愉快,翻出一幅地图指定某一点给医生看:"这里情形越来越糟了,不久会要受攻击的。这里得有人!我腿好了,要回到那边去。他们一定希望我早些去。"

"你不是还有两个月休假吗?"

"明天就要走吗？我娘还在路上。"新妇眼睛已湿，勉强抑制着感情，"医生说你……"

"让别人去休息吧，你不知道我住在这里两个月，已闷慌了。虽只两个月，好像有了两年，这样住下去，同老太爷似的，哪能习惯？前面老朋友多着，都在炮火里，我留在这里，心中发慌！"

三

师部来了急电，限这个少壮上校军官五天内率领那两连伤愈兵士，向常德集中，并接收常澧师管区四营壮丁，作为本团补充。

过不多久，家中人都知道了。对这件事话说得很少，年纪极轻的新妇，一个教会中学毕业生，身材小小的，脸白白的，穿着素朴，待客人去尽后，方走过大房来，站在门边轻声说："听说来了电报，你又要去了。你不是说可以休养三个月？现在腿还不好，走路时木木的。等脚好一点走，方便得多。"

"他们要人，大家都正在拼命，我这样住下来算什么生活！"

"那什么时候动身？坐船去？坐汽车去？"

"你理理我那衣箱去。我只要那黑色衣箱，衣服不必多带。"

"明天就要走吗？我娘还在路上。"新妇眼睛已湿，勉强抑制着感情，"医生说你还不宜上火线！"

嫂嫂也微笑着:"你大哥以为你要的是这些东西,所以路菜也不预备。好笑。"

"医生刚走!我全好了,不会出毛病。等等我同你说。"

新妇眼泪盈盈地无话可说,就走向自己的房里去了。

长兄嫂亦不说什么,只默默地为清理要带走的应用东西。

到末了,两夫妇从楼梯后一个小房中搬出了两个箱子来,抬到小兄弟大房中去。把箱盖掀开,一打盒子炮、一箱子弹,算是给这个重上前线军人的礼物。哥哥笑着说:"你到这地方,不想人家知道你是谁,怕招摇。你到常德去接收壮丁,身边总得有点东东西西!你得把几位小将叫来,武装起来,才像个样子!"嫂嫂也微笑着:"你大哥以为你要的是这些东西,所以路菜也不预备。好笑。"

军官也无可奈何地笑着，虽口上说着"大哥，还是把你这些老式宝贝收起来，将来带游击队用吧"，还依然跑到木箱边来检查这些轻便武器。

第二天，七个随身的年青弁兵都穿了庞大棉背心，从收容所来见团长。有五个兵士是手足负过伤的。平时这军官以这些弁兵是为国家服务的，不是私人仆役，且刚从前线负伤归来休养，从不到家中来服务。现在听说不久又要出发了，因此来请示。七个人一排站定在院子中，听候训话。七个人都是小身个子，面目朴实而单纯。军官在换好了军服，要往收容所去接洽开拨各事，见几个同患难的小伙子，都因负伤瘦了许多，心中实在很感动。

"你们都好了吗？"

几个兵士齐声说："报告团长，都好了。"

其中一个又怯怯地说："团长，你也好了吗？"军官抿了抿嘴唇，点点头，不作声。

大家沉默了一会儿。军官又指定一个羞怯怯的乡下人样子兵士说："赵连璧，你膀子全好了吗？不能去就莫忙去。我们先到常德集中，一个月后再来还赶得及。"又向另外几个样子较活泼的兵士说："你们三个月的饷不是都领到了吗？怎么还是这副叫花子神气。一定都早已花光了输光了。你们七个人写个报告来，一人向军需处多支十块钱。就要走路，身体刚好，不能胡闹，知不知道？"

几个小子都要笑却不敢笑，低声答应："是。"

其时厨子正提菜篮回家，军官吩咐那厨子："唉唉，我告你，宋均，多煮些饭，煮一块腊肉，打两斤酒，要他们在这里吃饭。"回头又向几个兵士说："上楼去把那些枪搬下来，看看有几支能用。大先生怕你们用二十发的还不大习惯，送了一打老式盒子，要我们带到江西去参加反攻。"说到末了，不由得笑将起来："一颗子弹都不许掉落，将来还要带回来还大先生，带学生一道做游击队还有用！"

几个小子都要笑却不敢笑,低声答应:"是。"

四

医生得到了消息,赶来看这个军官。好像对于这次开拔,有点突如其来,对许多问题,难于了解。

"人家请求休假不得休假,你为什么那么忙到前线去?"

军官仿佛很快乐地微笑说:"闲不惯,你知道,享受这种清福,也是看人来的。我哪有这耐心?前面正要人,我料得到!"

"那么,为什么不派你接收家乡壮丁,倒接收沿湖各县的壮丁,这是什么意思?"

军官依然微笑着:"上头意思谁知道,同样是新兵,也差不多。

"可是到前面去也够受！""一个军人有什么可怕的？为国家，什么苦难都得忍受！"

就送我一团西藏人，只要有三个月时间训练，加上我那两连的弟兄，开上前去保你同样打得很好。这也有个秘密，用白面粉代替白药，你们不是在好些情形下，能够用这样药代替那样药？"

"小干部军官呢？"

"更方便。老同伙多着，听说我要去，都很高兴同我去。不要看我们这种破烂部队，到前面去，有两手！第一点就是谁都不怕。任你多少飞机多少大炮，总之不怕。这就够消耗了。"

"可是到前面去也够受！"

"一个军人有什么可怕的？为国家，什么苦难都得忍受！"

"你要回到前方去，这里一定有学生要跟你去。他们都很热心，

"……集会示威、推动后方,无事不要人。大家能够在同一目的下,各尽其职,就很好了。"

很敬仰你。"

军官笑了:"前面去不是玩的。他们说是那么说,恐怕去不了。你知道,热心和敬仰,都未必能胜过事实。他们正在中学里读书,太年青了,事实上这些小朋友还是他家中的人,不能自主也并不十分要求自主。他们说要求自主,他们说要在本县做游击队,这是将来的事情,时候还早咧。现在战事正在争夺南昌,我去年驻扎过那地方大半年,一切地形都很熟悉。这时节我要去很有用处。情形不好,我就留下来在他们后方工作,抽底子,一定打得很精彩。"

"学生肯跟你去学游击战,正是好机会!"

军官依然微笑着,意思像是说"机会倒很多"。但他却为年青人辩护:"还是让他们留在本地服务好。前方要人后方也要人。这战事正在扩大延长,一时不会结束的。本地可做的事极多,他们肯热心去做,比到前面去工作,说不定还有意义些,也还有用些。"

"你是不是对这些人有点失望吧?"因为医生从军官的微笑里、语气里,发现了一丝轻蔑。

军官连忙肯定地说:"并不失望。正相反,我觉得他们很有希望。中国征兵制度一时难实现,学校军训又太不认真,读书人大多数还只是读书人,在这种情形下,自然不能把每个年青人在后方三五个星期中都变成一个真正好战士。好在中国地方大,人口多,问题复杂,凡事都要人努力。火线上拼命要人,社会服务也要人,便是学校读书、集会示威、推动后方,无事不要人。大家能够在同一目的下,各尽其职,就很好了。"

说到末了,他依然只有微笑。想起医生过去说的"年青人跟他明白了许多事情",不免有点感慨系之。正因为接近了他们,他跟年青人明白许多事情。战事一时当然难结束,下级军官补充十分需人,一部分人以为学生军训已有了好几年,国家还保留学生不曾用,应当从学生想办法。并且在前方和陷落过区域的大后方青年学生种种的活动,证明了这部分能力正可用。可是战争虽改变一切,终不能把内地还未经过炮火教育的年青人完全改造过来!到现在,在炮火所及的区域,年青人已明白战争不完全是粗人的工作,人人都有一份了,这就值得乐观。至于像这种地方,另外一部分学生,也会慢慢地从事实获得教训,由虚浮变成结实。这自然需要些时间,勉强不来,可有的是机会!

医生说:"这几年我们社会'宣传'两个字太有势力,因此许多人做的事都不大落实,年青小朋友也不能例外。看看小册子,就自以

一面解除纸包一面笑着说:"这地方,亏我找了好久,才得到这点东西!"医生看看,原来是一盒彩色粉笔。

为是文化人。我觉得有点可怕。"

"这也无妨碍。他们对国事很热心,就够了。对战事还近于无知,这需要时间!"

医生问他什么时候离开。他说:"正等候师部回电。这里有两连本师伤愈弟兄,预备跟我一同走。总部意思把这两连人由我率领,开到长沙去,编作荣誉大队,做个模范。到时说不定还有各界团体给我献旗!我想算了吧。这么办就要团附带去好了。这战争去结束日子还长，我们并不是为一种空洞名分去打仗的。国家不预备抗战，做军人的忍受羞辱，不作声。国家预备打了，做军人的，唯一可做的事，就是好好打下去，忍受牺牲，还是不用作声。放在我们面前的是事实，不是荣誉！"

医生不知说什么好，轻轻地叹了一口气。因为他明白许多年青人并不明白的问题。

军官的哥哥，那个矮小瘦弱的小老头，带了个小小纸包，由外面回来，孩子似的兴奋，一面解除纸包一面笑着说："这地方，亏我找了好久，才得到这点东西！"医生看看，原来是一盒彩色粉笔。

医生说："大先生，他们不来团长这里上课了，白忙坏了你！"

"忙什么？他们现在事情多，不久又要办慰劳会，送过路××军了。过些日子一定会来的。我花园里靶子也预备好了，还要借我枪打靶的。我说枪借你们无妨，子弹得自己想办法，我的子弹是要留给打小鬼的。"

医生向军官说："大先生真热心，一天忙到晚，不知忙些什么！"

大先生却解嘲似的说："天生好事，我自己也不知忙些什么！"

军官把话引到另一回事上去。"好天气！"他想起上次由火线上退回来时，同本团两百受伤同志，躺在向南昌开行的火车上，淋了两整天雨，吃喝都得不到。车到达一个小站上，警报来了，亏得站上服务人员和些铁路工人，七手八脚，把车上人拖拖抬抬到路旁田地里。一会儿，一列车和车站全炸光了。可是到了第二天，路轨修好，又可照常通车了，伤兵列车开行时，那学生出身的车站长，挺着瘦长的身子，在细雨里摇旗子，好像一切照常。那种冷静尽职的神态，俨然在向敌人说："要炸你尽管炸，中国人还是不怕。中国有希望的，要翻身的！"想起这件事情时，军官皱了皱眉头，如同想挪去那点痛苦印象。

军官像是自言自语,答复自己那种问题:"看大处好,看大处,中国有前途的!"

军官像是自言自语,答复自己那种问题:"看大处好,看大处,中国有前途的!"

大先生把粉笔收了,却扛了一个作靶子用的木板来,请军官过目,看中不中用。

说起的问题很多,这个医生好像为军官有点抱不平,表示愤懑。可是这年青军人,却站在一个完全军人立场上,把这件事解释得很好。总像很乐观,对一切都十分乐观。且以为个人事情未免太小了,不足计较。军人第一件事是服从,明知有些困难,却必须下决心准备去努力克服这些困难。说话时他永远微笑着,总仿佛对战争极有把握,有信心、不失望、不丧气。

几个青年学生,为当地民众防空问题,跑来请教,才知道这个军官五天内就得回到前方去的消息。几人回学校时,就召集代表开会,商量如何举行欢送大会、献旗、在当地报纸上写文章出特刊,商量定后即分别进行。

师部第二次来电,对开拔时日却改五日为三日,算来第二天就得出发。团副官当天就雇妥了大小七只空油船,决定次日下午三点集合开头,将船直放常德。

第二天下午两点钟左右,军官已离开了家中人,上了那只大船。另外几只小船,和大船稍远,一字式排在河码头边。

算来第二天就得出发。团副官当天就雇妥了大小七只空油船,决定次日下午三点集合开头,将船直放常德。

一些军用品都堆放河滩上,还在陆续搬上船。军佐们各因职务不同,迟早不一也陆续上了船。这些年青军人多自己扛着简单行李,扛着一件竹篾制成的筐笼,或是一个煤油桶制成的箱子。更简陋一点的,就仅仅一个小包袱。有个司书模样的青年,出城时,被熟人见及,问道:"怎么,同志,又要去了吗?"这年青小子就笑笑地说:"又要去!把小鬼打出山海关去,送他进鬼门关。"这些人若是老军务,到得河边,一看船上小小旗帜,就知道自己的船是第几号。若是初来部队的,必显得有点彷徨,不知自己应上哪只船。

因为公家用品不少,船上似乎很乱了一阵。渐渐地,先前堆积在码头上舱板上的杂物、枪支、子弹、手榴弹和被盖行李、伙食箱与

对河汽车已到了站,只见许多逃亡者带着行李正在渡河,河边人多忙乱着。

药品箱、酸菜坛子和成束烟草，可入舱的都已经下了舱。那两连伤愈兵士，都穿了崭新棉袄，早已排队到了河边，在河滩上等待，准备上船。看看一切归一了，也分别上了船，一切似乎都妥当了，只等待团长命令，就可开头。

那军官站在自己乘坐那只大船船头上，穿了一身黄呢军服，一件黄呢外衣。两只手插在口袋里，来回走动。间或又同另一只船上或河滩边一个军官，做很简短谈话。一个陌生军佐，在河滩边茫然不知所措时，他打破了自己沉默，向那个部属发问："同志，你是第几连的？是师部留守处的？"到那军佐把地位说出时，就指点那人应上某一只船，并回敬岸上人一个军礼，随即依然沉默下来，好像在计划一些问题，又好像只是漠然地等待。一个军人对于当前战争的观念，必然在荣誉、勇敢、胜利等等名词下，产生一种刺激，重上战场，且不可免为家中亲友幼弱感到一点依恋之情。这个军人却俨然超越这些名词和事实，注意到另外一些东西、一些现象。虽显明为过去、当前以及那个不可知的未来，心中感到点痛苦，有些不安，然而却极力抑制住这种痛苦不安。

对河汽车已到了站，只见许多逃亡者带着行李正在渡河，河边人多忙乱着。

一会儿，医生带了一箱药品，忙匆匆地跑来了。两人站在船头谈了一阵，医生有事就下了船，到河滩上一面走一面回头挥动他那顶破呢帽子，一不小心便摔了一跤，爬起身笑着，揉揉膝部，大声嚷着："团长，到地写信来，写信来！"高大身影就消失在临河吊脚楼撑柱间不见了。

其时两个青年学生代表，正从县党部开完会，在河滩边散步，商量后天欢送大会的节目。年青人眼睛尖，看准了船头上站定的那一个军官，正是住在山上黄房子里的那人，赶忙跑过船边去，很兴奋地叫着："团长，团长，我们今天正开会，商量欢送你和负伤将士重

军官站在尾梢上,用望远镜向城中瞭望,城中山上那黄房子,如一片蒸糕,入目分明。

上前线,议决好些办法!这会定后天举行,在大东门外体育场举行!"

军官见是两个学生,说:"不敢当,不敢当!我们就要开船了。"

他看了看表:"省里来电命令我们今天走,再有三十分钟就开船了。请你费神替我向大家道谢,说我来不及辞行。难为了你们,对不起!"

"怎么,你今天就要走吗?"

"就是现在。请转告同学,大家好好地努力。到了地,我会写信来告诉你们的。"

两个学生给愣住了,不知离开好还是赶回校里去报告同学好。两人在河边商量了一阵,还是走了。一人预备回学校去报告,另一人本拟去党部报告,到了大街,看看时间已来不及了,回头走到城门边杂货铺里买了两封千子头小鞭炮,带到河边,眼见大船已拔了锚,船上人抽了篙桨在手,要开船了。军官站在尾梢上,用望远镜向城中瞭望,城中山上那黄房子,如一片蒸糕,入目分明。其余几只小船都在移动跳板。几个后出城的小军官,在吊脚楼边大声嚷着:"等一等,等一等,慢点走!"气喘喘跑到了河边,攀援上了船。学生十分着急,想找个火种燃点鞭炮,却找不着。

"团长,团长。他们要来送你的!慢一点,慢一点!"

大船业已离岸转头了,尾梢上那面国旗在冷风中飘动不已。军官放下望远镜时方看到岸上那一个,便说:"好兄弟,好兄弟,不敢当!你回去吧,不敢当……"忽然几只船上士兵唱起歌来了,说话声音便听不分明了。

学生感动而兴奋,把两手拿着鞭炮,高高举起,一人在那空旷河滩上,一面跑一面尖声喊:"中国万岁,武装同志万岁!"

忽然发现前面一点修船处有一堆火,忙奔跑过去把鞭炮点燃,再沿河追去。鞭炮毕毕剥剥响了一阵,又零落响了几声,便完事了。船上兵士们也齐声呐喊了几声。

橹歌起了,几只船浮在平潭水面,都转了头,在橹歌吆喝中乘流而下,向下水税关边去了。年青学生独自在河滩上,看看四周,一切似乎很安静。竖立在河边大码头的大幅抗战宣传画,正有三个船夫,在画下一面吸旱烟,一面欣赏画意。

吊脚楼边有只花狗,追逐一只白母鸡。狗身后又有个包布套头的妇人,手持竹篙想打狗。河边几个担水的,还是照样把裤管卷得高高的，沉默地挑水进城……那学生心里想："这不成！这不成！"一种悲壮和静穆情绪糅合在心中，眼中已充满了热泪，忘了用手去拭它。

河面慢慢地升起了湿雾，逐渐凝结，且逐渐向上升，越来越浓重。黄昏来时，这小山城同往日一样，一切房屋、一切声音，都包裹在夜雾里了。

橹歌起了，几只船浮在平潭水面，都转了头，在橹歌吆喝中乘流而下，向下水税关边去了。

后记

湘西自古以来都是令诗人失魂落魄的地方。生于斯长于斯的沈从文先生一直深深地眷恋着这片土地。他说:"我的作品稍稍异于同时代作家处,在一开始写作时,取材的侧重在写我的家乡","我虽离开了那条河流,我所写的故事,却多数是水边的故事。故事中我所满意的文章,常用船上水上作为背景。我故事中人物的性格,全为我在水边船上所见到的人物性格。"……先生给我们留下了一个谜一样的湘西世界,这世界是美的典范和极致。

可以说,湘西世界就是沈从文先生心灵的世界。他把他的思想与情感,他的爱憎和忧伤,都糅进了湘西的那几条河流中。他所呈现的湘西世界,深深地震撼着我们,感动着一代又一代,并将继续感动和震撼下去。

20世纪80年代的一天,我脑子里迸出一个想法——用摄影的形式来展现沈从文先生笔底的湘西。从那时开始,我便争取各种机会,无数次走进湘西的山山水水,感受着湘西的风土人情,与翻天覆地的时代变迁抢速度,与日新月异的居民生存方式抢时间,将一幅幅正在消逝的地理人文图景定格在底片上。

时光倏忽,二十余年过去。行囊中除了沉甸甸的胶卷,还装满了许许多多的故事。这些故事就像撷自千里长河中的一粒粒珍珠，时时温润我心。

2001年，我与珠海一女记者去了酉水河，这是沈从文先生最爱、着墨最多的河流之一。我们从保靖县城上船，沿途风景奇秀，青山如黛，绝壁如削，长水如玉，篙桨下处，水草青青，历历可数。一路上，同伴的惊诧赞叹声落满一河，连连惊起蓬刺中的水鸟，我得意极了："没骗你吧？"傍晚，我们在迷人的隆头镇上岸，住进河边五元钱一天的旅店。待我收拾好房间，整理完相机，上厕所的同伴却仍未出来。糟糕！该不是掉厕所里了吧？这里的"厕所"是搭块跳板伸到水中间的，城里人哪能习惯？我冲过去把门一推，却见她痴痴地贴在"水上茅厕"窗前，早已忘了身在何处，被这河岸风景惊呆了。原来，这里是酉水与一条小支流汇合之地，三面青山夹着两线河水，晚霞中的山水、村落、渡船、炊烟，构成了一幅难以言说的绝美画图，不发呆倒怪了！摄人魂魄的美是让凡人发不出声音来的，耳边恍若沈从文先生轻声在说："早晚相对，令人想象其中必有帝子天神，驾螭乘蜺，驰骤其间……"

里耶的黄昏是那么温柔美丽。清清的酉水河顺着山势蜿蜒，这一边，满河的汉子们在洗澡游泳；转过水湾，则是姑娘媳妇们沐浴的天地。褐色的大石头上，这里那里摊满了各色衣裳，夕阳将一具具古铜色的身体镀上金光，水波撩起处串串碎银撒落……满河灿烂。多么生动，多么醉人，这不正是沈从文先生笔下的场景吗？谁能相信这与他当年所经历的已相隔八十余年了呢？

仍是那位女记者："我想靠近去拍，他们会打人不？""湘西人是不会那么做的，你倒是别吓着他们了。"我回答。她像是领到特别通行证般，兴奋地边走边拍起来，一时竟收不住脚步，忘情的快门声惊动了水里赤条条的汉子。有女人闯入"禁区"！还举着相机！这或许是他们从不曾遇到过的事。岸上的赶紧跃入水里，水中的急忙蹲下身子。她仍在步步逼近。见无处藏身，汉子们笑着嚷着只得往大礁石那边躲。更大的动静飞起来了，想想看，一群赤裸的汉子突然闯入岩石后面女人们的天地，那喧哗与骚动真是非凡……一个小女子竟搅乱了一条河，真"伟大"得让你没法去责怪。

在这片乡土上，恍若隔世的感觉你常常会有，一不经心就会掉进沈从文先生描绘的岁月中去。

2002年，我和我先生又来到酉水，在河边却再也找不到上行的船。一位在小船上补渔网的老艄公张着缺牙的嘴笑着说："没船了，哪个还坐船？中巴车每个弯角都到，一两个小时几块钱，你想哪个还会去坐一天的船？耽误工夫。"

面对汤汤流水，我不由得回想起1997年的那次旅程。时值秋日水枯，船只上滩仍需背纤。到滩头时，老人小孩逐一下船上岸，沿着河滩小路走去，弯弯的队伍拉得长长。年轻人则不声不响背起纤绳，该蹚水时就蹚水，该爬岩时就伏在石头上爬去，协力齐心将船拉上滩。没人要求，没人指挥，甚至连大声说话的人都没有，那么自然，那么默契，过滩后将老人小孩接上船，又行至下一个滩口，周而复始。我先生也背起纤绳，默默走进拉纤的行列；我则前前后后追赶着拍摄。那一份感动，至今回想起来都温暖得很。我知道，那份美丽永远不会回来了。

"你们是来耍的吧？想坐船就租一条去呀！"老艄公为我们出了个主意。好办法！谁知道这条古老的河上会不会有再也见不到船的那一天呢？我与先生赶紧租船而上，留住这最后的"孤帆远影"。

2003年，碗米坡水电站快要蓄水了，我和朋友们想看看最后的风景，仍是租条船顺流而下，没想到这么快，沿途景致已荡然无存，梦绕魂牵的吊脚楼只剩几根木桩，白墙黛瓦的村居空留断垣残壁，嵌入水中的巨石被炸成碎块，碧玉般的河水成了黄汤……我不敢取出相机，痴痴地站在桥头，不用眼泪哭！再见了，里耶。再见了，隆头。再见了，拔茅……

真要用一条河的美丽去换取那"电"吗？还有没有别的办法？我不懂。几年前，听黄永玉先生讲过一个故事：在森林里伐木，锯一棵大松树时，不单这棵松树会发抖，周围的松树都在发抖——没人注意而已……我相信，万物有灵啊！将一条条河流腰斩、改道、拦截，河流们又会怎样呢？大概不会一路欢歌吧？

人非山川草木，孰知山川草木无情？

我尽力而为的是，也只能是，将不可复制、不能再生的原貌，呈现在今人以及后人面前，让人们去感受、思考、掂量、判断，以此为沈从文先生的文字作证。

长长的码头，湿湿的河街，湍急的青浪滩，美丽的酉水河，满江浮动的橹歌和白帆，两岸去水三十丈的吊脚楼，无数的水手柏子和水手柏子的情妇们，都永远逝去了。这一切，不会再来。但湘西的很多地方，天还是蓝，水仍是绿，在一些乡僻边城，寻寻觅觅，你或许会见到一座长满荒草的碾坊、一架不再转动的水车、一泓清澈见底的溪水。倾斜了的吊脚楼依然风情万种，废弃了的油榨房仍充满庄严……

泪眼迷蒙中，我仿佛看见沈从文先生笔底的人物正一个个向我走来。感谢为此辛勤付出的"群众演员"们。这一刻，没有惊喜，没有叹息，只有一种声音在心底：让天证明地久，让地证明天长！

卓雅

2009 年 8 月 18 日